Diogenes Taschenbuch 24083

de
te
be

Landleben

Ein Sehnsuchts-Lesebuch

Ausgewählt von Daniel Kampa

Diogenes

Nachweis am
Schluss des Bandes
Umschlagzeichnung von
Jean-Jacques Sempé

www.diogenes.ch
200/11/52/1
ISBN 978 3 257 24083 2

Nichts kommt dem Landleben gleich.
Es vermittelt mehr echte Freuden als
irgendeine andere Lebensweise.

Katherine Mansfield

Inhalt

Anton Čechov

Das neue Landhaus

Drei Verst von dem Dorf Obručanovo entfernt wurde eine riesige Brücke gebaut. Vom Dorf aus, das hoch oben auf dem Steilufer des Flusses lag, sah man ihr gitterförmiges Gerippe, und bei Nebel und an stillen Wintertagen, wenn die feinen eisernen Streben und alle Wälder ringsum mit Reif bedeckt waren, bot sie ein malerisches, ja fantastisches Bild. Durch das Dorf fuhr manchmal in einer Renndroschke oder in einer Kutsche der Ingenieur Kučerov, der Bauleiter der Brücke, ein korpulenter, breitschultriger, bärtiger Mann mit einer weichen, zerdrückten Mütze. Zuweilen kamen an den Feiertagen die beim Brückenbau arbeitenden Barfüßler ins Dorf; sie bettelten um Almosen, neckten die Frauen und ließen auch manchmal etwas mitgehen. Das aber geschah selten; gewöhnlich vergingen die Tage ruhig und friedlich, als gäbe es gar keinen Bau, und nur des Abends, wenn an der Brücke Feuer brannten, trug der Wind kaum hörbar ein Lied der Barfüßler herüber. Am Tag hörte man bisweilen einen traurigen metallischen Ton: donn… donn… donn…

Eines Tages kam die Frau des Ingenieurs Kučerov zu Besuch. Ihr gefielen die Flussufer und die prächtige Aussicht auf das grüne Tal mit den Dörfchen, Kirchen und Viehherden, und sie bat ihren Mann, er solle eine kleine Landparzelle kaufen und hier ein Landhaus bauen. Der Gatte war einverstanden. Sie kauften zwanzig Desjatinen Land, und auf einer Wiese auf dem Steilufer, wo früher die Kühe von Obručanovo geweidet hatten, wurde ein zweistöckiges Haus mit einer Terrasse, mit Balkonen und einem Turm gebaut, auf dessen Spitze an den Sonntagen die Fahne wehte. Das Haus war in drei Monaten fertig; dann pflanzte man den Winter hindurch große Bäume, und als der Frühling kam und alles ringsum grünte, gab es auf dem neuen Gut bereits zwei Alleen. Ein Gärtner und zwei Arbeiter in weißen Schürzen gruben vor dem Haus, eine Fontäne sprudelte, und eine Glaskugel leuchtete so hell, dass einem die Augen weh taten. Das Gut hatte auch bereits einen Namen – das Neue Landhaus.

An einem klaren, warmen Morgen, es war Ende Mai, brachte man zu Rodion Petrov, dem Schmied von Obručanovo, zwei Pferde zum Beschlagen; sie kamen von dem Neuen Landhaus.

Die Pferde waren weiß wie Schnee, schlank, gut genährt und sahen einander verblüffend ähnlich.

»Die reinen Schwäne!«, sagte Rodion und betrachtete sie.

Seine Frau Stepanida, die Kinder und die Enkel kamen auf die Straße gelaufen, um zu gucken. Allmählich sammelte sich eine Menschenmenge an. Es erschienen die Lyčkovs, Vater und Sohn, beide waren von Natur aus bartlos, hatten aufgedunsene Gesichter und trugen keine Mütze. Es kam auch Kozov, ein hochgewachsener hagerer Greis mit einem langen dünnen Bart; er hielt einen Krückstock in der Hand, zwinkerte immerzu mit seinen listigen Augen und lächelte spöttisch, als wisse er etwas.

»Weiß sind sie ja, aber was ist schon dabei?«, sagte er.

»Setz meine auf Hafer, und sie werden genauso glatt. Vor dem Pflug sollten sie gehen und die Peitsche schmecken…«

Der Kutscher blickte ihn nur voller Verachtung an, sagte aber kein Wort. Und während dann in der Schmiede das Feuer entfacht wurde, erzählte der Kutscher und rauchte dabei Zigaretten. Die Bauern erfuhren von ihm viele Einzelheiten: seine Herrschaften seien reich; die gnädige Frau Elena Ivanovna habe früher, vor ihrer Ehe, als arme Gouvernante in Moskau gelebt, sie sei gutmütig und mitleidig und helfe gern den Armen. Auf dem neuen Gut, so erzählte er, werde man weder pflügen noch säen, sondern nur zu seinem Vergnügen leben, nur leben, um die reine Luft zu atmen. Als er geendet hatte und die Pferde zurückführte, folgte ihm eine Schar kleiner Jungen, Hunde bellten, und Kozov, der ihnen nachblickte, zwinkerte spöttisch mit den Augen.

»Schööne Gutsbesitzer sind das!«, sagte er. »Ein Haus haben sie gebaut, Pferde haben sie sich angeschafft, und selber haben sie nichts zu fressen. Schööne Gutsbesitzer!«

Kozov hasste gleich von Anfang an den neuen Gutshof, die weißen Pferde und den gutaussehenden, wohlgenährten Kutscher. Er war ein einsamer Mensch, ein Witwer; er führte ein trauriges Leben (am Arbeiten hinderte ihn irgendeine Krankheit, die er bald als Reißen, bald als Würmer bezeichnete), Geld für den Lebensunterhalt erhielt er von seinem Sohn, der in Charkov in einer Konditorei arbeitete, und vom frühen Morgen bis zum späten Abend schlenderte er müßig am Fluss entlang oder durch das Dorf, und wenn er beispielsweise sah, dass ein Bauer angelte oder einen Balken fuhr, sagte er: »Das ist ein Balken von einem abgestorbenen Baum, der ist morsch«, oder: »Bei solchem Wetter beißt keiner an.« Bei Dürre meinte er, bis zum Frost werde es keinen Regen geben, wenn es aber regnete, sagte er, werde auf dem Feld alles verfaulen, alles sei verloren. Und dabei zwinkerte er immerzu, als wisse er etwas.

Auf dem Gutshof wurden abends bengalische Feuer und Raketen abgebrannt, und manchmal fuhr ein Segelboot mit roten Lampions an Obručanovo vorüber. Eines Morgens kam die Frau des Ingenieurs, Elena Ivanovna, mit ihrer kleinen Tochter ins Dorf gefahren, in einer Kutsche mit gelben Rädern und zwei dunkelbraunen Ponys davor. Beide, Mutter und Tochter, trugen Strohhüte mit breiten Krempen, die an den Ohren heruntergebogen waren.

Es war gerade in der Düngezeit; der Schmied Rodion, ein hochgewachsener, hagerer alter Mann, stand ohne Mütze, barfuß und mit geschulterter Mistgabel neben seinem schmutzigen, unansehnlichen Wagen und schaute verdutzt auf die Ponys; man konnte seinem Gesicht ansehen, dass er noch niemals so kleine Pferde gesehen hatte.

»Die Kučericha ist gekommen!«, hörte man es ringsum flüstern. »Guck, die Kučericha ist gekommen!«

Elena Ivanovna musterte die Bauernhäuser, als wolle sie eines davon auswählen, dann ließ sie die Pferde vor der ärmsten Hütte halten, in deren Fenstern sich die meisten Kinderköpfe drängten – blonde, dunkle, rothaarige. Stepanida, Rodions Weib, eine korpulente alte Frau, kam aus dem Haus gelaufen, das Tuch war ihr von dem grauen Kopf geglitten, sie schaute auf die Kutsche, gegen die Sonne, und ihr Gesicht lächelte und verzog sich, als sei sie blind.

»Das ist für deine Kinder«, sagte Elena Ivanovna und reichte ihr drei Rubel.

Die Stepanida fing plötzlich an zu weinen und verneigte sich bis zur Erde; Rodion fiel ebenfalls nieder und zeigte seine breite braune Glatze; beinahe hätte er seine Frau mit der Mistgabel in die Seite gestochen. Elena Ivanovna wurde verlegen und fuhr zurück.

2

Die Lyčkovs, Vater und Sohn, ertappten auf ihrer Wiese zwei Arbeitspferde, ein Pony und einen jungen Zuchtstier; gemeinsam mit dem rothaarigen Volodka, dem Sohn des Schmiedes Rodion, trieben sie die Tiere ins Dorf. Sie riefen den Dorfältesten, zogen Zeugen hinzu und gingen, um den Flurschaden festzustellen.

»Gut, sollen sie!«, sagte Kozov augenzwinkernd. »Soollen sie! Sollen sie sich jetzt drehen und wenden, die Ingenieure! Glauben wohl, es gibt kein Gericht? Gut! Da muss man eben nach dem Polizisten schicken, ein Protokoll aufnehmen!«

»Ein Protokoll aufnehmen!«, wiederholte Volodka.

»Das lass ich mir nicht bieten!«, schrie der junge Lyčkov, er schrie immer lauter und lauter, und sein bartloses Gesicht schien davon immer mehr anzuschwellen. »Was die für neue Moden einführen! Lass denen nur ihren Willen, und schon verderben sie dir alle Wiesen! Ihr habt nicht das geringste Recht, das Volk zu beleidigen! Leibeigene gibt's jetzt nicht mehr!«

»Leibeigene gibt's jetzt nicht mehr!«, wiederholte Volodka.

»Wir sind bisher ohne Brücke ausgekommen«, fiel der alte Lyčkov finster ein, »wir haben keine verlangt, wozu brauchen wir eine Brücke? Wir wollen keine!«

»Brüder, Rechtgläubige! Das dürfen wir uns nicht bieten lassen!«

»Gut, soollen sie!«, wiederholte Kozov augenzwinkernd. »Sollen sie sich jetzt drehen und wenden! Schööne Gutsbesitzer!«

Sie kehrten ins Dorf zurück, und den ganzen Weg über schlug sich der junge Lyčkov mit der Faust vor die Brust und schrie, und Volodka schrie ebenfalls und wiederholte dessen Worte. Im Dorf hatte sich inzwischen um den Zuchtstier und die Pferde eine große Menschenmenge angesammelt. Der Stier war verwirrt und blickte finster drein, doch plötzlich senkte er den Kopf und lief los, wobei er mit den Hinterbeinen auskeilte. Kozov erschrak und fuchtelte mit dem Stock, und alle lachten. Dann sperrten sie die Tiere ein und warteten ab.

Am Abend schickte der Ingenieur fünf Rubel für den Flurschaden, und die beiden Pferde, das Pony und der Stier kehrten ungefüttert und ungetränkt nach Hause zurück, die Köpfe wie schuldbewusst gesenkt, als führte man sie zur Hinrichtung.

Nachdem sie die fünf Rubel erhalten hatten, setzten die beiden Lyčkovs, der Dorfälteste und Volodka mit einem Boot über den Fluss und begaben sich in das Dorf Krjakovo auf dem jenseitigen Ufer, wo es eine Schenke gab, dort zechten sie lange. Man hörte sie singen und krakeelen. Im Dorf konnten die Weiber die ganze Nacht nicht schlafen, sie machten sich Sorgen. Rodion schlief ebenfalls nicht.

»Eine dumme Geschichte«, sagte er und wälzte sich seufzend von einer Seite auf die andere. »Der Herr wird böse werden, und dann kommt es zum Prozess… Sie haben den Herrn gekränkt… oje, gekränkt haben sie ihn, das ist nicht gut.«

Eines Tages gingen die Bauern, darunter auch Rodion, in ihren Wald, um ihn für die Heumahd aufzuteilen, und auf dem Heimweg trafen sie den Ingenieur. Er trug ein rotes Kattunhemd und hohe Stiefel; hinter ihm lief mit hängender Zunge ein Vorstehhund.

»Guten Tag, Brüder!«, sagte er.

Die Bauern blieben stehen und nahmen die Mützen ab.

»Ich wollte schon lange mit euch reden, Brüder«, fuhr er fort. »Es handelt sich um Folgendes: Seit dem zeitigen Frühjahr läuft eure Herde jeden Tag in meinem Garten und in meinem Wald herum. Alles ist schon zertrampelt, die Schweine haben die Wiese aufgewühlt, sie ruinieren den Gemüsegarten, und im Wald ist das ganze Jungholz vernichtet. Mit euren Hirten ist nicht auszukommen; bittet man sie, werden sie grob. Jeden Tag habe ich Flurschaden, und ich sage nichts, ihr braucht keine Strafe zu zahlen, ich beschwere mich nicht, ihr aber habt meine Pferde und den Stier weggetrieben und mir fünf Rubel abgenommen. Ist das in Ordnung? Ist das etwa gutnachbarlich?«, fuhr er fort, und seine Stimme klang weich und überzeugend, sein Blick war gar nicht streng. »Benehmen sich so anständige Menschen? Vor einer Woche hat jemand in meinem Wald zwei junge Eichen gefällt. Ihr habt den Weg nach Eresnevo umgegraben, und jetzt muss ich einen Umweg von drei Verst machen. Warum schädigt ihr mich auf Schritt und Tritt? Was habe ich euch getan, um Gottes willen? Meine Frau und ich, wir sind nach besten Kräften bemüht, mit euch in Frieden und Eintracht zu leben, wir helfen den Bauern, so gut wir können. Meine Frau ist herzensgut, sie versagt niemals ihre Hilfe, sie träumt davon, euch und euren Kindern nützlich zu sein. Ihr aber vergeltet Gutes mit Bösem. Ihr seid ungerecht, Brüder. Denkt einmal darüber nach. Ich bitte euch inständig, denkt einmal nach. Wir verhalten uns euch gegenüber menschlich, zahlt auch ihr uns mit gleicher Münze.«

Er drehte sich um und ging. Die Bauern blieben noch ein Weilchen stehen, setzten dann die Mützen auf und gingen weiter. Rodion, der alles, was man zu ihm sagte, nicht so verstand, wie es gemeint war, sondern es auf seine Weise deutete, seufzte und sagte:

»Wir müssen zahlen. ›Zahlt, Brüder‹, hat er gesagt, ›mit Münzen…‹«

Bis zum Dorf gingen sie schweigend. Zu Hause angekommen, betete Rodion, zog die Schuhe aus und setzte sich neben seine Frau auf die Bank. Wenn sie zu Hause waren, saßen er und Stepanida immer nebeneinander, auf der Straße gingen sie Seite an Seite, sie aßen, tranken und schliefen zusammen, und je älter sie wurden, desto stärker liebten sie einander. In ihrer Hütte war es eng und schwülwarm, und es wimmelte von Kindern – auf dem Fußboden, den Fensterbänken, auf dem Ofen… Trotz ihres vorgeschrittenen Alters gebar Stepanida immer noch, und wenn man nun den Haufen Kinder betrachtete, war schwer auseinanderzuhalten, welche Rodion und welche Volodka gehörten.

Volodkas Frau Lukerja, ein junges, hässliches Weib mit Glotzaugen und einer Vogelnase, knetete in einem Kübel

Teig; Volodka selbst saß auf dem Ofen und ließ die Beine baumeln.

»Unterwegs, bei Nikitas Buchweizen nämlich... der Ingenieur mit einem Hündchen...«, begann Rodion, nachdem er sich ein wenig verschnauft hatte, und kratzte sich die Seiten und Ellbogen. »›Zahlen müsst ihr‹, hat er gesagt. ›Mit Münzen‹, sagt er. Eine Rubelmünze wohl nicht gerade, aber ein Zehnkopekenstück je Hof müsste es sein. Wir kränken den Herrn wirklich sehr. Es tut mir leid...«

»Wir sind bisher ohne Brücke ausgekommen«, sagte Volodka, ohne jemand anzusehen, »wir wollen keine.«

»Was da! Die Brücke ist vom Staat.«

»Wir wollen keine.«

»Du wirst auch nicht gefragt. Was willst du denn!«

»Nicht gefragt«, äffte ihn Volodka nach. »Wir fahren nirgendwohin, wozu brauchen wir da eine Brücke? Wenn es sein muss, setzen wir auch mit dem Boot über.«

Jemand klopfte vom Hof aus so heftig ans Fenster, dass das ganze Haus zu beben schien.

»Ist Volodka zu Hause?«, ertönte die Stimme des jungen Lyčkov. »Komm raus, Volodka, wir wollen gehen!«

Volodka sprang vom Ofen und suchte seine Mütze.

»Geh nicht, Volodka«, meinte Rodion schüchtern. »Geh nicht mit, mein Sohn. Bist doch noch dumm wie ein kleiner Junge, die lehren dich nichts Gutes. Geh nicht!«

»Geh nicht, mein Sohn!«, bat nun auch Stepanida und zwinkerte mit den Augen, dem Weinen nahe. »Die wollen sicher mit dir in die Schenke.«

»In die Schenke«, äffte sie Volodka nach.

»Wirst schon wieder betrunken nach Hause kommen, du

Unmensch!«, sagte Lukerja und blickte ihn böse an. »Geh nur, geh, verbrennen sollst du vom Wodka, du schwanzloser Satan!«

»Und du sei still!«, schrie Volodka.

»Man hat mich mit einem Trottel verheiratet, man hat mich unglückliche Waise zugrunde gerichtet, du rothaariger Trunkenbold…«, jammerte Lukerja und wischte sich das Gesicht mit der Hand ab, die voller Teig war. »Hätten dich meine Augen doch nie gesehen!«

Volodka gab ihr eine Ohrfeige und ging.

3

Elena Ivanovna und ihre kleine Tochter kamen zu Fuß ins Dorf. Sie gingen spazieren. Es war Sonntag, und die Bauernfrauen und die jungen Mädchen belebten mit ihren hellen Kleidern die Straße. Rodion und Stepanida, die nebeneinander auf der Außentreppe saßen, grüßten und lächelten Elena Ivanovna und ihrer Tochter wie alten Bekannten zu. Aus den Fenstern schauten fast ein Dutzend Kinder; auf ihren Gesichtern malte sich Erstaunen und Neugier, und man hörte sie flüstern:

»Die Kučericha ist da! Die Kučericha!«

»Guten Tag!«, sagte Elena Ivanovna und blieb stehen; nach kurzem Schweigen fragte sie: »Nun, wie geht es?«

»Es geht so, Gott sei's gedankt«, erwiderte Rodion eilfertig. »Es ist ja bekannt, wie es uns geht.«

»Wie soll es uns schon gehen!«, meinte Stepanida lächelnd. »Sie sehen ja selbst, liebe gnädige Frau, die Armut! Die Familie zählt vierzehn Köpfe, aber nur zwei Verdiener sind da. Von Beruf sind sie Schmiede, aber wenn man ein Pferd zum Beschlagen bringt, fehlt es an Kohle, wir können keine kaufen. Eine Quälerei ist das, gnädige Frau«, fuhr sie fort und lachte, »ach, was für eine Quälerei!«

Elena Ivanovna setzte sich nachdenklich auf die Außentreppe und legte einen Arm um ihre Tochter; auch dem Mädelchen gingen, nach ihrem Gesicht zu urteilen, allerlei trübe Gedanken durch den Kopf. Versonnen spielte sie mit dem eleganten Spitzenschirm, den sie der Mutter aus den Händen genommen hatte.

»Diese Armut«, sagte Rodion. »Diese vielen Sorgen, wir arbeiten – aber kein Ende ist abzusehen. Gott schickt keinen Regen… Es geht uns schlecht, was soll man da noch viel reden.«

»In diesem Leben habt ihr's schwer«, sagte Elena Ivanovna, »dafür werdet ihr im Jenseits glücklich sein.«

Rodion verstand sie nicht und anstatt zu antworten, hüstelte er nur in die Faust. Stepanida aber sagte: »Liebe gnädige Frau, der Reiche hat es auch im Jenseits gut. Der Reiche stiftet Kerzen, lässt Gebete lesen, der Reiche gibt Almosen, aber was kann der Bauer tun? Er hat nicht einmal Zeit, sich zu bekreuzigen, er ist bettelarm, wie soll er da an die Rettung seiner Seele denken? Und der Sünden sind viele wegen unserer Armut, und vor Kummer bellen wir wie die Hunde, wir sagen kein gutes Wort, und was nicht noch alles, liebe gnädige Frau, weiß Gott! Für uns gibt es wohl kein Glück, weder hier noch im Jenseits. Das ganze Glück ist den Reichen zugefallen.«

Sie sprach mit heiterer Miene, offenbar war sie schon seit

langem gewöhnt, von ihrem schweren Leben zu sprechen. Rodion lächelte gleichfalls; es gefiel ihm, dass er eine so kluge, redegewandte Frau hatte.

»Es scheint nur so, dass es die Reichen leicht haben«, sagte Elena Ivanovna. »Jeder Mensch hat seinen Kummer. Wir zum Beispiel, mein Mann und ich, wir leben nicht schlecht, wir sind bemittelt, aber sind wir denn glücklich? Ich bin noch jung, aber ich habe schon vier Kinder; die Kinder sind dauernd krank, und ich bin auch krank und ständig in Behandlung.«

»Und was für eine Krankheit hast du?«, fragte Rodion.

»Ein Frauenleiden. Ich kann nicht schlafen, die Kopfschmerzen lassen mich nicht zur Ruhe kommen. Ich sitze da und spreche, aber ich bin wie benommen, ich fühle eine Schwäche im ganzen Körper, lieber würde ich die schwerste Arbeit verrichten als diesen Zustand ertragen. Und auch sonst komme ich nicht zur Ruhe. Ständig die Angst um die Kinder, um den Mann. Jede Familie hat ihren Kummer, auch wir haben den unsrigen. Ich bin keine Adlige. Mein Großvater war ein einfacher Bauer, mein Vater trieb in Moskau Handel und war ebenfalls ein einfacher Mann. Die Eltern meines Mannes aber sind angesehene, reiche Leute. Sie wollten nicht, dass er mich heiratet, aber er hörte nicht auf sie, entzweite sich mit ihnen, und bis heute haben sie uns nicht verziehen. Das beunruhigt meinen Mann, es regt ihn auf und bereitet ihm ständig Sorge; er liebt seine Mutter, er liebt sie sogar sehr. Nun, und auch mich beunruhigt das. Es tut mir weh.«

Vor Rodions Hütte standen Bauern mit ihren Frauen und hörten zu. Auch Kozov kam, er blieb stehen und schüttelte ab und zu seinen langen, dünnen Bart. Der alte und der junge Lyčkov erschienen ebenfalls.

»Man kann auch nicht glücklich und zufrieden sein, wenn man spürt, dass man nicht am richtigen Platz steht«, fuhr Elena Ivanovna fort. »Jeder von euch hat seine Aufgabe, jeder von euch arbeitet und weiß wofür; mein Mann baut Brücken, mit einem Wort, jeder steht an seinem Platz. Aber ich? Ich laufe nur herum. Ich habe keine Aufgabe, ich arbeite nicht und fühle mich wie eine Fremde. Ich sage das alles, damit ihr nicht nach dem äußeren Schein urteilt; wenn ein Mensch reich ist und Vermögen besitzt, so heißt das nicht, dass er auch mit seinem Leben zufrieden ist.«

Sie stand auf um zu gehen, und nahm ihre Tochter bei der Hand.

»Mir gefällt es sehr gut hier bei euch«, sagte sie und lächelte, und an diesem schwachen, schüchternen Lächeln konnte man erkennen, wie krank sie in Wirklichkeit war, und dabei war sie noch so jung und schön; sie hatte ein blasses, hageres Gesicht mit dunklen Brauen und hellblondes Haar. Das Mädchen war genau wie die Mutter blond und schmächtig. Beide dufteten nach Parfüm.

»Auch der Fluss gefällt mir und der Wald und das Dorf«, fuhr Elena Ivanovna fort. »Ich könnte mein ganzes Leben hier verbringen, und ich glaube, hier würde ich gesund werden und meinen Platz finden. Ich möchte euch so gern, ach so gern helfen, ich möchte euch nützlich und nahe sein. Ich kenne eure Nöte, und was ich nicht weiß, das fühle ich, das errate ich mit dem Herzen. Ich bin krank und schwach, und es ist mir vielleicht nicht mehr beschieden, mein Leben zu ändern, wie ich es gern möchte. Aber ich habe Kinder, ich bemühe mich, sie so zu erziehen, dass sie sich an euch gewöhnen und euch liebgewinnen. Ich werde ihnen immer wieder einprägen, dass ihr Leben nicht ihnen, sondern euch gehört. Ich bitte euch nur inständig, ich flehe euch an, vertraut uns, lebt mit uns in Freundschaft. Mein Mann ist ein lieber, guter Mensch. Regt ihn nicht auf, reizt ihn nicht. Er ist empfindlich gegen jede Kleinigkeit; gestern war beispielsweise eure Herde in unserem Gemüsegarten, und jemand von euch hat den Zaun um unseren Bienenstand zerbrochen, so ein Benehmen bringt meinen Mann zur Verzweiflung. Ich bitte euch«, fuhr sie mit flehender Stimme fort und legte ihre Hände auf die Brust, »bitte, verhaltet euch zu uns wie gute Nachbarn, wir wollen in Frieden miteinander leben! Es heißt doch, ein schlechter Frieden ist besser als ein guter Streit, und man soll kein Gut kaufen, sondern den Nachbarn. Ich wiederhole, mein Mann ist ein lieber, guter Mensch; wenn alles geregelt ist, werden wir alles tun, was in unseren Kräften steht, das verspreche ich euch. Wir werden die Wege ausbessern, wir werden eine Schule für eure Kinder bauen. Das verspreche ich euch.«

»Wir danken natürlich ergebenst, gnädige Frau«, sagte der alte Lyčkov und blickte zu Boden. »Sie sind gebildet, Sie müssen es besser wissen. Nur hatte in Eresnevo der Voronov, ein reicher Bauer nämlich, versprochen, eine Schule zu bauen, auch er hat gesagt, ich werde das und werde jenes, aber er hat nur die vier Wände aufgestellt und sich dann zurückgezogen, und die Bauern waren gezwungen, das Dach aufzusetzen und die Schule fertigzubauen, tausend Rubel sind dabei draufgegangen. Dem Voronov macht das nichts, der streicht sich nur den Bart, aber die Bauern sind sehr gekränkt.«

»Das war ein Rabe, jetzt aber kam eine Saatkrähe geflogen«, sagte Kozov und zwinkerte mit den Augen.

Gelächter ertönte.

»Wir brauchen keine Schule«, murmelte Volodka finster. »Unsere Kinder gehen nach Petrovskoe, und damit basta. Wir wollen keine.«

Elena Ivanovna schien plötzlich zu verzagen. Sie wurde blass, ihr Gesicht fiel ein, und sie duckte sich, als habe etwas Grobes sie berührt; sie ging weg, ohne noch ein Wort zu sagen. Sie ging immer schneller und schaute sich nicht um.

»Gnädige Frau!«, rief Rodion und folgte ihr. »Gnädige Frau, warte doch, ich will dir was sagen.«

Er folgte ihr ohne Mütze und sprach leise, als bitte er um ein Almosen:

»Gnädige Frau! Warte, ich will dir was sagen.«

Sie hatten das Dorf hinter sich gelassen, und Elena Ivanovna blieb im Schatten einer Eberesche neben einem Bauernwagen stehen.

»Sei nicht gekränkt, gnädige Frau«, sagte Rodion. »Ist doch nicht so schlimm! Hab Geduld. Nur zwei Jahre hab Geduld. Wenn du hier lebst und Geduld hast, wird alles gut. Wir sind gute, friedfertige Leute… die Leute sind anständig, ich spreche zu dir wie zu dem Wahrhaftigen. Auf Kozov und die Lyčkovs musst du nicht schauen, auch nicht auf Volodka, der ist ein Dummkopf – wer als Erster was sagt, auf den hört er. Die anderen sind friedliche Leute, sie schweigen… Mancher würde nämlich gern ein offenes Wort reden und für euch eintreten, aber er kann nicht. Er hat Seele und Gewissen, aber hat nicht die Zunge dafür. Sei nicht gekränkt… hab Geduld… Ist doch nicht so schlimm!«

Elena Ivanovna blickte auf den breiten, ruhigen Fluss, dachte nach und Tränen liefen ihr über die Wangen. Rodion verwirrten diese Tränen, er war selbst dem Weinen nahe.

»Nicht doch…«, murmelte er. »Hab nur zwei Jährchen Geduld. Die Schule kann man bauen, die Wege kann man ausbessern, nur nicht auf einmal… Wenn du, um ein Beispiel zu sagen, auf diesem Hügel Getreide säen willst, so musst du zuerst roden und alle Steine aufsammeln, und dann kannst du gehen und pflügen… Mit dem Volk ist es nämlich genauso – du musst dich plagen, bis du es bezwungen hast.«

Von Rodions Hütte lösten sich die Menschen und kamen die Straße herauf zur Eberesche. Sie sangen ein Lied und spielten Harmonika dazu. Immer näher kamen sie…

»Mama, fahren wir weg von hier«, sagte das Mädchen, es war ganz blass und schmiegte sich zitternd an die Mutter. »Fahren wir weg, Mama!«

»Wohin?«

»Nach Moskau… Fahren wir, Mama!«

Das Mädchen fing an zu weinen. Rodion war völlig verwirrt, der Schweiß trat ihm auf die Stirne. Er holte aus seiner Tasche eine Gurke, die klein und krumm wie ein Halbmond und ganz voller Brotkrümel war, und versuchte sie dem Mädchen in die Hand zu drücken.

»Nun, nun…«, murmelte er und blickte finster drein. »Nimm doch das Gürkchen und iss… Man darf doch nicht weinen, die Mutter wird dich sonst hauen… Sie wird sich zu Hause beim Vater beklagen… Nun, nun…«

Sie gingen weiter, er lief immer hinterher und wollte ihnen etwas Freundliches, Überzeugendes sagen. Als er aber sah, dass sie beide mit ihren Gedanken und ihrem Kummer beschäftigt waren und ihn nicht beachteten, blieb er stehen und blickte ihnen, mit der Hand die Augen vor der Sonne schützend, lange nach, bis sie in ihrem Wald verschwunden waren.

4

Der Ingenieur war offensichtlich reizbar und kleinlich geworden und sah bereits in jeder Lappalie einen Diebstahl oder einen Mordanschlag. Sein Tor blieb auch tagsüber verschlossen, nachts aber gingen zwei Wächter im Garten herum und klopften an ein Brett, und aus Obručanovo wurde auch niemand mehr in Tagelohn genommen. Wie absichtlich nahm jemand (ob es ein Bauer oder ein Barfüßler war, wusste man nicht) von einem Bauernwagen die neuen Räder ab und vertauschte sie gegen alte; kurz darauf verschwanden zwei Zäune und ein Kummet, und sogar im Dorf begann man darüber zu reden. Man sagte, es müsse bei den Lyčkovs oder bei Volodka eine Haussuchung gemacht werden; dann fand man das Kummet und die Zäune im Garten des Ingenieurs am Zaun – jemand hatte sie dort hingeworfen.

Einmal kam eine Gruppe Bauern aus dem Wald, und wieder begegneten sie auf der Straße dem Ingenieur. Er blieb stehen, blickte, ohne zu grüßen, bald den einen, bald den anderen an und begann:

»Ich hatte gebeten, bei mir im Park und in der Nähe meines Gutes keine Pilze zu sammeln, sondern sie meiner Frau und meinen Kindern zu lassen; eure Mädchen aber kommen im Morgengrauen, und dann steht kein einziger Pilz mehr. Ob ich euch bitte oder nicht – das bleibt sich ganz gleich. Wie ich sehe, sind Bitten, Freundlichkeit und gutes Zureden nutzlos.«

Er ließ seinen empörten Blick auf Rodion ruhen und fuhr fort:

»Meine Frau und ich, wir haben uns euch gegenüber wie Menschen verhalten, wie zu unseresgleichen, aber ihr? Ach, wozu noch reden! Es wird wohl damit enden, dass wir euch verachten werden. Weiter bleibt uns nichts übrig!«

Er nahm sich sehr zusammen, unterdrückte seinen Zorn, um nicht zu viel zu sagen, drehte sich um und ging weiter.

Zu Hause angekommen, betete Rodion, dann zog er die Stiefel aus und setzte sich neben seine Frau auf die Bank.

»Ja…«, begann er seufzend, nachdem er sich verschnauft hatte. »Wir gehen also, da treffen wir den Herrn Kučerov… Ja… bei Morgengrauen hat er die Mädchen gesehen… ›Weshalb bringen sie keine Pilze‹, hat er gesagt, ›für meine Frau und die Kinder.‹ Dann hat er mich angeguckt und gesagt: ›Ich und meine Frau‹, hat er gesagt, ›werden auf dich achten.‹ Ich wollte ihm zu Füßen fallen, aber ich hatte nicht den Mut dazu… Schenke Gott ihm Gesundheit… Schicke ihnen, o Herr…«

Stepanida bekreuzigte sich und seufzte.

»Es sind gute Herrschaften, kein bisschen hochmütig…«, fuhr Rodion fort. »›Wir werden auf dich achten‹, das hat er mir vor allen versprochen. Auf meine alten Tage und so etwas… Ewig würde ich zu Gott für sie beten… Schicke ihnen, o Himmelskönigin…«

Am 14. September, dem Tag der Kreuzerhöhung, wurde

Kirchweih gefeiert. Die Lyčkovs, Vater und Sohn, waren bereits am Morgen zum anderen Ufer hinabgefahren und kehrten gegen Mittag betrunken zurück. Sie schlenderten lange im Dorf herum, sangen und beschimpften sich mit hässlichen Worten, prügelten sich schließlich und gingen aufs Gut, um sich zu beschweren. Als Erster betrat der alte Lyčkov den Hof, er hatte einen langen Espenstock in der Hand; unschlüssig blieb er stehen und nahm die Mütze ab. Der Ingenieur saß gerade mit seiner Familie auf der Terrasse und trank Tee.

»Was willst du?«, schrie der Ingenieur.

»Euer Hochwohlgeboren, gnädiger Herr...«, begann Lyčkov und begann zu weinen. »Erweisen Sie mir die göttliche Gnade, nehmen Sie mich in Schutz... Mein Sohn lässt mich nicht leben... Ruiniert hat er mich, mein Sohn, er schlägt mich... Euer Hochwohlgeboren...«

Da trat auch der junge Lyčkov ein, ohne Mütze und ebenfalls mit einem Stock in der Hand; er blieb stehen und richtete den trunkenen, stumpfsinnigen Blick auf die Terrasse.

»Es ist nicht meine Sache, euren Streit zu schlichten«, sagte der Ingenieur. »Geh zum Dorfschreiber oder zum Polizeihauptmann.«

»Ich war schon überall... ein Gesuch hab ich eingereicht...«, murmelte der alte Lyčkov und schluchzte. »Wo soll ich nun hingehen? Heißt das, er kann mich jetzt umbringen? Heißt das, er kann sich alles erlauben? Dem Vater gegenüber? Dem eigenen Vater?«

Er hob den Stock und schlug den Sohn auf den Kopf; der schwang ebenfalls seinen Stock und hieb ihn dem Alten so über die Glatze, dass der Stock zurückprallte. Der alte Lyčkov wankte nicht einmal und schlug den Sohn abermals auf den Kopf. So standen sie da und hieben einander auf die Köpfe, was gar nicht nach einer Prügelei aussah, sondern eher nach einem Spiel. Vor dem Tor drängten sich die Bauern und die Weiber und blickten schweigend und ernst auf den Hof. Die Bauern waren gekommen, um zum Feiertag zu gratulieren, aber als sie die Lyčkovs sahen, schämten sie sich und betraten den Hof nicht.

Am nächsten Tag fuhr Elena Ivanovna mit ihren Kindern nach Moskau. Es ging das Gerücht, der Ingenieur wolle sein Gut verkaufen.

5

Schon längst hat man sich an den Anblick der Brücke gewöhnt, und man kann sich den Fluss an dieser Stelle gar nicht mehr ohne Brücke vorstellen. Die Schutthaufen, die von dem Bau zurückblieben, sind längst von Gras überwuchert, die Barfüßler sind vergessen, und statt des Liedes vom Knüppelchen hört man beinahe jede Stunde das Geräusch eines vorbeifahrenden Zuges.

Das Neue Landhaus ist längst verkauft; es gehört jetzt einem Beamten, der an Feiertagen mit seiner Familie aus der Stadt hierherkommt, auf der Terrasse Tee trinkt und dann wieder in die Stadt zurückfährt. Er hat eine Kokarde an der Mütze und spricht und räuspert sich wie ein ganz hoher Beamter, obwohl er nur im Rang eines Kollegiensekretärs steht, und wenn die Bauern ihn grüßen, dankt er nicht.

In Obručanovo sind alle alt geworden; Kozov ist schon tot, in Rodions Hütte gibt es noch mehr Kinder, und Volodka ist ein langer roter Bart gewachsen. Sie leben nach wie vor in Armut.

Im zeitigen Frühjahr sägen die Bauern von Obručanovo beim Bahnhof Holz. Nach der Arbeit gehen sie nach Hause; sie gehen gemächlich, einer hinter dem anderen; die breiten Baumsägen wippen auf ihren Schultern und funkeln in der Sonne. Im Gebüsch am Ufer singen die Nachtigallen, am Himmel jubilieren die Lerchen. Im Neuen Landhaus ist alles still, keine Menschenseele regt sich, und nur goldene Tauben – golden, weil die Sonne sie bescheint – fliegen über dem Haus. Alle, auch Rodion, die beiden Lyčkovs und Volodka, erinnern sich an die weißen Pferde, die kleinen Ponys, das Feuerwerk, das Boot mit den Lampions, sie erinnern sich an die schöne und elegante Frau des Ingenieurs, die ins Dorf kam und so freundlich mit ihnen sprach, und es ist, als habe es das alles gar nicht gegeben, es kommt ihnen wie ein Traum oder wie ein Märchen vor.

Sie gehen müde, mit schleppenden Schritten, und denken nach…

In ihrem Dorf, so denken sie, sind die Leute gutmütig, friedlich, vernünftig und fürchten Gott, und auch Elena Ivanovna war friedlich, gutherzig und sanftmütig, es tat einem so leid, sie anzusehen; warum aber konnten sie sich nicht vertragen, warum sind sie wie Feinde auseinandergegangen? Was für ein Nebel war das, der das Wichtigste vor ihren Augen verhüllte, sodass sie nur Flurschäden, Zäune und Kummete und all diese Kleinigkeiten sahen, die einem jetzt in der Erinnerung so unsinnig vorkommen? Warum leben sie mit dem neuen Besitzer in Frieden, warum aber konnten sie sich nicht mit dem Ingenieur vertragen?

Und da sie nicht wissen, wie sie diese Fragen beantworten sollen, schweigen sie alle, und nur Volodka murmelt etwas vor sich hin.

»Was hast du?«, fragt Rodion.

»Wir sind auch ohne Brücke ausgekommen…«, sagt Volodka finster. »Sind ohne Brücke ausgekommen und haben nicht darum gebeten… wir brauchen keine.«

Niemand antwortet ihm, und sie gehen schweigend weiter und lassen die Köpfe hängen.

Lisa Saint Aubin de Terán

Ein Haus in Italien

Jahre bevor ich mich hier in Umbrien niederließ, hatte dieses Wort in mir die Vorstellung einer fremdartigen, wilden, von Gegensätzen bestimmten Gegend heraufbeschworen. Obwohl ich das italienische Festland oft von Norden nach Süden und von Osten nach Westen bereist und dabei alle Arterien passiert hatte, die das Eisenbahnnetz mir vorschrieb, war ich nie bis zur Lunge vorgedrungen: den wilden Wäldern Umbriens. Ich hatte gehört, in Umbrien gäbe es Bären und Wölfe und Verstecke im Wald, wo Entführungsopfer von ihren sardischen Kidnappern gefangen gehalten würden. Es war angeblich eine arme, unfruchtbare Gegend und das Leben hart für die *contadini.* Sie schindeten sich für ihre Feudalherren, und die waren sämtlich Söhne von Kardinälen und Päpsten.

Meine Familie und ich suchten in Italien ein Haus. Wir hielten bereits seit drei Jahren nach einer passend baufälligen Villa Ausschau. Angesichts einer so schwierigen Aufgabe hatten wir keine Zeit für Sightseeing, und so blieb der ehemalige Kirchenstaat unbekanntes Terrain am Rande unserer halbherzigen Suche. Halbherzig deswegen, weil wir selten ein Haus, eine Villa, einen Turm oder einen Bauernhof besichtigten. Unsere Anstrengungen konzentrierten sich im Wesentlichen auf Bars, wo wir herumsaßen und diskutierten, wonach wir suchten. Jeden Winter kehrte dieses Traumhaus mit uns in das schlecht beheizte gemietete Heim zurück, in dem wir gerade wohnten, und half, die spärlichen Flammen des Feuers zu entfachen, um das wir kauerten.

Ich besaß eine Vorstellung von meinem Traumhaus, die ich seit meinen Schultagen wie ein Gepäckstück mit mir herumgetragen hatte. Sie war in Venezuela und auf dem Rückweg in der Karibik gewesen. Sie war mit mir nach Nordamerika und Kanada, im Süden bis nach Patagonien gereist. Ich trug sie in Europa von einer Grenze zur anderen. Ich wollte ein so riesiges Haus, dass ich von einem leeren Raum in den nächsten gehen konnte, ohne jemanden zu stören. Der Plan des Hauses war unbeständig wie die meisten jungen Lieben, Aussehen und Grundriss veränderten sich ständig. Die einzigen Konstanten meines Fantasiegebildes bildeten eine säulenbestandene Loggia, ein steinerner Rundbogen, eine Terrakotta-Balustrade und eine Reihe Wache stehender Zypressen.

Ein weiteres Detail dieser wunderschönen Villa war, dass sie ungefähr zu meinem Bankkonto passen und daher für weniger zu haben sein müsste als eine schlichte Vierzimmerwohnung auf dem Land. Dafür unterhielt ich ein Sparschwein, das ich unablässig plünderte und wieder auffüllte. Aber die Jahre der Jagd nach dem grandiosen *palazzo* griffen schließlich meine Ersparnisse dermaßen an, dass dessen Baufälligkeit proportional zu den schwindenden Finanzen zunehmen musste. Keine der Villen oder großen und kleinen Häuser, die eifrige Makler präsentierten, kamen auch nur entfernt in Betracht, es sei denn, wir hätten uns dem populären italienischen Zeitvertreib des Banküberfalls angeschlossen.

Einer der großen blauen Koffer, die mit mir von einer

Station zur nächsten meinem Familienzirkus nachreisten und dabei Dellen und Aufkleber sammelten, war ausschließlich unbeantworteten Briefen und Papieren der unterschiedlichsten Art vorbehalten. Dazu gehörte eine Mappe mit Prospekten von Immobilien, die in Umbrien zum Verkauf standen. Keines der angebotenen Häuser schien je so passend (oder billig), dass wir es uns angesehen hätten, aber ich behielt die Angebote dennoch mit allem anderen Kram, den ich aufbewahrte und zum Ersatz für die Vertrautheit eines Zuhauses mitschleppte. Die interessanteste dieser Immobilien war ein Schloss aus dem zwölften Jahrhundert, in dem ein Kaiser des Heiligen Römischen Reiches gelebt hatte. Mit der Zeit besaß ich ein Dossier über dieses Schloss. Ich hatte alles außer einem Foto. Drei Jahre vergingen, und es gab immer noch kein besseres Bild als eine verschwommene Fotokopie von etwas, das wie eine lange Reihe gemauerter Schweineställe mit einem Bogen in der Mitte aussah. Dies, erfuhr ich, sei die Rückseite; die Vorderseite sei viele Stockwerke hoch und biete einen atemberaubenden Anblick. Es gab (angeblich) ein römisches Amphitheater, eine großartige Eingangshalle, einen Innenhof, Stallungen mit Kreuzgewölbe und einen unterirdischen Tunnel – dies und einiges mehr praktisch umsonst. Eigentlich hatte das Schloss alles, um unsere Fantasie zu entzünden, außer einem Foto.

Da wir kein Haus fanden, zogen mein Mann, Robbie Duff-Scott, und ich mit meiner halbwüchsigen Tochter, Kind Iseult genannt, und meinem kleinen Sohn Allie nach Venedig. Eine geräumige Villa war nicht mehr so dringend, daher wurde die Suche zeitweilig ausgesetzt. Meinen Traum von einem italienischen Garten lebte ich auf den acht Fenstersimsen unserer Wohnung aus, um die ich mich mit einigen kränklichen und inkontinenten Tauben stritt. Zum ersten Mal seit vier Jahren hatten wir ein eigenes Heim. Wir lebten beengt, aber glücklich. Robbie ist Maler großformatiger Gemälde und braucht viel Atelierraum. Und ich habe das Zeug zu einer Obdachlosen mit zahllosen Plastiktüten, denn ich neige zum Horten. Die Kinder nahmen, wie gute Venezianer, für die Bedürfnisse die übrige Stadt in Besitz, aber unsere Wohnung war mit Möbeln und Krimskrams so vollgestellt, dass wir uns kaum bewegen konnten. Dinge, die ein Dutzend Mal verpackt und transportiert worden waren, wurden schließlich ausgepackt und gesichtet, und so tauchte auch das Heilige Römische Bauwerk in Umbrien wieder auf.

Venedig erwies sich als idealer Ort, um unser schwindendes Familienvermögen durchzubringen. Wir requirierten einen Ecktisch im *caffè* Florian, wo wir dann ganze Nachmittage mit Blick über den Markusplatz saßen und beobachteten, wie Treibgut und *haute couture* Europas vorbeiflanierten. Als ich so viele unterschiedliche Gruppen bemüht sah, ihr Reisepensum zu absolvieren, musste ich an mein Hab und Gut denken, das wie die Samen einer Pusteblume über Großbritannien und Italien verstreut war. Das Schlösschen in England aus meiner vorigen Ehe war verkauft, mein Teil der Inneneinrichtung verschwand in einem Schuppen in Norfolk langsam unter Vogelkot. Durch die gesprungenen und unbenutzten Kamine der Jagdhütte im äußersten Norden Schottlands (gekauft für einen Spottpreis und dann aufgegeben) ächzten noch immer Klagelieder. Ich liebte diese schottische Narretei, aber meine Familie mochte die Abgeschiedenheit nicht; und so lagerten wir angeknackste Essservices, Manuskripte und Bücherkisten in den einsamen Zimmern und unter den Betten und in den Besenschränken von Freunden und Verwandten.

Meine Leidenschaft für das Sammeln von Nippes hatte bei den Aylsham-Sales ihre Erfüllung gefunden, einer Auktion in East Anglia mit reicher Beutemöglichkeit für Hortende. Jeden Montag stand ein solches Überangebot an Gegenständen so wenigen Bietenden gegenüber, dass ich Möbel und Kerschel für zahllose Zimmer erwarb. Bis ich ein palastartiges Haus haben würde, um alles unterzubringen, fühlte ich mich durch die Einrichtung dafür getröstet. Einer meiner engsten Freunde war ein ortsansässiger Spediteur, der die Lastwagenladungen mit dem Zeug nicht nur transportierte, sondern auch lagerte. Ein weiterer regelmäßiger Besucher dieser Auktionen war der Tenpenny Man, der jedes unverkaufte Stück für 10 Pence kaufte. Im Vergleich dazu bewegte ich mich in finanziellen Stratosphären, denn ich bot zwei Pfund für jedes Möbelstück, fünfzig Pence für alles andere.

Jedes Mal wenn ich von England nach Italien fuhr, nahm ich in meinen Koffern einiges davon mit. Über die Jahre schaffte ich es, einige hundert Dinge unterschiedlichster Größe zu transportieren, wobei sich allerdings an Möbeln nur Stühle und Klapptische in Schrankkoffer quetschen ließen. So kam es, dass ich in Italien in der Provinz Genua, nur fünfzig Bus-Minuten von der Küste entfernt, ein Haus voll mit Gegenständen, Papieren und Strandutensilien hatte. Der Vermieter hatte das alles weggesperrt und requiriert und drohte, mich vor Gericht zu bringen. Für ihn war Streit das reine Lebenselixier, und wie eine Figur in Bleak House nahm er die Aufregung des Gerichtssaals als Medizin gegen das Leben. Vier Jahre später wartete ich immer noch darauf, dass er Vernunft annehmen und mir meine Sachen zurückgeben würde.

Weiter südlich, Richtung Toskana und näher an der Küste, lag »Raguggia« – eine schöne Ruine landeinwärts ohne nennenswerte sanitäre Anlagen und ohne jeden modernen Schnickschnack, aber mit einer wunderbaren Aussicht. Auch »Raguggia« war voller Bücher, Papiere, Leinzeug, Teppiche und viel gekonnt geklebtem Porzellan. Zu einer Zeit, als Robbie und ich keine andere Wohnung hatten, war es unser erstes italienisches Liebesnest gewesen, und wir hatten die schweren Kastanienholzmöbel des Vermieters, unsere eigenen Koffer und das Spielzeug der Kinder über einen steilen Ziegenpfad getragen, den einzigen Zugang.

Aufgrund verschiedener Umstände und sehr viel Trägheit schafften wir es nie, das Haus wieder leerzuräumen. Wir zogen nach Siena, und zwar vor allem, weil Allie und Iseult auf ihrem täglichen Schulweg den Schnee auf dem Ziegenpfad nicht bewältigen konnten. Wir wollten allerdings zum Sommer zurück sein. Aber Venedig kam dazwischen; und dann, ohne jede Vorwarnung, fanden wir San Orsola.

Unser erster Besuch in Umbrien war eine weitere Runde der Villenjagd. Er sollte nur bestätigen, dass die Heilige Römische Schlossruine als Sommerhaus für uns gänzlich ungeeignet war. Manchmal wachte ich mitten in der Nacht auf und wünschte mir, dass die langen Schweineställe einfach nur Schweineställe wären, mit einem hinreißenden, unsichtbaren Schloss dahinter. Es gab Zeiten, da fand ich ein

Haus mit Dach unromantisch und meiner Beachtung nicht wert. Ich hatte gelesen, die Marchesa Casati habe in Venedig einen riesigen dachlosen Palast bewohnt, und jahrelang wollte ich nichts lieber, als es ihr gleichtun. Seither hatte ich in großen Häusern gelebt, in denen ich unter großen Schirmen Zuflucht suchen musste, und der Reiz des offenen Himmels hatte nachgelassen. Nun ging ich langsam, aber nicht widerstrebend auf die mittleren Jahre zu und hatte gelernt, die Bequemlichkeit im Auge zu behalten, und eine ungedeckte Ruine lag ohne Zweifel auf der anderen Seite jenes Lattenzaunes, den ich um meinen Traum gezogen hatte.

Als Handwerker in unsere venezianische Wohnung einrückten, zogen wir vorübergehend wieder nach Siena, wo wir noch einen Mietvertrag für ein dunkles Haus hatten. Dieses Haus hatte selbstredend im Hochsommer traumhaft ausgesehen, voller Blumen, durch offene Fenster und Türen kamen Bienen, Schmetterlinge und zarte Streifen Sonnenlicht. Von September bis Juni sickerte bei Tag eine lähmende Düsternis durch die winzigen, vergitterten Fenster, und bei Nacht legte sich auf alles eine grüne Moderschicht. Wegen der deprimierenden Atmosphäre, der Totenwachen-Beleuchtung und eines ständigen Defekts im Stromnetz (wodurch nicht nur alle Geräte, sondern auch die meisten Wände Stromschläge verteilten) nannten wir das Haus den Elektrischen Stuhl. Es geht die Sage, die Römer hätten ihre Gefangenen von einem Felsvorsprung am Rande des Dörfchens in der Nähe unseres Hauses gestoßen, aber nachdem ich versucht habe, in dessen arktischem Mikroklima und unheilvoller Atmosphäre einen Winter zu verbringen, bin ich überzeugt, dass diese antiken Todesfälle Selbstmorde waren.

Vom Elektrischen Stuhl aus nach Umbrien aufzubrechen, schien ein gutes Omen für unser Unterfangen. Wir würden mit allem zufrieden sein, was besser war als das, wo wir jetzt waren, und schwerlich konnte man sich viele Häuser vorstellen, die grässlicher gewesen wären. Die Fahrt nach Umbrien nahm Züge einer Flucht an. Ich traf erhebliche Vorbereitungen, mehr als für eine Ozeanüberquerung. Die Straßenkarte zeigte sehr deutlich Siena und Perugia (und wie nah sie beieinander liegen), doch mir schien es von größter Wichtigkeit, zu einem Elf-Uhr-Termin mit dem Heilig Römischen Verkäufer vor Tagesanbruch loszufahren.

In Venedig hatte man auf die Neuigkeit, dass wir nach Umbrien führen, um Immobilien anzusehen, verächtlich reagiert, das aber war nur die übliche Verachtung für alles, was nicht zur Lagunenstadt gehörte. Der Sieneser Kellner, der uns am Vorabend unseres Abenteuers das Essen servierte, wurde viel präziser: Die Umbrier seien ein unzivilisierter Haufen Banditen und Bauern, die ihr Essen nie salzten, nicht kochen könnten und unter unansehnlichen Kröpfen litten. Sie beherrschten, wie er uns versicherte, nicht einmal die Grundregeln der Architektur und lebten in Hütten, der Armut, Bären und Wölfen zur Beute. Diese Beschreibung erinnerte an das, was wir über die Toskaner gehört hatten, als wir von der milden ligurischen Küste nach Siena gezogen waren. Bären und Wölfe allerdings waren neu, und ich begann, von einem Bärenhaus zu träumen – einem gotischen Raum mit Steinboden, in dem ein Bär die kurzen Winter verschlafen könnte.

Wir waren fast da, bevor wir losgefahren waren. Bereits um acht Uhr saßen wir in Perugia im Hotel Brufani und stocherten in den Resten eines üppigen englischen Frühstücks. Dieses Etablissement war im vergangenen Jahrhundert speziell nach den Wünschen englischer Touristen gebaut worden. Ich bin mit Byron, Keats und Shelley aufgewachsen: Ich habe Italien vergöttert, wie ein Pilger aus der Ferne Mekka vergöttern mag, fest entschlossen, eines Tages hinzufahren. Als junges Mädchen hatte ich wegen der Aussicht geheiratet, in Italien zu leben. Ich kann mich kaum an Zeiten erinnern, zu denen ich nicht in diese Vorstellung verliebt war. Ich saß auf dem Corso Vanucci im Freien, wo sich der pastellrosa- und elfenbeinfarbene umbrische Marmor in der Morgensonne erwärmte, von palastartigen Banken und Büros umgeben, die grau-grünen Berge auf der einen, die Fontana Maggiore aus der Renaissance auf der anderen Seite, und ich verliebte mich in Umbrien. Allerdings war ich schon in so viele Orte verliebt, dass ich mich, wie bei alten Liebhabern, nicht mehr an alle Namen erinnern kann.

Der Ausflug zum Schloss war von dem Moment an zum Scheitern verurteilt, als der Verkäufer nach zwanzig Minuten Geholpere über einen steinigen Weg sein Auto anhielt, es parkte und uns in einen Wagen mit Allradantrieb bugsierte, der dem örtlichen Landvermesser gehörte. Ein Pfad führte uns durch Wälder und Felder, bis wir, fünfzehn mühevolle Minuten später, an einem der wenigen unattraktiven Aussichtspunkte dieses Morgens anhielten.

»Und das«, sagte der Verkäufer und wedelte beide Arme in Richtung einer kaum wahrnehmbaren Delle in den Brennnesseln rundum, »dürfte das Amphitheater sein!« Bei näherem Nachfragen erwies sich diese Idee als Produkt seiner persönlichen Fantasie.

Von außen war sofort klar, dass die fotokopierte Fotografie dem Gebäude, wenn überhaupt, noch geschmeichelt hatte. Drinnen gab es eine hochmoderne Kochnische mit eingebauter Dusche, eine kleine Eingangshalle mit Zementboden sowie einem riesigen Kamin aus dem vierzehnten Jahrhundert, den man aus der Außenwand unmittelbar dahinter gerissen hatte, wo nun ein Loch von etwa vier auf vier Metern klaffte. Es gab nicht nur keine Dächer, es gab auch weder Fußböden noch Decken, von der winzigen Wohnung abgesehen. Wo der »drei Meter breite Renaissance-Treppenaufgang mit Impruneta-Kacheln« angekündigt war, befand sich ein weiteres Loch mit schwachen rötlichen Spuren an der Wand, die, wie forensische Untersuchungen ergaben, Terrakotta hätten gewesen sein können.

Etwa hundert Meter weiter, durch einige Jahrhunderte Geröll, das inzwischen fast wieder zu landwirtschaftlicher Nutzfläche geworden war, lag der sagenumwobene Stall mit Kreuzgewölbe. Darüber thronte ein nagelneuer Bungalow. Mit etwas weniger Gestrüpp dazwischen wäre ein nachbarliches Händeschütteln möglich gewesen, ohne dass eine der beiden Parteien das eigene Haus hätte verlassen müssen.

An der »Schloss«-Wand oder dem, was davon übrig war, blieb gerade genug Platz, um statt eines Gartens ein Spalier schmaler Bäume unterzubringen. Wo mehr als fünfzig Steine an einem Fleck zusammengeblieben waren, verkündeten breite Mauerrisse quer über die ehemals Heilig Römische Fassade »Epizentrum«.

Unterdessen spulte der Verkäufer unbeirrt sein Programm herunter, er pries die zahlreichen Möglichkeiten des Anwesens und bediente sich dabei jener speziellen Makler-Alchimie, die Katastrophen zu ausgesprochenen Glücksfällen werden lässt. Auf diese Weise verwandelte sich das Gebäude im Handumdrehen zu einem Projekt für viele Hightech-Kochnischen mit angebauten Minnesängergalerien sowie mehreren ineinandergehenden Innenhöfen. Die Innenhöfe führten zu jenen Teilen des Bauwerks, die bereits abgerissen worden waren.

Ich habe schon Ruinen gesehen, für die ich fast meine Seele verkauft hätte, aber diese gehörte nicht dazu. Angeblich brachte die römische Armee die Brennnessel nach Großbritannien, um der Kälte Herr zu werden. Die römischen Soldaten peitschten ihre nackten Körper damit und vergaßen vor Schmerzen das Frieren. Diese Erinnerung an das alte Rom, die gewöhnliche Brennnessel, wuchs überall, drinnen und draußen. Auf dem Weg zu unserem Auto und dessen soeben ruinierter Federung rieb ich meine angeschwollenen Hände, als der winzige örtliche Landvermesser fragte:

»Möchten Sie woanders etwas besichtigen? Es ist nicht weit, und es ist etwas völlig anderes.«

Der Verkäufer, der sich als Allround-Talent mit Gespür für Menschen und Geschäft erwies, fuhr dann mit uns etwa dreißig Kilometer weiter, um uns eine fünfstöckige Villa zu zeigen.

Beim Anblick eines schönen Hauses oder Gartens setzt mein Herz einen Schlag aus. Als Kind ging ich sonntags in den Londoner Botanischen Garten in Kew. Die Ferien verbrachten wir mit der Besichtigung vornehmer englischer Landhäuser (gegen eine geringe Gebühr und jeweils für mehrere Stunden). Sonntagabends in Clapham durchkämmte ich mit meiner Mutter und unser beider Größenwahn die

Immobilienanzeigen der *Sunday Times*. Wir fantasierten ständig, mal dieses, mal jenes Schloss zu kaufen und zu beziehen. Über diese Kindheitserinnerungen hatte sich das Bild meines eigenen Traumhauses geschoben; als unsere Wagenkolonne an einer Dreierreihe ehrwürdiger Zypressen vorbei in eine Auffahrt einbog, sah ich das Haus, das ich mein Leben lang gesucht hatte. Es stand da wie eine verschmähte Schönheit, noch immer in ihren alten Sonntagsstaat eingekleidet. Die aufgegebene Fassade ächzte unter einer Tonnenlast modellierter Terrakotta. Es hatte reihenweise hohe, elegante Fenster mit weißen Marmorsimsen, es hatte Dutzende von Bögen, eine Loggia, ein Dach, einen Balkon und eine Glyzinienkaskade.

Das erfasste ich mit den ersten Blicken. Danach war ich, obwohl ich durch eins der fehlenden Fenster stieg und fast eine Stunde lang umherstöberte, so verzückt, dass ich wenig sah, woran ich mich deutlich erinnern könnte. Das Haus hatte eine freitragende weiße Marmortreppe, die schwindelerregend ohne Balustrade oder Geländer gegen Stürze über vier Stockwerke reichte. Es hatte einen verzierten weißen Marmorkamin, etwa drei Meter hoch, in einer geschwärzten Küche. Es hatte zwei Traktoren, einen Mähdrescher und einen Lastwagen, die alle in der Eingangshalle rosteten. Es hatte verrottende Schweinefüße, die irgendwo im dritten Stock von einer Drahtwäscheleine hingen. Es hatte mehrere verschlossene Türen; ich würde sagen, etwa die Hälfte des Hauses war verschlossen oder so verbarrikadiert, dass der Blick versperrt war. Erst viel später, ein Jahr später, bemerkte ich, dass diese verschlossenen Türen die einzigen Türen waren, die es in der ganzen Villa, drinnen wie draußen, noch gab. Damals war ich zu sehr in Bewunderung versunken, um Einzelheiten an dem Haus wahrzunehmen, das, wie ich wusste, unser Haus war.

In der Sekunde, als wir in die staubige Auffahrt einbogen, waren Robbie und ich uns einig, dieses Haus zu kaufen, und zwar egal wie. Wir stellten Listen von Freunden und Angehörigen zusammen, die sich möglicherweise an einem solchen Projekt beteiligen und unser eigenes pygmäenkleines Kapital bis zu dem für eine solche Schönheit geforderten Preis aufstocken würden. Eine Stunde später fand ich mich in einer nahen Stadt in einem kleinen Büro dabei wieder, wie ich einen Scheck über zwanzig Prozent der Kaufsumme überreichte. Im Austausch erhielt ich ein Stück liniertes Papier mit sehr vielen Namen und Geburtsdaten sowie einer beiläufigen Erwähnung des Erwerbs der Villa Orsola. Es folgte eine lange Verhandlung über die Zahlungsbedingungen für die restliche Kaufsumme. An dieser Stelle ließ meine Konzentration stark nach, denn ich kam vor Hunger fast um und war außerstande, mich für die Einzelheiten von Geldern zu interessieren, die ich nicht besaß und von denen ich auch nicht recht wusste, wie ich sie auftreiben sollte. Wir erhielten ein halbes Jahr Frist, um den Rest zu bezahlen, und ich vertraute darauf, dass in den Monaten bis dahin etwas auftauchen würde, um die Schuld zu begleichen.

Ted Hughes, Hofdichter der englischen Krone, hatte mich in die Kunst des Hauskaufs eingewiesen und mir erklärt, ich müsse erst das Haus finden, das ich haben wolle, dann müsse ich es kaufen, und erst später dürfe ich mir Gedanken über die Bezahlung machen. Nach einer Reihe von Probeläufen, die mich zwar nicht in den Bankrott, aber an dessen Rand getrieben hatten, erschien mir diese Strategie für ihren Bereich fast so vernünftig wie das legendäre Parkinsonsche Gesetz. Die Villa Orsola war größer als alles, woran ich mich je getraut hatte, aber schließlich handelte es sich um mein Traumhaus. Der *compromesso* wurde unterschrieben, die Anzahlung von zwanzig Prozent in Form eines Euroschecks (mit der üblichen theoretischen Beschränkung auf 300 Pfund) überreicht, und wir waren die neuen Besitzer eines unfertigen *palazzo*.

Das Haus war hohl; es fehlten die einfachsten Dinge wie Fußböden und Türen, Abflussrohre und Wasser. Die Innenausstattung bestand nur aus Worten: den zahlreichen Versionen seiner Geschichte und den Anekdoten rund um seine Vergangenheit. Am ersten Tag hörten wir, die Villa Orsola stamme aus dem siebzehnten Jahrhundert, aus dem achtzehnten Jahrhundert, aus dem neunzehnten Jahrhundert, sie sei für einen berühmten Architekten, einen Spieler, einen Adligen, einen General, einen Franzosen, einen Griechen, einen Deutschen erbaut worden – und so weiter durch alle Berufe und Nationalitäten. Nicht zwei Geschichten stimmten überein, und jeder schien etwas über *il palazzo* zu wissen. Deutlich wurde allerdings, dass das scheinbar verlassene Gemäuer am Rande dem Zentrum des Dorfs irgendwie sehr nah war und dass es viele Generationen mit einer Intensität in seine kahlen Räume gezogen hatte, die sich zwischen Magnetismus und Magie bewegte.

Hinter Scheinwänden, die im *palazzo* eingezogen worden waren, wurde während des letzten Krieges das Getreide des Dorfes vor den Deutschen versteckt. Auf dem groben Schotter davor hatten die alten Männer als Buben Fußball gespielt, bevor man den neuen Fußballplatz baute. Seine baufälligen Bögen waren das Ziel von Schulausflügen; in seinen Hallen fanden Dorffeste statt; es gab Tanzveranstaltungen, Bälle und Rendezvous. Die Villa Orsola war nie bewohnt, aber auf ihren vielen hundert Quadratmetern waren, von jungfräulichem Stuck umgeben, zahllose Kinder gezeugt worden.

Später am gleichen Abend fuhren wir, von Glück benebelt, nach Siena zurück. Wir würden einen Film entwickeln lassen, aber bis dies geschehen war, mussten wir uns mit unseren Erinnerungen an die Villa begnügen. Ich hatte aufgrund der Aufregung und der Anstrengung, die es bedeutete, durch den *compromesso*-Vorvertrag mit seinen vielen Klauseln und Unterabschnitten gehetzt zu werden, eine neue persönliche Bestleistung in Schläfrigkeit erreicht. Der geforderte Preis war so niedrig, dass es unhöflich gewesen wäre, wegen Kleinigkeiten pingelig zu werden, also hatte ich sie an mir vorüberziehen lassen und Tagträumen nachgehangen. Als wir über die Autobahn rollten, bat ich Robbie, mir nochmals den Namen des Weilers zu nennen, in den wir uns gerade eingekauft hatten, sowie des nahen Dorfes, weil mir beides irgendwie entfallen war. Robbie war nichts entfallen – mit seinen überaus dürftigen Italienischkenntnissen hatte er sie gar nicht erst gehört, sondern angenommen, dass ich es wissen würde, schließlich war ich die Sprachkundige und Praktische von uns beiden. Und so brausten wir über die *autostrada,* entweder Opfer eines Betruges oder die Besitzer eines namenlosen Haufens exzellent ornamentierten Mauerwerks in direkter Nähe eines Dorfes, das keiner von uns wiederfinden konnte, nicht einmal auf einer Karte.

Nancy Mitford

Porträt eines französischen Landhauses

Den Herbst verbringe ich immer in einem französischen Landhaus, das ich hier Château de Sainte Foy nennen möchte. Das ganze Jahr über freue ich mich auf diesen Besuch; die Wochen vergehen viel zu schnell; es ist eine glückliche Zeit.

Sainte Foy ist ein langgestrecktes, niedriges weißes Haus, wie das in *Les Malheurs de Sophie*. Es grenzt an einen Platz, auf dessen anderer Seite die Gebäude eines Bauernhofs liegen; dazwischen die *basse-cour,* auf der ein ständiges Kommen und Gehen herrscht, muntere, lärmende Bauern in blauen Overalls, Pferde vor großen hölzernen Bauernwagen, Kühe, Traktoren und das kleine Auto des Bauern – sie alle müssen unter einem Turm hindurch, der aus der Zeit Heinrichs IV. stammt. Auf der Vorderseite des Hauses liegt ein waldiger, von Kanälen durchzogener Park, darin zwei alte Kapellen, ein Taubenhaus, ein Küchengarten und eine *charmille,* die Buchenallee, ohne die kein französischer Park komplett ist.

Bis zur Revolution hat hier ein bedeutendes Kloster gestanden. Es wurde zerstört; das Haus blieb. Im 18. Jahrhundert war es als Unterkunft für die Freunde und Verwandten der Nonnen erbaut worden. Vielleicht ist es deshalb ein so gastlicher Ort. Die Besitzerin, Madame de Florange, füllt ihr Haus, wenn sie dort ist, mit Menschen; vor ihr haben es ihre Eltern genauso gemacht; seit hundert Jahren beherbergt Sainte Foy (unverändert, außer dass jedes Schlafzimmer jetzt ein Badezimmer hat) eine fröhliche Gesellschaft.

Viele Gäste sind seit ihrer Geburt immer wieder hier gewesen, denn vor ihnen kamen schon ihre Eltern. Sie wohnen immer wieder in denselben Zimmern und lassen manchmal vom einen zum anderen Besuch ihre Habseligkeiten darin zurück. Kaum möglich, einen Eindruck davon zu vermitteln, wie hübsch diese Zimmer sind, mit ihren altmodischen Möbeln, den Sonntagsmaler-Aquarellen und den doppelten Taftvorhängen in Rosa und Weiß. Diese Zimmer liegen nach Osten, vom Bauernhof abgewandt, der sich nur gelegentlich durch eine Wolke von sattem Dunggeruch bemerkbar macht. Nachts hört man die Eulen, das Rauschen des Windes in den Pappeln, das wie Regen klingt, und das dumpfe Aufschlagen herabfallender Walnüsse.

Ich komme am 1. September nach Sainte Foy. Es ist ein Uhr, und die Gesellschaft hat sich zwischen den in Kübeln gepflanzten Orangenbäumen vor dem Haus versammelt. Freudige Rufe, Umarmungen; Kummer und Sorgen weichen – für viele Wochen werden wir sie los sein. Die Atmosphäre in Sainte Foy ähnelt der in russischen Theaterstücken – endloses Geplauder, endlose Muße, ein paar Intrigen, Geheimnisse in der *charmille;* der Unterschied besteht darin, dass es keinen *ennui* gibt. (Während all der Jahre, die ich in Frankreich gelebt habe, ist er mir nie begegnet, wenngleich er im 18. Jahrhundert heftig an den Leuten nagte.)

Die Schar der Gäste besteht, wie in russischen Theaterstücken, aus sehr unterschiedlichen Elementen, Junge und Alte, Eierköpfe und Holzköpfe, Heilige und Sünder, Grashüpfer und Ameisen. Selten sind wir weniger als acht und mehr als zwölf. Ein würdiges Element steuern ein oder zwei Abbés bei, außerdem eine gebildete Dame, die alles über die Architektur des Mittelalters weiß, und der Hauslehrer der Enkelkinder von Madame de Florange. Für diese Leute sind Mrs. H., Monsieur d'Albano mit seinen fünfundneunzig Jahren, Monsieur de la Tour und ich selbst eine angenehme Gesellschaft, aber ohne Gewicht.

Monsieur d'Albano komponiert Definitionen: *»Yes. Ne veut vraiment dire oui… qu'à toutes choses anglaises.«* – *»Héros. Beaucoup ne tiennent pas à l'être mais combien voudraient l'avoir été.«*

Monsieur de la Tour restauriert Bilder und hat ein geschwärztes Gemälde aus dem Treppenhaus in einen (möglichen) Bassano verwandelt – manchmal wünsche ich, er hätte es nicht getan, der Kopf von Johannes dem Täufer wirkt jetzt so unsympathisch. Er ist eine Čechov-Figur, jung, romantisch, sprunghaft, elegant und mysteriös; er hegt eine verzweifelte Liebe zur Schönheit dieser Welt, sieht jedoch eine alles verschlingende Woge von Hässlichkeit auf uns zukommen und bezweifelt, dass er sie wird überleben können. Es macht ihn melancholisch.

Kummer und Sorgen weichen in Sainte Foy, aber nicht von Mrs. H., denn Sich-Kümmern und Sich-Sorgen-Machen sind ihre Hobbys; sie verströmt eine Art von frivolem Pessimismus, den niemand allzu ernst nimmt. Sie ist die französischste Engländerin, die ich kenne. Ihr Vater gehörte zum Stab von Lord Lyons, und sie kam in der Pariser Botschaft zur Welt, im selben Zimmer wie Somerset Maugham. Die beiden trieben ihre Reifen nebeneinander durch die Tuilerien. Als sie zum ersten Mal nach Sainte Foy kam, war sie sechs Wochen alt; ihre Mädchenjahre verbrachte sie abwechselnd an den Ufern der Themse und den Ufern der Marne; als sie heiratete, wurde sie zum Mittelpunkt für einige intellektuelle Kreise der Londoner Gesellschaft. Sie hat ein tragisches, grünliches Gesicht mit großen schwarzen Augen und kleidet sich in Trauerfarben. Einmal sagte sie zu mir: »Kind« (ich bin *Kind* für sie und *La Petite* für Madame de Florange, es ist sehr angenehm) »Kind, du solltest nie Make-up auflegen – Künstler schätzen das nicht.« – »Für Sie mag das angehen«, sagte ich, »denn Sie sehen aus wie die Geliebte von El Greco. Aber wenn ich kein Make-up auflege, sehe ich aus wie eine alte englische Gouvernante.« Während mich die anderen mit allen Anzeichen von Zufriedenheit begrüßen, sagt Mrs. H., die ich seit Monaten nicht gesehen habe, nur: »Hast du eine Zeitung mitgebracht, Kind? Keine Zeitung? Na, ich weiß ja, der Untergang der Zivilisation ist dir völlig gleichgültig.« Aus irgendeinem Grund scheint die Zivilisation ihrem Untergang im September immer näher als zu jeder anderen Jahreszeit, ein Grund mehr, diesen ruhelosen Monat in Sainte Foy zu verbringen, wohin der Lärm der Trommeln nur gedämpft dringt. Tageszeitungen sieht man hier nie, ausgenommen die englischen, die ich und Mrs. H. mit zweitägiger Verspätung durch die Post beziehen. »Da du den *Daily Telegraph* hast, Kind, werde ich mir die *Times* kommen lassen.« Im Salon steht ein altertümlicher Radioempfänger, aber jeder, der so unvorsichtig ist, ihn anzustellen, bekommt einen kräftigen Elektroschock.

Keinem von uns macht es etwas aus, die neuesten Nachrichten nicht zu erfahren, außer Mrs. H., die, vom Untergang der Zivilisation düster fasziniert, die Gegenwart unbedingt im Auge behalten will. Zur Zeit der Suez-Krise tat sie mir so leid, dass ich das Radio mit Hilfe eines Radiergummis in Gang setzte. »Das ist das Ende!« Wie alle Engländer stritten wir heftig über die Suez-Frage, und es kam zu wütenden Wortgefechten. Auch die Franzosen waren der Meinung, es sei das Ende, aber sie gingen einander deshalb nicht an die Kehle, sondern zuckten die Achseln und gaben die Schuld den Amerikanern.

Madame de Florange ist eine große, schöne, elegante Frau, im gleichen Jahr geboren wie Sir Winston Churchill, Dr. Adenauer und der kürzlich verstorbene Papst. Genau wie diese Männer ist auch sie äußerst autoritär; die Welt hat ihr immer zu Füßen gelegen, und sie bekommt ihren Willen. Außerdem ist sie eine Heilige. Der Umgang mit Heiligen ist selten einfach, zumal wenn sie, wie Madame de Florange, eher Adler als Tauben sind. Sie ist eine Aufrührerin und ein Phänomen; in ihrer Welt – katholisch, royalistisch, *bien pensant*, Action Française – sind überzeugte Gaullisten wie sie etwas höchst Ungewöhnliches. Meistens heißt es: »Ich stimme mit beiden Händen für den General, damit ich ihm keine Hand geben muss.« Sie wählen ihn nur, weil – »wen gibt es sonst?« Aber sie tun es ungern.

Madame de Florange – auch darin unterscheidet sie sich von vielen ihrer Landsleute – hat viel Fantasie. Unmöglich lässt sich voraussehen, wie sie etwas aufnimmt. Von Voltaire und Anatole France lässt sie sich nicht schockieren (den Kindern sind sie allerdings verboten), und nicht einmal von

Mendès-France; an der boshaften Klugheit des *Express* hat sie sogar ihre Freude. Für zeitgenössische Kunst hat sie sich immer interessiert, ist von den Kubisten gemalt worden und war mit Bonnard eng befreundet, der ihr ein Bild schenkte. Jemand stieß eines Tages auf die Liste der Leute, für die sie jeden Tag betet – zwischen den Namen von Verwandten fanden sich auch die von Louis XIV. und Landru. »Der Arme«, erklärte sie auf die Frage, warum Landru, »anscheinend hat er keine Verwandten, die für ihn beten.« Sie ist sehr religiös und verbringt mehr Zeit in der Kapelle als im Salon. Sie ist nicht bei den anderen, als ich ankomme; ihr Mädchen ist gerade zur Kapelle hinübergegangen, um ihr zu sagen, dass das Mittagessen fertig ist.

Unterdessen erzählt Mrs. H., die vor einer Stunde aus England eingetroffen ist, noch einmal ihre neuesten Nachrichten, alle sind schlecht. »Mein Arzt, den ich immer so gemocht habe, hat sich auf Broiler verlegt.« – *»Broilairs? Qu'est-ce que c'est que ça?«* – »Eine Sorte Hühnchen, die man im Dunkeln großzieht und mit Spritzen ernährt. Er sagt, sie könnten ihn nachts nicht aus dem Bett klingeln – ach, es ist furchtbar.«

»Aber diese *Broilairs* müssen schauderhaft schmecken?« Die Leiden des Konsumenten bereiten den Franzosen größere Sorgen als die des Huhns.

»Oh, allerdings. Aber niemand stört sich daran. Kalbfleisch schmeckt in England heutzutage wie Löschpapier – warum? Weil die Kälber in Türkischen Bädern leben«, fügt Mrs. H. hinzu und beschwört die Vorstellung herauf, das liebe grüne England sei von zahllosen Hamams übersät.

Der Tag beginnt in Sainte Foy, wie in allen französischen

Häusern, mit einem Lärm, der wie Pistolenschüsse klingt, aber nur bedeutet, dass die hölzernen Fensterläden zurückgeschlagen werden. Meine allerdings nicht. Ich lasse alles offen, wenn ich schlafe, deshalb liebe ich die französische Balkontür so sehr, die das Haus mit dem Firmament verbindet, statt es von ihm zu trennen, wie das stickige englische Schiebefenster.

Bald erscheint Madame Congis mit Kaffee und Croissants. Mit dem glücklichen Monsieur Congis wohnt sie in einem Nachbardorf, kommt vor dem Frühstück auf ihrem Fahrrad herübergestrampelt und fährt, beladen mit schwarzgeränderten Briefen für die Post, nach dem Tee wieder davon. Sie interessiert sich leidenschaftlich für alles, was in Sainte Foy vor sich geht; wenn sie einem das Tablett auf die Knie gesetzt hat, verschränkt sie die Arme, sagt: »Voilà!« und gibt dann eine Erklärung ab.

»Voilà! Monsieur l'Abbé Fesch ist nach der Messe auf einen der Esel der Kinder gestiegen, nur zum Spaß, und der ist mit ihm durchgegangen. Madame la Comtesse ist äußerst besorgt.«

»Voilà! Miessis H. hat rasende Zahnschmerzen und fährt jetzt zum Zahnarzt nach Meaux.« Alle Köpfe erscheinen in den Fenstern, als Motorengeräusche hörbar werden; Mrs. H., in Umhängetücher gehüllt, tritt aus dem Haus, blickt wie eine gotische Heiligenfigur in die Höhe, ruft: »Betet für mich!« und lässt sich zu ihrem Martyrium chauffieren.

Freitags kommen einige Männer, die in Paris arbeiten, *en weekend* heraus. Mrs. H. erwartet sie wie den Messias und hofft, ihnen die letzten Neuigkeiten entlocken zu können. Tatsächlich sind sie voll davon, und schon bald ist sie im

Bilde darüber, was im Jockey Club geredet wird. Es stimmt selten mit dem überein, was sie in ihrem *New Statesman and Nation* liest, deshalb sucht sie die Wahrheit auf halbem Wege dazwischen.

Jene Männer bringen große Mengen von Zeitungen, Süßigkeiten und Blumen für Madame de Florange mit (in Frankreich bringt man Blumen aufs Land, man nimmt sie nicht von dort mit), außerdem alle möglichen neuen Bücher, die ihnen deren Verfasser zufällig geschenkt haben. Die meisten Bücher auf dem Tisch im Salon sind von Herzögen und Herzoginnen geschrieben. Das heißt nicht, dass es sich nur um Memoiren handelt; es gibt einige sehr intellektuelle französische Herzöge; drei von ihnen sind Mitglieder der Académie française, wo sich ihnen als erste Frau möglicherweise schon bald die Duchesse de La Rochefoucauld zugesellen wird.

Wenn man mich fragt, was ich den ganzen Tag in Sainte Foy tue, weiß ich nicht, was ich antworten soll. Ich weiß nur, dass die Tage mit angenehmem Zeitvertreib gefüllt sind und dass ich dort nie zum Arbeiten komme. Wir stehen Modell für Madame de Florange, die große, meisterliche Altarbilder malt. Wir alle kommen auf ihnen vor, als Engel, Teufel oder Pestopfer.

Wir spielen viel Bridge. Mein Aufenthalt beginnt jedes Mal damit, dass ich unsere Gastgeberin anflehe zu erlauben, dass wir um zwei Sous statt nur um einen spielen. »Auf keinen Fall. Wir haben hier immer um einen Sou gespielt, und wir werden hier immer um einen spielen.« Sie liebt es, in der verwegensten Weise hoch zu reizen, und hasst es, zu gewinnen. Mrs. H. reizt gern zu niedrig und hasst es, zu verlieren.

»Kind, du gewinnst immer, außer wenn du mit mir spielst, es ist furchtbar.« Bisweilen kommt es zwischen uns zu wütenden Auseinandersetzungen, die manchmal mit einem Telefonanruf bei einem Freund von Albarron in Paris enden, um die Sache zu klären.

Übrigens sind die Bauern in diesem Teil von Seine et Marne eingefleischte Spieler. Der Bürgermeister von Pouy, der einen der größten Höfe in dieser Gegend besitzt, kommt oft herüber, um mit uns zu spielen (um einen Sou). Er berichtet von wirklich wilden Pokerpartien; einer seiner Kollegen verlor kürzlich ein Pferdegespann an einen anderen – am nächsten Morgen ließ er die Tiere herüberbringen, der Fuhrmann in Tränen aufgelöst. Dieser charmante Bürgermeister nimmt mich und Monsieur de la Tour jedes Jahr mit in den Wald von Ermenonville, wo wir bei Vollmond die Hirsche röhren hören. Der Wald ist voller Wesen, die sich knackend und krachend ihren Weg bahnen, die Hirsche klingen wie Löwen, alles wirkt so urwüchsig wie im Kongo, und doch ist man kaum eine Autostunde von Paris entfernt.

Es gibt in Sainte Foy herrliche Spazierwege. Man kann über das Hochland an Heuschobern und der alten Windmühle vorbei nach Pouy gehen, das aus einem Dutzend weißgetünchter Häuser mit roten und blauen Dächern besteht, die sich um eine romantische Kirche drängen; oder auf einem staubigen, weißen Feldweg, der von Nussbäumen und Brombeerhecken gesäumt wird, nach Mareilly, wo der Dorfladen manchmal ein Exemplar des *Aurore* vorrätig hält, oder durch einen Pappelwald zu den Brunnenkressebeeten.

Als Monsieur de la Tour ein naives Fresko in der Kirche

von Pouy restaurierte, besuchte ich ihn dort oft nach dem Tee und ging dann zusammen mit ihm nach Hause. Wie viele Franzosen tut er so, als hielte er seine Landsleute für ausgemachte Dummköpfe: »Diese Trottel *(crétins)* – was kümmert sie ihre schöne Kirche?« Deshalb war es eine angenehme Überraschung, als er zuletzt eine Urkunde bekam, in der ihm alle Gemeindemitglieder für seine Mühe dankten.

Als ich dieses Land kurz nach dem Krieg kennenlernte, wirkten die Dörfer noch sehr schmutzig, aber in letzter Zeit ist es besser geworden – ich vermute, der Grund hierfür sind einige Pariser Wochenendurlauber, die sich hier Häuser gekauft haben. Die Stadtmaus hat der Landmaus gezeigt, wie man Holz streicht, hübsche Vorhänge aufhängt, auf Butagaz kocht und Blumen im Garten pflanzt. Vielleicht sind die Leute hier jetzt auch reicher, aber ich glaube, oft war früher Mangel an Fantasie und nicht Mangel an Bargeld für das trostlose Aussehen verantwortlich. Dieses Jahr habe ich hier und da eine Waschmaschine erblickt, aber ein Fernsehgerät ist mir noch nicht zu Gesicht gekommen.

Die Bauernhöfe in diesem Teil von Frankreich sind groß genug, um zu florieren. Angebaut werden vor allem Weizen, Mais und Rüben. Moderne Geräte kommen immer stärker in Gebrauch; die vierzig friesischen Kühe in Sainte Foy werden elektrisch gemolken und sind elektrisch umzäunt; es gibt einen großen Ferguson-Traktor und andere motorisierte Maschinen; aber Champagne, ein gutmütiger Schimmel, der seinen Kutscher so sehr liebt, dass er ihn wie ein Hund nie aus den Augen lässt, und Jean-Mermoz, ein alter

Brauner, haben noch immer viel zu tun. Die Franzosen sind der Meinung, dass, wenn der Boden feucht ist, Pferde immer noch am besten geeignet sind, außerdem produzieren sie Mist, und zuletzt kann man sie essen, was man von einem Traktor beides nicht behaupten kann.

Auf erschreckende Weise machte sich die bis dahin so weit entfernte moderne Welt im letzten Jahr in Sainte Foy bemerkbar. Einige schlaue junge Staatsbeamte kamen mit einem Wohnwagen, um nach Öl zu suchen. In einem Weizenfeld unmittelbar außerhalb der Parkmauer hoben sie einen riesigen Krater aus und stellten eine Pumpe auf, die tagsüber und nachts einen ohrenbetäubenden Lärm machte; starke Scheinwerfer flammten hinter den Bäumen auf – ein höllenhafter Eindruck. Man warnte uns, wenn Öl gefunden würde, werde hier eine Barackenstadt aus dem Boden schießen; die Luft werde mit Petroleumdünsten geschwängert sein, die Pumpe und die Scheinwerfer würden zur Dauereinrichtung. Außerdem bekämen Madame de Florange und der junge Monsieur Gouasc, ihr Pächter, zwar eine geringe Entschädigung, aber keinen Pfennig von dem Profit, denn schon seit lange vor der Revolution gehöre alles, was unter der Erde liegt, dem Staat. Zum Glück zogen die Ölsucher eine Niete. Sie gaben dem Bauern hundert Pfund dafür, dass sie ihm sein Feld zeitweilig ruiniert hatten, füllten den Krater wieder auf und zogen ab, um zwölf Meilen weiter ein ergiebiges Ölvorkommen zu finden.

Sainte Foy wurde gerettet, aber für wie lange? Wird es, da es so nahe bei Paris liegt, nicht bald Teil der *agglomération Parisienne* werden? Werden all die klugen, gutaussehenden Bauern in Fabriken gepfercht, damit sie dort nutzlose

Dinge für andere Bauern in anderen Fabriken fabrizieren? Werden die Pappeln gefällt und durch *unités* ersetzt, nämlich Wohnblocks, die sich über Betonparkplätzen erheben, mit eigenen Geschäften und Schwimmbädern?

Am Ende vielleicht dann doch nicht. Ich kann mir einfach nicht vorstellen, dass Madame Congis oder der Bürgermeister von Pouy in einer *unité* wohnen.

Bernhard Schlink

Das Haus im Wald

Manchmal war ihm, als sei dies schon immer sein Leben gewesen. Als habe er immer schon in diesem Haus im Wald gewohnt, an der Wiese mit den Apfelbäumen und den Fliederbüschen, am Teich mit der Trauerweide. Als habe er immer schon seine Frau und seine Tochter um sich gehabt. Und sei von ihnen verabschiedet worden, wenn er wegfuhr, und willkommen geheißen, wenn er zurückkam.

Einmal in der Woche standen sie vor dem Haus und winkten ihm nach, bis sie sein Auto nicht mehr sahen. Er fuhr in die kleine Stadt, holte die Post, brachte etwas zum Reparieren, holte Repariertes oder Bestelltes ab, machte beim Therapeuten Übungen für seinen Rücken, kaufte im General Store ein. Dort stand er vor der Rückfahrt noch eine Weile an der Theke, trank einen Kaffee, redete mit einem Nachbarn, las die *New York Times*. Länger als fünf Stunden war er nicht weg. Er vermisste die Nähe seiner Frau. Und er vermisste die Nähe seiner Tochter, die er nicht mitnahm, weil ihr beim Fahren übel wurde. Sie hörten ihn von weitem. Kein anderes Auto nahm den schmalen, geschotterten Weg, der durch ein langes, waldiges Tal zu ihrem Haus führte. Sie standen wieder vor dem Haus, Hand in Hand, bis er auf die Wiese bog, Rita sich von Kate losriss und losrannte und ihm, der gerade noch den Motor abstellen und aus dem Auto steigen konnte, in die Arme flog. »Papa, Papa!« Er hielt sie, überwältigt von der Zärtlichkeit, mit der sie ihre Arme um seinen Hals schlang und ihr Gesicht an seines schmiegte.

An diesen Tagen gehörte Kate ihm und Rita. Gemeinsam luden sie aus, was er aus der Stadt gebracht hatte, machten sich am Haus oder im Garten zu schaffen, sammelten im Wald Holz, fingen im Teich Fische, legten Gurken oder Zwiebeln ein, kochten Marmelade oder Chutney, backten Brot. Rita, voller Familienseligkeit und Lebenslust, rannte vom Vater zur Mutter und von der Mutter zum Vater und redete und redete. Nach dem Abendessen spielten sie zu dritt, oder er und Kate erzählten Rita mit verteilten Rollen eine Geschichte, die sie sich beim Kochen ausgedacht hatten.

An den anderen Tagen verschwand Kate morgens aus dem Schlafzimmer in ihr Arbeitszimmer. Wenn er ihr Kaffee und Obst zum Frühstück brachte, sah sie vom Computer auf und lächelte ihn freundlich an, und wenn er ein Problem mit ihr besprach, gab sie sich Mühe, es zu verstehen. Aber sie war mit den Gedanken anderswo, und sie war es auch, wenn sie zu dritt zum Mittag- und zum Abendessen um den Tisch saßen. Sogar wenn sie sich nach der Gutenachtgeschichte und dem Gutenachtkuss für Rita zu ihm setzte und sie zusammen Musik hörten oder einen Film sahen oder ein Buch lasen, war sie mit den Gedanken bei den Gestalten, über die sie gerade schrieb. Er beschwerte sich nicht. Sie im Haus zu wissen, ihren Kopf im Fenster zu sehen, wenn er im Garten arbeitete, ihre Finger auf den Tasten des Computers zu hören, wenn er vor ihrer Tür stand, sie beim Essen gegenüber und am Abend neben sich zu haben, sie nachts zu spüren, zu riechen, ihren Atem zu hören

– es machte ihn glücklich. Und er konnte von ihr nicht mehr erwarten. Sie hatte ihm gesagt, sie könne nur schreibend leben, und er hatte ihr gesagt, er akzeptiere es.

Ebenso akzeptierte er, dass er tagein, tagaus mit Rita alleine war. Er weckte sie, wusch sie und zog sie an, frühstückte mit ihr, ließ sie beim Kochen und Waschen und Putzen, bei der Gartenarbeit, beim Reparieren von Dach und Heizung und Auto zusehen und helfen. Er beantwortete ihre Fragen. Er lehrte sie lesen, viel zu früh. Er tollte mit ihr herum, obwohl ihm der Rücken weh tat, weil er fand, sie müsse herumtollen. Er akzeptierte, was war. Aber er wünschte sich mehr Familiengemeinsamkeit. Er wünschte sich, die Tage mit Kate und Rita wären nicht nur einmal in der Woche sein Leben, sondern morgen wie heute und gestern. Alles Glück will Ewigkeit? Wie alle Lust? Nein, dachte er, es will Stetigkeit. Es will in die Zukunft dauern und schon das Glück der Vergangenheit gewesen sein. Fantasieren Liebende nicht, dass sie sich schon als Kinder begegnet sind und gefallen haben? Dass sie auf demselben Spielplatz gespielt oder dieselbe Schule besucht oder mit den Eltern am selben Ort Ferien gemacht haben? Er fantasierte keine frühen Begegnungen. Er träumte, dass Kate und Rita und er hier Wurzeln geschlagen hatten und jedem Wind, jedem Sturm trotzten. Immer und schon immer.

2

Sie waren vor einem halben Jahr hierhergezogen. Er hatte letztes Jahr im Frühling mit der Suche nach einem Haus auf dem Land angefangen und den Sommer über gesucht. Kate war zu beschäftigt, um auch nur Bilder von Häusern im Internet anzuschauen. Sie sagte, sie wolle ein Haus in der Nähe von New York. Aber wollte sie nicht weg von den Anforderungen, die in New York an sie gestellt wurden? Die sie nicht zum Schreiben und nicht zur Familie kommen ließen? Die sie gerne abgelehnt hätte, aber nicht ablehnen konnte, weil zu einem Leben als berühmte Schriftstellerin in New York einfach gehört, erreichbar und verfügbar zu sein?

Im Herbst fand er das Haus: fünf Stunden von New York, an der Grenze zu Vermont, ab von größeren Städten, ab von größeren Straßen, verwunschen mit Teich und Wiese im Wald gelegen. Er fuhr ein paar Mal alleine und verhandelte mit Makler und Eigentümer. Dann kam Kate mit. Sie hatte anstrengende Tage hinter sich, schlief ein, als sie auf dem Highway fuhren, und wachte erst auf, als sie auf die Landstraße wechselten. Das Schiebedach war offen, und Kate sah über sich blauen Himmel und bunte Blätter. Sie lächelte ihren Mann an. »Schlaftrunken, farbentrunken, freiheitstrunken – ich weiß nicht, wo ich bin und wo wir hinfahren. Ich habe vergessen, wo ich herkomme.« Die letzte Stunde der Fahrt ging durch die leuchtende Herbstlandschaft des Indian Summer, zuerst auf Landstraßen mit, dann auf Gemeindestraßen ohne gelben Streifen in der Mitte, zuletzt auf dem holprigen Weg, der zum Haus führte. Als sie aus dem Auto stieg und sich umsah, wusste er, dass sie das Haus mochte. Ihr Blick schweifte über den Wald, die Wiese, den Teich, kam beim Haus zur Ruhe und verweilte bei einem Detail nach dem anderen: der Tür unter dem von zwei dünnen Säulen getragenen Vordach, den Fenstern, weder in Linie über- noch in Linie nebeneinander, dem schiefen Schornstein, der offenen Veranda, dem Anbau. Das mehr als zweihundert Jahre alte Haus hatte, obwohl vom Lauf der Zeit geschunden, Würde bewahrt. Kate stieß ihn an und zeigte mit dem Blick auf die Eckfenster im ersten Stock, zwei dem Teich und eines der Wiese zugewandt. »Ist das…«

»Ja, das ist dein Zimmer.«

Der Keller war trocken, die Böden waren stabil. Vor dem ersten Schnee wurde das Dach neu gedeckt und die neue Heizung eingebaut, so dass der Fliesenleger, der Elektriker, der Schreiner und der Maler auch im Winter arbeiten konnten. Beim Einzug im Frühling waren die Dielen noch nicht abgeschliffen, der offene Kamin noch nicht gemauert, die Küchenmöbel noch nicht aufgehängt. Aber schon am Tag nach dem Einzug führte er Kate in ihr fertiges Arbeitszimmer. Er hatte, als alles ausgeladen und der Wagen abgefahren war, noch am Abend die Dielen abgeschliffen und am nächsten Morgen Schreibtisch und Regale hochgebracht. Sie setzte sich an den Schreibtisch, streichelte die Platte, zog die Schublade auf und schob sie wieder zu, sah durch das linke Fenster auf den Teich und durch das rechte auf die Wiese.

»Du hast den Schreibtisch richtig gestellt – ich mag mich weder für das Wasser noch für das Land entscheiden. Also schaue ich, wenn ich geradeaus schaue, in die Ecke. In alten Häusern kommen die Geister aus den Ecken und nicht durch die Türen.«

An Kates Arbeitszimmer grenzten das gemeinsame Schlafzimmer und Ritas Zimmer, zur Rückseite des Hauses lagen das Badezimmer und eine kleine Kammer, in die gerade ein

Tisch und ein Stuhl passten. Im Erdgeschoss ging es von der Eingangstür in den großen, durch einen offenen Kamin und tragende Holzpfeiler gegliederten Koch-, Ess- und Wohnbereich.

»Sollen Rita und du nicht tauschen? Sie ist nur zum Schlafen in ihrem Zimmer, und die kleine Kammer ist für dich zum Schreiben viel zu eng.« Er sagte sich, Kate meine es gut. Vielleicht hatte sie ein schlechtes Gewissen, weil es, seit sie sich kannten, mit ihrer Schriftstellerkarriere aufwärts- und mit seiner abwärtsgegangen war. Sein erster Roman, in Deutschland ein Bestseller, hatte in New York einen Verleger und in Hollywood einen Produzenten gefunden. So hatte er Kate kennengelernt, ein junger deutscher Autor auf Lesereise in Amerika, hier noch nicht erfolgreich, aber vielversprechend, mit Plänen für den nächsten Roman. Aber über dem Warten auf den Film, der nie gedreht wurde, über den Reisen mit Kate, die bald weltweit eingeladen wurde, und über der Sorge für Rita hatte er sich für den nächsten Roman nur ein paar Notizen gemacht. Nach seinem Beruf gefragt, sagte er weiterhin, er sei Schriftsteller. Aber er hatte kein Projekt, auch wenn er es Kate nicht eingestand und manchmal sich selbst vormachte, es sei anders. Was also sollte er in einem größeren Zimmer? Noch stärker spüren, dass er auf der Stelle trat? Den nächsten Roman verschob er auf später. Wenn er ihn dann noch interessieren sollte. Immer öfter beschäftigte ihn mehr als alles andere, ob Rita in den Kindergarten sollte. Dann würde sie ihm nicht mehr gehören.

3

Natürlich liebten beide Eltern Rita. Aber Kate hatte sich ein Leben ohne Kinder vorstellen können, er nicht. Als sie schwanger wurde, tat sie, als sei nichts. Er drang darauf, dass sie zum Arzt und in die Schwangerschaftsgymnastik ging. Er heftete die Ultraschallbilder an die Pinnwand. Er streichelte den dicken Bauch, redete mit ihm, las ihm Gedichte und spielte ihm Musik vor, von Kate belustigt geduldet. Kate liebte sachlich. Ihr Vater, Professor für Geschichte in Harvard, und ihre Mutter, als Pianistin oft auf Tournee, hatten die vier Kinder mit der Effizienz aufgezogen, mit der man einen Betrieb führt. Die Kinder hatten eine gute Kinderfrau, gingen auf gute Schulen, hatten guten Sprach- und guten Musikunterricht und wurden von den Eltern in allem unterstützt, was sie sich in den Kopf setzten. Sie traten in das Leben mit dem Bewusstsein, sie würden erreichen, was sie erreichen wollten, ihre Männer oder Frauen würden im Beruf, im Haus und im Bett funktionieren und ihre Kinder würden so selbstverständlich mitlaufen, wie sie selbstverständlich mitgelaufen waren. Liebe war das Fett, das diese Familienmaschine schmierte. Für ihn waren Liebe und Familie die Erfüllung eines Traums, den er zu träumen begann, als die Ehe seiner Eltern, der Vater ein Verwaltungsangestellter und die Mutter eine Busfahrerin, immer tiefer in einen Strudel von Gehässigkeit, Geschrei und Gewalt gezogen wurde. Auch ihn schlugen seine Eltern manchmal. Aber wenn es geschah, akzeptierte er es als Reaktion auf eine Torheit, die er begangen hatte. Wenn seine Eltern zuerst einander anschrien und dann aufeinander einschlugen, war ihm und seinen Schwestern, als breche das Eis unter ihren Füssen. Sein Traum von Liebe und Familie war dickes Eis, auf dem man fest auftreten und sogar tanzen konnte. Zugleich hielt man sich in seinem Traum so fest, wie er und seine Schwestern sich festgehalten hatten, wenn der Sturm losbrach. Kate war das Versprechen des dicken Eises. Bei einem Dinner auf der Buchmesse in Monterey hatte der Gastgeber sie nebeneinandergesetzt: die junge amerikanische Autorin, deren erster Roman gerade nach Deutschland verkauft worden war, und den jungen deutschen Autor, gerade mit seinem ersten Roman in Amerika angekommen. *If I can make it there, I'll make it anywhere* – seit er sein Buch in New York in den Buchhandlungen gesehen hatte, fühlte er sich großartig, und er erzählte seiner Tischnachbarin begeistert von seinen Erfolgen und seinen Plänen. Dabei war er tapsig wie ein kleiner Welpe. Sie war belustigt und gerührt und gab ihm das Gefühl der Sicherheit. Dass ältere, erfolgreiche Frauen sich zu ihm hingezogen fühlten und seiner annehmen wollten, kannte und hasste er. Kate nahm sich seiner an und war weder ganz so alt wie er noch ganz so erfolgreich. Das Urteil der Leute schien sie nicht zu kümmern. Als er zum Befremden des Gastgebers plötzlich aufstand und sie aufforderte, lachte sie und tanzte mit ihm. Er verliebte sich an diesem Abend in sie. Sie schlief verwirrt ein. Als sie sich auf dem Buchfest in Paso Robles wieder trafen und Kate ihn mit aufs Zimmer nahm, war er nicht der unbeholfene Junge, den sie sich vorgestellt hatte, sondern ein Mann von leidenschaftlicher Hingabe. So hatte noch keiner sie geliebt. So hatte sich im Schlaf auch noch keiner an sie geschmiegt, gedrängt, geklammert. Es war eine rückhaltlose, vereinnahmende Art von Liebe, die sie nicht kannte und die sie erschreckte und reizte. Als sie wieder in New York waren, blieb er und warb linkisch und hartnäckig um sie, bis sie ihn bei sich einziehen ließ. Ihre Wohnung war groß genug. Weil das Zusammenleben gut lief, heirateten sie nach einem halben Jahr. Das Zusammenleben änderte sich. Am Anfang arbeiteten beide Tisch an Tisch, zu Hause oder in der Bibliothek, und traten gemeinsam auf. Dann kam Kates zweites Buch und wurde ein Bestseller. Jetzt trat nur noch sie auf. Nach ihrem dritten Buch ging sie weltweit auf Reisen. Er begleitete sie oft, mochte an den offiziellen Ereignissen aber nicht mehr teilnehmen. Zwar stellte Kate ihn immer als den bekannten deutschen Schriftsteller vor. Aber niemand kannte seinen Namen oder sein Buch, und er hasste die Höflichkeit, mit der man ihm begegnete, nur weil er Kates Mann war. Er spürte ihre Angst, er sei auf ihren Erfolg neidisch. »Ich bin nicht neidisch. Du verdienst deinen Erfolg, und ich liebe deine Bücher.« Die Schnittmenge zwischen ihren beiden Leben wurde kleiner. »So geht es nicht weiter«, sagte er, »du bist zu viel weg, und wenn du da bist, zu erschöpft – zu erschöpft zum Reden und zu erschöpft für die Liebe.«

»Ich leide selbst unter dem Trubel. Ich lehne schon fast alles ab. Was soll ich machen? Ich kann nicht alles ablehnen.«

»Wie soll es erst mit Kind gehen?«

»Kind?«

»Ich habe den Test mit den zwei roten Streifen gefunden.«

»Das sagt noch nichts.«

Kate wollte dem ersten Schwangerschaftstest nicht glauben und machte einen zweiten. Als sie Mutter wurde, wollte sie zuerst auch nicht glauben, dass sie ihr Leben ändern müsste, und lebte wie vor der Geburt. Aber wenn sie abends nach Hause kam und ihre Tochter aufnahm, wand Rita sich in ihren Armen und streckte sich nach dem Vater. Dann wurde Kate von der Sehnsucht nach einem anderen Leben überwältigt, einem Leben mit Kind und Mann und Schreiben und nichts sonst. Im Getriebe des nächsten Tages verging die Sehnsucht. Aber sie kam wieder, je älter Rita wurde, desto stärker, und jedes Mal erschrak Kate mehr. Eines Abends sagte er vor dem Einschlafen: »Ich mag so nicht mehr leben.«

Plötzlich bekam sie Angst, ihn und Rita zu verlieren, und das Leben mit den beiden erschien ihr als das Kostbarste überhaupt. »Ich auch nicht. Ich bin die Reisen leid und die Lesungen, Vorträge, Empfänge. Ich will mit euch sein und schreiben und nichts sonst.«

»Ist das wahr?«

»Wenn ich schreiben kann, brauche ich nur euch. Ich brauche all das andere nicht.«

Sie versuchten, anders zu leben. Nach einem Jahr sahen sie ein, dass es ihnen in New York nicht gelingen würde. »Das Leben hier frisst dich auf. Du liebst doch Wiesen und Bäume und Vögel – ich suche uns ein Haus auf dem Land.«

4

Als sie ein paar Monate auf dem Land gelebt hatten, sagte er:

»Es sind nicht nur die Wiese und die Bäume und die Vögel. Wie alles wird und wächst – das Haus ist fast fertig, Rita ist gesünder als in der Stadt, und auf den Apfelbäumen, die Jonathan und ich beschnitten haben, wächst eine gute Ernte.«

Sie standen im Garten. Er legte den Arm um Kate, und sie lehnte sich an ihn. »Nur mein Buch ist noch lange nicht fertig. Im Winter oder im Frühling.«

»Das ist bald! Und geht das Schreiben nicht leichter als in der Stadt?«

»Im Herbst habe ich eine erste Fassung. Magst du sie lesen?«

Sie hatte immer vertreten, woran man schreibe, dürfe man niemandem zeigen, man dürfe auch mit niemandem darüber reden, es bringe Unglück. Er freute sich über ihr Vertrauen. Er freute sich auf die Apfelernte und auf den Most, den er aus den Äpfeln keltern würde. Er hatte einen großen Kessel bestellt.

Der Herbst kam früh, und der frühe Frost färbte den Ahorn flammend rot. Rita konnte sich an den Farben der Bäume nicht sattsehen und auch nicht daran, wie im Kamin an kühlen Abenden aus Papier und Holz ein wärmendes Feuer entstand. Er ließ sie selbst das Papier knüllen, die Späne und Scheite schichten und das Streichholz anzünden und dranhalten. Trotzdem sagte sie: »Schau, Papa, schau!« Es blieb für sie ein Wunder. Wenn sie zu dritt vor dem Kamin saßen, servierte er heißen Apfelmost, mit einem Blatt grüner Minze für Rita und einem Schuss Calvados für Kate und für ihn. Vielleicht lag es am Calvados, dass sie seinem Werben im Bett öfter nachgab. Vielleicht lag es an ihrer Erleichterung darüber, dass die erste Fassung fertig war. Er wollte jeden Tag ein bisschen lesen und erklärte Rita, sie müsse jeden Tag eine Weile alleine spielen. Am ersten Tag klopfte sie nach zwei Stunden stolz an seine Tür, ließ sich loben und versprach, am nächsten Tag noch länger alleine zu bleiben. Aber am nächsten Tag hatte es sich erledigt. Er war nachts aufgestanden und hatte zu Ende gelesen. Kates erste drei Romane hatten das Leben einer Familie zur Zeit des Vietnamkriegs geschildert, die späte Heimkehr des Sohns aus der Gefangenschaft zu seiner großen Liebe, die verheiratet ist und eine Tochter hat, und das Schicksal dieser Tochter, deren Vater nicht der Mann ist, mit dem ihre Mutter verheiratet und bei dem sie aufgewachsen ist, sondern der Heimkehrer. Jeder Roman stand für sich, aber zusammen waren sie das Bild einer Epoche. Kates neuer Roman spielte in der Gegenwart. Ein junges Paar, beide berufstätig, beide erfolgreich, das keine eigenen Kinder haben kann, möchte Kinder adoptieren und sucht im Ausland. Dabei gerät es von einer Komplikation in die andere, steht vor medizinischen, bürokratischen und politischen Hürden, begegnet engagierten Helfern und korrupten Händlern, findet sich in komischen und gefährlichen Situationen. In Bolivien vor die Wahl gestellt, ein reizendes Zwillingspaar zu adoptieren oder die kriminellen Hintermänner auffliegen zu lassen und die Adoption aufs Spiel zu setzen, geraten Mann und Frau in Streit. Die Bilder, die sie von sich selbst und vom anderen hatten, ihre Liebe, ihre Ehe – nichts stimmt mehr. Am Ende scheitert die Adoption und liegt die Zukunft, die sie sich vorgestellt hatten, in Scherben. Aber ihr Leben ist offen für Neues.

Es war noch dunkel, als er die letzte Seite auf den Stoß der gelesenen Seiten legte. Er machte das Licht aus und das Fenster auf, atmete die kühle Luft und sah den Reif auf der Wiese. Er mochte das Buch. Es war spannend, bewegend und mit einer Leichtigkeit erzählt, die für Kate neu war. Die Leser würden das Buch lieben; sie würden mithoffen und mitleiden und gerne das offene Ende weiterdenken.

Aber hatte Kate ihm das Manuskript aus Vertrauen gegeben? Das Paar, dessen Leben offen ist für Neues – sollten das Kate und er sein? Wollte sie ihn warnen? Wollte sie ihm sagen, dass ihr altes Leben nicht mehr stimmt, und ihn auffordern, sich auf ein neues Leben einzustellen? Er schüttelte den Kopf und seufzte. Nur das nicht. Aber vielleicht war es auch ganz anders. Vielleicht feierte sie mit dem Ende des Buchs, dass er und sie ein neues Leben angefangen hatten. Sie waren nicht das Paar, dessen Leben in Scherben lag. Sie waren das Paar, dessen Leben in Scherben gelegen hatte und das sein neues Leben bereits begonnen hat.

Er hörte die ersten Vögel. Dann wurde es hell; die schwarze Masse des Walds hinter der Wiese verwandelte sich in einzelne Bäume. Der Himmel verriet noch nicht, ob der Tag sonnig oder wolkig werden würde. Sollte er mit Kate reden? Sie fragen, ob das Manuskript eine Botschaft für ihn enthielt? Sie würde die Stirn runzeln und ihn irritiert anschauen. Er musste sich schon selbst einen Reim auf das Ende der Suche des jungen Paars machen. Schwelte ein Konflikt unter dem Leben, das Kate und er führten? Kate war angestrengt. Aber wie sollte sie nicht angestrengt sein! Sie hatte den selbstgesetzten Termin für die erste Fassung einhalten wollen und in den letzten Wochen bis in die Nacht geschrieben. Nein, unter ihrem Leben schwelte kein Konflikt. Seit dem dummen Streit um die Buchmesse in Paris, zu der Kate, ohne mit ihm zu reden, zugesagt hatte, aber schließlich absagte, hatten sie nicht mehr gestritten. Sie schliefen wieder öfter zusammen. Er war nicht eifersüchtig auf ihren Erfolg. Sie liebten ihre Tochter. Wenn sie zu dritt waren, lachten sie viel und sangen sie oft. Sie wollten einen schwarzen Labrador und hatten sich beim Züchter für den nächsten Wurf angemeldet. Er stand auf und reckte sich. Eine Stunde konnte er noch schlafen. Er zog sich aus und ging vorsichtig die knarrende Treppe hoch. Auf Zehenspitzen trat er ins Schlafzimmer und blieb stehen, bis Kate, die vom Öffnen und Schließen der Tür unruhig geworden war, wieder ruhig schlief. Dann schlüpfte er zu ihr unter die Decke und schmiegte sich an sie. Nein, kein Konflikt.

5

Bei der nächsten Fahrt in die kleine Stadt kaufte er für den Winter ein. Es war eigentlich nicht nötig; länger als einen Tag hatte es im letzten Winter nie gedauert, bis die Straße vom Schnee geräumt war. Aber die Kartoffeln im Sack, die Zwiebeln in der Kiste, das Kraut im Fass und die Äpfel auf dem Regal würden den Keller für Rita zu einem heimeligen Ort machen. Sie würde sich freuen, hinunterzusteigen, Kartoffeln abzuzählen und hochzubringen.

Bei der Farm, die auf dem Weg lag, bestellte er Kartoffeln, Zwiebeln und Sauerkraut. Der Farmer bat: »Können Sie meine Tochter in die Stadt mitnehmen und auf der Rückfahrt wieder absetzen? Wenn Sie Ihre Sachen holen?« Also nahm er die sechzehnjährige Tochter mit, die Bücher aus der Bücherei holen wollte und ihn, den neuen Nachbarn, neugierig ausfragte. Seine Frau und er hatten genug von der Stadt? Sie suchten auf dem Land Ruhe? Was hatten sie in der Stadt gemacht? Sie ließ nicht nach, bis sie erfuhr, dass er und seine Frau schrieben, und fand es aufregend. »Wie heißt Ihre Frau? Kann ich was von ihr lesen?« Er wich aus.

Danach ärgerte er sich. Warum hatte er seine Frau nicht zur Übersetzerin oder Webdesignerin gemacht? Sie waren nicht aus New York geflohen, um auf dem Land in den nächsten Rummel um Kate zu geraten. Dann fand er in der *New York Times* auch noch den Hinweis, dass in wenigen Tagen der National Book Award verliehen würde. Jedes von Kates drei Büchern war für den Preis im Gespräch gewesen. In diesem Jahr war zwar kein neues Buch von ihr erschienen. Aber erst in diesem Jahr hatte die Kritik die drei Bücher als Bild einer Epoche erkannt und gefeiert. Er konnte sich nicht vorstellen, dass Kate nicht im Gespräch war. Wenn sie den Preis bekam, ging es wieder los.

Er fuhr zur Bücherei und hupte. Die Tochter stand mit anderen Mädchen vor dem Eingang; sie winkte, und die anderen schauten. Auf der Rückfahrt erzählte sie ihm, wie spannend ihre Freundinnen fänden, dass seine Frau und er Schriftsteller seien und in der Gegend lebten. Ob seine Frau oder er mal in die Schule kämen und was über das Schreiben erzählten? Sie hätten schon Besuch von einer Ärztin und einem Architekten und einer Schauspielerin gehabt. »Nein«, sagte er schroffer als nötig, »so was machen wir nicht.«

Als er sie abgesetzt und seine Sachen geladen hatte und

wieder alleine im Wagen saß, fuhr er bis zu dem Aussichtspunkt, an dem er bisher immer vorbeigefahren war, und hielt auf dem leeren Parkplatz. Vor ihm senkte sich der bunte Wald in ein weites Tal, stieg dahinter an und leuchtete noch bis zur ersten Bergkette. Bei der zweiten wurden die Farben matt, und in der Ferne verschmolzen Wald und Berge mit dem blassen blauen Himmel. Über dem Tal kreiste ein Habicht. Der Farmer, der sich für die örtliche Geschichte interessierte, hatte ihm einmal vom überraschenden Wintereinbruch 1876 erzählt, von dem Schnee, der mitten im Indian Summer fiel, zunächst leicht und den Kindern zur Freude, dann dichter und dichter, bis alles eingeschneit und die Wege unpassierbar und die Häuser unerreichbar waren. Wer unterwegs vom Schnee überrascht wurde, hatte keine Chance, aber auch von denen, die in ihren Häusern eingeschlossen wurden, erfroren manche. Es gab Häuser fernab von allen Straßen, von denen erst mit der Schneeschmelze im Frühling wieder jemand ins Dorf fand.

Er sah in den Himmel. Ah, wenn es jetzt schneite! Zuerst leicht, so dass, wer unterwegs war, noch nach Hause käme, und dann so dicht, dass für Tage kein Auto mehr fahren könnte. Wenn unter der Last des Schnees ein Zweig bräche und die neue Telefonleitung herunterrisse. Wenn niemand Kate vom Gewinn des Preises benachrichtigen und zur Verleihung des Preises einladen, niemand sie in die Stadt holen und mit Interviews, Talkshows und Empfängen belästigen könnte. Mit der Schneeschmelze würde der Preis seinen Weg zu Kate finden, und sie würde sich nicht weniger freuen als jetzt. Aber der Trubel wäre vorbei, und ihre Welt bliebe heil.

Als die Sonne untergegangen war, fuhr er weiter. Er fuhr von der großen Straße auf die kleine und auf dem geschotterten Weg das lange Tal hinauf. Bis er anhielt und ausstieg. Neben der Straße lief an neuen, noch hellen Masten in drei Meter Höhe die Telefonleitung. Ihretwegen waren ein paar Bäume gefällt, ein paar Äste gekappt worden. Aber andere Bäume standen nahe der Leitung. Er fand eine Kiefer mit leerem Geäst, hoch, schief, tot. Er schlang das Arbeitsseil um den Baum und die Anhängerkupplung, schaltete den Vierradantrieb ein und fuhr an. Der Motor heulte auf und erstarb. Er fuhr noch mal an, und noch mal heulte der Motor auf und erstarb. Beim dritten Versuch drehten die Räder durch. Er stieg aus, nahm aus dem Pannenwerkzeug den Klappspaten, stocherte am Fuß des Baums im Erdreich und stieß auf Fels, in dessen Spalten die Wurzeln sich krallten. Er versuchte, sie zu lockern, und grub, rüttelte, stemmte. Sein Hemd, sein Pullover, seine Hose – alles war schweißnass. Wenn er doch mehr sähe! Es wurde dunkel. Er setzte sich wieder ins Auto, fuhr an, bis das Seil straff spannte, ließ das Auto zurückrollen und fuhr wieder an. Anfahren, zurückrollen, anfahren, zurückrollen – Schweiß lief ihm in die Augen und Tränen der Wut auf den Baum, der nicht fallen, und auf die Welt, die ihn und Kate nicht in Ruhe lassen wollte. Er fuhr an, rollte zurück, fuhr an, rollte zurück. Hoffentlich hörten Kate und Rita ihn nicht. Hoffentlich rief Kate nicht den Farmer an oder den General Store.

Er war noch nie so spät nach Hause gekommen. Hoffentlich rief sie auch sonst niemanden an.

Ohne dass der Baum es durch allmähliches Nachgeben angekündigt hätte, kippte er. Er schlug auf die Leitung gleich neben einem Mast, und Baum und Mast neigten sich, bis die Leitung riss. Dann krachten sie auf den Boden. Er stellte den Motor ab. Es war still. Er war erschöpft, ausgepumpt, leer. Aber dann wuchs in ihm das Gefühl des Triumphs. Er hatte es geschafft. Er würde auch alles andere schaffen. Was für eine Kraft in ihm steckte! Was für eine Kraft!

Er stieg aus, löste das Seil, lud Seil und Spaten ein und fuhr nach Hause. Er sah von weitem die hellen Fenster – sein Haus. Seine Frau und seine Tochter standen vor dem Haus, wie stets, und wie stets flog Rita ihm in die Arme. Alles war gut.

6

Kate fragte ihn erst am nächsten Abend, warum Telefon und Internet nicht funktionierten. Sie ließ sich morgens und am frühen Nachmittag durch nichts vom Schreiben abhalten und kümmerte sich erst am späten Nachmittag um ihre E-Mails.

»Ich sehe nach.« Er stand auf, machte sich an den Telefon und Computerbuchsen und -kabeln zu schaffen und fand nichts. »Ich kann morgen in die Stadt fahren und den Techniker kommen lassen.«

»Dann verliere ich wieder einen halben Tag – warte noch. Manchmal renkt sich die Technik von selbst ein.«

Als sich die Technik nach ein paar Tagen nicht eingerenkt hatte, drängte Kate: »Und wenn du morgen fährst, dann frag auch, ob es nicht doch ein Netz gibt, das wir hier kriegen können. Es geht einfach nicht ohne Handy.«

Sie hatten sich zusammen gefreut, dass sie in ihrem Haus und auf ihrem Grundstück keinen Handy-Empfang hatten. Dass sie nicht mehr jederzeit erreichbar und verfügbar waren. Dass sie auch das andere Telefon zu bestimmten Zeiten nicht abnahmen und keinen Anrufbeantworter hatten. Dass sie sich die Post nicht bringen ließen, sondern holten. Und jetzt wollte Kate ein Handy?

Sie lagen zusammen im Bett, und Kate machte das Licht aus. Er machte es an. »Willst du wirklich, dass es wieder wird wie in New York?« Als sie nichts sagte, wusste er nicht, ob sie seine Frage nicht verstanden hatte oder nicht beantworten mochte. »Ich meine…«

»Sex war in New York besser als hier. Wir waren hungriger aufeinander. Hier… wir sind wie ein altes Paar, zärtlich, aber nicht mehr leidenschaftlich. Als ob uns die Leidenschaft abhandengekommen wäre.«

Er ärgerte sich. Ja, ihr Sex war ruhiger geworden, ruhiger und inniger. Gierig und hastig waren sie in New York oft übereinander hergefallen, und das hatte seinen Reiz gehabt wie das gierige und hastige Leben in der Stadt. Ihr Sex war wie ihr Leben, hier wie dort, und wenn Kate sich nach Gier und Hast sehnte, dann womöglich nicht nur beim Sex. Hatte sie die Ruhe nur gebraucht, um ihr Buch zu schreiben? War sie jetzt, wo sie mit dem Buch fertig wurde, auch mit dem Leben auf dem Land fertig? Er ärgerte sich nicht mehr.

Er hatte Angst. »Ich würde gerne öfter mit dir schlafen. Ich würde gerne in dein Zimmer platzen und dich auf meine Arme nehmen, und du würdest mir deine Arme um den Hals legen, und ich würde dich ins Bett tragen. Ich…«

»Ich weiß. Ich habe, was ich gesagt habe, nicht so gemeint. Wenn das Buch fertig ist, wird's wieder besser. Mach dir keine Sorgen.« Kate kam in seine Arme, und sie schliefen miteinander. Als er am nächsten Morgen aufwachte, war sie schon wach und schaute ihn an. Sie sagte nichts, und auch er legte sich auf die Seite und sah sie an, ohne etwas zu sagen. Er konnte in ihren Augen nicht lesen, was sie fühlte oder dachte, und versuchte, auch mit seinem Blick nicht seine Angst zu verraten.

Er hatte ihr gestern nicht geglaubt, dass sie, was sie gesagt hatte, nicht so gemeint hatte, und er glaubte es ihr heute nicht. Seine Angst war voller Sehnsucht und Verlangen. Ihr Gesicht mit der hohen Stirn, den hochmütig geschwungenen Brauen über den dunklen Augen, der langen Nase, dem grosszügigen Mund und dem Kinn, das glatt oder geballt oder gefurcht Kates Stimmung ausdrückte – es war die Landschaft, in der seine Liebe zu Hause war. Sie war freudig zu Hause, wenn das Gesicht sich ihm öffnete und zuwandte, ängstlich, wenn es sich verschloss und ihn abwies.

Ein Gesicht, dachte er, nicht mehr, und ist doch alle Vielfalt, die ich brauche und die ich ertrage. Er lächelte. Sie schaute weiter stumm und ernst, legte ihm aber den Arm auf den Rücken und zog ihn an sich.

7

Auf der Fahrt in die Stadt hielt er beim gestürzten Baum und Mast und der zerrissenen Leitung. Beim Durchdrehen hatten die Räder seines Autos auf der Straße Spuren hinterlassen. Er verwischte sie.

Alles sah aus, als sei es einfach so passiert. Er konnte in die Stadt fahren und die Telefongesellschaft benachrichtigen. Noch war ihm nichts vorzuwerfen. Aber auch wenn er die Telefongesellschaft nicht benachrichtigte, war ihm nichts vorzuwerfen. Er hatte den gestürzten Baum und Mast und die zerrissene Leitung nicht gesehen. Wieso hätte er sie sehen sollen? Der Techniker, der in ihrem Haus die Kabel verlegt und die Computer installiert hatte und den er zu benachrichtigen versprochen hatte, mochte auf seiner Fahrt zu ihnen sehen, was passiert war. Oder nicht. Der Techniker war nicht in seiner Werkstatt. An der Tür hing ein Zettel, er besuche einen Kunden und komme bald zurück. Aber der Zettel war vergilbt, und durch die schmutzigen Fenster war nicht auszumachen, ob die Werkstatt in Betrieb war oder für einen Urlaub oder den Winter geschlossen. Telefone und Computer standen auf den Tischen, Kabel, Stecker, Schraubenzieher. Im General Store war er der einzige Kunde. Der Eigentümer sprach ihn an und erzählte vom Stadtfest am nächsten Samstag. Ob er nicht kommen wolle? Und seine Frau und Tochter mitbringen? Er war mit Kate und Rita nie im General Store gewesen und auch sonst in keinem Laden oder Restaurant. Sie waren manchmal durch die Stadt gefahren, das war alles. Was wusste der Eigentümer noch von ihnen?

Dann sah er Kates Bild in der *New York Times*. Sie hatte den Preis bekommen. Dass sie zur Preisverleihung nicht erschienen war, wurde berichtet, dass ihre Agentin den Preis entgegengenommen hatte und dass Kate für einen Kommentar nicht erreicht werden konnte. Las der Eigentümer die Zeitung nicht? Hatte er Kate auf dem Bild nicht erkannt?

Hatte er sie, als sie mit ihm durch die Stadt fuhr, nicht genau genug gesehen? Hatten andere Kate, als sie mit ihm durch die Stadt fuhr, genauer gesehen und auf dem Bild erkannt? Würden sie die *New York Times* anrufen und melden, wo Kate erreicht werden konnte? Oder würden sie den Herausgeber des *Weekly Herald* benachrichtigen, in dem wöchentlich neben Werbung kleine Berichte über Verbrechen und Unfälle, Eröffnungen und Einweihungen, Jubiläen, Hochzeiten, Geburts- und Todesfälle standen?

Noch drei *New York Times* lagen neben der Theke. Er hätte gerne alle drei gekauft, damit sonst niemand sie kaufte und läse. Aber das hätte den Eigentümer aufmerken lassen. Also kaufte er nur eine. Außerdem kaufte er eine kleine Flasche Whisky, die ihm der Eigentümer in eine braune Papiertüte einpackte. Auf dem Weg zum Auto kam er an aufgeschichteten blauen Böcken und Police-Line-Balken vorbei, mit denen die Polizei die Hauptstraße für das Stadtfest absperren würde. Er fuhr noch mal zur Werkstatt des Technikers und traf ihn wieder nicht an. Er konnte sagen, er habe es versucht. Die Post, die er aus dem Postfach nahm, sah er gar nicht an. Er steckte sie in das aufgeplatzte Futter der Sonnenblende.

Er fuhr wieder zum Aussichtspunkt, parkte und trank. Der Whisky brannte in Mund und Kehle, er verschluckte sich und rülpste. Er sah auf die braune Papiertüte mit Flasche in seiner Hand und dachte an die Stadtstreicher, die in New York mit braunen Papiertüten auf den Bänken im Central Park saßen und tranken. Weil sie ihre Welt nicht zusammengehalten hatten.

Als er das letzte Mal hier gesessen war, hatte der Wald

noch bunt geleuchtet. Heute waren die Farben matt, vom Herbst verbraucht und vom Dunst gedämpft. Er kurbelte das Fenster runter und atmete kühle, feuchte Luft. Er hatte sich so auf den Winter gefreut, den ersten Winter im neuen Haus, auf Abende am Kamin, gemeinsames Basteln und Backen, Adventskranz und Weihnachtsbaum, Bratäpfel und Glühwein. Auf Kate, die mehr Zeit für Rita und ihn haben würde. Auch auf die New Yorker Freunde, die sie im Winter endlich einmal einladen wollten. Die echten Freunde, Peter und Liz und Steve und Susan, nicht die Meute von Agentur-, Verlags- und Medienleuten, mit denen sie sich auf irgendwelchen Empfängen und Partys getroffen hatten. Peter und Liz schrieben, Steve unterrichtete, und Susan machte Schmuck – sie waren die Einzigen, mit denen sie über die Gründe ihres Umzugs aufs Land ernsthaft gesprochen hatten. Sie waren auch die Einzigen, denen sie ihre neue Adresse gegeben hatten. Ja, sie hatten ihre neue Adresse. Was, wenn sie kämen? Weil sie die *New York Times* gelesen und gefolgert hatten, die gute Nachricht habe Kate noch nicht erreicht, und weil sie deren Überbringer sein wollten? Er nahm wieder einen Schluck. Er durfte sich nicht betrinken. Er musste einen klaren Kopf behalten und sich überlegen, was er zu tun hatte. Die Freunde anrufen? Dass Kate vom Preis wisse, dass ihr nur nicht nach dem Rummel gewesen sei? Die Freunde kannten Kate, wussten, wie gerne sie sich feiern ließ, würden ihm nicht glauben und erst recht kommen.

Panik stieg in ihm auf. Wenn morgen die Freunde vor der Tür stünden, wäre Kate übermorgen in New York, und alles würde wieder losgehen. Wenn er das nicht wollte, musste er sich was einfallen lassen. Mit welchen Lügen konnte er die Freunde fernhalten? Er stieg aus dem Auto, trank die Flasche aus und warf sie in hohem Bogen in den Wald. So war's in seinem Leben immer gewesen: Wenn er zu wählen hatte, dann zwischen zwei schlechten Alternativen. Zwischen dem Leben mit der Mutter und dem mit dem Vater, als die beiden sich schließlich trennten. Zwischen einem Studium, für das er Geld verdienen musste, was ihn alle freie Zeit kostete, und einer Arbeit, die er hasste, die ihm aber Zeit zum Schreiben ließ. Zwischen Deutschland, in dem er sich immer fremd gefühlt hatte, und Amerika, wo er ebenfalls fremd blieb. Er wollte es endlich auch einmal so gut wie andere haben. Er wollte zwischen guten Alternativen wählen können.

Er rief die Freunde nicht an. Er fuhr nach Hause, berichtete vom erfolglosen Besuch beim Techniker und dass er es am nächsten Tag noch mal versuchen wolle, notfalls bei einem anderen Techniker in der Nachbarstadt und bei der Telefongesellschaft. Kate war ärgerlich, nicht über ihn, aber über das Leben auf dem Land, dessen Infrastruktur mit der in New York nicht mithalten konnte. Als sie merkte, dass ihm das weh tat, lenkte sie ein. »Lass uns in die Infrastruktur investieren und einen Mast auf dem Berg hinter dem Haus bauen. Wir können's uns leisten. Dann sind wir von den Technikern und Telefongesellschaften immerhin ein bisschen unabhängiger.«

8

Mitten in der Nacht wachte er auf. Es war kurz vor zwei. Er stand leise auf und sah zwischen den Vorhängen aus dem

Fenster. Der Himmel war klar, und auch ohne Mond waren Wiese, Wald und Weg deutlich zu sehen. Mit einem Griff nahm er seine Kleider vom Stuhl und ging auf Zehenspitzen aus dem Zimmer und die knarrende Treppe hinunter. In der Küche zog er sich an, über Jeans und Sweatshirt die wattierte Jacke, eine Wollmütze auf den Kopf und Stiefel an die Füsse. Es war kalt draußen; er hatte den Reif auf der Wiese gesehen.

Die Haustür ließ sich leise öffnen und schließen. Die paar Schritte zum Auto ging er wieder auf Zehenspitzen. Er steckte den Schlüssel ins Zündschloss und entriegelte das Lenkrad. Dann stemmte er sich in die offene Tür und schob und lenkte das Auto von der Wiese auf den Weg. Es ging schwer, und er seufzte und schwitzte. Auf dem Gras war von dem rollenden Auto nichts zu hören. Auf dem Weg knirschte der Kies unter den Rädern und machte, so kam es ihm vor, einen Höllenlärm. Aber bald neigte sich der Weg und gewann das Auto Fahrt. Er sprang hinein, war nach ein paar Kurven außer Hörweite und ließ den Motor an. Auf der Fahrt in die Stadt begegneten ihm ein paar Autos, aber, soweit er sehen konnte, keines, das er kannte. In der Stadt brannte in wenigen Fenstern Licht; es waren Wohnhäuser, und er stellte sich die Mutter am Bett des kranken Kindes oder den Vater mit geschäftlichen Sorgen oder den Alten vor, der keinen Schlaf mehr brauchte.

An der Hauptstraße waren alle Fenster dunkel. Er fuhr sie entlang und sah niemanden, keinen Betrunkenen auf einer der Bänke, kein Liebespaar in einem der Eingänge. Er fuhr beim Büro des Sheriffs vorbei; auch es war dunkel, und vor dem Parkplatz mit den zwei Polizeiautos hing eine

Kette. Er schaltete seine Scheinwerfer aus, fuhr langsam zurück und hielt neben den aufgeschichteten blauen Böcken und Police-Line-Balken. Er wartete, ob sich etwas regte, stieg leise aus und legte behutsam drei Böcke und zwei Balken auf die Ladefläche. Er stieg leise wieder ein, wartete wieder eine Weile und fuhr mit ausgeschalteten Scheinwerfern, bis er die Stadt hinter sich hatte.

Er machte das Radio an. *»We Are The Champions«* – er hatte das Lied als Junge geliebt und lange nicht gehört. Er sang mit. Wieder erfüllte ihn das Gefühl des Triumphs. Wieder hatte er es geschafft. Es steckte mehr in ihm, als die anderen sahen. Als Kate sah. Als er selbst sich meistens zutraute. Wieder hatte er es so geschickt eingefädelt, dass niemand ihm etwas anhängen konnte. Ein Versehen, ein Streich – wer konnte wissen, wie die Absperrung an den Weg gekommen war? Wer wollte es wissen?

Er fuhr und überlegte, wo er die Absperrung aufstellen würde. Der Weg zu seinem Haus zweigte von der Straße im Winkel von neunzig Grad ab, machte eine scharfe Kurve und lief dann zunächst beinahe parallel zur Straße. Gleich an der Abzweigung war die Absperrung zu auffällig, in der Kurve tat sie den gleichen Dienst.

Es ging schnell. Er hielt hinter der Kurve, stellte die Böcke auf und legte die Balken auf die Böcke. Der Weg war gesperrt.

Noch ehe er die Steigung vor dem Haus ganz geschafft hatte, stellte er den Motor ab und schaltete das Licht aus. Der Schwung reichte. Leise und dunkel rollte der Wagen vom Weg auf die Wiese. Es war halb fünf. Er blieb sitzen und lauschte. Er hörte den Wind in den Bäumen und manchmal den Laut eines Tiers oder das Brechen eines Asts. Aus dem Haus kam kein Geräusch. Bald würde der Morgen grauen.

Kate fragte: »Wo warst du?« Aber sie wachte nicht auf. Als sie ihm am nächsten Morgen sagte, ihr wäre in der Nacht gewesen, als sei er gegangen und gekommen, zuckte er die Schultern. »Ich war mal auf dem Klo.«

9

In den nächsten Tagen war er glücklich. Ein bisschen Angst war dem Glück beigemischt. Wie, wenn der Sheriff die Absperrung fand, wenn ein Nachbar sie sah und meldete, wenn die Freunde sich von ihr nicht abhalten ließen? Aber niemand kam.

Einmal am Tag nahm er einen Balken ab, rückte einen Bock zur Seite und fuhr mit dem Auto durch. Er fuhr nochmals zur verschlossenen Werkstatt. Er fuhr in die Nachbarstadt und fand einen Techniker, den er aber nicht bestellte. Er rief auch die Telefongesellschaft nicht an. Jedes Mal fühlten sich das Abnehmen und Auflegen des Balkens und das Hin und Herrücken des Bocks gut an. Als sei er ein Schlossherr, der das Tor auf- und zuschließt.

So schnell er konnte, war er von seinen Fahrten wieder zu Hause. Kate wollte an ihren Schreibtisch, und er wollte seine Welt genießen: die Sicherheit, dass Kate oben saß und schrieb, die Freude, dass Rita um ihn war, die Vertrautheit der häuslichen Abläufe. Weil Thanksgiving bevorstand, erzählte er Rita von den Pilgervätern und den Indianern, und sie malten ein großes Bild, auf dem alle zusammen feierten, die Pilger, die Indianer, Kate, Rita und er.

»Kommen sie zu uns? Die Väter und die Indianer?«

»Nein, Rita, sie sind schon lange tot.«

»Aber ich möchte, dass jemand kommt!«

»Ich auch.« Kate stand in der Tür. »Ich bin fast fertig.«

»Mit dem Buch?«

Sie nickte. »Mit dem Buch. Und wenn ich fertig bin, feiern wir. Und laden die Freunde ein. Und meine Agentin und meine Lektorin. Und die Nachbarn.«

»Fast fertig – was heißt das?«

»Am Ende der Woche. Freust du dich nicht?«

Er ging zu ihr und nahm sie in die Arme. »Klar freue ich mich. Es ist ein fantastisches Buch. Es wird tolle Besprechungen kriegen, bei Barnes & Noble in großen Stapeln bei den Bestsellern liegen und ein toller Film werden.«

Sie hob den Kopf von seiner Schulter, lehnte sich zurück und lächelte ihn an.

»Du bist ein Schatz. Du warst so geduldig. Du hast dich um mich gekümmert und um Rita und um das Haus und den Garten, und es war tagein, tagaus das Gleiche, und du hast dich nie beschwert. Jetzt geht das Leben wieder los, ich versprech's dir.«

Er sah durch das Fenster auf den Küchengarten, den Holzstoß, den Komposthaufen. Der Teich war am Ufer ein bisschen gefroren, bald würden sie Schlittschuh laufen können. War das kein Leben? Wovon redete sie?

»Am Montag fahre ich in die Stadt – ich muss ins Internetcafé und außerdem telefonieren. Wollen wir Thanksgiving mit den Freunden feiern?«

»So kurzfristig können wir sie nicht einladen. Und was soll Rita unter so vielen Erwachsenen?«

»Jeder wird sich freuen, wenn er Rita vorlesen oder mit ihr spielen darf. Sie ist genauso ein Schatz wie du.«

Was sagte sie da? Er war genauso ein Schatz wie seine Tochter?

»Ich kann Peter und Liz auch fragen, ob sie ihre Neffen mitbringen wollen. Wahrscheinlich wollen ihre Eltern sie an Thanksgiving bei sich haben, aber fragen kann nicht schaden. Und meine Lektorin hat einen Sohn in Ritas Alter.«

Er hörte ihr nicht weiter zu. Sie hatte ihn betrogen. Winter oder Frühling hatte sie versprochen, und stattdessen wollte sie jetzt fertig werden. In ein paar Monaten würde die Agentin den Preis ohne Aufwand zu Hause bei einem Glas Champagner übergeben haben. Jetzt würde der volle Rummel um den Preis ablaufen, nur mit ein bisschen Verspätung. Konnte er etwas dagegen tun? Was hätte er bis Winterende oder Frühlingsanfang gemacht? Hätte er Kate überreden können, mit der Reparatur der Technik so lange zu warten und sich damit zu begnügen, dass er ihre E-Mails aus dem Internetcafé in der Stadt mitbrachte? Sie traute ihm mit der Post, warum nicht auch mit den E-Mails? Vielleicht hätte es zu schneien begonnen und nicht mehr aufgehört, wie 1876, und sie hätten sich durch den Winter geschrieben, gelesen, gespielt, gekocht, geschlafen, ohne sich für die Welt draußen zu interessieren. »Ich gehe hoch. Wir drei feiern am Sonntag schon mal, ja?«

10

Sollte er aufgeben? Aber Kate war noch nie so ruhig gewesen und hatte noch nie so leicht geschrieben wie im letzten halben Jahr. Sie brauchte das Leben hier. Auch Rita brauchte es. Er würde seinen Engel nicht dem Verkehr und den Verbrechen und den Drogen in der Stadt aussetzen. Wenn er es schaffte, Kate noch ein Kind zu machen oder lieber zwei, würde er sie zu Hause unterrichten. Bei einem Kind kam es ihm pädagogisch fragwürdig vor, aber bei zweien oder dreien war es okay. Vielleicht war es auch bei einem okay. War Rita bei ihm nicht allemal besser aufgehoben als in einer schlechten Schule?

Am Sonntag stand Kate früh auf und war am späten Nachmittag fertig. »Ich bin fertig«, rief sie, rannte die Treppe hinunter, nahm Rita auf den einen Arm und ihn in den anderen und tanzte mit ihnen um die Holzpfeiler. Dann band sie sich die Schürze um. »Wollen wir kochen? Was haben wir zu Hause? Worauf habt ihr Lust?«

Kate und Rita waren beim Kochen und Essen von überbordender Ausgelassenheit und lachten über alles und jedes. Aus dem Lächle wird's Bächle – so hatte seine Großmutter die Enkel vor den Tränen gewarnt, die auf übermässiges Lachen folgen, und so wollte er Kate und Rita auch warnen. Dann fand er es sauertöpfisch und ließ es bleiben. Aber er wurde immer finsterer. Die Ausgelassenheit der beiden kränkte ihn.

»Eine Geschichte, eine Geschichte«, bettelte Rita nach dem Essen. Kate und er hatten sich beim Kochen keine ausgedacht, aber eigentlich genügte es, dass einer anfing und der andere fortfuhr und sie einander aufmerksam zuhörten. Heute druckste er rum, bis er Kate und Rita die Freude an der Geschichte verdorben hatte. Als es ihm leid tat, schaffte er nicht, die Stimmung noch mal zu wenden. Außerdem gehörte Rita ins Bett.

»Ich bringe sie«, sagte Kate. Er hörte Rita im Badezimmer lachen und im Bett tollen. Als es still wurde, erwartete er, sie werde ihn zum Gutenachtkuss rufen. Aber sie tat es nicht.

»Sie ist sofort eingeschlafen«, sagte Kate, als sie sich zu ihm setzte. Über seine finstere Laune verlor sie kein Wort. Sie war immer noch beschwingt, und bei dem Gedanken, sie bemerke nicht einmal, dass es ihm schlechtging, ging es ihm noch schlechter. Sie strahlte, wie sie lange nicht mehr gestrahlt hatte; ihre Wangen glühten, und ihre Augen leuchteten. Und wie sicher sie sich hielt und bewegte! Sie weiß, wie schön sie ist und dass sie zu schön ist für das Leben auf dem Land und nach New York gehört. Er dachte es und wurde mutlos.

»Ich fahre morgen nach dem Frühstück in die Stadt – soll ich was besorgen?«

»Das geht nicht. Ich habe Jonathan versprochen, bei der Reparatur des Scheunendachs zu helfen, und brauche das Auto. Du hattest gesagt, du wirst am Wochenende fertig, und da dachte ich, du könntest morgen bei Rita bleiben.«

»Aber ich hatte gesagt, dass ich morgen in die Stadt will.«

»Was ich will, zählt nicht?«

»Das habe ich nicht gesagt.«

»Es hat sich aber so angehört.«

»Das tut mir leid.« Sie wollte keinen Streit, sondern das

Problem lösen. »Ich setze dich bei Jonathan ab und fahre weiter in die Stadt.«

»Und Rita?«

»Nehme ich mit.«

»Du weißt, dass ihr beim Fahren übel wird.«

»Dann setze ich sie mit dir ab; bis zu Jonathan sind's nur zwanzig Minuten.«

»Zwanzig Minuten im Auto sind für Rita zwanzig Minuten zu viel.«

»Rita ist zwei Mal übel geworden, das ist alles. Sie ist ohne Probleme in New York Taxe gefahren und mit dem Auto von New York hierhergezogen. Es ist eine fixe Idee von dir, dass sie nicht fahren kann. Lass uns immerhin versuchen...«

»Du willst mit Rita ein Experiment veranstalten? Geht es ihr schlecht, oder kommt sie zurecht? Nein, Kate, du veranstaltest keine Experimente mit meiner Tochter.«

»Deine Tochter, deine Tochter... Rita ist meine Tochter wie deine. Rede von unserer Tochter oder von Rita, aber spiele nicht den besorgten Vater, der seine Tochter gegen die böse Mutter schützen muss.«

»Ich spiele gar nichts. Ich kümmere mich mehr um Rita als du – das ist alles. Wenn ich sage, dass sie nicht Auto fährt, fährt sie nicht.«

»Warum fragen wir sie morgen nicht? Sie weiß ziemlich gut, was sie will.«

»Sie ist ein kleines Kind, Kate. Was, wenn sie fahren will, aber das Fahren nicht verträgt?«

»Dann nehme ich sie auf den Arm und trage sie nach Hause.«

Er schüttelte nur den Kopf. Was sie sagte, war so töricht,

dass er sich fühlte, als müsse er tatsächlich mit Jonathan das Scheunendach reparieren. Er stand auf. »Wie wär's mit der halben Flasche Champagner, die im Kühlschrank liegt?« Er küsste sie auf den Scheitel, brachte die Flasche und zwei Gläser und schenkte ein. »Auf dich und dein Buch!«

Sie rang sich ein Lächeln ab, hob ihr Glas und trank. »Ich glaube, ich werfe noch einen Blick auf mein Buch. Warte nicht auf mich.«

11

Er wartete nicht und ging ohne sie ins Bett. Aber er lag wach, bis sie sich neben ihn legte. Es war dunkel, er sagte nichts, atmete gleichmäßig, und nachdem sie eine Weile auf dem Rücken gelegen hatte, als überlege sie, ob sie ihn wecken und mit ihm reden solle, drehte sie sich auf die Seite.

Als er am nächsten Morgen aufwachte, war das Bett neben ihm leer. Er hörte Kate und Rita in der Küche, zog sich an und ging runter.

»Papa, ich darf Auto fahren!«

»Nein, Rita, das macht dich krank. Damit warten wir, bis du größer und stärker bist.«

»Aber Mama hat gesagt…«

»Mama hat später gemeint, nicht heute.«

»Sag du mir nicht, was ich meine.« Kate sagte es beherrscht. Aber plötzlich war die Beherrschung verbraucht, und Kate schrie ihn an. »Was für einen Scheiß du redest! Du sagst, du willst Jonathan bei der Scheune helfen, und schläfst bis in den Morgen? Du sagst, du willst mit Rita im Winter

Ski fahren, und findest Autofahren zu gefährlich? Du willst mich zur Mutti am Herd machen, die wartet, bis der Mann ihr gnädig das Auto lässt? Wir fahren jetzt entweder zu dritt, und ich setze dich bei Jonathan ab, oder ich und Rita fahren alleine.«

»Ich will dich zur Mutti am Herd machen? Was bin ich, wenn ich nicht einmal der Vati am Herd bin? Nur ein gescheiterter Schriftsteller? Der auf deine Kosten lebt? Der sich um die Tochter kümmern, aber nichts bestimmen darf? Kindermädchen und Putzfrau?«

Kate hatte sich wieder unter Kontrolle. Sie sah ihn mit gehobener Braue an. »Du weißt, dass ich nichts von alledem meine. Ich fahre jetzt los – kommst du mit?«

»Du fährst nicht!«

Aber sie zog sich und Rita Jacke und Schuhe an und ging zur Tür. Als er den beiden die Eingangstür verstellte, nahm Kate Rita auf den Arm und ging über die Veranda. Er zögerte, lief Kate nach, erwischte sie, hielt sie fest. Da fing Rita an zu weinen, und er ließ los. Er folgte Kate, als sie von der Veranda über die Wiese zum Auto ging.

»Mach das bitte nicht!«

Kate antwortete nicht, setzte sich auf den Fahrer- und Rita auf den Beifahrersitz, zog die Tür zu und ließ das Auto an.

»Doch nicht auf den Vordersitz!« Er wollte die Tür öffnen, aber Kate drückte die Verriegelung. Er schlug gegen die Tür, packte den Griff, wollte das Auto festhalten. Es fuhr los. Er rannte nebenher, sah, dass Rita sich auf den Vordersitz kniete und ihn mit tränenüberströmtem Gesicht erschrocken ansah. »Den Sicherheitsgurt«, rief er, »leg Rita den

Sicherheitsgurt an!« Aber Kate reagierte nicht, das Auto nahm Fahrt auf, und er musste loslassen.

Er rannte hinter dem Auto her, holte es aber nicht ein. Kate fuhr auf dem geschotterten Weg nicht schnell und fuhr ihm doch davon, auf jedem Stück Wegs zwischen zwei Kurven wurde der Abstand größer. Dann war das Auto verschwunden, und er hörte es weiter und weiter weg. Er rannte weiter. Er musste hinter dem Auto herrennen, auch wenn er es nicht mehr einholen konnte. Er musste rennen, um an seiner Frau, seiner Tochter, seinem Leben dranzubleiben. Er musste rennen, um nicht in das leere Haus zurückzugehen. Er musste rennen, um nicht stehen zu bleiben.

Schließlich konnte er nicht mehr. Er beugte sich vor und stützte die Hände auf die Knie. Als er wieder ruhiger wurde und nicht mehr nur seinen Atem hörte, hörte er weit weg das Auto. Er richtete sich auf, konnte es aber nicht sehen. Das ferne Geräusch blieb, wurde langsam leiser, und er wartete darauf, dass es verlöschen würde. Stattdessen hörte er ein fernes Krachen. Dann war es still.

Er rannte wieder los. Er stellte sich das Auto vor, das gegen Balken und Bock gefahren war oder gegen einen Baum, weil Kate noch das Steuer zur Seite gerissen hatte, er sah Kates und Ritas blutige Köpfe an der zerborstenen Windschutzscheibe, Kate, die mit Rita auf dem Arm zur Straße taumelte, Autos, die achtlos vorbeifuhren, er hörte Rita schreien und Kate schluchzen. Oder waren beide eingeklemmt und konnten nicht raus, und jeden Moment entzündete sich das Benzin und explodierte das Auto? Er rannte weiter, obwohl die Beine ihn nicht mehr tragen wollten und es in Brust und Seite stach.

Dann sah er das Auto. Gottlob, es brannte nicht. Es war leer, und Kate und Rita waren nirgends zu sehen, nicht beim Auto und nicht an der Straße. Er wartete, winkte, wurde aber nicht mitgenommen. Er ging zurück zum Auto, sah, dass es gegen Balken und Bock gefahren war und dass der Bock sich so mit Stoßstange und Wagenboden verkeilt hatte, dass es nicht weiterfahren konnte. Die Tür stand auf, und er setzte sich auf den Fahrersitz. Die Windschutzscheibe war nicht zerborsten, aber an einer Stelle blutverschmiert, nicht vor dem Fahrer-, sondern vor dem Beifahrersitz.

Der Zündschlüssel steckte, aber wenn er das Auto zurücksetzte, schleifte es den verkeilten Bock mit. Er band den Bock mit dem Seil an einem Baum fest, fuhr rückwärts und rollte vorwärts, rückwärts und vorwärts, wieder und wieder. Es kam ihm wie die Strafe für die Zerstörung der Telefonleitung vor, und als der Wagen sich schließlich vom Bock löste, war er völlig erschöpft, wie damals. Er legte die Balken und die Böcke auf die Ladefläche und fuhr zum Krankenhaus. Ja, seine Frau und Tochter waren vor einer halben Stunde hergebracht worden. Er ließ sich den Weg zeigen.

12

Die Gänge waren gefälliger, als er es von deutschen Krankenhäusern kannte, breit, mit Ledersesseln und Blumenarrangements. Im Aufzug verkündete ein Plakat, dass das Krankenhaus wieder Krankenhaus des Jahres geworden sei, zum vierten Mal in Folge. Er wurde in einen Warteraum gebeten, der Arzt werde gleich kommen, setzte sich, stand auf, betrachtete die bunten Fotografien an den Wänden, fand die Ruinen kambodschanischer und mexikanischer Tempel deprimierend, setzte sich. Nach einer halben Stunde ging die Tür auf, und der Arzt begrüsste ihn. Er war jung, energisch, fröhlich.

»Glück im Unglück. Ihre Frau hat den rechten Arm vor ihre Tochter gehalten«, er streckte den rechten Arm aus, »und, als ihre Tochter mit aller Wucht dagegenstieß, gebrochen. Aber der Bruch ist glatt, und ihrer Tochter hat es vielleicht das Leben gerettet. Ihre Frau hat außerdem drei gebrochene Rippen und ein Schleudertrauma. Aber das heilt. Wir behalten sie nur ein paar Tage.« Er lachte. »Es ist eine Ehre, die Trägerin des National Book Award zur Patientin zu haben, und es war mir eine besondere Freude, der Überbringer der guten Nachricht zu sein. Ich habe sie gleich erkannt, hätte mich aber fast nicht getraut, sie darauf anzusprechen – und dann wusste sie noch gar nichts und hat sich gefreut.«

»Was ist mit meiner Tochter?«

»Sie hat eine Platzwunde an der Stirn, die wir geschlossen haben, und ruht. Wir passen heute Nacht auf sie auf, und wenn nichts ist, können Sie sie morgen nach Hause nehmen.«

Er nickte. »Kann ich zu meiner Frau?«

»Ich bringe Sie hin.«

Sie lag im Einzelzimmer, Hals und rechten Arm in weißem Kunststoff. Der Arzt ließ beide allein.

Er rückte einen Stuhl ans Bett. »Herzlichen Glückwunsch zum Preis.«

»Du hast es gewusst. Du warst fast jeden Tag in der Stadt, und wenn du in der Stadt bist, liest du die *New York Times.* Warum hast du nichts gesagt? Weil du kein erfolgreicher Schriftsteller bist, darf ich es auch nicht sein?«

»Nein, Kate, ich wollte nur unsere Welt hier zusammenhalten. Ich bin nicht eifersüchtig. Du kannst so viele Bestseller…«

»Ich finde mich nicht besser als dich. Du verdienst den gleichen Erfolg, und mir tut es leid, dass die Welt nicht gerecht ist und dir nicht den gleichen Erfolg gibt. Aber ich kann darum nicht aufs Schreiben verzichten. Ich kann mich nicht kleinmachen.«

»So klein wie ich?« Er schüttelte den Kopf. »Ich wollte nicht, dass der Rummel wieder losgeht, die Interviews und Talkshows und Partys und was weiß ich. Dass es wieder wird, wie es war. Das halbe Jahr hier hat uns so gutgetan.«

»Ich halte es nicht aus, wenn von mir nur noch der Schatten bleibt, der morgens an den Schreibtisch verschwindet und abends mit dir vor dem Kamin sitzt und einmal in der Woche Familie spielt.«

»Wir sitzen nicht vor dem Kamin, wir reden, und wir spielen nicht Familie, wir sind es.«

»Du weißt, was ich meine. Was ich im letzten halben Jahr für dich war, hätte jede Frau sein können, die sich mit sich selbst beschäftigt, nicht viel redet und nachts gerne kuschelt. Ich kann nicht mit einem Mann leben, der vor lauter Eifersucht nur das von mir übriglassen will. Oder der nur das liebt.«

»Was soll das heißen?«

»Wir verlassen dich. Wir ziehen…«

»Ihr? Du und Rita? Rita, die ich gewickelt und gewaschen und für die ich gekocht und der ich lesen und schreiben beigebracht habe? Die ich gepflegt habe, wenn sie krank war? Kein Richter wird Rita dir zusprechen.«

»Nach deinem Anschlag heute?«

»Meinem Anschlag…« Er schüttelte wieder den Kopf. »Das war kein Anschlag. Ich habe nur versucht, alles abzusperren, das Telefon und das Internet und eben auch die Straße.«

»Es war ein Anschlag, und der Fahrer, der mich hergebracht hat, wird den Sheriff benachrichtigen.«

Er hatte mit gebeugtem Rücken und gesenktem Kopf auf dem Stuhl gesessen. Jetzt richtete er sich auf. »Ich habe unser Auto flottgemacht, ich bin damit hierhergefahren, und die Absperrung ist weg. Alles, was der Sheriff herausfinden wird, ist, dass du mit unserer Tochter ohne Kindersitz und ohne Sicherheitsgurt gefahren bist.« Er sah seine Frau an. »Kein Richter wird dir Rita geben. Du musst schon bei mir bleiben.«

Wie sah sie zurück? Hasserfüllt? Das konnte nicht sein. Begriffsstutzig. Nicht der gebrochene Arm und die gebrochenen Rippen taten ihr weh. Was ihr weh tat, war, dass er ihr einen Strich durch die Rechnung machte. Sie wollte nicht begreifen, dass sie ihre Rechnungen nicht ohne ihn machen konnte. Es wurde Zeit, dass sie es endlich lernte. Er stand auf. »Ich liebe dich, Kate.«

Mit welchem Recht sah sie ihn entsetzt an? Mit welchem Recht sagte sie zu ihm: »Du bist verrückt geworden.«

13

Er fuhr auf der Hauptstraße durch die Stadt. Er hätte die Balken und Böcke gerne unauffällig auf die Stöße zurückgelegt, aber das Stadtfest war vorbei, und die Stöße waren weggeräumt. Vom General Store aus rief er die Telefongesellschaft an und meldete die beschädigte Leitung. Sie versprach, noch am Nachmittag eine Reparaturmannschaft zu schicken.

Zu Hause ging er von Zimmer zu Zimmer. Im Schlafzimmer öffnete er Vorhang und Fenster, machte das Bett und faltete Nachthemd und Schlafanzug. Bei Kates Arbeitszimmer blieb er in der Tür stehen. Sie hatte aufgeräumt; der Schreibtisch war bis auf Computer und Drucker und einen Stoß bedruckten Papiers leer, und die Bücher und Papiere, die auf dem Boden gelegen hatten, lagen in den Regalen. Es sah aus, als habe sie nicht nur das Buch, sondern auch einen Abschnitt ihres Lebens abgeschlossen, und er wurde traurig. Ritas Zimmer duftete nach kleinem Mädchen; er schloss die Augen, schnupperte und roch ihren Bären, den er nicht waschen durfte, ihr Shampoo, ihren Schweiß. In der Küche räumte er Geschirr und Töpfe in die Spülmaschine und ließ sonst alles liegen: den Pullover, als könne Kate jeden Augenblick reinkommen und ihn überziehen, die Malfarben, als würde Rita sich gleich an den Tisch setzen und weitermalen. Ihm war kalt, und er stellte die Heizung höher.

Er trat vor die Tür. Kein Richter würde ihm Rita wegnehmen. Im schlimmsten Fall würde die richtige Anwältin ihm einen reichlichen Unterhalt verschaffen. Dann würde er eben alleine mit Rita hier in den Bergen leben. Dann würde Rita eben mit einer Mutter aufwachsen, die fünf Autostunden entfernt lebte. Kate will die Sache auf die Spitze treiben? Sie wird schon sehen, was sie davon hat.

Er sah zum Wald, auf die Wiese mit den Apfelbäumen und den Fliederbüschen, auf den Teich mit der Trauerweide. Kein gemeinsames Schlittschuhlaufen auf dem gefrorenen Teich? Kein gemeinsames Schlittenfahren am Hang am anderen Ufer? Auch wenn Rita emotional ohne ihre Mutter und er finanziell ohne Kate zurechtkäme – er wollte die Welt nicht verlieren, die sich im Sommer manchmal angefühlt hatte, als sei sie schon immer seine gewesen und werde immer seine sein.

Er würde sich einen Plan überlegen, wie er sein Leben zusammenhalten würde. Wäre doch gelacht, wenn er das mit seinen guten Karten nicht schaffen würde! Morgen würde er Rita abholen. In ein paar Tagen würden Rita und er vor dem Krankenhaus stehen und auf Kate warten. Mit Blumen. Mit einem Schild »Willkommen zu Hause«. Mit ihrer Liebe.

Er ging zum Auto, lud die Balken und Böcke ab und trug sie zu dem Platz hinter der Küche, an dem er das Holz für den Kamin zersägte und zerhackte. Er arbeitete bis in die Dunkelheit, zog die Nägel aus den Böcken und zersägte und zerhackte die Balken und Streben zu Scheiten. Im Licht, das aus der Küche auf den Platz fiel, räumte er das Holz in den Stoß; er trug einen Teil dessen ab, was er schon für den Winter gelagert hatte, und packte die neuen Scheite dazwischen. Er füllte neue und alte Scheite in den Korb und trug ihn zum Kamin. Das Telefon klingelte; die Telefongesellschaft rief an, die Leitung funktioniere wieder. Er fragte im

Krankenhaus nach und erfuhr, dass Kate und Rita schliefen und er sich keine Sorgen machen müsse.

Dann brannte das Feuer. Er setzte sich davor und sah zu, wie die Scheite Feuer fingen, brannten, glühten und zerfielen. Auf einem blauen Scheit konnte er in weißer Schrift »line« lesen, Teil der Aufschrift »POLICE LINE DO NOT CROSS«. Das Feuer schmolz die Farbe, verwischte die Schrift und zehrte sie auf. So wollte er in ein paar Wochen mit Kate und Rita vor dem Kamin sitzen. Kate würde auf einem Scheit »NOT« oder »DO« lesen und sich an den heutigen Tag erinnern. Sie würde verstehen, wie sehr er sie liebte, und zu ihm rücken und sich an ihn schmiegen.

Andrea De Carlo
Wenn der Wind dreht

Der Wind treibt dunkle Wolken heran und fegt zwischen den Bäumen hindurch. Äste und Blätter rauschen bedrohlich in der zunehmenden Finsternis. Enrico geht ganz dicht hinter Arturo und vor den anderen, er kontrolliert von Zeit zu Zeit sein Handy, aber der Bildschirm zeigt kontinuierlich *Kein Netz*. Zufußgehen hat ihm noch nie behagt, seit seiner Kinderzeit nicht, als seine Eltern ihn auf stundenlangen Wanderungen über die Bergpfade quer durch Tirol schleiften. Der Vater trug jeweils das Fernglas am Hals, und die Mutter hatte eine Feldflasche mit kaltem, süßem Zitronentee dabei. In seinen Augen war das immer schon eine dumme und sinnlose Aktivität, der jegliche ästhetische oder intellektuelle Aura fehlte, die die Mühe, das eigene Körpergewicht Meter um Meter voranzuschleppen, hätte kompensieren können. Und auch bei den Spaziergängen, zu denen Luisa ihn fast jedes Wochenende drängt, fühlt er sich so elend wie ein Hamster im Laufrad. Die einzige Fortbewegung, in der er einen Sinn entdecken kann, ist, in der Stadt von A nach B zu fahren oder rings um wichtige Gebäude herum, zu einem bestimmten Zweck und mit Hilfe von Transportmitteln, die einen nicht ins Schwitzen bringen.

Jedenfalls scheint auch Luisa nicht gerade begeistert, während sie hinter ihm geht. Ihre Gesichtszüge sind angespannt, und die Hände hat sie in den Manteltaschen vergraben. Margherita und Alessio bilden das Schlusslicht und sehen aus wie zwei Luxusflüchtlinge, deren Flucht erschwert wird durch die Rädchen ihrer Koffer und das zeitweilige Überprüfen ihrer Mobiltelefone sowie die hasserfüllten Blicke, die sie sich hin und wieder zuwerfen. Margherita wackelt auf ihren hochhackigen Stiefeln mit den sadistischen Schuhspitzen voran und kreischt den anderen hinterher: »Könntet ihr nicht ein menschenfreundlicheres Tempo anschlagen?«

Arturo erwidert, ohne seinen Schritt zu verlangsamen: »Wir hatten dir ja gesagt: Lass den Koffer im Wagen.«

»Hör auf mit meinem Koffer!«, schreit Margherita. »Ich wollte euch nur ganz freundlich bitten, nicht so zu rennen!«

Und Arturo: »Wir müssen so weit wie möglich kommen, bevor es völlig dunkel ist.«

Margherita murrt etwas, doch ein Windstoß trägt ihre Stimme davon. Sie hält an, schüttelt den Koffer, die Räder sind blockiert, und sie brüllt: »Scheißlaub!«

Völlig entnervt dreht Arturo sich um und sagt: »Gib her, ich trag ihn dir, Hauptsache, du legst einen Gang zu!«

Doch Enrico kommt ihm zuvor. Mit wütenden Schritten macht er kehrt: »Gib schon her, zum Teufel!«, und damit reißt er den Koffer am ausziehbaren Gestängegriff an sich. Margherita klammert sich daran fest: »Ich trag ihn schon selber!«, lockert aber dennoch ihren Griff.

Enrico schleift den Koffer mit den blockierten Rädern hinter sich her und ist verwundert ob des Gewichts, das zudem schlecht verteilt ist. »Wo zum Geier hast du denn dieses Teil her?«, fragt er und versetzt den Rädern Tritte, um die Blätter abzustreifen.

»Den hat mir Adriano Remuzzi geschenkt«, erklärt Margherita. »Sei bitte vorsichtig damit!«

»Der Modemacher?«, fragt Enrico und bereut es zutiefst, sich als Kofferträger angeboten zu haben. »Der Obergauner, bei dem die Mafia ihre Schwarzgelder reinwäscht, meinst du den?«

»Du kennst ihn doch gar nicht!«, sagt Margherita. »Er ist ein fabelhafter Mensch! Halt den Koffer bitte aufrecht, du machst ihn mir sonst noch kaputt!«

»Den kann man gar nicht geradehalten, der ist von seinem Design her schon schief!«, sagt Enrico und reißt ihn noch brutaler nach vorn. »Wenn es dir nicht passt, schmeiß ich ihn die Böschung runter!«

»Gib ihn mir zurück!«, schreit Margherita und bemüht sich auf ihren Hacken schneller zu gehen, holt ihn aber nicht ein.

»Sie hat doch all ihre schönen Fummel darin«, stichelt Alessio halblaut.

»Was sagt der Kerl?!«, schreit Margherita. »Sprich lauter, du Idiot!«

»Fangt bloß nicht wieder an, ihr zwei!«, sagt Luisa.

»Ja, spart euch eure Puste fürs Gehen!«, ruft Arturo von der Spitze der Gruppe her. Ein Stück weit gehen sie schweigend voran. Je weiter sie kommen, desto mehr verschwimmt das Dunkel des Himmels mit dem der Vegetation. Die Straße ist beinahe nicht mehr zu erkennen, die Distanzen scheinen gänzlich zu verschwinden, die Leere verdichtet sich. Mit einemmal zerreißt der Schrei eines wilden Tiers die Stille, durchbricht das ständige Geräusch des Windes, das Knacken ihrer Schritte, das Kratzen der Kofferrädchen.

Margherita fragt: »Was war das denn?«

»Vielleicht ein Uhu«, meint Luisa.

»Oder ein Käuzchen, ein Waldkauz, eine Schleiereule!«, sagt Arturo.

»Es klang eher wie ein Tier, das auf dem Erdboden lebt«, widerspricht Enrico, um Margherita zumindest teilweise die Plackerei heimzuzahlen, die er wegen ihres Koffers auf sich genommen hat.

»Es wird ein Riesensteinmarder sein!«, sagt Alessio. »Die springen plötzlich aus dem Gebüsch, packen dich an der Gurgel, und kurz darauf bist du verblutet!«

»Stopft ihm das Maul, diesem Scheißkerl!«, schreit Margherita und versucht sich an die anderen zu drängen. »Ich mach dich fertig, wart du nur, bis wir wieder in Mailand sind.«

»Hört ihr jetzt endlich auf!«, wird Luisa laut. »Die Situation ist doch schon vertrackt genug!«

Arturo sagt: »Bald sieht man die Hand vor Augen nicht mehr!« und beschleunigt seine Schritte.

Enrico nimmt es als Herausforderung, ihm auf den Fersen zu bleiben, doch mit dem Koffer im Schlepptau ist das kein einfaches Unterfangen. Das schürt in ihm einen Groll, der sich von Margherita auf die ganze Gruppe ausweitet, bis ihm schließlich scheint, dass er aus einem wirklich interessanten Tag herausgerissen wurde, um in dieser absurden kleinen Tragödie zu enden, die aus Isolation, Finsternis, schwerer Last, Plackerei, Schweiß, Kälte und absoluter Ungewissheit besteht.

Luisa sagt: »Ich habe einen Tropfen gespürt! Es regnet.«

»Ach was«, sagt Enrico, obwohl auch er in dieser Sekunde einen Tropfen auf der Stirn spürt.

»Was ist los?«, schreit Margherita einige Meter hinter ihnen.

Alessio hört man sagen: »Die Signora hat recht, es regnet!«

»Und ob es regnet!« Das ist Arturos Stimme.

Kurz danach ist jeder Zweifel ausgeräumt: Der Regen peitscht kalt und hart auf ihre Gesichter und die Bäume ringsum nieder, sein Rauschen vermengt sich mit dem des Windes.

Margherita schreit: »Ich weiß nicht, wie viel Pech sich in einer einzigen Scheißsituation anhäufen kann?«

»Da gibt es keine Beschränkung«, brüllt Arturo.

»Und jetzt?«, fragt Luisa völlig verschreckt, auch wenn sie sich zu beherrschen versucht.

»Setzen wir unseren Marsch fort!«, sagt Arturo. »Enrico, schaffst du es noch mit dem Koffer?«

»Ja, ja!«, sagt Enrico. Vor jedem anderen Menschen hätte er zugegeben, dass sein rechter Arm mittlerweile derart schmerzt, als müsse er jeden Moment abfallen. Vor Arturo aber würde er sich das nie erlauben, denn die Rivalität zwischen ihnen ist zu groß. Er gibt dem Koffer einen brutalen Ruck und schleift ihn seitlich hinter sich her in der Hoffnung, dass er gegen einen Steinbrocken donnert, aufspringt und der gesamte Inhalt im Matsch landet.

Regen und Wind nehmen zu, als würden sie einen abscheulichen Wettstreit der Naturgewalten austragen. Das Grüppchen drängt sich in der pechschwarzen Finsternis immer enger zusammen. Sie bewegen sich tappend vorwärts, ihre Füße schwer vom Regen, der ihre Schuhe überschwemmt und ihre Kleider durchtränkt und auf ihre Köpfe und Stirnen und Augenlider schlägt und in ihre Münder und Nasenlöcher eindringt. Das Display eines der Handys leuchtet auf; man hört die schweren Schritte Alessios, der hinter den anderen keucht, um sie ja nicht zu verlieren.

»Ich spüre meine Füße nicht mehr!«, sagt Margherita.

»Sag bloß nicht, ich hätte dich nicht gewarnt!«, meint Luisa.

»Du weißt doch immer alles!«, faucht Margherita. »Du bist einfach eine Superfrau!«

»Hört ja auf, eure Puste zu vergeuden!«, schreit Arturo.

Und Enrico: »Wie kann es sein, dass es im Umkreis von Kilometern kein einziges bewohntes Haus gibt?«

Luisa fragt: »Alessio, wissen Sie denn nichts? Haben die von der Agentur in Turigi Ihnen nichts gesagt?«

»Ich wüsste nicht, Signora!«, sagt Alessio, und seine Stimme klingt wie das Gurgeln eines Ertrinkenden.

»Was soll dieser Arsch schon wissen?!«, schreit Margherita.

»Ganz anders die Novelli!«, sagt Alessio.

»Du Depp, du!«, schreit Margherita. »Du Schwachkopf, du! Wag es ja nicht noch einmal, mich Novelli zu nennen!«

»Hört ihr jetzt auf!«, brüllt Arturo.

Und Luisa: »Wer weiß, ob wir überhaupt auf der richtigen Straße sind!«

»Wie meinst du das, Luisa?!«, sagt Enrico giftig. »Natürlich ist das die richtige, es gibt doch nur eine einzige!«

»Du brauchst mir gar nicht mit diesem Ton zu kommen!«, sagt Luisa. »Vielleicht gehen wir im Kreis, wir sehen ja kaum noch was!«

Inzwischen schreien alle, um sich inmitten des Lärms von

Regen und Wind verständlich zu machen, und deshalb artet alles, was sie sagen, in Streit aus.

Margherita nähert sich unter unsäglichen Anstrengungen dem Kopf des Grüppchens und schreit: »Ich habe gelesen, dass es Leute gibt, die in der Wüste zig Kilometer im Kreis gehen, ohne dass sie es merken!«

»Ganz zufällig sind wir aber nicht in der Wüste!«, schreit Enrico. »Wir befinden uns in einem Land, das mit die höchste Bevölkerungsdichte Europas hat!«

»Hier in der Gegend scheint sie aber nicht besonders hoch zu sein!«, schreit Luisa.

»Ich würde behaupten, nahe null pro Quadratkilometer!«, schreit Arturo.

Und Margherita jammert: »Ich schaff es nicht mehr! Ich bin erschöpft, ich habe Angst!«

»Auf, Margherita!«, sagt Luisa und ist alles andere als der Inbegriff von Furchtlosigkeit. »Wovor solltest du Angst haben?«

»Vor allem!«, schreit Margherita zurück. »Im Horoskop von heute früh hieß es, dass Pluto im Widder steht, und das verheißt nichts Gutes!«

Enrico verspürt den unwiderstehlichen Drang, den Adriano-Remuzzi-Koffer, der sich immer heftiger zu widersetzen scheint, in den Wald zu schleudern: »Das hat uns jetzt gerade noch gefehlt, das Idiotengeschwätz über Horoskope!«

»Aha, und wer sollen diese Idioten sein, Enrico?«, kreischt Margherita.

Arturo bleibt schlagartig stehen, Enrico stößt gegen ihn. Er schreit: »Ein Licht!«

»Wo denn?«, fragen alle gleichzeitig. Sie keuchen wie Schiffbrüchige, so fix und fertig sind sie. »Dort oben!«, schreit Arturo. »Ein erleuchtetes Fenster! Das muss ein bewohntes Haus sein!«

Nach einigen Sekunden entdeckt auch Enrico die Lichtquelle: Ungefähr zwei- oder dreihundert Meter entfernt zittert ein kleines Lichtquadrat in der von Regen und Wind gepeitschten Finsternis. Zusammen mit Luisa und den anderen stimmt er ein Freudengeheul an, das ihm noch vor einer Stunde peinlich gewesen wäre. Und schon stolpert und klettert er auch wie wild den holprigen Hang hinauf, um den Weg abzukürzen.

Es handelt sich nicht um ein einzelnes Haus, sondern um eine Gruppe von Häusern, auch wenn Arturo im Lichtschein, der aus dem Fenster und durch die Türritzen dringt, nur die Steine einiger Mauern erkennen kann. Die anderen drängeln sich klatschnass hinter ihm und suchen keuchend Unterschlupf. Ein riesiger schwarzer Hund kommt aus der Finsternis mit tiefem Gebell näher: Alles, was man erkennen kann, ist ein dunklerer Schatten, der Widerschein in seinen Augen und das Weiß seines Gebisses.

Margherita ruft: »Hilfe!«, und presst sich gegen Arturo.

»Nur mal mit der Ruhe!«, schreit Arturo.

»Der zerfetzt uns!«, schreit Alessio, und es ist nicht herauszuhören, ob er wirklich Angst hat oder ob er Margheritas Angst nur schüren will. In erster Linie scheint er für seinen Schweinslederkoffer Schutz unter dem Vordach zu suchen, obwohl der bereits völlig durchweicht ist – und das bricht ihm vermutlich das Herz!

»Der will niemanden in Stücke reißen!«, schreit Arturo.

Und Margherita: »Wie willst du das wissen?«

Arturo: »Ich kenn mich aus mit Hunden. Es genügt, keine brüsken Bewegungen zu machen!« Der Wind treibt den Regen in Schwallen noch mehr gegen die Haustür.

»Drück doch auf die Türklingel!«, schreit Margherita. »Lass dir die Türe öffnen! Schnell!« Unter der Dachrinne werden sie noch nässer als unter freiem Himmel: Ein richtiger Wasserfall geht auf sie nieder, prasselt auf die flachen Steine, bildet einen reißenden Bach längs der Mauer.

Arturo strengt seine Augen an, um etwas rings um die Haustür zu erkennen, und schreit: »Ich sehe keine Türklingel!«

Enrico drängt ihn beiseite und schreit: »Lass mich anklopfen!« Er schlägt mit der flachen Hand gegen die Tür, worauf der schwarze Hund wieder zu bellen anfängt.

Arturo kommt nach vorne und donnert mit der geballten Faust gegen das alte Holz, schon wieder in einer Art Wettstreit mit Enrico. Auch das verdoppelte Hämmern scheint von niemandem gehört zu werden; dann aber geht die Tür einen Spalt auf, und ein dunkles Gesicht erscheint in einem länglichen Lichtstreifen. Arturo braucht zwei oder drei Sekunden, bis er begreift, dass es sich um einen Inder handelt, der eine Joppe und Hosen aus grobem Stoff trägt.

Enrico weicht einen Schritt zurück; Margherita stößt ein »O mein Gott« aus; Alessio sagt: »Was ist das denn?«, und Luisa schweigt, oder zumindest ist nichts von ihr zu hören.

Arturo sagt: »Guten Abend« und macht ganz instinktiv mit aneinandergelegten Händen eine leichte Verbeugung. Das hat er während eines Trekkings durchs Nepalgebirge gelernt, wenn sie anhielten, um die Einheimischen um Unterkunft zu bitten.

Der Inder scheint davon nicht beeindruckt zu sein: Er reagiert weder mit Gesten noch mit Worten. Der schwarze Hund bellt in einem fort.

Arturo fühlt in seinem Rücken Regen, Wind, Kälte und Verzweiflung, während sich vor ihm Licht und Wärme und ein schützender Raum auftun. »Verzeihen Sie die Störung«, sagt er.

»Unser Wagen ist in einem Graben gelandet!«, schreit Enrico unter dem Wasserrauschen hervor.

»Könnten Sie uns vielleicht hineinlassen?«, fragt Luisa: Ihr höflicher Ton ist inmitten des Lärms kaum hörbar.

»Um einen Abschleppwagen zu rufen«, ergänzt Arturo.

Der Inder bleibt stumm und macht dem schwarzen Hund ein Zeichen, worauf dieser im Haus verschwindet. Hinter ihm taucht ein ungefähr fünfjähriges Kind auf, das zwar nicht indischer Herkunft ist, doch seine Haare und seine Kleidung stammen offensichtlich aus anderen Zeiten und Breitengraden.

Margherita tritt vor und sagt: »Lasst es mich mal versuchen«, und in der Not der Verzweiflung gelingt es ihr, eines ihrer Fernsehlächeln aufzusetzen, und in ihrer Stimme ist sogar eine Spur von Übermut herauszuhören, als sie schreit: »Ich bin Margherita Novelli! Von *Cose pazze,* Rai Uno!«

Arturo beobachtet sie mit einer Mischung aus Verlegenheit und Hoffnung. Mehr als einmal konnte er sich schon von der Wirkung überzeugen, die ihr Wiedererkennen bei ihrem Gegenüber hervorrief: Urplötzlich wurden Leute, die Sekunden zuvor noch total abweisend waren, richtiggehend freundlich und zeigten sich von ihrer hilfsbereitesten Seite.

In diesem Fall jedoch findet keine wundersame Verwandlung statt: Der Inder bleibt bei seiner verschlossenen Miene, und auch das Kind hinter ihm scheint nicht im geringsten beeindruckt zu sein. Margherita dreht sich zu den anderen: Ihr Lächeln hat sich unter der Dauerdusche, die ihr die letzten Reste Wimperntusche abwäscht, zu einer tragischen Grimasse aufgelöst.

Alessio beugt sich zu dem Inder vor, um vielleicht doch noch eine überraschende Wende herbeizuführen: Er gestikuliert, als hätte er es mit einem Wilden zu tun und schreit: »Wir dir geben fünf Euro für machen *driin, drin... Hello? Understand? Hei?* Du verstehen mich?«

Der Inder dreht sich um, schiebt das Kind ins Haus zurück und knallt die Tür zu.

Die Dunkelheit, der Regen, der Wind scheinen nun um ein Vielfaches schlimmer zu sein als wenige Minuten zuvor. Alle drängen sich nahe an die Tür und starren mit bitterbösen Blicken auf Alessio. Margherita fährt ihn an: »Er wollte uns gerade reinlassen, wenn du nicht mit deinem Scheißspruch gekommen wärst!«

Und Enrico: »Da gehört schon einiges dazu, so blöd zu sein!«

»Und so beleidigend!«, sagt Luisa.

Alessio setzt sich zur Wehr und schreit: »Verzeiht, die Herrschaften, aber habt ihr gesehen, was der da für ein Gesicht hatte? Wie der uns anglotzte? Und die Klamotten, die er anhatte? Habt ihr gesehen, als die Novelli zu ihm sprach? Da wollte er sie eigentlich um ein Autogramm bitten!«

»Du solltest die Klappe halten, du mieser Wurm!«, faucht Margherita und versucht ihm einen Tritt zu verpassen.

»Beruhigt euch!«, schreit Arturo und streckt einen Arm aus, um eine Barriere zu bilden. Die Situation, die in seiner Erinnerung dieser hier am nächsten kommt, ist ein Schiffbruch vor der Küste der Bretagne, bei dem der Skipper ertrank, als er versuchte, einen siebzehnjährigen Jungen zu retten; das Boot kenterte, und er und die anderen der Mannschaft konnten sich wie durch ein Wunder auf einem aufblasbaren Floß retten. Es ist ihm bewusst, dass der Vergleich hinkt, aber das Gefühl, kollektiv ins Verderben zu schlittern, ist ähnlich und lässt ihn erschaudern.

Margherita schreit: »Ich halte es nicht mehr aus! Ich friere, ich bin klatschnass, meine Füße tun mir weh, ich will ein Hotelzimmer!«

Luisa fängt an, mit beiden Händen gegen die Tür zu schlagen, und schreit: »Macht bitte auf! Ihr könnt uns doch nicht hier draußen lassen!«

Die Tür scheint in alle Ewigkeit verriegelt und sie in die Unbill der Nacht hinauszustoßen, in Regen und Wind. Doch nach wenigen Sekunden schon geht sie wieder auf. In dem Türspalt zeigt sich jetzt nicht mehr der Inder, sondern ein Mädchen mit Lockenschopf, von ebenfalls wildem Aussehen und mit ähnlichen Stoffen gekleidet wie er.

Luisa sagt beherzt: »Hören Sie, wir hatten eine Panne mit unserem Wagen, wir haben uns verfahren, und wir wissen nicht mehr, wohin. Lassen Sie uns doch bitte eintreten. Wir bitten Sie inständig darum.«

Das gelockte Mädchen zögert einen Augenblick, schaut

Luisa und die anderen an. Dann macht sie die Tür weiter auf und bedeutet ihnen einzutreten.

Sie kommen ins Warme und Trockene, und es ist wie eine seltsam greifbare Fata Morgana. Sie stehen in einem großen Raum, der als Küche, Esszimmer und vielleicht noch zu anderen Zwecken dient. An einem langen Tisch aus grobem Holz sitzen der Inder, der zuvor an der Tür war, und das Kind, das sich hinter ihm gezeigt hat, eine Frau, die die Mutter des Kindes sein könnte, und ein ungefähr sechzehnjähriges Mädchen mit einem noch wilderen Blick als die anderen. Sie sind gerade beim Essen: vor ihnen auf dem Tisch sind Schüsseln, Suppenlöffel, Gemüse, Käse, ein selbstgebackenes, in ein Tuch gewickeltes Brot. Das Licht im Raum kommt von einer Öllampe, von den Kerzen und dem Feuer im Kamin. Über allem liegt ein Geruch, der Luisa bekannt vorkommt, auch wenn sie nicht weiß, woher: Es riecht nach Holzrauch, Bauernsuppe, Wein, Bienenwachs, Schweiß, und das macht die Vertrautheit und die Fremdheit der Szenerie noch eindringlicher. Die Stühle, die Regale, die Schränke sehen so organisch aus wie die Speisen und das tönerne Geschirr auf der Tafel: Sie sind aus schwerem Holz mit unregelmäßigen Kanten, Maserungen und Astlöchern. Der schwarze Hund, der draußen bellte, kommt jetzt, um die fremden Leute zu beschnuppern, während diese ungläubig, jetzt in Sicherheit zu sein, durch den Raum gehen und Regenwasser aus ihren Kleidern tropft. Er reibt sich an Enricos Bein, doch der versucht ihn mit dem Fuß wegzuschieben.

Alessio kontrolliert wieder einmal sein Handy und schüttelt den Kopf. Arturo betrachtet die Einrichtung und scheint fasziniert. Luisas Brillengläser sind beschlagen; sie nimmt die Brille ab und versucht sie mit einem Zipfel ihres feuchten Pullovers trockenzureiben. Margherita sagt: »Ihr müsst schon sehr entschuldigen, aber es ist so, dass wir…« Sie bricht ab und bringt kein Wort mehr heraus.

Enrico richtet das Wort an die Leute am Tisch, wobei man ihm kaum anmerkt, was er gerade durchgemacht hat: »Wenn es euch nicht zu große Umstände macht, würden wir gerne von eurem Telefon aus einen Abschleppwagen oder ein Taxi vom Ort rufen.«

Die Typen um den Tisch sehen ihn an, ohne zu antworten, und ihre wachen Blicke drücken Staunen oder Misstrauen oder sprachliches Unverständnis aus, genau lässt sich das nicht sagen.

Alessio sagt halblaut: »Spricht jemand von euch zufällig Swahili?«

Luisa tritt ihm gegen das Schienbein, weniger heftig, als sie es eigentlich beabsichtigte.

Der Inder bewegt die Lippen und sagt: »Wir haben kein Telefon.«

»Ach nein?«, sagt Enrico, wobei ihn die Tatsache, den Inder reden zu hören, mindestens so perplex macht wie die Absurdität dieser Mitteilung.

Margherita sagt: »Wie meint ihr das, ihr habt kein Telefon?« Sie ist blass unter ihrer Mütze, und Wasser trieft aus ihren Haaren, ihrer Lammfelljacke, ihren Hosen mit ausgestellten Beinen. Luisa denkt, dass nicht einmal ihre treuesten Fans noch in der Lage wären, sie in diesem Zustand wiederzuerkennen.

»Wir haben keins«, sagt der Inder. Die anderen um den

Tisch schauen sie an, und ihre wilden Augen glänzen im Widerschein der Lampen.

»Kein Telefon«, sagt Arturo; er fährt sich mit der Hand unter der Nase entlang, um das Wasser abzuwischen, das über sein Gesicht läuft.

Enrico fragt: »Ihr könntet uns nicht etwa mit eurem Wagen bis zum Dorf begleiten? Selbstverständlich würden wir fürs Benzin und die Umstände bezahlen.«

»Natürlich erst, wenn ihr fertiggegessen habt«, sagt Arturo.

Der Inder macht eine knappe Kopfbewegung und sagt: »Wir haben kein Auto.«

Mit einem Schlag scheint sich Enrico seiner Kommunikationsmittel wesentlich weniger sicher zu sein: Verloren schaut er um sich, und sein Blick fällt auf die schlammige Pfütze um seine Schuhe herum.

»Und wie macht ihr das?«, presst Margherita mit heiserer Stimme hervor. »Ich meine, wie geht ihr ins Dorf?«

»Wir gehen nicht«, sagt die Frau, die die Mutter des Kindes sein muss.

»Nie?«, fragt Enrico.

»Nie«, sagt die Frau.

»Einen Traktor vielleicht?«, fragt Arturo weiter, und in seinem Blick steht ein winziger Hoffnungsfunken. »Habt ihr einen Traktor, um unseren Wagen aus dem Graben zu ziehen?«

Der Inder schüttelt den Kopf, und das Mädchen mit den Locken sagt: »Wir besitzen keine Maschinen.«

»Wir sind gegen Motoren«, erklärt die Frau mit dem Kind.

»Ach so«, sagt Arturo.

Ohne seine Worte an jemanden im besonderen zu richten, sagt Alessio: »Wir sind im Mittelalter gelandet. Das ist das Ende.«

»Seien Sie doch still«, sagt Luisa und verspürt Lust, ihm noch einen Tritt zu verpassen. »Machen Sie die Dinge doch nicht noch schlimmer, als sie sind!«

»Schlimmer geht's wohl kaum«, sagt Alessio.

»In der Tat«, meint Enrico und versucht sich mit dem tropfnassen Ärmel die Stirn abzutrocknen.

Margherita plumpst auf einen Hocker. Sie presst Augen und Lippen zusammen und schaukelt mit dem Oberkörper vor und zurück, die Arme über der Lammfelljacke verschränkt.

Luisa sagt: »Komm schon«, aber sie weiß nicht, was sie machen soll, um sie zu trösten. Ihre Bewegungen sind eingeschränkt von der Kälte und dem Wasser, das sämtliche Kleidungsstücke durchweicht hat, von dem glitschigen Gewicht der Schuhe, den Blicken rund um den Tisch, dem allzu vertrauten und zugleich befremdlichen Geruch, der in der Luft liegt.

Das Mädchen mit den Locken geht zu Margherita und zieht ihr die Mütze herunter, entblößt das blondierte, am Kopf klebende Haar. Sie zieht an einem Ärmel, um sie auch von der durchnässten Lammfelljacke zu befreien. Margherita scheint zum Widerstand entschlossen. Dann aber gibt sie nach, knöpft die Jacke auf und lässt sie sich abstreifen.

Die Mutter des Kindes macht den anderen ein Zeichen und sagt: »Zieht auch ihr eure Jacken aus, und eure Schuhe!« Es ist nicht eindeutig, ob sie das aus Freundlichkeit oder aus Besorgnis ob der Pfützen tut, die sich auf dem Fußboden aus altem, gebrochenem und blankgelaufenem Terrakotta bilden.

Luisa, Arturo, Alessio und Enrico ziehen sich mit ungelenken Bewegungen die Mäntel und die Schuhe aus. Dann schauen sie suchend um sich, wo sie die Sachen ablegen könnten.

Die Mutter des Kindes schiebt umständlich eine Bank vor den Kamin und sagt: »Legt eure Sachen hier drauf, damit sie ein wenig trocknen können.« Dann wirft sie neues Holz aufs Feuer und bringt die Flammen zum Lodern.

Luisa und die anderen legen ihre Kleidung auf der Bank ab, auch wenn die Mäntel derart durchnässt sind, dass man sie wahrscheinlich vorher besser hätte auswringen sollen. Luisa ist fast froh über den schlechten Zustand ihrer Kleider, ansonsten wäre der Gegensatz zu denen ihrer Gastgeber unerträglich.

Margherita lässt sich von dem gelockten Mädchen auch beim Ausziehen ihrer Stiefelpumps helfen. Ihr Danke klingt, als wäre sie schwer krank. Es ist beileibe nicht einfach, die Dinger von den Füßen zu kriegen: Das Mädchen zieht mit beiden Händen, bis schließlich ein Geräusch wie von einem Fisch im See zu hören ist und sich ein Schwall Wasser auf den Boden ergießt. Der zweite Stiefel bereitet noch größere Mühe; dann betastet Margherita ihre Füße mit schrecklicher Leidensmiene, humpelt unter den Blicken aller bis zum Kamin, legt ihre Sachen auf die Bank neben die der anderen. Dort verweilt sie, um sich etwas aufzuwärmen. Sie ist so einige Zentimeter kleiner als gewöhnlich, und Luisa fällt auf, dass sie sie seit Jahren nicht mehr ohne hochhackige Schuhe gesehen hat.

Arturo zieht sich die Strümpfe aus und legt sie nahe beim Kamin ab. Barfuß bringt er, ganz der Weltenbummler, ein Lächeln zustande und meint: »Also, ich heiße Arturo.«

Die Leute um den Tisch herum fixieren ihn stumm. Dann sagt das Mädchen mit dem Lockenhaar: »Mirta.«

Und einen Augenblick darauf die Mutter des Kindes: »Gaia« und auf den Jungen deutend: »Icaro.«

»Luisa«, sagt Luisa mit diesem aufgeschlossenen Ton, den sie jedes Mal benutzt, wenn sie sich in einem benachteiligten gesellschaftlichen Umfeld befindet.

»Arup«, sagt der Inder.

Und das junge Mädchen: »Aria.«

»Enrico«, sagt Enrico, als wäre ihm das peinlich.

»Cingaro, Alessio«, sagt Alessio, als hätte man diese Worte unter Folter aus ihm herausgequetscht.

Luisa weist Enrico auf seine Strümpfe hin: »Willst du sie nicht ausziehen?«

»Nein«, sagt Enrico streng.

»Aber die sind doch klatschnass«, beharrt Luisa.

»Ich fühl mich ausgezeichnet darin«, sagt er.

Margherita steht vor dem Kamin, dreht sich mit einem Gesicht wie ›Das kleine Mädchen mit den Schwefelhölzern‹ um und fragt: »Könnten wir vielleicht etwas zu essen kriegen?«

Luisa sieht sie an, als wollte sie ihr sagen, dass sie sich mit ihren Forderungen doch mäßigen sollte.

Doch Margherita sagt: »Ich sterb bald vor Hunger, entschuldige«, und bei dem erbarmungswürdigen Ton in ihrer Stimme erübrigt sich jede weitere Überlegung.

Die Frau mit dem Namen Gaia geht wortlos einen Topf

holen, der in der Nähe des Feuers aufgehängt ist, bringt ihn zum Tisch und schöpft mit einer Kelle eine sämige Suppe in Schalen aus Terrakotta. Das gelockte Mädchen namens Mirta schneidet Scheiben von dem ins Tuch gewickelten Brot ab. Der Inder Arup, Icaro, der Junge, und Aria, das junge Mädchen, sind die reglosen Zuschauer.

Margherita setzt sich zu Tisch und macht sich ohne auch nur eine Sekunde zu zögern über die Suppe her. Die anderen halten einige Meter Abstand, der jedoch innerhalb weniger Sekunden aufgehoben ist. Arturo nimmt ebenfalls Platz, greift nach einem Löffel, bricht eine Scheibe Brot, tunkt die Stückchen tief in die Suppe und nimmt dann einen Löffel davon. Er behält die Suppe einen Augenblick im Mund, bevor er sie hinunterschluckt, und sein ganzer Körper drückt anerkennende Zufriedenheit aus. Luisa tut es ihm gleich, auf ihre stilvolle, bedachtsame Art, und dennoch viel zu hastig: Sie verbrennt sich die Lippen und den Gaumen, dann verspürt auch sie das wohlige Gefühl, das mit den Graupen, den dicken Bohnen, den Gartenkräutern in ihren Magen dringt und eine altvertraute Form von Dankbarkeit in ihr weckt.

Enrico versucht ungerührt zu bleiben, schafft es aber nicht. Schließlich setzt auch er sich zu Tisch und isst gieriger, als er eigentlich will. Nur Alessio spielt mit seinem Suppenlöffel herum, als hätte er Angst, vergiftet zu werden. Luisa denkt, dass er zu der Sorte Italienern gehört, die auf Reisen in ferne Länder Spaghetti und Espressokaffee im Koffer mitnehmen, weil sie eine Heidenangst davor haben, andere Speisen kosten zu müssen als die, die ihre Mamma zu Hause für sie kocht.

Der Inder Arup geht zu einem kleinen Fass hinten im Raum, zapft einen Krug voll Wein, füllt dann die Becher aus Steingut und reicht sie reihum. Arturo nimmt einen Schluck und meint: »Hm, gut. Macht ihr den selbst?«

»Ja«, sagt Arup.

»Sangiovese ist das, oder?«, sagt Arturo. Er lächelt, unterstreicht seine Worte mit Gesten, versucht die Atmosphäre aufzulockern.

»Nein«, sagt der Inder.

»Man schmeckt deutlich die Trauben heraus«, sagt Luisa, und auch sie begleitet ihre Worte mit einer Mimik, die helfen soll, die kulturellen Schranken zu überwinden.

Alessio sagt hörbar: »Für mich schmeckt er nach Essig.«

Luisa wirft ihm einen bösen Blick zu. »Er ist köstlich«, sagt sie.

Margherita hat ihre Schale Suppe und ihren Becher Wein ruckzuck und mit gesenktem Kopf geleert. Als sie aufblickt, hat sie wieder ein bisschen Farbe ins Gesicht bekommen, die sich mit den letzten Spuren Wimperntusche vermischt.

Arturo deutet auf den Tisch und die Stühle und fragt, zu Arup gewandt: »Habt ihr die gemacht?«

»Ja«, sagt Arup.

»Schön«, sagt Arturo. »Alle Teile sind miteinander verfugt, nicht wahr? Da ist nichts verleimt oder geschraubt.«

»Genau«, sagt Arup.

Voller Ehrfurcht dreht und wendet Luisa ein Stück Kornbrot in den Händen, was ihren Respekt und ihre Bewunderung für die Kultur zum Ausdruck bringen soll, die so etwas hervorgebracht hat: »Lebt ihr schon lange hier?«

»Seit neun Jahren«, sagt Arup.

»Zehn«, sagt Gaia.

»Wow, nicht schlecht«, sagt Arturo.

»Ja«, sagt Arup.

Und Margherita: »Verzeiht, wo ist das Bad?«

Luisa wird schon wieder ungehalten bei dem Gedanken, dass Margheritas Forderungen weder Maß noch Stil kennen. Sie hätte richtig Lust, ihr zu sagen, sie solle doch wieder nach draußen gehen und schauen, wie sie zurechtkomme.

Mirta antwortet: »Draußen«, steht auf und nimmt eine von den Öllampen, die auf dem Tisch stehen.

»Wo draußen?«, fragt Margherita alarmiert.

»Dort«, sagt Mirta und macht eine vage Handbewegung.

Margherita versucht, eine ihrer nassen Stiefeletten überzuziehen, doch da ist nichts zu machen; nach ein paar Versuchen gibt sie auf.

Mirta nimmt ein Paar Holzpantinen neben der Tür und reicht sie ihr, begleitet sie zum Ende des langgezogenen Raums.

Margherita blickt hinter sich, als erwarte sie von den anderen Zuspruch oder Ermutigung, aber nur Alessios Blick trifft sie, und darin ist sadistisches Funkeln zu erkennen. Wortlos steigt sie in die Holzpantinen und folgt Mirta.

Luisa denkt, eigentlich müsste auch sie mal, aber sie kann warten, wenn es angesichts der surrealen Ausweglosigkeit der Situation auch schwierig ist zu sagen, worauf und wie lange.

Mirta nimmt den Regenschirm, der an der Wand lehnt, zieht den Riegel beiseite und öffnet die Tür, die auf einen gepflasterten Hof geht, in den sich Regenwasserbäche ergießen.

»Wo?«, fragt Margherita unsicher und verängstigt und ärgert sich sofort über ihren Ton.

Mirta öffnet den roten Regenschirm und begleitet sie unter dem prasselnden Regen bis zur Tür eines niederen, gemauerten Häuschens. Sie reicht ihr die Öllampe und sagt: »Ich warte hier draußen auf dich.«

»Ohne Licht?«, fragt Margherita.

Mirta antwortet nicht, geht mit ihrem großen Regenschirm zur Hauswand zurück, und das Rot verblasst beim Verlassen des Lichtkegels.

Margherita betritt das Klohäuschen und schließt die Tür voller Angst, die Flamme könne jeden Moment erlöschen. Drinnen ist es einigermaßen sauber. Es gibt aber nur ein Loch im Steinfußboden und ein tiefhängendes Handwaschbecken ohne Wasserhahn, eine Vase mit Silberblatt, einen Eimer, einen Krug, bunte Stoffe, die mit Nägeln an die Wand gepinnt sind, zwei Handtücher an Holzringen. Der Regen prasselt auf die Dachziegel und gegen das kleine Fenster, rinnt in einer Ecke des unverputzten Mauerwerks hinab. Der Wind pfeift und zischt, und das klingt wie die Laute gefährlicher Tiere. Margherita setzt sehr bedachtsam die Lampe neben das Loch auf den Boden nieder und kann nur mit Mühe die an der Haut klebenden Hosen hinunterziehen. Sie fragt sich, wie es nur möglich sein kann, innerhalb weniger Stunden von den Annehmlichkeiten eines ihrer Zuhause in einer Stadt der westlichen Welt zu einer solchen Anhäufung mittelalterlicher Unannehmlichkeiten überzuwechseln. Der Gegensatz lässt sie bis in die Knochen frösteln, und ein Zittern überkommt sie.

Alessio kontrolliert noch einmal sein Quad-Band-Handy mit eingebauter Kamera, legt es dann enttäuscht und ungläubig auf den Tisch. Er hält der Frau namens Gaia seinen Steingutbecher hin: »Kann ich vielleicht ein Glas Mineralwasser ohne Kohlensäure bekommen?«

Mit gesenktem Blick schenkt sie ihm aus einem Krug ein.

Alessio dankt mit einer Handbewegung und bekommt aus dem Augenwinkel mit, dass der kleine Junge Icaro sein Mobiltelefon in die Hand genommen hat: »Leg das weg!«, schreit er ihn an. Der Junge reißt wie ein erschrockenes Äffchen die Augen auf und lässt das Telefon zu Boden fallen.

Alessio schreit: »Neiiiin!« und macht einen Satz in Richtung des markerschütternden Geräuschs, das sein technologischer Augapfel beim Aufprall auf den harten, alten Fußboden erzeugt. Ohne richtig hinzuschauen, klaubt er die beiden Teile auf, in die es zerfallen ist.

»Sie hätten halt besser aufpassen müssen«, sagt der Architekt Guardi mit dem eisigen Ton des Mailänder Intellektuellen, der sich völlig deplatziert fühlt.

»Herr Architekt, die da hätten besser auf den Affen aufpassen müssen!«, sagt Alessio und öffnet zögernd die Hände, in denen er das auseinandergefallene Handy hält. Schrittweise will er sich vom Ausmaß des Schadens überzeugen.

»Hören Sie doch mit diesen Ausdrücken auf!«, sagt die Guardi und nimmt eine ganz steife Haltung ein, um ihre Missbilligung zum Ausdruck zu bringen.

»Selber Affe!«, entgegnet Gaia, die Mutter des Jungen, und sieht selbst aus wie ein beleidigtes kleines Mädchen.

»Affe, Affe!«, ruft der kleine Junge, der sich in die Arme der Mutter geflüchtet hat.

Behutsam setzt Alessio den Akku an seinen Platz zurück und gibt die Tasten frei. Dann drückt er den Einschaltknopf, hält den Atem an und ist aufs Schlimmste gefasst: Zu seiner Überraschung ertönt die Anschaltmusik, das Display leuchtet auf, und die Sonnenblumen von van Gogh erscheinen, die Deborah ihm als Bildschirmhintergrund aufgeschwatzt hat. Alessio kann wieder atmen. Einen Augenblick lang bildet er sich ein, sogar das Symbol für die Netzverbindung zu sehen, doch dem ist nicht so. Als er den Blick zu seinen Kunden hebt, starren sie ihn an, als wäre er ein Monster.

»Verzeiht, aber das ist ein Arbeitsinstrument«, sagt Alessio. »In Italien ist so ein Ding nicht einmal im Handel. Ich habe es mir von einem Cousin aus Singapur mitbringen lassen. Und obwohl sie dort so gut wie keine Steuern zahlen, hat das Ding noch immer sechshundert Dollar gekostet.«

Er will gerade loslegen und technische Einzelheiten seines Mobiltelefons erläutern, als die Eingangstür aufgerissen wird und ein Typ mit langen Haaren, Bart und demselben Outfit wie die anderen hereinkommt. Auch er ist vom Regen durchweicht, hat einen Bogen in der Hand und trägt quer über der Brust einen Köcher voller Pfeile. Kaum erblickt er die Gruppe von Städtern, die um den Tisch sitzen, hält er inne.

Der Architekt Guardi sagt: »'n Abend«, und ist viel weniger selbstsicher als zwei Minuten zuvor, als sein Blick noch voller Negativurteile über Alessio war.

Alessio dreht sich zu Vannucci zu seiner Rechten und sagt leise: »Und wer ist das? Robin Hood?«

Vannucci stößt ihm den Ellbogen in die Rippen, als säßen sie nicht alle zusammen im selben, katastrophengeschüttelten Boot.

Die Frau namens Gaia sagt: »Lauro«, und so wie sie ihn ansieht, ist er wahrscheinlich der Anführer der Bande oder etwas in der Art.

Mit einem strengen Blick und noch immer den Bogen in der Hand erwartet er eine Erklärung von ihr.

»Sie haben sich verirrt«, sagt Gaia. »Sie waren verzweifelt.«

»Sie hatten eine Panne«, sagt der Inder.

Der Robin Hood namens Lauro legt Bogen und Pfeile auf einer Tischecke nieder, streift seine Joppe ab, nimmt einen Lappen von der Wand und reibt sich die Haare trocken. Er hat ein verwildertes Aussehen genau wie die anderen, aber mit einer Extraportion potentieller Gefährlichkeit, die an seinen Bewegungen und seinem Blick abzulesen sind.

Der Architekt Guardi nimmt eine aufrechte Haltung auf seinem Stuhl ein und versucht, so würdig zu erscheinen, wie es ihm, einem durchnässten und barfüßigen Mann vor einem Teller erbettelten Essens überhaupt möglich ist: »Wir hatten gehofft, von hier aus einen Abschleppwagen rufen zu können, aber man hat uns erklärt, dass ihr weder Telefon noch Fahrzeuge besitzt«, sagt er zu Lauro.

»In der Tat«, sagt dieser, nimmt eine Scheibe Brot und ein Stück Käse, legt ein Blatt Grünzeug darauf und reißt mit den Zähnen einen Bissen ab, ohne seinen Blick von den Städtern abzuwenden.

Das Mädchen namens Mirta kommt mit der Novelli im Schlepptau in die Küche zurück. Ohne ihre hochhackigen Schuhe, ohne Schminke und mit den an den Kopf geklatschten Haaren sieht Margherita geradezu erbarmungswürdig aus. Kaum entdeckt sie Lauro, hält sie inne: *»Salve«*, sagt sie in einem Ton, an dem sich Alessio noch an diesem Morgen ergötzt hätte, der ihm aber jetzt nur flüchtige und bittere Genugtuung verschafft.

Lauro antwortet ihr nicht, sagt aber zu ihr und den anderen gewandt in ziemlich aggressivem Ton: »Was treibt euch überhaupt in diese Gegend? Was sucht ihr hier?«

»Wir wollten uns einige Häuser anschauen, die zum Verkauf stehen«, sagt Architekt Guardi. Am liebsten wäre er aufgestanden, um mit ihm auf Blickhöhe zu sein, aber es ist ihm nur allzu bewusst, was für eine traurige Figur er ohne Schuhe in den völlig verkrumpelten Hosen abgeben würde. So lehnt er sich nur etwas weiter in seinem Stuhl zurück und versucht, Selbstsicherheit an den Tag zu legen.

»Einen kleinen Weiler, den wir sanieren wollen«, sagt Vannucci mit einem Lächeln, das zu offen und ehrlich ist für diese Art von Konfrontation.

Da kriegt die Novelli wieder einen unerwarteten Hassschub: »Doch dieser großartige Immobilienmakler hier kannte den Weg nicht, und dann hat er es auch noch fertiggebracht, den Wagen schnurstracks in einen Graben zu setzen. Es ist schon ein Wunder, dass er uns nicht umgebracht hat. Vielleicht existieren diese Häuser nicht einmal, die er uns verkaufen wollte.«

Alessio fühlt sich vor so vielen Zeugen empfindlich in seiner Ehre getroffen, und so sagt er: »Novelli, solange gescherzt wird, ist gut. Aber jetzt ist genug, ein für allemal! Wir sind hier nicht in einer deiner blödsinnigen Fernsehshows, he!«

Die Novelli ist ob seiner Reaktion einigermaßen verblüfft. »Was erlauben Sie sich eigentlich?«, sagt sie und dreht sich zu den anderen, um die allgemeine Stimmungslage zu überprüfen.

Alessio reißt jetzt seinen pitschnassen Lederkoffer auf und entnimmt ihm eine ebenfalls nasse, grüne Dokumentenmappe, mit einem raschen Blick auf den Zustand der Kleidungsstücke, die darunter liegen. Er zieht die aufgeweichten, wasserschweren Planzeichnungen der Häuser heraus, die trotz allem noch vollkommen leserlich sind, und erklärt: »Katasterpläne, Auszüge aus dem Grundbuchamt, Bebauungsbestimmung, Eigentumsnachweise. ›Ländliche Gebäude in Lokalität Giro di Vento‹.«

Lauro kommt näher und nimmt ihm grob die Papiere aus der Hand: »Zeig mal her!« Er studiert die Unterlagen im Schein einer Öllampe. Und lacht.

Alessio sagt: »Was bitte ist denn daran so witzig? Darf ich auch lachen?«

Der Typ lacht noch mehr und sagt: »Es sind diese Häuser hier, die du ihnen verkaufen wolltest.«

»Was?« Alessio versteht nicht, ob es sich um einen Scherz oder eine Provokation oder um was sonst handelt.

»Das hier ist Giro di Vento?«, sagt Vannucci kaum hörbar, so sehr hat ihn die überraschende Nachricht getroffen.

Der Typ namens Lauro nickt, halb übermütig, halb betrübt, und sieht in seinem wilden Look aus wie der Held aus einem Abenteuer- oder Piratenfilm.

»Ach so«, sagt der Architekt Guardi. »Mir kam es auch so vor…« Und sein Blick nimmt Maß an den Umrissen der großen Küche, gleitet hinauf bis an die Decke und zum Stützbalken aus altem Eichenholz.

Seine Frau, Vannucci und die Novelli tauschen Blicke aus, als hätten sie gerade entdeckt, sich eines furchtbaren Verbrechens schuldig gemacht zu haben. Die Typen vom Land scheinen ebenfalls ziemlich verdattert. Ein Weilchen hört man nur das Geräusch des Regens, der an die Scheiben schlägt, und des Windes, der gegen die Fensterrahmen drückt und in den Schornstein bläst.

Alessio denkt: Es ist wahr, es gibt keine Obergrenze für die Scheiße, die sich an einem einzigen Tag anhäufen kann. Er spürt seinen Mut sinken, am liebsten würde er alles stehen- und liegenlassen und sich nur um seinen ruinierten Koffer kümmern. Dann reißt er sich zusammen und sagt mit einem Elan, der ihn selbst überrascht: »Ich wusste doch, dass sich das Navigationssystem nicht täuschen kann!«

»Bedauerlich ist nur, dass diese Häuser nicht zum Verkauf stehen«, sagt darauf Lauro. Er lacht nicht mehr und blickt jetzt noch finsterer und bedrohlicher drein.

»Entschuldigung, was meinen Sie damit?«, fragt Alessio. Er kneift die Augen zu schmalen Schlitzen zusammen und schüttelt dabei den Kopf.

Der Typ sagt: »Wie ihr seht, leben wir hier und haben keinerlei Absicht, das Feld zu räumen.«

Alessio ist von ihm ziemlich eingeschüchtert, aber seine Erfahrung hat ihn gelehrt, dass ein Makler mit außergewöhnlichen Qualitäten erst in den scheinbar ausweglosen Situationen zu seiner Höchstform aufläuft. Er sagt: »Lauro, richtig?«

»Eh«, erwidert Lauro, was schon als winziges Zugeständnis eines Verhandlungsbodens gewertet werden könnte.

»Hören Sie zu, Lauro«, sagt Alessio. »Sie wissen besser als ich, dass Sie die Häuser widerrechtlich besetzt haben.«

Lauro dreht sich zu seinen Freunden hin, um ihnen zu verstehen zu geben, dass er nicht die mindeste Absicht hat, ihm zu antworten.

Die Frau, die sich Gaia nennt, sagt: »Diese Häuser waren schon seit Jahren verlassen, als wir hierherkamen, es waren fast nur noch Ruinen, sie hatten nicht einmal mehr Fenster, die Dächer waren eingestürzt.«

»Wir haben das Dach mit Originalziegeln repariert«, sagt Mirta. »Auch die Fußböden und alle Löcher im Mauerwerk haben wir ausgebessert.«

Alessio sagt: »Ihr müsst schon entschuldigen, aber es geht doch nicht an, dass einer irgendwelche verlassenen Häuser findet und sie sich mir nichts, dir nichts unter den Nagel reißt! Welches Ende würde dann das Privateigentum nehmen? Ihr seid hier Hausbesetzer, und das Amtsgericht hat euch die Räumung angeordnet!«

»Weißt du, was wir mit diesem Räumungsbefehl gemacht haben?«, sagt Lauro. »Pass auf, ich zeig es dir«, und er geht mit Alessios Unterlagen zum Kamin und wirft sie ins Feuer. Nass wie die Papiere sind, brauchen sie ein Weilchen, bis sie Feuer fangen.

Alessio schreit: »He du, das sind offizielle Dokumente!« Er will zum Kamin stürzen, doch er fühlt sich wirklich nicht in der Lage, es auf eine körperliche Auseinandersetzung mit einem potentiell gefährlichen Gegner ankommen zu lassen. Im Übrigen weiß er, dass man auf diese Weise die Leute nicht gerade zum Kaufen oder zum Verkaufen animiert.

Lauro starrt ihn an, und aus seiner Haltung spricht primitive Territorialverteidigung, dumpfe Verbohrtheit und kindliche Rebellion gegen das Establishment: Es ist eine Art Eingeständnis eigener Schwäche, auch wenn er sich dessen nicht bewusst ist und weiterhin einen grimmigen Gesichtsausdruck zur Schau trägt.

Alessio ändert nun mit derselben Nonchalance, mit der er auch das Hemd wechseln könnte, seine Taktik und sagt: »Hört zu, hier hat niemand Interesse daran, es hart auf hart kommen zu lassen. Auch wenn ihr absolut kein Recht darauf habt: Wir wären bereit, euch eine Abfindung zu zahlen. Aber ihr müsst euch am Riemen reißen und euch anständig benehmen und nicht anderer Leute Sachen verbrennen. Ich bin doch hier, um zu vermitteln.«

Lauros Stimme klingt bedrohlich: »Also, Herr Vermittler, ich glaube, du hast mich nicht richtig verstanden!«

»Nein, Sie sind es, der hier nicht richtig versteht«, sagt Alessio und wechselt in einen arroganteren Tonfall über.

»Seien Sie doch mal still, Alessio!«, sagt daraufhin der Architekt Guardi, als richte er das Wort an einen begriffsstutzigen Untergebenen. »Wir wollen niemanden verjagen.«

»Wir hatten nicht die geringste Ahnung, dass ihr hier wohnt«, sagt seine Ehefrau im warmherzigen Ton der Sozialarbeiterin.

Vannucci sagt: »Soweit wir wussten, standen die Häuser frei.«

»Aber sie *sind* frei, Dottore!«, sagt Alessio, entsetzt über die Art und Weise, wie sie ihm in den Rücken fallen, gerade jetzt, da er ihre Unterstützung am meisten bräuchte.

»Ihr macht jetzt, dass ihr hier rauskommt, aber dalli!«, sagt Lauro. Er weist ihnen die Tür, und seine Hand zittert vor Wut.

»Was heißt hier raus?«, fragt die Novelli mit einer Stimme, als wäre sie urplötzlich zum kleinen Waisenmädchen geworden. »Mitten in der Nacht? Das kann doch nicht dein Ernst sein!«

»Seien Sie doch bitte vernünftig«, sagt Vannucci. »Wir haben nicht einmal eine Taschenlampe, wir kennen den Weg nicht, es tobt ein schlimmes Unwetter.«

»Draußen ist es dunkel!«, sagt die Novelli. »Es ist kalt! Es regnet! Es gibt wilde Tiere! Meine Füße tun mir höllisch weh! Ihr könnt uns doch nicht wie räudige Hunde krepieren lassen!«

Der Architekt starrt zur Tür. Sein Gesichtsausdruck besagt, dass er bereit wäre, in Wind und Wetter zurückzukehren, um dieser peinlichen Situation ein Ende zu machen.

Das Mädchen namens Mirta wickelt sich eine Strähne ihres Lockenhaars um den Finger und sagt: »Es stimmt, Lauro, wohin sollen die um diese Uhrzeit denn gehen?«

»Das ist ihr Bier«, sagt Lauro. »Schließlich haben wir sie ja nicht eingeladen.«

»Wir können sie doch nicht einfach vor die Tür setzen«, sagt auch Gaia. »Arup, was denkst du darüber?«

Arup sagt: »In der Tat, es ist dunkel, es regnet, und der Weg ist weit.«

Die Guardi scheint gerührt von der Vorstellung, so viel Menschlichkeit von Personen zu erfahren, die allen Grund hätten, sie zu hassen; sie sagt: »Wenn ihr uns hier übernachten lasst, machen wir uns morgen früh beim ersten Lichtstrahl auf die Socken.«

Lauro sieht sie an, zuckt mit den Schultern und wendet sich an seine Leute: »Wer ist dafür, sie hier schlafen zu lassen?«

Seine zotteligen Freunde heben einer nach dem andern die Hand wie in einem Ritual, das sich im Laufe der Zeit und bei wer weiß wie vielen anderen Kollektivabstimmungen so eingeschliffen hat; auch das Mädchen Aria und der Junge Icaro heben die Hand.

Lauro sagt: »Und wo sollen wir sie unterbringen?«

»Im Zimmer oben, hinten«, sagt Gaia. »Dort liegen schon Matratzen und Decken.«

Lauro nickt, keineswegs zufrieden, aber allem Anschein nach ist er gezwungen, sich an die Regel der Mehrheitsentscheidung zu halten. Er sagt zu den Stadtmenschen: »Aber morgen früh, sobald es hell wird, verzieht ihr euch.«

»Darauf können Sie zählen«, sagt Vannucci und setzt wieder sein bescheuertes Globetrotterlächeln auf.

»Aber sicher doch, danke«, sagt die Guardi, und vor lauter Dankbarkeit kommen ihr beinahe die Tränen.

Der Architekt, ihr Ehemann, bleibt stumm, hat aber zumindest einen würdigen Gesichtsausdruck.

»Danke«, sagt die Novelli mit einem Beben in der Stimme, von dem man nicht weiß, ob es gespielt ist oder echt.

Alessio sagt: »Verzeihen Sie, aber ich war gerade dabei, diesen Leuten etwas klarzumachen.«

»Das scheint mir jetzt wahrlich nicht angebracht«, sagt der Architekt, ohne ihn auch nur eines Blickes zu würdigen.

»Sie halten bitte schön den Mund!«, sagt seine Ehefrau.

»Ihre Reden haben uns gerade noch gefehlt«, sagt Vannucci.

»Schwachkopf!«, sagt die Novelli. »Du hast für heute schon genügend Scheiß gebaut!«

Alessio hätte große Lust, ihr zu sagen, was er über sie denkt, aber in diesem Augenblick ist klar, dass er alle gegen sich hat. Er senkt den Kopf und murmelt Unverständliches.

Die Decken und die Kissen riechen muffig; einige sind prall wie vollgestopfte Strohsäcke, andere schlottrig und fast leer. Margherita wühlt in ihrem Koffer, denn eigentlich will sie sich etwas Trockenes anziehen. Aber sie friert und hat keine Lust, sich vor allen anderen umzuziehen. So behält sie am Ende ihre feuchten Klamotten an und zieht sich noch zwei weitere Pullover über. Sie versucht herauszufinden, welche der Matratzen am wenigsten schmutzig ist, doch im zittrigen Lichtschein ist das schwierig. Schließlich hat sie sich für eine entschieden, setzt sich darauf und versucht sich hinzulegen. Es ist ein unzumutbares Nachtlager, es sieht aus, als ob es direkt aus einem Museum für vergangene Bauernkulturen stammte. Wenn sie sich vorstellt, wer alles schon darauf geschlafen oder Sex gehabt oder gar ein Kind zur Welt gebracht oder womöglich seinen letzten Atemzug getan hat, überkommt sie das Grauen. Und welche Krankheiten, welche Parasiten womöglich noch unter dem verfleckten, ausgebleichten Bettzeug mit den blassblauen Streifen lauern! Sie fragt sich, ob ihre Kleidung ausreichend Schutz gegen eventuell vorhandene Flöhe, Zecken, Bakterien oder schlafende Viren bietet; sie steht auf, nimmt ein zweites Paar Strümpfe aus dem Koffer und zieht sie über die anderen, die inzwischen dank ihrer Körperwärme getrocknet sind. Ihre Füße sind ein einziger Schmerz, als hätten sie in einem Schraubstock gesteckt; sie schickt sich an, einen der Doppelstrümpfe herunterzuziehen, doch kaum sieht sie die rot angelaufene Haut am Fersenrand, rollt sie sie wieder hoch – sie will gar nicht erst wissen, wie der Rest aussieht. Arturo beobachtet sie, die Lippen zu einem leichten Grinsen verzogen, während er sich die Hosen auszieht und zusammenrollt, wie er es, unterwegs auf einer anstrengenden Höhenwanderung, in einer Berghütte machen könnte. »Was zum Teufel gibt's da zu lachen?«, fährt Margherita ihn an, und er zuckt nur mit den Achseln.

Die anderen hantieren mit den Decken und Kissen auf den Strohmatratzen, stellen die Öllampe, die Mirta ihnen wie eine kostbare Gabe überreicht hat, mal da-, mal dorthin. Alessio nimmt aus seinem nassen Lederkoffer einen Schlafanzug, der aussieht wie eine tote Katze, derart durchnässt ist das gute Stück, und legt ihn mit betrübtem Gesicht wieder zurück. In Margherita regt sich leise Genugtuung, doch bei weitem nicht genügend, um ihre Rachegelüste ihm gegenüber wirklich stillen zu können. Luisa schüttelt ihre Decke, als könnte sie alles kraft ihres Willens sauber und ordentlich werden lassen. Margherita weiß genau, dass auch Luisa, genau wie sie, sich ekelt und unbehaglich fühlt, es aber aus Angst, sich politisch unkorrekt gegenüber den hiesigen Bewohnern zu verhalten, nie und nimmer zugeben würde. Luisas Faible für untadeliges Verhalten ärgert sie mächtig, auch die Tatsache, dass sie stets bedacht ist auf Mäßigung in ihren persönlichen Beziehungen und Äußerungen. Doch gerade deswegen hat sie Luisa immer gebraucht, sie war ihr eine sichere Stütze, um ihre fortwährenden, charakterlichen Unausgewogenheiten auszugleichen. Sie denkt an all die Telefonate und Gespräche im Laufe der Jahre, die sie in Krisenmomenten mit ihr geführt hat, und an das tröstliche Gefühl, das sie jedes Mal daraus gezogen hat.

Arturo macht seine Kniebeugen: Die Arme nach vorn gestreckt atmet er jedes Mal, wenn er auf seinen robusten Beinen nach unten geht, deutlich vernehmbar aus. Er scheint sich nicht im Geringsten bewusst zu sein, was für eine lächerliche Figur er unter diesen Umständen abgibt. Sie alle jedoch, jeder auf seine Weise, sind lächerlich, wie sie sich einzurichten versuchen, in dieser schrecklich unbequemen Nacht inmitten der Bruchstücke ihrer Träume von einem unberührten Flecken Land, wo sie ihre Freundschaft und ihre besten Vorhaben kultivieren wollten.

Margherita denkt, nur vor wenigen Jahren noch wäre das eine fantastische Gelegenheit gewesen, ihrer aller Kritikvermögen und Sinn für Ironie über sich und die Welt unter Beweis zu stellen, sie hätten spitzzüngige Bemerkungen und Witze gemacht und die ganze Nacht bis zum Morgengrauen wie verrückt gelacht. Jetzt hingegen sind sie vier Erfolgsmenschen, die infolge eines zeitweiligen Kontrollverlustes unter Schock stehen: Sie sind nur noch imstande, negative Daten zu registrieren und ihre restlichen Gedanken auf den morgigen Tag zu projizieren, an dem es ihnen auf die eine oder andere Weise gelingen wird, diesen Ort zu verlassen.

Enrico streicht die Wülste seines Strohlagers glatt und streckt sich mit Soldatendisziplin darauf aus, die bräunliche Decke bis zu den Ohren gezogen. Luisa legt sich auf das Strohlager neben ihm und versucht, genau wie Margherita, die Berührung mit dem ekligen Stoff zu verharmlosen: Steif liegt sie da, hält den Kopf kerzengerade, damit ihre Wangen das Kissen nicht berühren. Alessio sitzt auf seiner Strohmatratze neben der Tür, die die anderen ihm zugewiesen haben; er betrachtet seinen Schatten an der Wand, als wäre er in einer Gefängniszelle in irgendeinem Dritte-Welt-Land. Höchstwahrscheinlich fühlt er sich in diesem Augenblick als Märtyrer des Maklergewerbes. Margherita hätte Lust, ihm mit einem Stock eines über den Kopf zu ziehen, um ihn in dieser Vorstellung zu bestätigen.

Arturo nimmt die Öllampe und sagt: »Ist es in Ordnung, wenn ich die jetzt lösche?« Die anderen brummeln etwas, als würde sich die Situation von selbst erklären und keiner Worte bedürfen. Ein kurzes Flackern, dann verglimmt das Licht: Pechschwarze Finsternis erfüllt den Raum wie Chinatinte bis in die hintersten Ecken.

Margherita bemüht sich krampfhaft, aber vergeblich Schlaf zu finden. Sie ist viel zu müde und durcheinander und verängstigt und liegt viel zu unbequem. Sie müsste noch einmal Pipi machen, aber sie kann es sich beim besten Willen nicht vorstellen, noch einmal die Lampe anzuzünden und ohne Schuhe die Treppe hinunterzuklettern, durch den Gang zu gehen, die Haustür zu öffnen und in den von den Wettern erfüllten Hof hinauszutreten. Die Gerüche der Decke und des Kissens bedrängen sie und rufen ständig intime und ekelhafte Seiten unbekannter Menschenleben wach; zugleich sieht sie im Geiste, wie sich mit rasender Geschwindigkeit immer neue winzige Tiere unter ihr im Stroh versammeln und ein munteres Treiben veranstalten. Sie hätte so gerne zumindest einen frischen Slip und einen anderen BH und einen vierten Pullover angezogen und sich den Kopf liebend gern mit der Ersatzmütze und dem Schal bedeckt, die sie, soviel sie weiß, noch kurz vor der Abreise in den Koffer gesteckt hat. Sie versucht, an anderes zu denken, sofort aber überkommt sie Panik beim Gedanken an die superwichtigen Telefonate, die ihr Agent höchstwahrscheinlich jetzt noch immer mit ihr zu führen versucht. Sie ist sich beinahe sicher, dass die Dinge auch an dieser Front mangels konkreter Anweisungen aus ihrem Mund entgleist sind – und das mit katastrophalen Folgen. Bis in alle Einzelheiten stellt sie sich vor, was er bereits alles falsch gemacht hat: Galgenstrickklauseln ohne mit der Wimper zu zucken unterschrieben, die wesentlichen Punkte im Vagen belassen, über entscheidende Details mit falschem Lächeln und Schulterklopfen hinweggegangen. Sie fragt sich, ob es morgen, wenn sie endlich wieder telefonieren kann, noch eine Chance zur Wiedergutmachung geben wird. Sie könnte schreien vor Wut und dem Gefühl der Ohnmacht; sie versetzt der Matratze unter sich einen Tritt, und als Antwort schickt die rechte Fußspitze ihr einen so stechenden Schmerz ins Nervensystem, dass sich ihre Augen mit Tränen füllen.

Auch die anderen können nicht schlafen, dem Geraschel und Herumwälzen und Gebrumme nach zu urteilen. Diese Geräusche vermischen sich in der totalen Finsternis mit denen des Regens und des Winds, der an den Fenstern rüttelt und die Scheiben erzittern lässt. Margherita atmet langsam, richtet ihre ganze Aufmerksamkeit darauf, inmitten dieser Geräusche mögliche Anzeichen von Gefahr zu unterscheiden. Ihr Herz beginnt jedesmal zu rasen, wenn ein Knarren oder Quietschen, das lauter als die anderen Geräusche ist, zusammen mit dem kalten Luftzug ins Zimmer dringt.

Der Tag dringt durch die zahlreichen Ritzen in den Fensterläden. Das Licht breitet ein Netz aus über das Durcheinander von Menschenleibern und Decken. Luisa erhebt sich, setzt die Brille auf, schlüpft in ihre Hosen und in die noch immer feuchten Schuhe und geht das Fenster öffnen. Eine blasse Sonne schlägt ihr entgegen. In ihrem Licht sieht sie einen Turm und weitere drei Gebäude aus Stein und Ziegel, eine Pferdekoppel, einen Hühnerstall und einen Gemüsegarten mit kleinen Beeten. Überall stehen Regenwasserpfützen, ein feiner Dunst filtert die Farben in den tieferen Bereichen und rückt die waldbedeckten Hügel rings um die Ebene weiter weg. Das Mädchen Mirta hütet mit einem Stock in der Hand eine kleine Ziegenherde, ein Stück entfernt sitzt Arup auf einem Erdwall und bearbeitet mit Holzhammer und Stemmeisen einen Baumstamm. Die Schläge seines Werkzeugs tönen hölzern durch die Stille. Der schwarze Hund jagt einer Katze nach, und die stürzt sich in eine Schar kornpickender, streitlustiger Hühner, Enten und Gänse. Luisa befeuchtet Zeige- und Mittelfinger einer Hand mit Spucke und wischt sich die Augenwinkel sauber. Sie atmet die kalte, dünne Luft ein und nimmt jede Einzelheit dieses zeitlosen Szenarios in sich auf.

Als sie sich zu den anderen umdreht, sind Enrico, Arturo und Alessio bereits wach, sitzen zwanglos auf ihren Strohmatratzen, gähnen und recken sich. Alessio fingert in seiner Jacketttasche herum, zieht das Handy heraus und schaltet es mit völlig unbegründeten Hoffnungen an; er starrt auf das Display. Nur Margherita schläft noch und sieht zusammengerollt in ihrer alten Decke wie ein großes Bündel aus.

Enrico sagt: »Was für eine grauenvolle Nacht.«

»Wollten wir denn nicht in einem Agriturismo übernachten?«, sagt Arturo beinahe heiter.

Und Alessio: »Allmächtiger, wie albanische Flüchtlinge, genau so!«

Luisa schaut wieder nach draußen, die Stimmen hinter ihrem Rücken wirken auf sie wie Radiointerferenzen.

Enrico sagt: »Meine Nerven waren die ganze Zeit zum Zerreißen gespannt, jeden Augenblick habe ich damit gerechnet, dass mir jemand ein Messer an die Gurgel drückt.«

»Jetzt übertreibst du aber!«, sagt Arturo.

»Die Mäuse, habt ihr die gehört?«, fragt Alessio.

»Nein«, sagt Arturo und gähnt.

»Es gab unglaublich viele Geräusche«, sagt Enrico.

»Fett wie Katzen müssen die sein«, sagt Alessio. »Aber es genügt eine anständige Rattenbekämpfungsaktion, und in ein paar Tagen ist das Problem aus der Welt geschafft!« Er hat erneut seinen bewährten Verkäufertonfall drauf, als wäre die miese Figur, die er tags zuvor abgegeben hat, nur ein böser Traum gewesen und hätte sich über Nacht in nichts aufgelöst.

Luisa sagt: »Es ist wunderschön hier.« Sie erwartet, dass auch die anderen ans Fenster kommen und hinaussehen, aber nur Arturo tut das: Er grummelt anerkennend.

»Ja, ja«, sagt Enrico. »Doch je früher wir hier Leine ziehen, desto besser.«

»Herr Architekt, ich werde mit denen jetzt Tacheles reden«, sagt Alessio.

»Mit wem wollen Sie reden?«, fragt Enrico und kämpft mit seinen vom Regen verformten, englischen Schuhen.

»Mit diesen Waldgnomen hier«, sagt Alessio. »Ich will ihnen klipp und klar sagen, dass wir gestern Abend freundliche Miene gemacht haben, weil wir müde waren, wir ihnen jedoch raten, den Bogen nicht zu überspannen.«

»Was genau wollen Sie ihnen denn sagen?«, fragt Enrico wutschnaubend vor Anstrengung, seine linke Ferse in den Schuh zu zwängen. »Kam es Ihnen etwa so vor, als würden die sich etwas sagen lassen?«

»Ich wollte euch an ihrer Stelle sehen«, sagt Luisa. »Wenn ihr fremde Leute in euer Haus aufnehmt, sie verköstigt und dann entdeckt, dass sie eigentlich die Absicht haben, euch aus eurem Haus rauszuschmeißen!«

Alessio macht eine abwehrende Geste und sagt: »Aber Signora, wir sind es doch nicht, die sie rauswerfen wollen! Das Gesetz besagt, dass sie gehen müssen. Seit zehn Jahren schon besetzen die Typen widerrechtlich dieses Anwesen.«

Luisa sagt: »Die Häuser waren verlassen, als sie hierherkamen.«

Und Alessio: »Signora Guardi, wenn es genügt, sich in leerstehende Immobilien einzuschleichen, um daraus irgendwelche Ansprüche herzuleiten, dann gute Nacht!«

Luisa fühlt sich immer mehr in der falschen Position und fragt: »Warum haben Sie uns nicht vorher gesagt, dass hier Leute leben?«

»Wie bitte, Signora?«, empört sich Alessio. »Dem Herrn Architekten habe ich die Situation doch erklärt!«

»Schlecht haben Sie die erklärt«, sagt Enrico eilig. »Sie haben sich so ausgedrückt, dass hier arme Bauern eine Räumungsklage erhalten hätten, nicht aber eine neomittelalterliche Gemeinschaft von Fanatikern, die auf Teufel komm raus zum Bleiben entschlossen sind.«

»Das ändert nichts an den Tatsachen, Herr Architekt«, sagt Alessio. »Die Räumungsklage haben sie trotzdem erhalten.«

Und Luisa zu Enrico: »Soll das etwa heißen, du wusstest, dass wir auf jeden Fall jemanden verjagen sollten?«

»Aber nein, Schatz«, wehrt Enrico ab, und endlich steckt sein rechter Fuß im Schuh. »Ich wusste nur, dass die Häuser von Rechts wegen frei wären und der Preis annehmbar sein würde.«

»Sie *sind bereits* von Rechts wegen frei, Herr Architekt«, sagt Alessio. »Zu einem solchen Preis finden Sie nie mehr so etwas auf dem freien Immobilienmarkt, das wissen Sie besser als ich.«

»Der Preis interessiert mich nicht!«, sagt Luisa mit lauter Stimme. »Ich verjage niemanden aus dem Haus, in dem er lebt.«

»Schreit nicht herum, die können euch doch hören«, sagt Arturo und hat wesentlich weniger Mühe als Enrico, die Schuhe anzuziehen, denn die seinen sind regen- und schlammtauglich.

»Sollen sie doch!«, erwidert Luisa, und ihre Augen füllen sich mit Tränen vor Enttäuschung und Kränkung und all den anderen schlechten Gefühlen, die unaufhaltsam in ihr hochsteigen.

Enrico schlüpft in sein Jackett, zieht an den Ärmeln, versucht, den zerknitterten Stoff glattzustreichen und sagt: »Aber bis gestern Mittag warst du noch begeistert von der Idee, dass wir den Platz unserer Träume gefunden hatten, ohne uns dafür finanziell ruinieren zu müssen.«

»Jetzt bin ich es eben nicht mehr!«, schreit Luisa. »Jetzt, da ich weiß, dass ich jemandem diesen Platz wegnehmen soll!«

Arturo stellt sich wieder ans Fenster und sieht hinaus: »Es stimmt, Luisa, wir hatten keinen genauen Überblick, wie es hier wirklich aussieht.«

»Du wusstest also auch, dass hier Leute wohnen?«, fragt Luisa weiter. »Und Margherita wusste es ebenfalls?«

Enrico sagt: »Liebling, versuch doch nur einen Augenblick lang vernünftig zu sein.«

»Ich will aber nicht vernünftig sein!«, schreit Luisa. »Für mich ist diese Geschichte der reinste Horror!«

»Übertreib doch bitte nicht so maßlos«, sagt Enrico in einem halb beschwichtigenden, halb aggressiven Ton. »Spiel jetzt nicht diejenige, die immer auf der richtigen Seite steht!«

»Besser als die, die immer auf der falschen Seite steht, oder!«, schreit Luisa.

Alessio betrachtet mit schmerzlicher Miene seine Mokassins, die sich im Regen wie Boote ausgeweitet haben; er holt seine Ersatzschuhe aus dem Koffer und begutachtet sie: Auch sie sind feucht geworden. Er sagt: »Signora Guardi, sollten Sie sich, nur einmal angenommen, nicht zum Kauf entschließen, müssen die da trotzdem raus. Der einzige Unterschied ist dann der, dass Sie sich eine einmalige Gelegenheit haben entgehen lassen und jemand anderes das Anwesen kauft.«

»Eine solche Art von einmaliger Gelegenheit interessiert mich nicht!«, sagt Luisa barsch. »Nein, danke!«

Alessio lässt nicht locker: »Aber Signora, haben Sie nicht gesehen, wie die leben? Ohne Strom, ohne Telefon, ohne fließend Wasser, mit dem einen Plumpsklo da draußen. Die sind doch nicht ganz dicht! Man tut ihnen ja beinahe einen Gefallen, wenn man sie wegschickt. Vor allem dem Kind.« Er steigt in seine Zweitschuhe und schnürt sie ordentlich zu.

»Aber gewiss doch«, sagt Luisa. »Es wäre sogar eine menschenfreundliche Tat! Etwas, auf das man stolz sein kann!«

Enrico stampft auf den Boden, um seine deformierten Sohlen wieder platt zu kriegen, und sagt: »Hm, zumindest würden wir ihnen begreiflich machen, dass wir im einundzwanzigsten Jahrhundert leben.«

»Haben die etwa nicht das Recht, im Jahrhundert ihrer Wahl zu leben?«, fragt Luisa. »Haben wir das für sie zu entscheiden? Wie kannst du nur so arrogant sein?!«

Enrico: »Ich bin nicht arrogant! Du weißt, dass ich recht habe.«

»Du hast ganz und gar nicht recht!«, sagt Luisa. »Kein bisschen!«

Enrico sieht sie an, als wollte er ihr etwas entgegenhalten, statt dessen sagt er: »Wenn du es genau wissen willst, ich hatte sowieso keine Lust, diese Häuser zu kaufen.«

Und sie, erstaunt: »Ach nein?«

»Nein! Ich habe es nur für dich getan. Ich wusste ja, wie viel dir daran lag. Und wegen Arturo und Margherita. Und um nicht als derjenige dazustehen, der das schöne Gemeinschaftsprojekt torpediert und sich zurückzieht und alle enttäuscht. Das Landleben ist mir immer schon ein Greuel gewesen!«

»Herr Architekt, was wollen Sie damit sagen?«, fragt Alessio entgeistert.

»Es stimmt!«, bekräftigt Enrico seine Worte. »Für mich bedeutet Leben auf dem Land nichts als Isolation, Schmutz, Kälte, Strapazen, Ignoranz, fehlende Abwechslung, Langeweile! Ihr habt es doch selbst erlebt, heute Nacht!«

»Komm, Enrico, das klingt ja furchtbar«, sagt Arturo gegen das Fenster gelehnt.

Enrico: »Aber so ist es doch! Das ist nicht nur meine Ansicht, Teufel noch eins. Im vergangenen Jahrhundert haben Millionen von Menschen mit wehenden Fahnen bei der ersten Chance, die sich ihnen bot, die Landgebiete verlassen und sind in die Städte gezogen. Für sie war das Leben auf dem Land eine schreckliche Verdammnis. Und dann tauchen wir hier auf mit unseren infantilen Träumereien und Versponnenheiten und fangen an darüber zu reden, als wäre das Landleben das große Ideal.«

Und Arturo: »Ideal im Vergleich zur stetig wachsenden Unmenschlichkeit des Stadtlebens ganz bestimmt.«

»Das sagt genau der Richtige! Einer, der mitten in Mailand lebt«, sagt Enrico. »Du könntest doch niemals auf das Stadtleben verzichten! Ich ebenfalls nicht! Ich brauche die Stadt! Ich brauche die Lichter, die Kinos, das Treiben, die Menschenmengen auf den Gehsteigen, den Verkehrslärm, sogar den Smog! Ich brauche die Vielfalt, das Angebot, die Überraschung, die weitreichenden Kommunikationsmöglichkeiten! Und ihr alle braucht das genauso wie ich, egal was ihr jetzt sagt! Ihr seid echte Stadtmenschen, ihr seid in der Stadt geboren und aufgewachsen!«

»Was bedeutet das schon?«, fragt Arturo. »Ich weiß nicht, ob ich all das tatsächlich brauche.«

»Ich auch nicht«, sagt Luisa.

»Ich wollte dich mal sehen«, sagt Enrico. »Wie du an einem Ort wie dem hier leben willst ohne auch nur ein paar der Bequemlichkeiten, die du gewohnt bist. Ohne deine Arbeit, deine Bücher, deine Autoren und deine Verlagsmenschen. Ich wollte dich sehen nach einer Woche. Hier zusammen mit Lauro und Gaia und Mirta und Aria und den anderen auserwählten Geschöpfen dieser Erde.«

»Das sind nicht einmal ihre echten Namen«, sagt Alessio. »Dieser Lauro beispielsweise heißt in Wirklichkeit Sandro Parente oder so ähnlich, das steht auf der Räumungsklage.«

»Eben«, sagt Enrico. »Die geben sich sogar Phantasienamen wie im Schultheater, kannst du dir das vorstellen?«

»Ziemlich schöne aber«, sagt Arturo.

Enrico hört ihm nicht zu, er hat es noch immer mit Luisa: »Nach spätestens einer Woche würdest du einen Schreikrampf kriegen, weil du nichts als Leere um dich herum fühlst.«

»Was weißt du denn?«, sagt Luisa.

»Nun, ein bisschen glaube ich dich zu kennen«, sagt Enrico. »Ich weiß nur, dass ich alles auf mich nehmen würde, um von hier wegzukommen.«

»Dann lass uns aufbrechen«, sagt Luisa eisig. Sie geht zum Strohlager zurück, auf dem sie geschlafen hat, und schüttelt mit fahrigen Bewegungen die Decke auf.

Enrico glaubt offensichtlich, wieder Oberwasser zu haben: »Mir bereitet es nicht das geringste Vergnügen, Nächte wie diese zu erleben. Mit siebzehn hätte mich das vielleicht noch beeindrucken können. Jetzt kann ich dem überhaupt nichts mehr abgewinnen. Rein gar nichts. Und komm mir jetzt bloß nicht und behaupte, dass es bei dir ganz anders ist.«

Luisa bleibt ihm die Antwort schuldig, legt ihre Decke zusammen.

»Okay«, sagt Arturo zerknirscht darüber, dass die Situation aus dem Ruder gelaufen ist. »Versuchen wir, ins Dorf zu kommen.«

Alessio wird jetzt erst klar, dass er seine Provision und seine Kunden verloren hat, nachdem er ihnen monatelang um den Bart gestrichen ist, ihnen unbefriedigende Vorschläge unterbreitet und eine ausgedehnte Objektsuche in drei Regionen Italiens durchgeführt hat. Er sagt: »Entschuldigung, aber bevor wir die Angelegenheit auf diese Weise abschließen, lassen Sie mich noch einen weiteren Versuch mit diesem Robin Hood machen. Ich werde das Thema Abfindung anschaulicher darstellen und ihnen die Situation auch unter juristischem Aspekt erläutern. Wir haben noch einige Joker im Ärmel.«

»Nein!«, sagt Luisa empört.

Und Enrico: »Sie werden keinen Versuch in dieser Richtung unternehmen! Sie lassen diese armen Irren in Ruhe! Wir gehen und basta!«

Arturo zieht sein Tweedjackett über und sagt: »Alessio, es ist für den Augenblick besser, wenn wir alles dabei belassen.«

Und Alessio mit einem bitteren Lächeln: »Wie Sie wollen, meine Herrschaften. Ich insistiere nicht, der Kunde hat immer recht. Aber es ist einfach schade, lassen Sie sich das von mir gesagt sein. Richtig schade.«

Judith Hermann

Sommerhaus, später

Stein fand das Haus im Winter. Er rief mich irgendwann in den ersten Dezembertagen an und sagte: »Hallo«, und schwieg. Ich schwieg auch. Er sagte: »Hier ist Stein«, ich sagte: »Ich weiß«, er sagte: »Wie geht's denn«, ich sagte: »Warum rufst du an«, er sagte: »Ich hab's gefunden«, ich fragte verständnislos: »Was hast du gefunden?«, und er antwortete gereizt: »Das Haus! Ich hab das Haus gefunden.«

Haus. Ich erinnerte mich. Stein und sein Gerede von dem Haus, raus aus Berlin, Landhaus, Herrenhaus, Gutshaus, Linden davor, Kastanien dahinter, Himmel darüber, See märkisch, drei Morgen Land mindestens, Karten ausgebreitet, markiert, Wochen in der Gegend rumgefahren, suchend. Wenn er dann zurückkam, sah er komisch aus, und die anderen sagten: »Was erzählt der bloß. Das wird doch nie was.« Ich vergaß das, wenn ich Stein nicht sah. Wie ich auch ihn vergaß.

Ich zündete mir mechanisch eine Zigarette an, wie immer, wenn Stein irgendwie auftrat und mir also wenig einfiel. Ich sagte zögernd: »Stein? Hast du's gekauft?«, und er schrie: »Ja!«, und dann fiel ihm der Hörer aus der Hand. Ich hatte ihn noch nie schreien gehört. Und dann war er wieder dran und schrie weiter, schrie: »Du musst es dir ansehen, es ist unglaublich, es ist großartig, es ist toll!« Ich fragte nicht, wieso gerade ich mir das ansehen sollte. Ich hörte zu, obwohl er dann lange nichts mehr sagte.

»Was machst du gerade?«, fragte er schließlich, es klang geradezu obszön, und seine Stimme zitterte ein wenig. »Nichts«, sagte ich. »Ich sitze so rum und lese Zeitung.« – »Ich hol dich ab. In zehn Minuten«, sagte Stein und legte auf.

Fünf Minuten später war er da, nahm den Daumen auch dann noch nicht von der Klingel, als ich ihm schon lange geöffnet hatte. Ich sagte: »Stein, das nervt. Hör auf zu klingeln«, ich wollte sagen: Stein, es ist saukalt draußen, ich habe keine Lust, mit dir rauszufahren, verschwinde. Stein hörte auf zu klingeln, legte den Kopf schief, wollte was sagen, sagte nichts. Ich zog mich an. Wir fuhren los, sein Taxi roch nach Zigaretten, ich kurbelte das Fenster herunter und hielt mein Gesicht in die kalte Luft.

Die Beziehung zu Stein, wie die anderen das nannten, lag damals schon zwei Jahre zurück. Sie hatte nicht lange angedauert und vor allem aus gemeinsamen Fahrten mit seinem Taxi bestanden. Ich hatte ihn in seinem Taxi kennengelernt. Er hatte mich zu einem Fest gefahren und auf der Autobahn eine Trans-AM-Kassette in den Rekorder geschoben, als wir da waren, sagte ich, das Fest sei jetzt doch woanders, und wir fuhren weiter, und irgendwann schaltete er die Uhr ab. Er kam mit zu mir. Er stellte seine Plastiktüten in meinen Flur und blieb drei Wochen lang. Stein hatte nie eine eigene Wohnung besessen, er zog mit diesen Tüten durch die Stadt und schlief mal hier und mal da, und wenn er nichts fand, schlief er in seinem Taxi. Er war nicht das, was man sich unter einem Obdachlosen vorstellt. Er war sauber, gut angezogen, nie verwahrlost, er hatte Geld, weil er arbeitete, er hatte eben keine eigene Wohnung, vielleicht wollte er keine.

In den drei Wochen, in denen Stein bei mir lebte, fuhren wir mit seinem Taxi durch die Stadt. Das erste Mal über die Frankfurter Allee, bis zu ihrem Ende und wieder zurück, wir hörten Massive Attack und rauchten und fuhren die Frankfurter Allee wohl eine Stunde lang rauf und runter, bis Stein sagte: »Verstehst du's?«

Mein Kopf war völlig leer, ich fühlte mich ausgehöhlt und in einem seltsamen Schwebezustand, die Straße vor uns war breit und nass vom Regen, die Scheibenwischer schoben sich über die Windschutzscheibe, vor – zurück. Die Stalin-Bauten zu beiden Seiten der Straße waren riesig und fremd und schön. Die Stadt war nicht mehr die Stadt, die ich kannte, sie war autark und menschenleer. Stein sagte: »Wie ein ausgestorbenes Riesentier«, ich sagte, ich würde ihn verstehen, ich hatte aufgehört zu denken.

Danach fuhren wir fast immer mit dem Taxi herum. Stein hatte für jede Strecke eine andere Musik, Ween für die Landstraßen, David Bowie für die Innenstadt, Bach für die Alleen, Trans-AM nur für die Autobahn. Wir fuhren fast immer Autobahn. Als der erste Schnee fiel, stieg Stein an jedem Rastplatz aus dem Auto, rannte auf den verschneiten Acker und vollführte dort langsame und konzentrierte Taekwondo-Bewegungen, bis ich lachend und wütend schrie, er solle zurückkommen, ich wolle weiterfahren, mir sei kalt.

Irgendwann hatte ich genug. Ich packte ihm seine drei Plastiktüten zusammen und sagte, es sei Zeit, dass er sich eine neue Bleibe suche. Er bedankte sich und ging. Er zog zu Christiane, die unter mir wohnte, dann zu Anna, zu

Henriette, zu Falk, dann zu den anderen. Er vögelte sie alle, das ließ sich nicht vermeiden, er war ziemlich schön, Fassbinder hätte seine helle Freude an ihm gehabt. Er war dabei. Und auch nicht. Er gehörte nicht dazu, aber aus irgendeinem Grund blieb er. Er saß Modell in Falks Atelier, legte Kabel auf Annas Konzerten, hörte Heinzes Lesungen im Roten Salon. Er applaudierte im Theater, wenn wir applaudierten, trank, wenn wir tranken, nahm Drogen, wenn wir sie nahmen. Er war auf den Festen dabei, und wenn wir rausfuhren, sommers, in die schäbigen, schiefen, kleinen Landhäuschen, die sie bald alle hatten und auf deren morschen Zäunen »Berliner raus!« geschmiert war, kam er mit. Und ab und an nahm ihn einer von uns mit ins Bett, und ab und an sah einer zu.

Ich nicht. Ich wiederholte nicht. Ich kann sagen – es war nicht meine Art. Ich konnte mich auch nicht erinnern, wie das, wie also Sex mit Stein gewesen war.

Wir saßen mit ihm da rum, in den Gärten und Häusern von Leuten, mit denen wir nichts zu tun hatten. Arbeiter hatten da gelebt, Kleinbauern, Hobbygärtner, die uns hassten und die wir hassten. Den Einheimischen gingen wir aus dem Weg, schon an sie zu denken machte alles kaputt. Es passte nicht. Wir klauten ihnen das »Unter-uns-Sein«, entstellten die Dörfer, Felder und noch den Himmel, das kriegten sie mit, an der Art und Weise, wie wir da umhergingen im Easy-Rider-Schritt, die abgebrannten Jointstummel in die Blumenrabatten ihrer Vorgärten schnippten, uns anstießen, echauffiert. Aber wir wollten da sein, trotz allem. In den Häusern rissen wir die Tapete runter, entfernten Plaste und Elaste, Stein machte das; wir saßen im Garten, tranken

Wein, guckten blöde auf Baumgruppe in Mückenschwarm und redeten über Castorf und Heiner Müller und Wawerzineks letzten Absturz in der Volksbühne. Wenn Stein genug gearbeitet hatte, setzte er sich zu uns. Zu sagen hatte er nichts. Wir nahmen LSD, Stein nahm es auch. Toddi taumelte ins Abendlicht, faselte bei jeder Berührung etwas von »Blau«, Stein lächelte übertrieben heiter und schwieg. Er bekam ihn nicht hin, unseren spitzfindigen, neurasthenischen, abgefuckten Blick, obwohl er sich darum bemühte; meist sah er uns an, als ob wir auf einer Bühne agierten. Einmal war ich mit ihm allein, vielleicht im Garten von Heinzes Haus in Lunow, die anderen aufgebrochen zum Sonnenuntergang auf Speed. Stein räumte Gläser, Aschenbecher, Flaschen und Stühle weg. Es gelang ihm. Bald erinnerte nichts mehr an die anderen. »Willst du Wein?«, fragte er, ich sagte: »Ja«, wir tranken, rauchten schweigend, er lächelte jedes Mal, wenn wir uns ansahen. Und das war's.

Ich dachte: »Und das war's«, als ich jetzt neben Stein im Taxi saß, Frankfurter Allee Richtung Prenzlau, Nachmittagsverkehr. Der Tag war diesig und kalt, Staub in der Luft, glotzende, blöde, fingerreckende, müde Autofahrer neben uns. Ich rauchte eine Zigarette und fragte mich, warum gerade ich jetzt neben Stein sitzen musste, warum er gerade mich angerufen hatte – weil ich ein Anfang gewesen war, für ihn? Weil er Anna oder Christiane oder Toddi nicht erreicht hatte? Weil keiner von denen mit ihm rausgefahren wäre? Und warum fuhr ich mit ihm raus? Ich kam an keine Antwort heran. Ich warf die Zigarettenkippe aus dem Fenster, ignorierte den Kommentar des Autofahrers neben uns; im Taxi war es scheußlich kalt. »Stimmt was mit der Heizung nicht, Stein?« Stein antwortete nicht. Es war das erste Mal, dass wir wieder zusammen in seinem Auto saßen, seit damals, ich sagte nachsichtig: »Stein, was ist das für ein Haus. Was hast du dafür bezahlt.« Stein schaute unkonzentriert in den Rückspiegel, fuhr über rote Ampeln, wechselte unentwegt die Spur, zog die Glut seiner Zigarette bis an die Lippen herunter. »80000«, sagte er. »Ich hab 80000 Mark dafür bezahlt. Es ist schön. Ich hab's gesehen, und hab gewusst – das ist es.« Er hatte rote Flecken im Gesicht und hämmerte mit der flachen Hand auf die Hupe, während er einem Bus die Vorfahrt nahm. Ich sagte: »Woher hast du 80000 Mark?«, er warf mir einen kurzen Blick zu und antwortete: »Du stellst die falschen Fragen.« Ich beschloss, nichts mehr zu sagen.

Wir verließen Berlin, Stein fuhr von der Autobahn hinunter auf die Landstraße, es begann zu schneien. Ich wurde müde, wie immer beim Autofahren. Ich starrte auf die Scheibenwischer, in den wirbelnden Schnee, der uns in konzentrischen Kreises entgegenkam, ich dachte an das Autofahren mit Stein vor zwei Jahren, an die seltsame Euphorie, an die Gleichgültigkeit, an die Fremdheit. Stein fuhr ruhiger, sah ab und an flüchtig zu mir hin. Ich fragte: »Funktioniert der Kassettenrekorder nicht mehr?« Er lächelte, sagte: »Doch. Ich wusste nicht… wenn du's noch magst.« Ich verdrehte die Augen – »Natürlich mag ich's noch.« –, schob die Callaskassette in den Rekorder, auf der Stein eine Donizettiarie zwanzigmal hintereinander montiert hatte. Er lachte. »Du weißt das noch.« Die Callas sang, sie ging hoch und runter, Stein beschleunigte und verlangsamte, ich musste auch lachen und berührte mit der Hand kurz seine Wange. Die

Haut war ungewohnt stachelig. Ich dachte: »Was ist gewohnt«, Stein sagte: »Siehste«, und ich sah, dass er es sofort bereute.

Hinter Angermünde bog er von der Landstraße ab und bremste vor der Einfahrt zu einem Sechzigerjahre-Flachbau so heftig, dass ich mit dem Kopf gegen die Windschutzscheibe flog. Ich fragte enttäuscht und beunruhigt: »Ist es das?«, und Stein freute sich darüber und schlitterte auf dem vereisten Beton mit übertriebenen Bewegungen auf die Frau im Küchenkittel zu, die aus der Haustür getreten war. An ihren Kittel krallte sich ein blasses, kümmerliches Kind. Ich kurbelte die Scheibe herunter, hörte, wie er mit jovialer Herzlichkeit: »Frau Andersson!« rief – ich hatte seine Art, mit Leuten dieses Schlages umzugehen, schon immer gehasst –, sah, wie er ihr die Hand entgegenstreckte und wie sie sie nicht nahm, sondern ein riesiges Schlüsselbund hineinfallen ließ. »Wasser gibt's nicht bei Frost«, sagte sie. »Zuleitung is kaputt. Aber Strom wollnse nächste Woche anstelln.« Das Kind an ihrem Kittel fing an zu heulen. »Macht nix«, sagte Stein, schlitterte zum Auto zurück, blieb vor meiner heruntergekurbelten Scheibe stehen und bewegte sein Becken elegant und obszön im Kreis. Er sagte: *»Come on Baby, let the good times roll.«* Ich sagte: »Stein. Lass das«, ich spürte, wie ich rot wurde, das Kind ließ den Kittel der Frau los und ging einen erstaunten Schritt auf uns zu.

»Die haben drin gewohnt«, sagte Stein, als er den Motor wieder anließ; er setzte rückwärts auf die Landstraße, der Schnee fiel jetzt dichter, ich drehte mich um und sah die Frau und das Kind im erleuchteten Rechteck der Tür stehen, bis das Haus hinter einer Kurve verschwand. »Sie sind sauer, weil sie vor einem Jahr rausmussten. Aber nicht ich hab sie rausgesetzt, sondern der Eigentümer aus Dortmund. Ich hab's bloß gekauft. Von mir aus hätten sie drinbleiben können.« Ich sagte verständnislos: »Die sind doch ekelhaft«, und Stein sagte: »Was ist ekelhaft« und warf mir das Schlüsselbund in den Schoß. Ich zählte die Schlüssel, es waren dreiundzwanzig Stück, ganz kleine und sehr große, alle alt und mit schön geschwungenem Griff, ich sang halblaut vor mich hin: »Der Schlüssel zum Stall, der Schlüssel zum Boden, der fürs Tor, für die Scheune, fürs gute Zimmer, für Melkkammer, Briefkasten, Keller und Gartentor«, und auf einmal – ohne, dass ich das wirklich gewollt hätte – verstand ich Stein, seine Begeisterung, seine Vorfreude, seine Fiebrigkeit. Ich sagte: »Es ist schön, dass wir da zusammen hinfahren, Stein«, und er weigerte sich, mich anzusehen, und sagte: »Jedenfalls kann man von der Veranda aus die Sonne hinterm Kirchturm untergehen sehen. Und wir sind gleich da. Hinter Angermünde kommt Canitz, und in Canitz steht das Haus.«

Canitz war schlimmer als Lunow, schlimmer als Templin, schlimmer als Schönwalde. Graue, geduckte Häuser auf beiden Seiten der gekrümmten Landstraße, Bretterverschläge vor vielen Fenstern, kein Laden, kein Bäcker, kein Gasthaus. Das Schneegestöber nahm zu. »Viel Schnee hier, Stein«, sagte ich, und er sagte: »Klar«, als hätte er den Schnee zusammen mit dem Haus gekauft. Als auf der linken Seite der Straße die Dorfkirche auftauchte, dann doch schön und rot mit einem runden Glockenturm, fing Stein an, ein summendes, seltsames Geräusch zu machen, wie eine Fliege, die im Sommer gegen die geschlossenen Fenster stößt. Er lenkte das Auto auf einen kleinen Querweg, bremste ab, nahm im selben Moment mit einer emphatischen Geste die Hände vom Lenkrad und sagte: »Das ist es.«

Ich sah aus dem Autofenster und dachte: »Das ist es noch fünf Minuten.« Das Haus sah aus, als würde es jeden Moment lautlos und plötzlich in sich zusammenfallen. Ich stieg aus und schloss die Wagentür so vorsichtig, als könne jede Erschütterung eine zuviel sein, und auch Stein lief auf Zehenspitzen auf das Haus zu. Das Haus war ein Schiff. Es lag am Rand dieser canitzschen Dorfstraße wie ein in lange vergangener Zeit gestrandetes, stolzes Schiff. Es war ein großes, zweistöckiges Gutshaus aus rotem Ziegelstein, es hatte ein skelettiertes Giebeldach mit zwei hölzernen Pferdeköpfen zu beiden Seiten, in den meisten Fenstern waren keine Scheiben mehr. Die windschiefe Veranda wurde nur noch vom dichten Efeu zusammengehalten, und durchs Mauerwerk liefen daumendicke Risse. Das Haus war schön. Es war *das* Haus. Und es war eine Ruine.

Das Tor, von dem Stein versuchte, das Schild mit der Aufschrift »Zu verkaufen« zu entfernen, sank mit einem Klagelaut um. Wir stiegen darüber hinweg, dann blieb ich stehen, erschrocken über Steins Gesichtsausdruck, und sah, wie er hinter dem Efeu der Veranda verschwand. Kurz darauf fiel ein Fensterrahmen aus dem Haus, Steins fieberndes Gesicht erschien zwischen den Glaszacken einer Scheibe, angeleuchtet vom Schein einer Petroleumlampe.

»Stein!«, rief ich. »Komm da raus! Es stürzt zusammen!«

»Komm rein!«, rief er zurück. »Es ist doch mein Haus!«

Ich fragte mich kurz, weshalb das beruhigend sein sollte, dann stolperte ich über Mülltüten und Schrott auf die Veranda zu. Ihre Bretter ächzten, der Efeu verschluckte sofort jedes Licht, ich schob angewidert die Ranken beiseite, und dann zog mich Steins eiskalte Hand in den Hausflur hinein. Ich griff zu. Ich griff nach seiner Hand, plötzlich wollte ich seine Berührung nicht wieder verlieren, und erst recht nicht den Schein seiner kleinen Petroleumfunzel; Stein summte, und ich folgte ihm.

Er stieß alle Fensterläden in den Garten hinaus, und wir sahen das letzte Tageslicht durch die roten Scheibensplitter der Türen. Das Schlüsselbund, das schwer in meiner Jackentasche wog, war überhaupt nicht notwendig, alle Türen standen offen oder waren nicht mehr vorhanden. Stein leuchtete, zeigte, beschrieb, stellte sich atemlos vor mich hin, wollte etwas sagen, sagte nichts, zog mich weiter. Streichelte Treppengeländer und Klinken, klopfte gegen Wände, zupfte Tapete herunter und bestaunte den staubigen Putz, der darunter zum Vorschein kam. Er sagte: »Siehst du?« und: »Fühl mal!« und: »Wie findest du das?«, ich brauchte ihm nicht zu antworten, er redete zu sich selbst. Er kniete sich in der Küche auf den Boden, wischte mit den Händen den Dreck von den Fliesen und sprach vor sich hin; ich klammerte mich die ganze Zeit über an ihn und war doch nicht mehr vorhanden. An den Wänden hatten Jugendliche ihre Markierungen hinterlassen – *Geh zu ihr, und lass deinen Drachen steigen. Ich war hier. Mattis. No risk, no fun* – ich sagte: »Geh zu ihr, und lass deinen Drachen steigen«, Stein drehte sich plötzlich irr zu mir herum und sagte: »Was?«, ich sagte: »Nichts.« Er packte mich am Arm und schob mich vor sich her, stieß die Hintertür mit einem Fußtritt in den Garten hinaus und mich eine kleine Treppe herunter. »Hier.«

Ich sagte: »Was – hier.«

»Na alles!«, sagte Stein, ich hatte ihn noch nie so unverschämt erlebt. »See, märkisch, Kastanien auf dem Hof, drei Morgen Land, ihr könnt euer gottverdammtes Gras hier anbauen und Pilze und Hanf und Scheiße. Platz genug, verstehst du? Platz genug! Ich mach euch hier 'nen Salon und 'n Billardzimmer und 'n Raucherzimmer, und jedem seinen eigenen Raum und großer Tisch hinterm Haus für Scheißessen und Dreck, und dann kannste aufstehen und zur Oder laufen und dir da Koks einfahren, bis dir der Schädel platzt«, er drehte grob meinen Kopf aufs Land hinaus, es war zu dunkel, ich konnte fast nichts mehr erkennen, ich fing an zu zittern.

Ich sagte: »Stein. Bitte. Hör auf.«

Er hörte auf. Er schwieg, wir schauten uns an, wir atmeten heftig und fast im gleichen Rhythmus. Er legte seine Hand langsam an mein Gesicht, ich zuckte zurück, er sagte: »In Ordnung. In Ordnung, in Ordnung. O.K.«

Ich stand still. Ich verstand nichts. Sehr fern verstand ich doch etwas, aber es war noch viel zu weit weg. Ich war erschöpft und matt, ich dachte an die anderen und spürte eine kurze Wut darüber, dass sie mich hier alleine gelassen hatten, dass niemand da war, Christiane nicht, Anna nicht, Heinze nicht, um mich vor Stein zu schützen. Stein scharrte mit den Füßen herum und sagte: »Tut mir leid.«

Ich sagte: »Macht nichts. Schon gut.«

Er nahm meine Hand, seine Hand war jetzt warm und weich, er sagte: »Also, die Sonne hinterm Kirchturm.«

Er wischte auf der Veranda den Schnee von den Treppenstufen und forderte mich zum Sitzen auf. Ich setzte mich. Mir war unglaublich kalt. Ich nahm die angezündete Zigarette, die er mir hinhielt, rauchte, starrte auf den Kirchturm, hinter dem die Sonne schon untergegangen war. Ich hatte das schuldige Gefühl, irgendetwas Zukunftsweisendes, Optimistisches sagen zu müssen, ich fühlte mich verwirrt, ich sagte: »Ich würde den Efeu von der Veranda wegmachen, im Sommer. Sonst können wir nichts sehen, wenn wir hier sitzen wollen und Wein trinken.«

Stein sagte: »Mach ich.«

Ich war mir sicher, dass er überhaupt nicht zugehört hatte. Er saß neben mir, er sah müde aus, er schaute auf die leere, schneeweiße, kalte Straße; ich dachte an den Sommer, an die Stunde in Heinzes Garten in Lunow, ich wünschte mir, dass mich Stein noch einmal so ansehen würde, wie er mich damals angesehen hatte, und ich hasste mich dafür. Ich sagte: »Stein, kannst du mir was sagen, bitte? Kannst du mir vielleicht irgendetwas erklären?«

Stein schnickte seine Zigarette in den Schnee, sah mich nicht an, sagte: »Was soll ich dir denn sagen. Das hier ist eine Möglichkeit, eine von vielen. Du kannst sie wahrnehmen, oder du kannst es bleiben lassen. Ich kann sie wahrnehmen, oder abbrechen und woanders hingehen. Wir können sie zusammen wahrnehmen oder so tun, als hätten wir uns nie gekannt. Spielt keine Rolle. Ich wollt's dir nur zeigen, das ist alles.«

Ich sagte: »Du hast 80 000 Mark bezahlt, um mir eine Möglichkeit zu zeigen, eine von vielen? Hab ich das richtig verstanden? Stein? Was soll das?«

Stein reagierte nicht. Er beugte sich vor und sah angestrengt auf die Straße, ich folgte seinem Blick; die Straße war dämmrig, der Schnee reflektierte das letzte Licht und blendete. Auf der anderen Straßenseite stand jemand. Ich kniff die Augen zusammen und richtete mich auf, die Gestalt war vielleicht fünf Meter entfernt, sie drehte sich um und lief in den Schatten zwischen zwei Häusern. Ein Gartentor klappte, ich war überzeugt, das Kind aus Angermünde erkannt zu haben, das blasse, blöde Kind, das sich an den Kittel der Frau gekrallt hatte.

Stein stand auf und sagte: »Lass uns fahren.«

Ich sagte: »Stein – das Kind. Aus Angermünde. Warum steht es hier auf der Straße herum und beobachtet uns?«

Ich wusste, dass er nicht antworten würde. Er hielt mir die Wagentür auf, ich blieb vor ihm stehen, ich wartete auf irgendetwas, auf eine Berührung, auf eine Geste. Ich dachte: ›*Du* wolltest doch immer mit uns sein.‹

Stein sagte kühl: »Danke, dass du mitgekommen bist.«

Da stieg ich ins Auto.

Was für eine Musik wir auf der Rückfahrt gehört haben, weiß ich nicht mehr. Ich habe Stein in den darauffolgenden Wochen auch nur selten gesehen. Die Seen froren zu, wir kauften Schlittschuhe, zogen nachts mit Fackeln durch den Wald und aufs Eis hinaus. Wir hörten Paolo Conte aus Heinzes Ghettoblaster, schluckten Ecstasy und lasen uns die besten Stellen aus Bret Easton Ellis' *American Psycho* vor. Falk küsste Anna, und Anna küsste mich, und ich küsste Christiane. Stein war manchmal dabei. Er küsste Henriette, und wenn er das tat, schaute ich weg. Wir gingen uns aus dem Weg. Er hatte niemandem erzählt, dass er das Haus nun endlich gekauft hatte, er hatte nicht erzählt, dass er mit mir rausgefahren war. Ich auch nicht. Ich dachte nicht an das Haus, aber manchmal, wenn wir mit seinem Taxi zurück in die Stadt fuhren und unsere Schlittschuhe und Fackeln in den Kofferraum warfen, entdeckte ich dort Dachpappe, Tapeten und Wandfarbe.

Im Februar brach Toddi auf dem Griebnitzsee ein. Heinze raste auf Schlittschuhen über das Eis, reckte seine Fackel hoch und schrie: »Was für'n Spaß wir haben können, was für'n Heidenspaß, ich fass es nicht!«, er war völlig besoffen, und Toddi schlitterte hinter ihm her, und wir riefen: »Sag: *Blau*, Toddi! Sag es!«, und dann knackte es, und Toddi verschwand.

Wir standen still. Heinze zog mit offenem Mund eine großartige Schleife, das Eis summte, von unseren Fackeln tropfte zischend Wachs. Falk rannte los, stolpernd auf Schlittschuhen, Anna riss ihren Schal herunter, Christiane hielt sich dümmlich die Hände vors Gesicht und kreischte dünn. Falk robbte auf dem Bauch, Heinze war nicht mehr zu sehen. Falk schrie nach Toddi, und Toddi schrie zurück. Anna warf ihren Schal, Henriette klammerte sich an Falks Füße, ich blieb stehen. Stein blieb auch stehen. Ich nahm die angezündete Zigarette, die er mir hinhielt, er sagte: *»Blau«*, ich sagte: *»Kalt«*, und dann fingen wir an zu lachen. Wir lachten und krümmten uns und legten uns aufs Eis, und die Tränen liefen uns übers Gesicht; wir lachten und konnten nicht mehr aufhören, auch dann nicht, als sie Toddi brachten, nass und zitternd, und Henriette sagte: »Seid ihr bescheuert, oder was.«

Im März verschwand Stein. Er erschien nicht zu Heinzes dreißigstem Geburtstag und nicht zu Christianes Premiere und auch nicht zu Annas Konzert. Er war weg, und als Henriette blöde unauffällig fragte, wo er sei, zuckten sie mit den

Schultern. Ich zuckte nicht mit den Schultern, aber ich schwieg. Eine Woche später kam die erste Karte. Es war ein Foto der Dorfkirche von Canitz, und auf der Rückseite stand:

Das Dach ist dicht. Das Kind putzt sich die Nase, spricht nicht, ist immer da. Auf die Sonne ist Verlass, ich rauche, wenn sie geht, ich habe was gepflanzt, das kannst du essen. Den Efeu schneid ich, wenn du kommst, du weißt, du hast die Schlüssel immer noch.

Danach kamen regelmäßig Karten, ich wartete, wenn sie einen Tag ausblieben, war ich enttäuscht. Es waren immer Fotos der Kirche und immer vier oder fünf Sätze, wie kleine Rätsel, manchmal schön, manchmal unverständlich. Stein schrieb oft … *wenn du kommst.* Er schrieb nicht: »Komm.« Ich beschloss, auf das »Komm« zu warten, und dann loszufahren. Im Mai kam keine Karte, aber ein Brief. Ich betrachtete Steins ungelenke, große Handschrift auf dem Umschlag, kroch zu Falk ins Bett zurück und riss das Papier auf. Falk schlief noch und schnarchte. Im Umschlag war ein aus dem Angermünder Anzeiger ausgeschnittener Zeitungsartikel, Stein hatte das Datum auf die Rückseite gekritzelt. Ich schob Falks schlafwarmen Körper beiseite, faltete den Artikel auseinander und las:

REGIONALES.

In der Nacht zu Freitag brannte in Canitz das ehemalige Gutshaus bis auf die Grundmauern ab. Der Besitzer, ein Berliner, der das im 18. Jahrhundert erbaute Haus vor einem halben Jahr gekauft und wieder instand gesetzt hatte, ist seitdem als vermisst gemeldet. Die Unglücksursache steht noch nicht fest, die Polizei schließt Brandstiftung bisher nicht aus.

Ich las das drei Mal. Falk bewegte sich. Ich starrte von dem Artikel auf Steins Handschrift auf dem Briefumschlag und zurück auf den Artikel. Der Poststempel auf der Briefmarke war aus Stralsund. Falk wachte auf, sah mich einen Moment lang teilnahmslos an, griff dann nach meinem Handgelenk und fragte mit der fiesen Schläue der Dummen:

»Was ist das?«

Ich zog meine Hand weg, stieg aus dem Bett und sagte: »Nichts.«

Ich ging in die Küche und stand zehn Minuten lang stumpfsinnig vor dem Herd herum. Die Uhr über dem Herd tickte. Ich lief ins hintere Zimmer, zog die Schreibtischschublade auf und legte den Briefumschlag zu den anderen Karten und dem Schlüsselbund. Ich dachte: »Später.«

Adalbert Stifter

Der Waldsteig

Mein Freund, den wir Tiburius Kneigt hießen, hat jetzt das niedlichste Landhaus, das man sich in unserem Weltteile zu denken vermag, er hat die vortrefflichsten Blumen und Obstbäume um das Haus herum, er hat ein schöneres Weib, als je auf der Erde gewesen sein kann, er lebt Jahr aus, Jahr ein mit diesem Weibe auf seinem Landhause, er trägt heitere Mienen, alle Menschen lieben ihn, und er ist jetzt wieder sechsundzwanzig Jahre alt, da er doch noch vor kurzem über vierzig gewesen ist.

Das alles ist mein Freund durch nichts Mehreres und nichts Minderes geworden als durch einen einfachen Waldsteig; denn Herr Tiburius war früher ein sehr großer Narr, und kein Mensch, der ihn damals gekannt hat, hätte geglaubt, dass es mit ihm einmal diesen Ausgang nehmen würde.

Die Geschichte ist eigentlich recht einfältig, und ich erzähle sie bloß, damit ich manchem verwirrten Menschen nützlich bin, und dass man eine Anwendung daraus ziehe. Mancher, der in unserm Vaterlande und in unsern Gebirgen bewandert ist, wird auch, wenn er überhaupt diese Zeilen liest, den Waldsteig sogleich erkennen und wird sich mancher Gefühle erinnern, die ihm der Steig eingeflößt hat, wenn er auf ihm wandelte, obgleich niemand durch denselben so gründlich umgeändert worden sein mag als Herr Tiburius Kneigt.

Ich habe gesagt, dass mein Freund ein sehr großer Narr gewesen sei. Dies ist er aus mehreren Ursachen geworden. Erstlich ist sein Vater schon ein großer Narr gewesen. Die Leute erzählten verschiedene Sachen von diesem Vater; ich will aber nur einiges anführen, was ich verbürgen kann, da ich es selbst gesehen habe. Ganz im Anfange hatte er viele Pferde, die er alle selber verpflegen, abrichten und zureiten wollte. Als sie insgesamt misslangen, jagte er den Stallmeister fort, und weil sie sich durchaus von den Regeln und Einübungen, die er ihnen beibrachte, nichts merken konnten, verkaufte er sie um ein Zehntel des Preises. Später wohnte er einmal ein ganzes Jahr in seinem Schlafzimmer, in welchem er stets die Fenstervorhänge herabgelassen hielt, damit sich in der Dämmerung seine schwachen Augen erholen könnten. Auf die Vorstellungen derer, die sagten, dass er immer gute Augen gehabt habe, bewies er, wie sehr sie im Irrtume seien. Er tat das Schubfach, welches er in dem hölzernen, finsteren, an sein Zimmer stoßenden Gange hatte, auf und sah eine Weile auf den von der Sonne beleuchteten Kiesweg des Gartens hinaus, worauf er sogleich mit Gewissenhaftigkeit versichern konnte, daß ihm die Augen schmerzten. Der Schnee war gar erst ganz unerträglich. Weitere Einreden nahm er nicht mehr an. In der letzteren Zeit dieser Vorgänge tat er in dem dämmernden Zimmer noch eine Blendkappe auf das Haupt. Da das Jahr herum war, fing er gemach an, die Ärzte zu tadeln, welche Schonung der Augen anraten, und überhaupt alle Arzneiwissenschaft und deren Ausübung zu verwerfen. Zuletzt sagte er sich vor, die Ärzte hätten ihn zu dem ganzen Verfahren gebracht, er häufte Schimpf und Schande auf das Gewerbe und tat die Prophezeiung, dass er sich nun selber behandeln werde. Er zog die Fenstervorhänge empor, machte alle Fenster auf, ließ den hölzernen Gang wegreißen – und wenn die Sonne ganz besonders heiß und strahlenreich schien, so saß er ohne Hut mitten in dem Lichtregen im Garten und schaute auf die weiße Mauer des Hauses. Er bekam hiedurch eine Augenentzündung, und als diese vorüber war, wurde er gesund. – Von weiteren Dingen führe ich nur noch an, dass er, als er sich mehrere Jahre sehr eifrig und sehr erfolgreich mit dem Schafwollhandel beschäftigt hatte, plötzlich dieses Geschäft wieder aufgab. Er hatte dann eine sehr große Anzahl Tauben, durch deren Vermischung er besondere Farbenzeichnungen zu erzielen strebte, und dann wollte er eine Sammlung aller möglichen Kaktusarten anlegen.

Ich erzähle diese Sachen, um die Geschlechtsabstammung des Herrn Tiburius fest zu stellen.

Zum zweiten war die Mutter. Sie liebte den Knaben außerordentlich. Sie hielt ihn warm, dass er sich nicht verkühle und ihr durch eine plötzlich hereinbrechende Krankheit entrissen werde. Er hatte sehr schöne gestrickte Unterleibchen, Strümpfchen und Ärmlein, die alle außer dem Nutzen noch manches sehr schöne rote Streifchen hatten. Eine Strickerin war das ganze Jahr für das Kind beschäftigt. Im Bettchen waren feine Lederunterlagen und Lederpolster, und gegen die Zugluft der Fenster stand eine spanische Wand. Für die Gehörigkeit der Speisen sorgte die Mutter schon selber und ließ sie durch keine Dienstleute bestellen. Als er größer war und herumgehen konnte, wählte sie nach bester Einsicht die Kleider. Zur Beschäftigung seiner Einbildungskraft, und dass sie ja nicht durch unliebliche Vorstellungen gepeinigt werde, brachte sie ihm allerlei Spielzeug nach Hause und trachtete dahin, dass das folgende immer das vorhergegangene an Glanz und Schönheit übertreffe. Allein hierin erlebte sie eine Verkehrtheit an dem Knaben, die sie sich ganz und gar nicht denken konnte; denn er legte alle die Dinge, nach kurzer Beschauung und einigem Spielen damit, wieder hin, und da er durch eine Seltsamkeit, die niemand begriff, immer lieber Mädchen- als Knabenspiele trieb, so nahm er alle Male den Stiefelknecht seines Vaters, wickelte ihn in saubere Windel ein und trug ihn herum und herzte ihn.

Drittens war der Hofmeister. Er bekam nämlich einen solchen. Derselbe war ein sehr ordentlicher Mann und wollte, dass alles in Gehörigkeit geschehe, ob nun die Ungehörigkeit einen Schaden bringe oder nicht. Gehörigkeit an sich ist Zweck. Daher litt er nicht, dass der Knabe etwas weitschichtig erklärte oder in abschweifenden Bildern vortrug; denn er, der Hofmeister, war in dem Stücke der Meinung, dass jedes Ding mit denjenigen Worten zu sagen sei, die ihm einzig not täten, mit keinem mehr, mit keinem minder – am allerwenigsten, dass man Nebenumstände bringe und das nackte Ding in Windel wickle. Da nun der Knabe nicht reden durfte wie Kinder und Dichter, so redete er fast wie ein Rezept, das kurz, kraus und bunt ist, und das niemand versteht. – Oder er schwieg und dachte sich innerlich allerlei zusammen, das niemand wissen konnte, eben weil er es niemanden sagte. Er hasste alle Wissenschaft und alles Lernen und konnte nur dazu gebracht werden, wenn der Hofmeister einen langen und bündigen Beweis über den Nutzen und die Vortrefflichkeit der Wissenschaften herbeiführte, der den Knaben quälte. Wenn dieser dann nach fleißigen Tagen alles auf einmal hersagen wollte, wurden Dämme und Verschläge aufgebaut und nur der dünne Wasserfaden der Hauptsache herausgelassen. Da der Hofmeister wegen seiner Tacitusschen Forderung kein Weib bekommen hatte, so blieb er recht lange in dem Hause.

Zum vierten und letzten war der Oheim. Derselbe war ein reicher, unverheirateter Kaufmann in der Stadt; denn Vater und Mutter des Knaben lebten außerhalb derselben auf einem Gute. Obwohl nun die Eltern des Knaben selber reich genug waren, so war doch noch die Erbschaft des Oheims für denselben zu erwarten, und der Hagestolz hatte dies selber oft genug durch seine ausdrücklichen Erklärungen bestätigt. Er nahm sich daher die Befugnis heraus, mit an dem Knaben zu erziehen. Er schrie ihm Praktisches zu und erklärte ihm deutlich, wenn er zu seiner Schwester auf das Landgut herauskam, wie man es bei dem Baumklettern, was aber der Knabe nie tat, machen müsse, dass man die wenigsten Hosen zerreiße.

Ehe ich in der Geschichte weitergehe, muss ich auch sagen, dass mein Freund unglücklicher Weise gar nicht Tiburius hieß. Er hatte den Vornamen Theodor; aber er mochte, als er herangewachsen war, noch so groß unter seine schriftlichen Aufgaben setzen: ›Theodor Kneigt‹, er mochte, als er später gar reiste, in die Fremdenbücher schreiben ›Theodor Kneigt‹, es mochte auf allen Briefen, die an ihn kamen, stehen: ›An den hochwohlgebornen Herrn Theodor Kneigt‹, – es half alles nichts; jedermann nannte ihn in der Rede nur ›Tiburius‹, und die meisten Fremden, die sich in der Stadt aufhielten, meinten nach und nach, das schöne Landhaus, das an der Nordstraße liege, gehöre dem Vater des Herrn Tiburius Kneigt. Der Name klingt so wirblicht und steht in keinem Kalender. Die Sache kam aber so: Weil der Knabe öfter so sinnend und grübelnd war, so geschah es, dass er in der Zerstreuung Dinge tat, die lächerlich waren. Wenn er nun, um etwas von dem hohen Kleiderkasten herab zu holen, seine Kindertrommel als Schemel hinstellte – wenn er sich zum Spazierengehen seine Kappe ausbürstete und dann die Kappe niederlegte und mit der Bürste fort ging – wenn er bei greulichem Wetter sich beim Fortgehen noch vorher die Schuhe auf der vor der Tür liegenden Matte sauber abwischte – oder wenn er mitten im Salatbeete saß und zu Katzen und Käfern sprach: pflegte gerne der Oheim zu rufen: »Oho! Herr Theodor, Herr Turbulor, Herr Tiburius, Tiburius, Tiburius!« Und da dieser Name als der leichteste auch von andern nachgesagt wurde, kam er in der Familie auf, trug sich dann unversehens in die Nachbarschaft, und kroch von da, weil der Knabe ein reicher Erbe war, auf den alles schaute, wie Schlingkraut in das Land, und schlug endlich seine Wurzelhaken in der entferntesten Waldhütte fest. So entstand der Name Tiburius, und wie es zu geschehen pflegt, dass, wenn einer einen ungewöhnlichen oder gar lächerlichen Vornamen hat, ihn keine Seele mehr bei seinem Familiennamen nennt, sondern eben nur bei seinem lächerlichen Vornamen, so geschah es auch hier: alle Welt sagte Herr Tiburius, und die meisten meinten, er heiße gar nicht anders. Es wäre nicht auszurotten gewesen, wenn man den wahren Namen auf alle Grenzpfähle des Landes geschrieben hätte.

Unter dem Einflusse seiner Erzieher wuchs Tiburius

heran. Man konnte nicht sagen, wie er wurde: weil er sich nicht zeigte, und weil unter dem Erziehungslärm nur die Erzieher zu vernehmen waren, nicht das, was an dem Knaben davon haften blieb.

Als er beinahe zum Manne geworden war, fielen nach und nach in kurzer Zeit alle Erzieher hinweg. Zuerst starb der Vater, dann sehr schnell darauf die Mutter, der Hofmeister war in ein Kloster gegangen, und der letzte, den er verlor, war der Oheim gewesen. Er hatte von dem Vater das Familienvermögen geerbt, von der Mutter die einst bei ihrer Vermählung beigebrachte Mitgabe, und von dem Oheime das, was seit dreißig Jahren in dessen Handelschaft gearbeitet hatte. Der Oheim war kurz vor seinem Tode in den Ruhestand getreten, er hatte sein Geschäft in Geld verwandelt und wollte sodann von den Renten desselben leben. Allein er war nicht mehr im Stande, sie zu genießen, sondern er starb, und die Sache fiel an Tiburius. Herr Tiburius war also durch diese Umstände ein sehr reicher Mann, und zwar vorzüglich im Gelde, dessen Früchte zur Einsammlung die wenigste Mühe machen, nur dass man die Verfallszeit ruhig abwarte, dann darum hinschicke und sie hierauf verzehre. Was er von dem Vater erhalten hatte, bestand freilich zum Teile in dem Gute, das er eben bewohnte, aber in demselben lebte schon seit unvordenklichen Zeiten ein Altknecht, der das Gut verwaltete und von demselben meistens sehr reichliche Zinsen ablieferte. So blieb es auch bei Herrn Tiburius. Derselbe hatte also wenigstens in dem Augenblicke, da er das einzige Glied der Familie geworden war, nichts zu tun, als seine bedeutend großen Einkünfte zu verzehren. Er war von allen denjenigen, die bisher bei ihm gewesen waren, verlassen, und war recht hilflos. Da die Umstände in der weiten Nachbarschaft bekannt geworden waren, gab es sehr viele Mädchen, welche den Herrn Tiburius geheiratet hätten, er erfuhr es auch immer, aber er fürchtete sich und tat es durchaus nicht. Er fing im Gegenteile an, für sich seinen Reichtum zu genießen. Er schaffte vorerst sehr viele Geräte an und sah auch darauf, dass sie schön seien. Hiebei wurden auch schöne Kleider, an Linnen und Tuch, dann Vorhänge, Teppiche, Matten und alles ins Haus gebracht. Auch war endlich jedes, was als gut zu essen oder zu trinken gepriesen ward, im Vorrate und reichlich vorhanden. So lebte Herr Tiburius unter allen diesen Dingen eine Weile fort.

Nach Verfluss dieser Weile fing er an, die Geige spielen zu lernen, und da er einmal angefangen hatte, geigte er gleich immer den ganzen Tag, nur sah er darauf, dass die Dinge, die er spielte, nicht zu schwierig seien, weil er dann nicht unbeirrt fort geigen konnte.

Als er die Geige zu spielen wieder aufgehört hatte, malte er in Öl. In der Wohnung, die er sich auf dem Landgute eingerichtet hatte, hingen die Bilder, die er verfertigt hatte, herum, und er hatte sich sehr schöne Goldrahmen dazu machen lassen. Es waren später manche nicht mehr fertig geworden, und die Farben trockneten auf den vielen Paletten ein.

Es geschahen indessen auch andere Dinge, und es wurden viele Sachen herbeigeschafft.

Herr Tiburius las in den Zeitungen sehr begierig die Bücherverzeichnisse, ließ den Ballen kommen und schnitt viele Stunden die Bücher auf. Zum Lesen hatte er sich ein feines, breites, ledernes Ruhebett machen lassen, auf dem er liegen konnte, oder er hatte auch einen Ohrsessel hiezu, oder er konnte an dem Stehpulte stehen, das so eingerichtet war, dass man es höher und niedriger schrauben konnte, damit er sich, wenn er genug gestanden war, auch davor niedersetzen könnte. Er hatte eine Sammlung berühmter Männer angelegt, deren Köpfe, in lauter gleiche schwarze Rahmen getan, das ganze Gebäude schmücken sollten. Auch eine Pfeifensammlung hatte er, die später in schöne Schreine getan werden sollte, jetzt aber noch auf den Tischen lag. Beschläge, Röhren, Kettchen, Zündmaschinen, Tabakgefäße und Zigarrenfächer waren sehr kostbar gearbeitet. Er hatte eine sehr schöne Dogge aus England kommen lassen, die auf einem eigens hiezu verfertigten Lederpolster im Zimmer des Bedienten lag. Auch hatte er vier Pferde bloß zu seinem ausschließlichen Gebrauche, falls er manchmal ausführe; darunter waren zwei Grauschimmel, die wirklich ausgezeichnete Tiere waren. Der Kutscher liebte sie außerordentlich und pflegte sie sehr gut. Zur Unruhe mehrten sich viele Dinge. Der neue Schlafsessel konnte nirgends gestellt werden, weil die alten noch die Plätze einnahmen, und die neuen Kästen, die er sehr fein gearbeitet bestellt hatte, konnten, da sie ankamen, nicht aus ihren Kisten gepackt werden, weil man noch keinen Ort auszumitteln im Stande war, auf den sie zu stehen kommen sollten. Herr Tiburius hatte es auf zwölf Schlafröcke gebracht, und der Uhrschlüssel waren unzählige geworden; desgleichen, wenn er jeden Tag des Jahres einen andern Stock hätte nehmen wollen, falls er ausging, hätte ihm einer gedient. Manchmal an einem schönen Sommerabende, wenn er durch das Glas seiner wohlverschlossenen Fenster in den Hof hinab schaute und die Knechte mit einer

Fuhr Heu oder mit einem Garbenwagen hereinkommen sah, konnte er sich recht ärgern, wie denn dieser Schlag Menschen in seiner leichtsinnigen, rohen Lustigkeit in den Tag hinein lebe, sich um nichts bekümmere und unter dem Torwege die Heugabeln und Hemdärmel schüttle.

Endlich musste er sichs eingestehen, dass er krank sei. Es waren sonderbare Sachen vorhanden. Wenn man auch von dem Zittern der Glieder, dem Schwanken der Augen und der Schlaflosigkeit nicht reden wollte, so war etwas anderes Außerordentliches da. Wenn er nämlich in der Abenddämmerung von einem Spaziergange nach Hause kam, traf es jedes Mal unabweislich und ohne Ausnahme ein, dass ein seltsamer Schatten wie ein Kätzchen neben ihm über die Stiege hinauf ging. Nur über die Stiege, sonst nirgends. Dies griff seine Nerven ungemein an. Er hatte genug gelesen, er hatte Bücher, in denen die alte und neue Weisheit stand; aber was zwei leibliche Augen sehen, das muss doch in Wahrhaftigkeit da sein. Und je unglaublicher den Menschen, die um ihn waren, der Gedanke vorkam, desto ernster und ruhevoller behauptete er ihnen die Sache in das Angesicht, und lächelte über sie, wenn sie sie nicht begriffen. Er ging deshalb am Abende nie mehr nach Hause, sondern immer früher.

Nach einiger Zeit ging er überhaupt nicht mehr aus dem Hause und schritt in dem Zimmer und in den Gängen mit den gelbledernen, herabgetretenen Pantoffeln herum. In jene Zeit fiel es auch, dass er einen Band Gedichte, die er noch bei Lebzeiten seiner Eltern gemacht und sauber abgeschrieben hatte, behutsam in ein geheimes Fußbodenfach unter seinem Bette verbarg, dass ihm niemand darüber komme. Auf seine Leute wurde er stets aufmerksamer, dass jeder seiner Befehle auf das strengste vollführt würde, und er heftete dabei, solange sie um ihn waren, immer seine Augen auf sie.

Endlich ging er nicht nur nicht mehr aus dem Hause, sondern gar nicht mehr aus seinem Wohnzimmer. Er ließ einen großen Stehspiegel in dasselbe tragen und betrachtete seine Gestalt. Nur des Nachts ging er in sein Schlafzimmer, das daneben war, und legte sich ins Bett. Wenn noch gelegentlich ein Besuch aus der Ferne oder aus der Stadt kam, wurde er bei dem Verweilen desselben ungeduldig, trieb ihn beinahe fort und schloss hinter ihm die Tür ab. Er sah wirklich übler aus: er bekam sogar Falten in dem Angesichte, und wenn er so auf und ab ging, hatte er meistens lange Bartstoppeln auf dem Kinne, wirrige Haare auf dem Haupte und den Schlafrock wie ein Büßerhemd um die Lenden. Nach einer Zeit ließ er Flanellstreifen auf die Fensterfugen nageln und die Türen verpolstern. Auf das Zureden und Dringen seiner Freunde, deren noch mehrere zu haben sich Herr Tiburius nicht erwehren konnte, wurde er nur spöttisch und gab nicht undeutlich zu verstehen, dass er sie für dumm halte, und dass es eigentlich am besten wäre, wenn sie ganz und gar nie mehr bei ihm erschienen. Dieses letztere geschah auch endlich, und es kam keiner mehr zu ihm. Der Mann war nunmehr einem Turme zu vergleichen, der sauber abgeweißt und überall verputzt wird, so dass ihn die Mauerschwalben und Spechte, die ihn sonst allseits umflogen hatten, verlassen müssen. Der Schwarm ist verflogen, und der Turm steht allein da. Herr Tiburius war über dieses Ereignis eigentlich freudig, und er rieb sich seit langer Zeit zum ersten Male die Hände; denn er konnte nun ungestört an etwas gehen, was er schon öfter gewollt hatte, wozu er aber nie gekommen war. Er hatte nämlich, obwohl seine Krankheit als erwiesen da stand, noch nie etwas gegen sie gebraucht, weder hatte er einen Arzt holen lassen, noch hatte er sonst ein Mittel dagegen angewendet. Jetzt beschloss er sich zu behandeln. So wie der Altknecht seit jeher schon die Bewirtschaftung des Gutes führte, musste nun der Bediente die Kleiderkammer übernehmen, der Schaffner erhielt die Geräte, der Verwalter das Vermögen, und er, der Herr, hatte kein anderes Geschäft, als sich zu heilen.

Um den Zweck völlig zu erreichen, schaffte er sich sofort alle Bücher an, die über den menschlichen Körper handelten. Er schnitt sie auf und legte sie in Stößen nach derjenigen Ordnung hin, nach der er sie lesen wollte. Die ersten waren natürlich die, die über die Beschaffenheit und Verrichtungen des gesunden Körpers handelten. Aus ihnen war nicht viel zu entnehmen, aber sobald er zu den Krankheiten gekommen war, so war es ganz deutlich, wie die Züge, die beschrieben wurden, in aller Schärfe auf ihn passten, – ja sogar Merkmale, die er früher nicht an sich beobachtet hatte, die er aber jetzt aus dem Buche las, fand er ganz klar und erkennbar an sich ausgeprägt und konnte nicht begreifen, wie sie ihm früher entschlüpft waren. Alle Schriftsteller, die er las, beschrieben seine Krankheit, wenn sie auch nicht überall den nämlichen Namen für sie anführten. Sie unterschieden sich nur darin, dass jeder, den er später las, die Sache noch immer besser und richtiger traf als jeder, den er vorher gelesen hatte. Weil die Arbeit, die er sich vorgesteckt hatte, sehr umfangsreich war, so blieb er bedeutend lange Zeit in dem Geschäfte befangen und hatte keine andere Freude als die, wenn man das überhaupt eine Freude nennen darf, dass er manchmal seinen Zustand so außerordentlich und unglaublich treu angegeben fand, als hätte er ihn dem Manne selber in die Feder gesagt.

Drei Jahre hatte er sich behandelt, und er musste zuweilen den Plan der Behandlung wechseln, weil er nach und nach zu einer bessern Einsicht gelangte. Endlich war er so schlecht geworden, dass er alle Merkmale aller Krankheiten zu gleicher Zeit an sich hatte. Ich führe nur einige an: er hatte jetzt einen kurzen Atem; denn er konnte, wenn er der Vorschrift eines Buches zu Folge doch an einem Sommertage in den Garten ging, nicht weit gehen, ohne müde zu werden und sich zu erhitzen – die rechte Schläfe pochte ihm zuweilen und zuweilen die linke, wenn der Kopf nicht brauste und Mücken flogen, so war die Brust gepresst oder stach die Milz – er hatte die wechselnden Fröste und die ziehenden Füße der Nervenkrankheiten – die plötzlichen Wallungen deuteten auf Erweiterung der Blutgefäße – und so war noch vieles. Er konnte jetzt auch nie mehr ordentlich hungrig werden, wie einst so köstlich in seiner Kindheit, obwohl er stattdessen eine falsche Begehrungsempfindlichkeit hatte, die ihn stets reizte, alle Augenblicke zu essen.

So weit war es mit Herrn Tiburius gekommen. Manche Menschen hatten Mitleiden mit ihm, und manches Mütterlein sagte sogar voraus, er werde es nicht lange mehr treiben. Aber er trieb es doch noch immer fort. Zuletzt redete man gar nicht mehr von ihm, weil er doch nicht sterben konnte; sondern nahm ihn als einen hin, der eben ist, wie er ist; oder man sprach von ihm bloß in der Art, wie man von einem spricht, der schon einmal etwas Ungewöhnliches an sich hat, wie zum Beispiele einen schiefen Hals, oder schrecklich schielende Augen, oder einen Kropf. Mancher, wenn er an dem Landhause mit den verschlossenen Fenstern vorüber ging, schaute hinauf und dachte, wie er doch das Vermögen da oben, wenn er es hätte, so ganz anders genießen würde als der verworrene Herr. Die lange Weile und die Öde hatten ihre breite Fahne über das Landhaus des Herrn Tiburius ausgebreitet, im Garten standen die einförmigen Arzneikräuter, die er pflanzen zu lassen angefangen hatte, und ein Schalk behauptete, die Hähne krähten viel trauriger innerhalb der Gemarkungen seines Hofes als anderswo.

Somit wären wir denn so weit gelangt, das Elend des Herrn Tiburius einzusehen – wir gehen nun zu dem freudigern Ereignis über, wie er wieder aus diesem Abgrunde heraus gekommen und alles das geworden ist, was wir am Eingange dieser Geschichte so rühmlich von ihm erwähnt haben.

Da war ein Mann in der Gegend, von dem die Leute ebenfalls sagten, dass er ein großer Narr sei. Von diesem Manne ging plötzlich das Gerücht, dass er den Herrn Tiburius behandle. Der Mann war allerdings ein Doktor der Heilkunde, aber er heilte nichts, obgleich viele sein schriftliches Befugnis hiezu gesehen hatten; sondern er war eines Tages in die Gegend gekommen, hatte ein schlechtes Bauernhaus, dessen Besitzer im Abwirtschaften begriffen war, samt Garten, Feldern und Wiesen gekauft, baute das Haus um und trieb Landbau und Obstzucht. Wenn aber doch einer zu ihm kam, der ein Übel hatte, so gab er ihm keine Arznei, sondern schickte ihn fort und verschrieb ihm viel Arbeit, ein besseres Essen, als er bisher hatte, und ein angelweites

Öffnen aller Fenster seiner Wohnung. Da nun die Leute sahen, dass er mit der Doktorei nur Schalksnarrheit treibe und statt der Mittel nur lauter natürliche Dinge verordne, kam keiner mehr zu ihm, und sie ließen ihn fahren. Hinter seinem Hause hatte er ein ganzes Feld voll rutendünner Bäumchen, auf die er sehr achtete, und in einem gläsernen Gebäude standen auch Ruten mit grünen, ledergläzenden Blättern, die niemand kannte. So wie nun ein Narr den andern anzieht, sagten sie, hätte Herr Tiburius zu dem einzigen Manne Vertrauen und nehme von ihm Mittel.

Das war aber eigentlich nicht wahr, sondern die Sache verhielt sich so: Da Herr Tiburius sich um alles, was Arzneiwissenschaft angeht, sehr bekümmerte, meinten seine Leute ihm einen Gefallen zu tun, wenn sie ihm von dem neuen Doktor erzählten, der das Querleithenhaus gekauft habe und nun dort wirtschafte. Der Zimmerdiener des Herrn Tiburius sprach ein paar Male davon, ohne dass der Herr Tiburius sonderlich darauf achtete; aber wie der Himmel zuweilen ganz wunderliche Wege einschlägt, damit sich das Schicksal eines Menschen erfülle, geschah es auch hier, dass Herr Tiburius in einer Schrift des alten, nun bereits schon seit langer Zeit seligen Haller auf eine Stelle geriet, die offenbar einen Widerspruch in sich enthielt, das heißt insofern offenbar, als man ein Arzneigelehrter ist – für einen andern war die Rede weder so noch so verständlich – insofern aber doch wieder nicht ganz offenbar, als es zweifelhaft war, ob man ein Arzneigelehrter sei oder nicht. In diesen Zweifeln, die den Herrn Tiburius quälten, fiel ihm wieder wunderbarer Weise der neuangekommene Doktor ein, obwohl sein Diener schon lange nicht mehr von ihm gesprochen hatte. Hier müssen wir aber der geschichtlichen Wahrheit die Ehre geben und bekennen, dass der Mann dem Herrn Tiburius gerade darum eingefallen ist, weil er von den Leuten ein Narr genannt wurde; denn Herr Tiburius hatte ganz eigene Ansichten von der Narrheit, und der Mann wurde ihm darum merkwürdig. Allein wenn Leute wie Herr Tiburius auf etwas denken, so bleibt es gewöhnlich bei dem Gedanken. Bei Herrn Tiburius musste es auch eine Weile so geblieben sein, bis er einmal plötzlich befahl, dass man den geschlossenen Wagen anspannen solle, er werde zu dem Doktor im Querleithenhause hinüber fahren. Seine Leute staunten, wie er sich bei seiner schweren Krankheit in die Luft und in das Wagenrütteln hinauswagen könnte, da er doch reich genug war, um sich diesen Doktor und noch zehn andere in das Haus kommen zu lassen. Allein Herr Tiburius setzte sich in den Wagen und fuhr in die Querleithen hinüber.

Er fand den Doktor in Hemdärmeln und einen breiten, gelben Strohhut auf dem Haupte im Garten, wo er heftig arbeitete. Der Doktor war ein nicht gar großer Mann, mit lauter grober, ungebleichter, luftiger Leinwand bekleidet. Er setzte ein wenig von seiner Arbeit aus, als er den Wagen an seinen Garten heranfahren sah, und blickte mit dunkeln, feurigen Augen darnach hin. Herr Tiburius, gegen die Luft mit einem sehr dicken Anzuge verwahrt, stieg aus dem Wagen und ging auf den erwartenden Mann zu. Er sagte, da er vor ihm in dem Gartengange stand, er sei sein Nachbar Theodor Kneigt, er gebe sich viel mit Wissenschaften ab, insbesondere mit der Arzneikunde. Vor mehreren Wochen sei er im Haller auf eine Stelle geraten, welcher er mit seinen Kräften allein nicht völlig Herr werden könne, darum sei er zu ihm, den der Ruf als einen in diesen Dingen kundigen Mann verkünde, herüber gefahren und bitte ihn, daß er mit Aufopferung einiger Minuten seiner Zeit ihm mit einem Rate in der Sache beispringen möge.

Auf diese Anrede erwiderte der kleine Doktor, er lese veraltete Schriften, wie den Haller, gar nicht, er doktere jetzt auch ganz und gar nicht mehr, er wisse auch nur in ganz wenigen Fällen zuverlässige Mittel anzugeben, und er wende die Kunde, die er über Dinge des menschlichen Körpers habe, bloß dazu an, dass er sich selber ein Leben vorschreibe, welches seinem Körper das bei weitem nützlichste und heilbringendste sei. Deshalb habe er die Hauptstadt verlassen und sei so weit auf das Land heraus gegangen, dass er hier das gesündeste Leben führe und das höchste Alter erreiche, welches überhaupt der Zusammenstimmung der Elemente seines Körpers möglich sei. Wenn übrigens der Herr Nachbar den Haller bei sich habe, so könnte man ja die Stelle ansehen und einen Versuch wagen, was aus ihr herauszubringen sei, was nicht.

Herr Tiburius ging auf diese Rede zu seinem Wagen, zog den Haller aus der Tasche desselben und kam mit ihm wieder zu dem kleinen Doktor zurück. Dieser führte seinen Herrn Nachbar in ein Gartenhaus, dort blieben die Männer einige Zeit, und als sie wieder daraus hervor gingen, hatte Herr Tiburius die Genugtuung, dass der fremde Doktor über die Stelle im Haller das nämliche dachte und sagte wie er. Der Doktor sagte, nachdem das eigentliche Geschäft abgetan war, zu Herrn Tiburius, er habe zwar ein junges, sehr schönes Weib, es sei auch gewöhnlich Sitte, dass man einen Gast und Nachbar, der den ersten Besuch mache, zu der Frau des Hauses führe; allein er wisse nicht, ob der Herr Nachbar seinem Weibe nicht widerwärtig sein könnte; denn es ist unter seinen Grundsätzen auch der obenan, dass seine Gattin, so wie er, in allen nicht zur Ehe gehörigen Dingen die völligste Freiheit zu handeln haben müsse; darum werde er sein Weib fragen, und wenn der Herr Nachbar wieder einmal komme, werde er ihm sagen können, ob er ihn zu ihr führen werde oder nicht.

Hierauf erwiderte Herr Tiburius, er sei wegen des Hallers herüber gekommen, das sei abgetan, und es sei gut.

Desohngeachtet zeigte ihm der Doktor noch flüchtig seine Anlagen, wo er die Kamelienhäuser habe, wo er seine Rhododendern, seine Azalien, Verbenen, Eriken und andere ziehe, und wo er die Erden mische und brenne. Von dem Obste und andern Dingen sei noch nicht viel zu sehen.

Sodann stieg Herr Tiburius in seinen Wagen und fuhr davon. Der Doktor hatte eine hölzerne Vorrichtung, die mit Klöppeln sehr laut klapperte, um seine Leute, die in verschiedenen Geschäften zerstreut waren, zum Essen oder zur Arbeit oder zu einer Ankündigung zusammenrufen zu können. Als Herr Tiburius den Abhang der Querleithen hinab fuhr, hörte er schon wieder das Klappern dieser Vorrichtung, was andeutete, dass der fremde Doktor mit seinen Leuten schon wieder in einem Verkehre befindlich sei.

Zu diesem Manne kam Herr Tiburius nach einiger Zeit wieder, und dann öfter und so immer fort; war es nun, dass er, wie es bei derlei Leuten ist, einmal im Geleise war und daher in demselben fort ging, oder wollte er von dem Doktor etwas lernen. Da standen nun die zwei Männer, welche von den Menschen Narren geheißen wurden, manchmal in dem Garten beisammen; der eine in einem Strohhute und in einem grobleinenen Anzuge, dass ihm der Wind bei den Öffnungen hinein ging und durch alle Glieder strich; der andere mit einer Filzkappe auf dem Haupte, die er bis über die Ohren herab zog, mit einem langen Rocke, der fast die Erde kehrte, über die andern Kleider zusammen geknüpft war und oben unter dem Kragen noch ein großes, zusammengebauschtes Tuch sehen ließ, dass der Hals warm sei, und endlich mit großen, weiten Stiefeln, in denen er doppelte Strümpfe an hatte, dass sich die Füße nicht erkälten. Bei diesen Besuchen sagte der Doktor nichts mehr davon, dass er den Herrn Tiburius zu seinem Weibe hinein führen werde, und dieser verlangte es auch niemals.

Weil also Herr Tiburius zu keinem Menschen kam als zu dem Doktor, und weil er überhaupt nicht aus seinem Zimmer ging, als wenn er zu dem Doktor fuhr, so war es natürlich, dass die Leute glaubten, er werde von dem närrischen Doktor ärztlich behandelt, und beide hätten Mittel ausgesonnen, die sehr merkwürdig seien und geheim gehalten würden, weshalb sie immer zueinander kämen und die Köpfe zusammensteckten.

Dies war, wie wir wissen, allerdings nicht so; aber wie der Scharfsinn des Volkes immer in den ungegründeten Gerüchten, die in ihm emportauchen, einige Körnchen Wahrheit und Veranlassung hat, so war es auch hier; denn von diesem Doktor ging wenigstens der erste Anstoß aus, der dann fortwirkte, und in Folge dessen sich Herr Tiburius ganz und gar verwandelte, wie die Raupe des Tagpfauenauges, die auch, nachdem sie auf dem Nesselkraute einförmig gelebt, sich dann gar aufgehängt hatte und eingeschrumpft war, eines Tages plötzlich aufspringt, den garstigen, schwarzen, mit Dornen besetzten Balg zurückstreift und die Hörner und Höcker der schönen Puppe zeigt, in der gar schon die künftigen farbigen, schimmernden und glänzenden Flügel eingewickelt liegen. Herr Tiburius fragte nämlich den Doktor eines Tages plötzlich um das, was er gewiss schon so lange auf dem Herzen getragen haben musste; er sagte: »Wenn Sie, mein hochverehrtester Herr Doktor, wie Sie ja selber gerade heute vor fünf Wochen zu mir gesagt haben, in ganz wenigen Fällen zuverlässige Mittel wissen, so wüssten Sie etwa zufällig auch eins in dem meinigen?«

»Allerdings, mein verehrter Herr Tiburius«, antwortete der Doktor.

»Nun also – um Gottes Willen – so reden Sie.«

»Sie müssen heiraten, aber zuvor müssen Sie in ein Bad gehen, wo Sie sogar Ihr Weib finden werden.«

Das war für Herrn Tiburius zu viel!!

Er kniff seine Lippen zusammen und fragte mit ungläubigem, spöttischem Lächeln: »Und in welches Bad soll ich denn gehen?«

»Das ist in Ihrem Falle schier einerlei«, antwortete der Doktor, »nur irgendein Gebirgsbad dürfte am vorzüglichsten sein, etwa das in unserm Oberlande, wohin jetzt so viele Menschen ziehen. Oheime, Tanten, Väter, Mütter, Großmütter, Großväter sind mit sehr schönen Mädchen dort, und darunter wird auch die sein, welche Ihnen bestimmt ist.«

»Und also endlich, weil Sie die Mittel so gut angeben, welches ist denn mein Fall?«

»Das sage ich nicht«, erwiderte der Doktor, »denn wenn

Sie ihn einmal wissen, dann hilft kein Mittel mehr, weil Sie keins nehmen – oder Sie bedürfen keins mehr, weil Sie bereits gesund sind.«

Herr Tiburius fragte um nichts weiter, er sagte auf diese Unterredung kein Wort mehr, sondern er ging allmählich zu seinem Wagen und fuhr davon.

»Der verrückte Doktor hat recht«, sagte er zu sich in dem Wagen, »nicht in Beziehung des Heiratens hat er recht, das ist eine Narrheit – – aber ein Bad – ein Bad! – das ist das einzige, auf das ich noch nicht verfallen bin – es ist unbegreiflich, wie ich denn nicht darauf denken konnte. Ich werde mir gleich alle Bücher zu Rate ziehen, die von Bädern handeln, und auszumitteln suchen, welches Bad unseres Weltteiles für meine Zustände in Anbetracht kommen könnte.«

Und auf dem ganzen Wege brütete er an dem Gedanken fort.

Der Doktor hatte den Herrn Tiburius bedeutend aufgerührt. Auch an das Heiraten musste er ein wenig gedacht haben; denn er schnitt sich mit einer Schere den Bart, den er sich in dem ganzen Angesichte hatte wachsen lassen, bis auf eine gewisse Kürze weg, rasierte ihn dann über und über sehr fein ab und stellte sich vor den Spiegel und betrachtete sich.

»Nein, nein«, sagte er, »das ist nichts, das hat ganz und gar keinen Sinn, und das kann nicht sein.«

Desohngeachtet schickte er noch an diesem Abende um ein sehr gutes Zahnpulver in die Stadt, denn er hatte vor dem Spiegel bemerkt, dass er seine Zähne bisher in hohem Maße vernachlässigt habe.

In Bezug auf das Bad fing er am Morgen des nächsten

Tages an, sehr ernsthaft die notwendigen Anstalten zu treffen. Er schrieb in die Stadt um alle Bücher, welche von Bädern handeln, um zuerst aus ihnen zu entnehmen, wohin er gehen solle, dann wolle er erst das Weitere anordnen. Allein der Gedanke des Bades hatte ihn so ergriffen, dass er nicht seinen bisherigen gewöhnlichen Weg, nämlich erst alle möglichen Bücher zu lesen, einschlug, was übrigens auch zur Folge gehabt hätte, dass er in diesem Sommer in gar kein Bad mehr gekommen wäre; sondern er entschied sich in der Tat sofort für das Bad, welches der Doktor vorgeschlagen hatte. Das Erste, was er nun tat, war, dass er befahl, dass sein Reisewagen in reisefertigen Stand gesetzt werde. Seine Leute erschraken über diesen Befehl, leisteten ihm aber Folge. Er hatte in seinem ganzen Leben keinen Reisewagen gebraucht, da er nie weiter von seinem Gute gekommen war als in die Stadt. Daher glaubten seine Hausgenossen, dass er erst jetzt vollends närrisch geworden sei oder sich im Beginne der Besserung befinde. Sie zogen den Reisewagen aus seinem Behältnis, in welchem er, seit ihn Herr Tiburius hatte machen lassen, gestanden war, auf den Hof hervor und untersuchten, ob er an allen Stellen gut sei, und versahen ihn dann mit allen Sachen, welche ein solcher Reisender, wie Herr Tiburius war, auf seinem Wege brauchen könnte. Hierauf schickte er um alle Bücher, welche über dieses einzelne Bad vorhanden wären, dass er sie mitnähme und dort lese. Dann schrieb er selber auf einen Bogen Papier die Sachen auf, welche seine Diener mitnehmen mussten, worunter auch seine Grauschimmel und sein Spazierwagen waren, die vorausgehen mussten, dass er sie dort gleich habe. Endlich musste noch sogleich an den nötigen Kleidern, Sitzkissen und andern Geräten gearbeitet werden. Er machte diese Sachen mit ziemlichem Geschicke.

Zu dem Doktor, zu dem er noch zweimal während der Zeit gekommen war, sagte er kein Wörtlein; derselbe schien auch auf die Unterredung über das Bad völlig vergessen zu haben.

Nachdem so eine Weile vergangen war, kamen eines Tages vier Postpferde auf das Gut des Herrn Tiburius und zogen den Herrn in seinem Reisewagen zur Verwunderung aller Menschen in die Fremde fort.

Ich darf mich nicht darauf einlassen, seine Reise zu beschreiben, da sie mit dem Zwecke dieser Zeilen nicht gar innig zusammenhängt; aber das muss ich doch sagen, dass es dem Herrn Tiburius vorkam, als fahre er schon viele, viele Meilen, als sei er schon in der fernsten Entfernung, da er bereits einen Tag fuhr, da er den zweiten fuhr, und da endlich gar der dritte gekommen war.

Am Nachmittage dieses dritten Tages, da eine unbeschreiblich große Sommerhitze herrschte, fuhr er in einem langen, schmalen Gebirgstale einem schönen, grünen, rauschenden, spiegelklaren Wasser entgegen. Als das Tal sich erweiterte, sah man aus einer großen Hütte eine weiße Dampfwolke aufsteigen, und der Diener sagte zu Herrn Tiburius, das sei der Dampf, der aus der Sole aufsteige, die in dem Hause gekocht werde, und man sei ganz nahe an dem Ziele der Reise. Bald nach diesen Worten fuhr Herr Tiburius in seinem von allen Seiten geschlossenen Wagen in die Gassen des Badeortes ein. Es war in demselben wegen der großen Hitze sehr still, niemand war im Freien, die gegliederten Fensterläden und die Fenstervorhänge waren zu, höchstens, dass bei einer Spalte oder bei einer Falte ein paar Augen herausschauten, um zu sehen, wer denn wieder gekommen sei.

Herr Tiburius fuhr vor den Gasthof, in welchem ihm auf ein Schreiben seines Dieners ein Zimmerlein war aufgehoben worden. Er stieg aus und wurde in das Zimmerlein hinauf geleitet. Dort setzte er sich an das gelbangestrichene Tischlein, das da stand. Seine Diener und die Leute des Gasthauses waren beschäftigt, die Dinge, die der Wagen enthielt, auszupacken und herauf zu tragen.

Herr Tiburius konnte sich nun mit Beruhigung sagen, dass er da sei. Aus der spöttischen Äußerung des kleinen Doktors war Ernst geworden. Gestern, da er noch in der Ebene draußen fuhr, hatte Herr Tiburius gedacht, wenn er nur nicht eher stürbe, ehe er ankäme, dann wäre alles gut; jetzt war er angekommen, und saß bereits neben seinem Tischlein da. Die Leute räumten beinahe die ganze Stube mit den Sachen voll, die sie in dem Wagen fanden. Durch die grünen Schienen der Fensterläden sahen duftige Bergwände herein – er war fast berauscht und legte sich seine Reiseeindrücke zurecht. Da waren noch die unendlichen Felder und Wiesen und Gärten, durch die er gefahren war, und die Häuser und Kirchtürme, die alle an ihm vorüber gegangen waren, dann rückten gar Gebirge näher, dann schwankte ein langer grüner See in seinem Haupte, über den er samt seinem Reisewagen gefahren war, und dann war das eilende Wasser in dem Tale und das erschreckliche Blitzen der Sonne auf allen Bergen. –

Aber auf das alles durfte Herr Tiburius zuletzt doch nicht gar zu stark denken; denn es waren jetzt ganz andere

Dinge notwendig, nämlich dass seine Wohnung für seine Krankheit gehörig eingerichtet werde und dass man sehr bald den Badearzt rufe, dass er ihn kennenlerne und dass sie miteinander den Plan der Heilung verabredeten und sogleich zur Ausführung desselben den Anfang machten.

Es musste vor allem noch ein größerer Tisch herbei, auf den er die Stöße Bücher, die sein Diener auspackte, legte, dass er sie bei erster Gelegenheit aufschneide und zu lesen beginne. Dann musste das Bett, dessen Bestandteile er selber mitgebracht hatte, im noch kleineren Nebenzimmerchen, das an sein Wohngemach stieß, aufgestellt werden. Das Stahlgerüste desselben wurde in der Ecke aufgerichtet, in welcher am wenigsten Zugluft herrschen konnte. Hierauf wurden die Stäbe der spanischen Wand, die er mitgebracht, auseinandergeschraubt, gestellt und mit dem dazugehörigen Seidenstoffe bespannt, auf dem unzählige rote Chinesen waren. Weil so viele Mantelsäcke, Wagenkoffer und andere Lederfächer herumlagen, musste der Wirt noch einen Schrein heraufschaffen, den man in das Vorzimmer, wo die Diener schliefen, stellte, dass man das Weißzeug, die Schlafröcke und die Kleider unterbringen könne. Zuletzt mussten noch die Schirme vor die Fugen der Fenster und Türen gestellt und die leeren Koffer und Lederfächer in das Wagenbehältnis gebracht werden.

Als alles in Ordnung war, sendete Herr Tiburius nach dem Badearzte. Es durfte nicht aufgeschoben werden, und es war überhaupt ungewiss, ob nicht auf die viele, viele Bewegung, die er auf der langen Reise her gemacht habe, eine arge Krankheit folgen könne.

Der Badearzt war nicht zu Hause und auch sonst nirgends zu finden. Herr Tiburius musste bis auf den Abend warten. Er saß in seiner Stube und wartete. Am Abend kam der Arzt, und die zwei Männer beredeten sich über eine Stunde lang und setzten die ganze Wesenheit des zu befolgenden Heilplanes auseinander.

Am andern Morgen begann Herr Tiburius schon, den Plan ins Werk zu setzen. Man sah ihn in einem langen, grauen, zugeknöpften Oberrocke den Brunnengebäuden zu gehen und in denselben verschwinden. Er nahm darinnen sein erstes Bad. Und wo man die Molken nahm, wo man in der Sonne saß und ein wenig hin und her ging, konnte er später auch gesehen werden. So machte er es jeden Tag, und er ging gewissenhaft dorthin, wo es der Zweck erheischte. Um die von dem Arzte vorgeschriebene Bewegung mittels Gehen zu machen, hatte er sich eine eigene Art ausgesonnen. Er fuhr nämlich mit seinen Grauschimmeln auf der Straße, die tiefer in das Gebirge führt, eine Strecke fort, bis er zu einem gewissen großen Steine kam, den er gleich am ersten Tage entdeckt hatte. Neben dem Steine war eine ziemlich große, trockene Erdstelle, die aus fest gelagertem Sande bestand. An dieser Stelle stieg er aus und ging nach der Uhr so lange hin und her, als die zur Bewegung festgesetzte Zeit dauerte, dann saß er wieder ein und fuhr nach Hause. Die Leute, die im Bade versammelt waren, lernten ihn bald kennen und sagten, das sei der Herr, der neulich in dem geschlossenen Wagen gekommen sei.

Die Badezeit war eigentlich schon ziemlich vorgerückt, aber da in diesen Gebirgstälern die letzten Sommermonate die heißesten und trockensten sind, so war noch ein großer, glänzender und auserlesener Besuch zugegen. Darunter waren manche sehr schöne Mädchen. Herr Tiburius, welcher nicht umhin konnte, doch manchmal eine zu sehen, erinnerte sich flüchtig an die Heiratsworte des Doktors – aber er dachte, der Doktor sei ein Schalk, und verlegte sich hier nur auf das, was seiner Gesundheit unmittelbar not tat. Er las allgemach von dem Bücherhügel ein großes Stück herunter, er verrichtete genau alles, was ihm der Badearzt vorgeschrieben hatte, und tat noch manches andere dazu, was er selber aus den Büchern lernte und sich verordnete. Er hatte sich auch an seinem Fensterstocke ein Fernrohr angeschraubt und betrachtete durch selbes öfter die närrischen Berge, die hier herum standen, und die das Gestein in höchster Höhe oben trugen.

Es war seltsam, dass auch hier in dieser großen Entfernung, und zwar schon in sehr kurzer Zeit, nachdem Herr Tiburius angekommen war, der Name Tiburius im Munde der Leute gebräuchlich war, obwohl in dem Fremdenbuche der Name Theodor Kneigt stand, und obwohl ihn niemand kannte. Es mochten ihn wohl insgeheim seine Diener so genannt haben.

Es waren allerlei Menschen und Familien in dem Bade. Da war ein alter hinkender Graf, der überall gesehen wurde und in dessen verwittertes Angesicht fast ein Schimmer von der sehr großen Schönheit seiner Tochter floss, die ihn überall mit Geduld begleitete und ruhig neben ihm her ging. In einem Wagen mit zwei feurigen Rappen fuhren gerne zwei junge, schöne Mädchen mit Augen, die noch feuriger waren als die Rappen, und mit roten Wangen, um die gewöhnlich grüne Schleier flatterten. Sie waren die Töchter einer badenden Mutter, die selbst noch schön war und in ein reiches

Tuch gewickelt in dem Wagen zurückgelehnt saß. Dann war ein dickes, kinderloses Ehepaar, das eine Nichte mit sich führte, die träumerisch darein schaute, manchmal unterdrückt aussah und schöne blonde Locken hatte, wie man sie nur immer erblicken konnte. In einem fensterreichen Hause tönten schier immer Klaviertöne, und viele Lockenköpfe junger Mädchen und Knaben waren zu sehen, wenn sie aus den Fenstern herausschauten oder von innen an denselben vorüberflogen. Dann waren manche einsame Greise, die hier ihre Gesundheit suchten und niemand als einen Diener hatten; dann manche Hagestolze, die über den Sommer des Lebens hinüber ohne Gefährtin herum gingen. Noch sind zwei blauäugige Mädchen zu erwähnen. Die eine sah gerne von einem abgelegenen Balkone mit ihren blauen Augen auf die nicht weit entfernten Wälder hinüber, und die andere richtete sie gerne auf die Tiefe des dahin rinnenden Stromes. Sie ging nämlich häufig mit ihrer Mutter an den Ufern desselben spazieren, wenn sie an ihm vorüber ging und die sieche, gedrückte Mutter begleitete. Dann waren die schönen errötenden Wangen der Landeskinder, die einen kranken Vater, eine Mutter, eine Wohltäterin hieher begleiteten – der vielen andern gar nicht zu gedenken, die alle Jahre kamen, sich an der Schönheit der Umgebung ergötzten, oder nur der Mode huldigten, alles zu beherrschen strebten, jedes neu Angekommene und Schüchterne besprachen und darüber triumphierten. Unter diesen Menschen lebte Tiburius fast scheu fort. Er mischte sich niemals unter sie, und wenn er mehrere auf seinen von dem Arzte vorgeschriebenen Gängen begegnen sollte, so machte er lieber einen Umweg, dass er ihnen auswich. Sie redeten von ihm, da er durch seine Absonderung auffiel; aber er wusste nicht, dass sie von ihm redeten, und wie sie ihn nannten. Er blieb beständig bei dem sich immer ablösenden Gewirre anwesend; denn wirklich kamen in der Zeit immer neue, und schieden die andern.

Wir können unmöglich sagen, wie Herrn Tiburius der Gebrauch des Bades bekam, denn er sagte selber zu niemanden etwas und badete immerfort. Dem Arzte erklärte er auf jede Frage, wie es ihm gehe, es gehe eben dem Gange des Dinges gemäß, und wir würden wohl am Ende in den Stand gesetzt worden sein, über den Erfolg seines Badens etwas Bestimmtes angeben zu können, wenn sich nicht das zugetragen hätte, wodurch sich alles veränderte und jede Berechnung der mitwirkenden Ursachen unmöglich wurde.

Wir haben oben schon gesagt, dass Tiburius immer zu seinen Bewegungen weiter hinausfuhr und an einem einsamen Steine auf und nieder ging. Er war sehr fleißig und hatte dieses schon viele, viele Male getan. Eines Tages, nachdem seit seiner Ankunft schon eine geraume Zeit verflossen war, da eben ein beinahe stahlfester, dunkelblauer Himmel über dem Tale stand, fuhr er, weil ihm der Tag so wohl tat, weiter als gewöhnlich. Ganz fremde Berge sah er schon, und dunkle Tannen und lichtere Buchen schritten fast bis an seinen Wagen heran. Man weiß nicht, war die Empfänglichkeit für das Wohltätige des Tages schon eine Folge seines Badens, oder war es die ungemein liebliche, heitere und klare Milde der Luft, die alle Menschen und also auch ihn erfasste. Neben seinem Wagen war ein sonniger Platz, der festen Heideboden hatte; er war von schützenden Steinwänden umstanden, dass kein rauher Wind hereinstreichen konnte, und ging so gegen das ganz stille Laub zurück. Dieses lockte den Herrn

Tiburius aus dem Wagen, dass er ein wenig herumgehe und die sanften, senkrecht niedergehenden Mittagsstrahlen genieße.

»Ich werde meine Bewegung hier, nicht an dem Steine machen,« sagte er zu seinem Diener und zu dem Kutscher, »es ist einerlei; ihr wartet da an dem Platze, bis ich wiederkomme und einsteige.«

Hierauf zog er seinen Oberrock aus, wie er es allemal tat, warf ihn in den Wagen zurück, stieg über den von dem Diener herabgelassenen Fußtritt herab und ging gegen den trockenen Waldplatz vorwärts. Tiburius hatte einen Wald nie von innen gesehen. In seiner Heimat war überhaupt nur kleines Gehölze, in das er übrigens auch nicht gekommen ist, und die großen Forste, die auf den Bergen des Badeortes herum lagen, hatte er nur durch sein Fernrohr vom Fenster aus beobachtet. Hier war er beinahe in einem Walde. Wenn auch der Platz, den er sich zu seinem Gange ausersehen hatte, von keinen Bäumen besetzt war, so standen dieselben doch so nahe und auf manchem benachbarten Hügel herum, dass man sagen könnte: Herr Tiburius befinde sich auf einer Waldblöße. Alles gefiel ihm sehr wohl. Kein menschliches Wesen ließ sich rings herum sehen und hören – das war ihm gerade recht. Der Platz ging von der Straße gegen die Tiefe der Gegend einwärts. Als Herr Tiburius über seine ganze Länge hin geschritten war und umkehren wollte, um, wie seine Spazierart war, hin und her zu gehen, sah er, dass weiter einwärts noch ein schönerer Platz war. Zur Linken befand sich eine Steinwand, die bedeutend hoch war, rechts standen in einiger Entfernung hohe Bäume, und nach vorwärts war der Platz durch Waldwerk geschlossen. Es war hier noch stiller, und die Mittagswärme sank an der Steinwand so freundlich nieder, dass es war, als müsste man sie beinahe rieseln hören. Sie war bereits für den Körper sehr wohltätig, da die Jahreszeit schon in die Hälfte des Herbstes hinein ging und manches Laub schon ins Gelbe schimmerte. Der Boden war wegen der langen vorausgegangenen schönen Zeit sehr trocken.

Herr Tiburius beschloss sofort, auf diesem Platz vorzuschreiten und ihn zu seinem Bewegungsorte zu machen. Er dachte, wenn er auch etwas länger geradeaus vorwärts ginge, so könnte er doch nach seiner Uhr wieder umkehren und im ganzen gerade die vorgeschriebene Bewegung so machen, als wenn er hin und her gegangen wäre. Es wird gewiss nicht schädlich sein. Die milde Sonne tat ihm durch die Widerprallungskraft des Felsens, als er einmal bis in die Hälfte des neuen Platzes vorwärts gekommen war, so wohl, dass er sich äußerst anmutig fühlte. Auch waren ihm alle Dinge, die er herum sah, neu, sie gefielen ihm, und er hätte nie gedacht, dass er in einem Walde so zufrieden sein könnte. Da lag ein breiter, weißer Stein dem Boden entlang, und verschiedene Kräuter begleiteten ihn. Links an der Wand waren noch mehrere Steine, die von ihr herabgebrochen waren: weiße, gelbe, braune, und noch allerlei andere. Es stand in ihnen rostfarbenes Gestrüppe, einzelne Ruten und mehreres. Manches Mal saß ein Falter auf einem Steine und legte die schimmernden Flügel, derlei Herr Tiburius in seiner Heimat nie gesehen hatte, auseinander und sonnte sie. Manchmal flog einer stumm neben ihm, wie die stumme Luft, und ward gleich darauf nicht mehr gesehen. Auch bemerkte Herr Tiburius, dass ja da ein sehr angenehmer Wohlgeruch herrsche.

Er ging weiter. Zuweilen hielt er sein spanisches Rohr empor, drehte es langsam zwischen den Fingern und ergötzte sich an dem Funkeln des Goldknopfes in der dunkeln, ruhigen, einsamen Luft. Nach einer Weile kam er zu verstümmelten Stämmen, von denen Pech herab rann. Er hatte das nie gesehen und blieb stehen. Die durchsichtige Flüssigkeit quoll in der Sonne aus der Rinde hervor, und die Tropfen standen wie reines, geschmolzenes Gold, das in einem Häutchen hing. Dann ging er wieder weiter. Es begegnete ihm eine Schar wundervoll blauen Enzians, er sah sie an und pflückte sogar einige Stämmchen.

Endlich war er schier an das Ende seines auserkorenen Spazierplatzes gekommen. Das Waldwerk, welches er von weitem als Schloss gesehen hatte, bestand in mehreren ziemlich weit voneinander entfernten Bäumen. Tiburius blieb ein wenig stehen, um es anzusehen und zu überlegen, ob er hineingehen solle oder nicht. – Eidechsen schlüpften im Mittagsglanze, ein Wässerlein ging ungehört gegen die Tannen, und zwischen den Stämmen spannen luftige glänzende Herbstfäden, wie sie Herr Tiburius auch öfter zu Hause in dem Garten gesehen hatte. Ehe er da weiterging, musste er doch noch erforschen, was denn das für ein seltsamer Reif sei, der dort auf den entfernten Tannennadeln liege, und wie die Wolke aussehe, die weit draußen zwischen dem Grün der Bäume hereinschaue, ob sie nicht etwa Regen drohe. Er nahm sein Taschenfernrohr heraus, machte es zusammen und sah durch. Aber der Reif war nur der unsägliche Sonnenglanz, der auf der glatten Seite der Nadeln lag, und die Wolke war ein entfernter Berg, wie sie hier im Lande in einer großen Ausdehnung einer hinter dem andern stehen. Er beschloss also weiterzugehen, insbesondere, da die Steinwand noch immer fortlief und anfangs nur eine und dann nur einige Buchen zwischen ihm und ihr waren. Auch ging ein sehr wohl ausgetretener, schwarzer Pfad in die Bäume hinein. Tiburius musste, als er diesen Pfad betrat, an den kleinen närrischen Doktor denken, der sich aus verschiedenen Stoffen diese Erde für seine Rhododendern und Eriken brennen muss, wie sie hier von selber liegt; und Eriken sah er hier unter den Stämmen viel schöner blühen, als sie der Doktor in seinen Töpfen erziehe. Er nahm sich vor, wenn er nach Hause käme, ihm von dieser Tatsache zu erzählen.

Tiburius ging auf dem Pfade fort, der von allerlei Dingen eingefasst war. Manchmal lag die Moosbeere wie eine rote Koralle neben ihm, manchmal streckten die Preiselbeeren ihr Kraut empor und hielten ähnliche Büschel von rotwangigen Kügelchen in den glänzenden Blättchen. – Die Bäume wurden immer dunkler, und zuweilen stellte ein Birkenstamm eine Leuchtlinie unter sie. Der Pfad glich sich immer, die kommenden Stellen waren wie die, die er verlassen hatte. Nach und nach wurde es anders, die Bäume standen sehr dicht, wurden immer dunkler, und es war, als ob von ihren Ästen eine kältere Luft herabsänke. Dies mahnte Herrn Tiburius, umzukehren, da es ihm vielleicht auch sogar schädlich sein könnte. Er zog die Uhr hervor und sah, was ihm ohnedem, als er aufmerksam geworden war, eine dunkle Vorstellung gesagt hatte, dass er weiter gegangen sei, als er dachte, und den Rückweg eingerechnet heute mehr Bewegung gemacht habe als sonst.

Er kehrte sich also auf dem Pfade um und ging zurück.

Er ging auf dem Rückwege schleuniger, da er die Gegenstände nicht mehr so beachten wollte, und ihm, seit er auf die Uhr gesehen hatte, darum zu tun war, den Wagen ehestens zu erreichen. Er ging auf dem Pfade fort, der genau so schwarz war und so neben den Bäumen fort lief, wie auf dem Herwege. Als er aber schon ziemlich lange gegangen war, fiel ihm doch auf, dass er die Steinwand noch nicht erreicht habe. Auf dem Herwege hatte er sie links gehabt, nun hatte er sich umgekehrt, folglich musste sie ihm jetzt rechts erscheinen – aber sie erschien nicht. Er dachte, dass er vielleicht im Hereingehen in Gedanken gewesen sei und der Weg länger wäre, als er ihn jetzt schätze; deshalb war er geduldig und ging fort aber – schneller ging er etwas.

Allein die Wand erschien nicht.

Nun wurde er ängstlich. Er begriff nicht, wie auf dem Rückwege so viele Bäume sein können – er ging um vieles schneller und eilte endlich hastig, so dass er, selbst bei reichlicher Zugabe zu seiner Rechnung, nun doch schon längstens bei dem Wagen hätte sein sollen. Aber die Wand erschien nicht, und die Bäume hörten nicht auf. Er ging jetzt von dem Pfade sowohl rechts als auch links bedeutend ab, um sich Richtung und Aussicht zu gewinnen, ob die Wand irgend wo stehe – allein sie stand nirgends, weder rechts noch links, noch vorn noch hinten – nichts war da als die Bäume, in die er sich hatte hineinlocken lassen, sie waren lauter Buchen, nur viel mehrere, als er beim Herwege gesehen hatte, ja es war, als würden sie noch immer mehr – nur die eine, die am Anfange zwischen ihm und der Wand gestanden war, konnte er nicht mehr finden.

Tiburius fing nun, was er seit seiner Kindheit nicht mehr getan hatte, zu rennen an, und rannte auf dem Pfade in höchster Eile eine große Strecke fort, aber der Pfad, den er gar nicht verlieren konnte, blieb immer gleich, lauter Bäume, lauter Bäume. Er blieb nun stehen und schrie so laut, als es nur in seinen Kräften war und als es seine Lungen zuließen, ob er nicht von seinen Leuten gehört würde und eine Antwort zurück bekäme. Er schrie mehrere Male hintereinander und wartete in den Zwischenräumen ziemlich lange. Aber er bekam keine Antwort zurück, der ganze Wald war stille, und kein Laublein rührte sich. In den vielen Ästen, die da waren, sank die Menschenstimme wie in Stroh ein. Er dachte, ob nicht etwa die Richtung, in der er gerannt war, sich von der Straße, auf der sein Wagen stand, eher entferne als nähere, da er sich etwa in dem vielen Suchen umgewendet haben könne, ohne es zu wissen. Demzufolge wollte er jetzt wieder in der nämlichen Richtung zurück rennen. Er warf noch eher den Enzian, den er noch immer in der Hand hatte und der ihn jetzt mit dem fürchterlichen Blau so seltsam anschaute, weg und rannte dann zurück. Er rannte, dass ihm der Schweiß hervortrat, und wusste nun wieder nicht, ob das die nämlichen Gegenstände seien, die er im Herrennen gesehen habe. Als er eine so große Strecke, die er früher nach der einen Richtung gemacht, jetzt nach der entgegengesetzten zurückgelegt zu haben glaubte und eine gleiche dazu, hielt er wieder inne und schrie abermals – allein er bekam wieder keine Antwort, es war nach seiner Stimme wieder alles stille. Hier war es auch ganz anders als an dem früheren Orte, und wildfremde Gegenstände standen da. Die Buchen hatten aufgehört; es standen Tannen da, und ihre Stämme streckten sich immer höher und wilder. Die Sonne stand schon schief, es war Nachmittag geworden, auf manchem

Moossteine lag ein schreckhaft blitzendes Gold, und unzählige Wässerlein rannen, eins wie das andere.

Herr Tiburius konnte es sich nicht mehr leugnen, dass er ganz und gar in einem Walde sei, und wer weiß, in welch großem. Er war nie in der Lage gewesen, sich aus solchen Sachen herausfinden zu müssen, und seine Not war groß. Dazu gesellten sich noch andere Dinge. Er hatte in dem Hin- und Hergehen durch das Gras, als er von dem Pfade abgewichen war, um die Steinwand zu finden, nasse Füße bekommen, er war im Schweiße und hatte nur einen einzigen, dünnen Rock, der andere lag im Wagen, er durfte sich gar nicht niedersetzen, um auszuruhen, so schön die Steine da lagen; denn er müsste sich verkühlen – und endlich lag auch das Fach mit der Arznei, die er heute Nachmittag zu nehmen hatte, zu Hause. Er sah das eine recht gut ein, was hier das Notwendigste war, nämlich, statt hin und her zu laufen, lieber auf dem Pfade immer in derselben Richtung fort zu gehen; denn irgendwohin musste der Pfad doch führen, da er so ausgetreten war. Es war noch ein großes Glück, dass wenigstens ein Pfad vorhanden war; denn welches Unheil wäre es gewesen, in einem weglosen Walde in diesem Zustande zu stehen.

Herr Tiburius entschloss sich also, nach der zuletzt eingeschlagenen Richtung des Weges fort zu gehen.

Er knöpfte den Rock, den er an hatte, fest zu, stülpte die Kragenklappen desselben empor, legte sie sich fest an das Angesicht und ging sehr emsig fort. Er ging fort, und fort, und fort. Die Hitze des Körpers nahm überhand, der Atem wurde kurz, und die Müdigkeit wuchs. Endlich ging der Pfad bergauf und war ein gewöhnlicher Waldsteig geworden.

Aber Tiburius kannte Waldsteige gar nicht. Steintrümmer der größten und fürchterlichsten Art lagen rechts und links an dem Wege, der oft über sie dahin ging. Einige waren in Moose gehüllt, die verschiedenes noch nie gesehenes Grün zeigten, andere lagen nackt und ließen den scharfen, gewaltigen Bruch sehen. Großfingrige Fächer von Farrenkräutern standen da, und die hohen, dicken Stämme der Tannen, die aus all dem Dinge emporragten oder auch da lagen, waren, wenn sie Tiburius angriff, feucht. – Eine Weile bestand der Pfad aus lauter kleinen Prügeln, die quer lagen, manchmal fast im Wasser schwammen, bei jedem Tritte sich rührten, oder doch, wenn sie selbst fest waren, ausglitschen machten. – Dann stand ein steiler Berg da. Der Pfad klomm ihn unverdrossen hinan, und Tiburius ging auf ihm fort. Als er oben angekommen war, war es eben, und der Boden war sandig. Der Pfad lief hier gleichsam emsig und freudig vor Tiburius her, und dieser folgte ihm. Er wurde später aus dem scharfen Sande wieder schwarz, war breit, trocken, drückte bei jedem Schritte gegen den Fuß, als ginge man auf Federharz, und schlang sich so fort. Tiburius betrat ihn, in sein Schicksal ergeben. Endlich war es Abend geworden, unheimliche Amselrufe tönten, und Tiburius ging, in seinen unzulänglichen Rock geknöpft, weiter. – Nach einer Weile war es, als rauschte es irgend wo unten. – Tiburius ging fort, das Rauschen tönte näher, aber es war nur Wasser, das den Wald eher schauerlicher machte und von dem keine Hilfe zu erwarten war. Tiburius ging noch eiliger fort, er ging fort, und fort – und leider wieder aufwärts. Endlich, da er um einen sehr großen Stein, der gleichsam alles vor ihm verdunkelt hatte, hinum gegangen war, senkte sich der Weg abwärts und wurde sandig und gerölig. Auch standen mit einem Male nicht mehr die hohen Tannen neben ihm, sondern allerlei lustiges Gebüsch von dichtem Laube, namentlich Haselstauden, was jederzeit ein Zeichen ist, dass ein Wald aufhöre und man sich im Saume befinde. Herr Tiburius kannte aber solche Zeichen nicht. Er ging noch die Strecke unter dem Gebüsche und auf den scharfen Steinen weiter, es wurde lichter, die Gebüsche hörten auf, der Wald war aus, und er stand hoch auf einer Wiese im Freien.

Er war in einem Zustande, in welchem er in seinem ganzen Leben nicht gewesen war. Die Knie schlotterten ihm, und der Körper hing vor Müdigkeit nur mehr in den Kleidern. Er empfand es, wie an seinem ganzen Leibe ohne seinen Willen die Nerven zitterten und die Pulse klopften. Aber auch hier war keine Aussicht auf Hilfe vorhanden. Die Sonne war schon untergegangen. Überall standen im kühlblauen Hauche des Abends Berge mit allerlei Gestalten herum, teils mit Wald bedeckt, teils Felsen emporstreckend. Weit draußen hinter dem Saume eines grünen Waldes ragte ein sehr hoher Berg heraus. Er hatte mehrere Felsenkronen, die emporstanden. Zwischen diesen Kronen lagen drei sehr große Schneefelder, welche aber jetzt rosenrot beleuchtet waren, und auf welche die Kronen Schatten warfen. Für Tiburius war dieses erhebende Schauspiel eher schreckhaft. Weit herum war kein Mensch und kein lebendes Wesen zu erblicken. Das Rauschen, welches er schon eine geraume Zeit in den Wald hinein gehört hatte, war ihm jetzt erklärbar. In der Rinne des Tales, gegen welches die Wiese, auf der er stand, hinabging, lief über Steine und Klippen ein grünes, brodelndes Wasser heraus und eilte links durch die

Taltiefe nacheinander fort. Sonst war aber gar nichts zu erspähen, welches sich regte und rührte.

Tiburius sah, dass der Weg über den Wiesenhügel gegen das Wasser hinab gehe, und er dachte, da in dem Badeorte dasselbe grüne Wasser, aber in viel größerer Menge dahinfließe, so könne leicht dieser Bach zu jenem grünen Wasser hinauseilen, und etwa gehe der Weg daneben fort.

Er beschloss daher, dem Laufe des Pfades nach abwärts zu folgen. Er bezwang das stürmende Verlangen seines Körpers nach Ruhe – denn auf dem Grase lag überall schon der nasse Tau – und ging unter schmerzhaftem Vorwärtsstoßen seiner Knie auf dem Pfade steil abwärts. Der Berg mit den rosenfarbenen Schneefeldern zog sich gemach unter den Wald zurück, bis nichts mehr als kalt blaue oder grüne Anhöhen, mit Dunststreifen durchwebt, da standen.

Tiburius kam zu dem Wasser hinunter. Es hastete mit dem Blaugrün seiner Wogen und dem fliegenden weißen Schaume darauf nacheinander hin – und was er eben gedacht hatte, traf hier unten ein: der Weg ging neben dem Wasser fort. Er schlug ihn also ein und strengte seine Kräfte, die gleichsam auflösend und trunken waren, aufs neue und letzte an.

Da er eine Weile so gegangen war und bereits Dunkelheit einzutreten begann, hörte er plötzlich trotz des Rauschens, das der Bach in ziemlicher Tiefe unter ihm veranlasste, Tritte hinter sich. Er sah sich um und erblickte einen Mann, der hinter ihm her ging und ihn eben eingeholt hatte. Der Mann trug eine Axt über den Rücken, mehrere eiserne Keile über die Schultern und hatte starke Holzschuhe an. Tiburius blieb stehen, ließ ihn vollends an sich kommen und fragte dann:

»Guter Freund, wo bin ich denn, und wo finde ich denn in das Bad hinaus?«

»Ihr seid auf dem Wege zum Bade«, antwortete der Mann, »aber in der Keis draußen teilen sich die Wege wieder, und der bessere geht in die Zuderhölzer hinauf, da könntet Ihr Euch verirren. Weil ich ohnedem auf dem nämlichen Wege gehe, so könnt Ihr mit mir gehen, ich werde Euch hinaus führen. – Wie seid Ihr aber denn hieher gekommen, wenn Ihr nicht wisset, wo Ihr seid?«

»Ich bin ein Kranker«, sagte Herr Tiburius, »heile mich durch den Gebrauch des Bades, bin auf der Straße ziemlich weit fort gefahren, bin dann spazieren gegangen und habe mich in dem Walde verirrt, daher ich meinen wartenden Wagen nicht mehr finden konnte.«

Der Mann mit den eisernen Keilen sah Herrn Tiburius nach der Seite von oben bis unten an, und mit einem Zartgefühle, das diesen Menschen so gerne eigen ist, und das man ihnen ungerechter Weise nie zuschreibt, ging er nun, da er ihn betrachtet hatte, viel langsamer, als sonst seine Art war.

»Da seid Ihr durch das Schwarzholz gegangen, wenn Ihr nämlich über die Glockenwiese zu dem Wasser herab gekommen seid«, sagte er.

»Ja, ich bin über eine Wiese, die rund und steil wie eine Glocke war, zu diesem Wasser herabgestiegen«, antwortete Herr Tiburius.

»So – so –«, sagte der Mann darauf, »da gehen die Leute nicht gerne herauf, weil es so wild ist, und darum wusstet Ihr nicht, wo Ihr seid.«

»Ja, ja«, antwortete Herr Tiburius, »und wer seid denn

Ihr, dass Ihr da so gegen die Nacht hin in diesem Graben heraus gehet?«

»Ich bin ein Holzknecht«, sagte der Mann, »und gehe heute nur aus Zufall hier heraus, weil ich dem Gewerkmeister in der Zuder eine Botschaft bringen muss. Da habe ich mein Geräte mitgenommen, dass ich es schärfe; denn mein Haus steht nur eine halbe Stunde von da links. Wir hauen in den Holzschlägen, die etwa sechs Stunden oberhalb des Platzes liegen mögen, an dem ich Euch getroffen habe. Jetzt gehen wir immer am Montage hinauf und am Samstage herab. Sonst bleiben wir auch zuweilen einige Wochen oben. Ich habe heute noch bis Nachmittag geholfen, dann bin ich herabgestiegen.«

»Und wann geht Ihr wieder hinauf?«, fragte Tiburius.

»Ich bleibe heute bei meinem Weibe«, sagte der Holzknecht, »dann gehe ich morgen um drei Uhr früh in die Zuder zu dem Gewerkmeister, und von ihm wieder zurück in den Holzschlag, dass ich den Nachmittag noch zur Arbeit habe.«

»Das tut Ihr alles in einem Tage«, sagte Tiburius, »und dauert es so das ganze Jahr fort?«

»Im Winter ist es leichter«, antwortete der Holzknecht, »da sind wir im Tale, und oft wird nur bei dem Fuhrwerke die Zeit hingebracht.«

»So, so«, antwortete Herr Tiburius, indem er neben dem Manne mühsam einherging.

Derselbe erzählte ihm noch mehreres von seinem Handwerke, wie sie es betreiben, wie sie nebstbei in den Hochgebirgen leben, und welche Gefährlichkeiten und Abenteuer sich dabei ereignen. Unter diesen Worten kamen sie immer weiter, bis sich, so viel man in der bereits eingetretenen Nacht erkennen konnte, das Tal erweiterte und sie wieder auf einem ziemlich steilen Wege herabstiegen. Der Holzknecht hielt sich bei Tiburius auf, unterstützte ihn und leitete ihn an dem Arme abwärts. Als sie wieder in der Ebene waren und noch eine Strecke zurückgelegt hatten, standen kleine Häuschen mit Lichtern da.

»So«, sagte der Holzknecht, »wir sind hier an Ort und Stelle. Ich bin weiter mit Euch gegangen, als mein Weg war, weil Ihr so krank seid und nicht fortkommen könnt; aber hier ist es schon recht leicht, geht nur noch die Gasse hinein, und dann gerade fort, da werdet Ihr bereits die Häuser kennen. Ich muss umkehren, weil ich nun beinahe zwei Stunden nach Hause habe, weil die Nacht kurz ist, und ich um drei Uhr wieder aufbrechen muss.«

»Lieber, guter Mann«, sagte Tiburius, »ich kann Euch ja gar nicht belohnen, weil ich kein Geld habe; denn dasselbe hat immer mein Diener, der jetzt nicht hier ist. Geht nur mit mir in meine Wohnung, dass ich Euch Eure Guttat vergelte, oder nehmt hier meinen Stock und leihet mir den Euren, ich bleibe noch bis tief in den Herbst hier, heiße Theodor Kneigt, und wenn Ihr oder ein anderer den Stock bringet, um ihn gegen den Euren auszutauschen, so werde ich meine Schuld mit Gewissenhaftigkeit zahlen.«

»Denkt nur«, sagte der Holzknecht, »dass ich auch noch mein Geräte zu schärfen habe. Ich kann keine Zeit mehr verlieren. Den Stock aber nehme ich recht gerne an und werde ihn schon einmal bringen; denn ich habe zwei Kinder, und wenn Ihr diesen etwas geben wollet, so ist es mir schon recht, und der Mutter wird es auch schon recht sein.«

Nach diesen Worten tauschten sie die Stöcke um und nahmen Abschied. Tiburius ging langsam, sich auf das kurze Griesbeil des Holzknechtes stützend, an den Zäunen der kleinen Gärtchen der hier stehenden Häuser hin, und hörte noch die jetzt viel schnelleren Tritte des Holzknechtes, der, mit seinen Eisenkeilen beladen, hölzerne Schuhe an den Füßen tragend und ohne Stab – denn Tiburius' Rohr mit dem feinen Goldknopfe war nicht zu rechnen – seinen Rückweg nach der zwei Stunden entfernten Hütte einschlug.

In dem Gasthause, in welchem Herr Tiburius wohnte, waren sie alle erstaunt, da sie ihn in der Nacht zu Fuße mit einem Griesbeil ankommen sahen. Der Wirt erkundigte sich bescheiden, die andern sagten es sich einer dem andern, dass es auch noch wie ein Lauffeuer in die übrigen Häuser des Ortes lief. Tiburius aber erzählte schnell dem Wirte den Vorfall, stieg noch mit dem Griesbeil in seine Wohnung hinauf, setzte sich dort in seinen bequemen, großohrigen Rollsessel und verlangte zu essen. Man stellte ihm ein Tischlein vor den Rollsessel, deckte es und stellte verschiedene Speisen darauf. Als er zu essen angefangen hatte, fragte er, ob der Wagen zurückgekommen sei. Man antwortete ihm mit Nein, und er ersah hieraus, dass sein Kutscher und sein Diener noch auf dem Platze warten mögen. Daher bezeichnete er die Stelle und befahl, dass man sogleich um sie hinaussende. Nachdem er gegessen hatte, kleidete ihn sein zweiter Diener, der zu Hause geblieben war, aus und brachte ihn zu Bette. Als Herr Tiburius lag, gab er den Befehl, dass niemand in das Schlafzimmerchen hereinkomme, wenn er nicht läute, und als sich hierauf der Diener entfernt hatte, zog der Kranke die zwei Decken, mit denen er sich zugehüllt hatte, bis an das Angesicht empor; denn er wollte auf diese große Erregung einen Schweiß erzielen, weil dieser vielleicht noch alles abwenden könne. Nach einer kurzen Zeit tat Herr Tiburius die tiefen Atemzüge des Schlafes. –

Wir wissen nicht, was sich in der Nacht ereignete, und können nur erzählen, wie es am andern Tage gewesen sei. Als Herr Tiburius erwachte, war es heller Tag. Die Sonne schien herein, und die roten Chinesen, die auf der seidenen spanischen Wand waren, erschienen beinahe flammenrot, weil die Sonne durch sie hindurch schien; aber sie waren trotzdem sehr freundlich. Herr Tiburius sah lange Zeit auf sie hin, ehe er sich regte. Die Wärme des Bettes war unendlich behaglich. Zuletzt musste er sich doch entsinnen und untersuchen, was ihm weh tue. Der Kopf tat ihm nicht weh, er wusste nicht, ob ein Schweiß gekommen sei, weil er geschlafen hatte, die Brust tat auch nicht weh, der Magen war wohl, nur dass er sehr großen Hunger anzeigte, und die Arme waren nicht steif und hatten auch kein Ziehen und Reißen. Er nahm die Uhr, die bei dem Bette lag, und sah darauf. Es war zehn Uhr und die Molkenzeit lange vorüber. Gebadet hatte er sonst auch immer früher, aber er konnte es ja heute später tun. Nun regte er die Füße und streckte sich – aber siehe, die taten ihm fürchterlich wehe, vorzüglich der Oberfuß, allein es war nicht der Schmerz einer Krankheit, das erkannte er gleich, sondern die Müdigkeit, die im Ausruhen sogar etwas Süßes hatte. Er blieb wieder ruhig liegen. Er konnte sich nicht erwehren, in der Häuslichkeit, die er so in dem Bette hatte, eine kleine Schadenfreude zu empfinden, dass er die Molken verschlafen habe. Er schaute auf das Fenster und sein schönes Kreuz hin, in das das Glas gefasst war, und er schaute auf die gemalten Schnörkel der Wände und auf die umliegenden Geräte.

Endlich läutete er doch. Es kam Mathias, der Diener, herein, der gestern mit gewesen war. Herr Tiburius stand nicht auf, sondern fragte ihn, was sie denn mit dem Wagen angefangen hätten, da er nicht gekommen sei.

»Wir blieben ruhig stehen«, sagte der Diener, »wie es gewöhnlich der Fall war, wenn Euer Gnaden hin und her spazieren gingen. Wir sahen Sie später nicht, machten uns aber nichts daraus. Als eine Stunde vergangen war, schauten wir öfter auf die Uhr, als dann noch eine Stunde verging, schauten wir noch öfter. Als ich später sagte, ich würde nach gehen und herum sehen, antwortete Robert, der Kutscher, das sei ein Fehler, weil Euer Gnaden immer sagten, wir sollen genau das tun, was befohlen wird, und nicht mehr und nicht minder, und weil Euer Gnaden scharf darauf sehen, dass es so sei. Was würde entstehen, sagte er, wenn der Herr von einer andern Seite käme, fort fahren wollte, und du nicht dawärest. Dies sah ich ein und ließ das Suchen fahren. Als wir noch immer standen und die Sonne schon untergehen wollte, wurde uns bange. Jetzt meinte Robert selber, ich solle gehen und rufen. Ich lief in den Wald und schrie, aber es kam keine Antwort. Dann lief ich kreuz und quer und schrie immer, allein es kam keine Antwort. Als es schon stark Abend war, ging ich zu den Steinhäusern hinüber, die nicht weit von unserm Platze jenseits des Tales lagen, und holte Männer, welche in dem Walde suchen helfen sollten. Sie gingen mit, wir zündeten Pechfackeln an und suchten und schrieen bis nach Mitternacht. Robert, zu dem ein Bote gekommen war, ist früher nach Hause gefahren, wir aber sind erst um drei Uhr zurückgekommen, da die Leute bis zu den ersten Häusern mit mir gegangen sind, wo ich sie bezahlte und zurückschickte.«

»Es ist schon gut«, sagte Tiburius lächelnd, »du kannst wieder hinausgehen.«

Der Diener ging. Herr Tiburius aber stand nicht auf, sondern kehrte sich um, lächelte in sich hinein und war recht vergnügt, dass er in dem großen Walde gewesen sei und das Abenteuer bestanden habe.

Endlich, nachdem noch eine ganze Stunde vergangen war, wollte er aufstehen. Er klingelte wieder, und der hereingerufene Diener half ihm aus dem Bette und kleidete ihn an. Herr Tiburius ließ heute schon das Baden aus, es war bereits zu spät und könnte nur Störungen verursachen. Aber etwas anderes tat er, was er kaum zu verantworten vermochte. Er konnte sich nämlich nicht erwehren, er frühstückte sehr viel Fleisch, und dann reute es ihn freilich. Aber es hatte keine üblen Folgen.

Von nun an tat Herr Tiburius wieder alles in der Ordnung, wie es ihm in dem Bade vorgeschrieben war, nur dass die Müdigkeit der Füße, die er sich in dem außerordentlichen Gange zugezogen hatte, schier acht Tage anhielt und ihn selbst zu gewöhnlichem Gehen beinahe untauglich machte. Aber immer dachte er in der Zeit an den seltsamen Pfad und war begierig zu erforschen, wie es denn gekommen sei, dass er sich verirrt habe.

Diesen Gedanken zufolge fuhr er eines Tages, da er sich schon bedeutend erholt hatte, wieder an dieselbe Stelle, wo der feste, sonnige Heideboden war, und wo die schützenden Steinwände standen. Er stieg aus dem Wagen und sagte zu seinen Leuten, den nämlichen, die er damals mit hatte, sie sollten nur warten, er vergehe sich heute nicht. Er ging über den ersten Platz, wie damals, und kam auf den zweiten, der ihm so gefallen hatte und der ihm heute wieder gefiel. Er ging über ihn und hatte auf alle Gegenstände wohl acht, die er sah. Dann ging er sogar in den Wald hinein. So wie er aber damals die Steinwand nicht hatte finden können, so konnte er sie heute nicht verlieren. Er mochte sich wenden, wohin er wollte, so sah er sie immer wieder stehen. Als er weiter auf dem Pfade fort ging und kleine Hölzlein, die er zu sich gesteckt hatte, auf ihn streute, um wieder zurückzufinden, erblickte er plötzlich auch die Ursache, welche ihn damals verlockt hatte. Zu seinem Wege nämlich, und zwar an einer Stelle, wo er über Steine ging und wenig bezeichnet war, gesellte sich sachte ein anderer, der viel deutlicher ausgetreten aus dem Walde seitwärts herauf ging. Sobald also Tiburius damals zurückgehen wollte, geriet er allemal in diesen deutlicheren Zweig des Weges und durch ihn in den ferneren Wald, der ihn von seinem Wagen ablenkte. Es erschien ihm unglaublich töricht, wie er das nicht auf der Stelle erkennen und sehen hatte können. Heute war alles gar so klar. Er wusste nicht, dass es allen, die Wälder besuchen, so gehe. Jedes folgende Mal sind sie klarer und verständlicher, bis sie dem Besucher endlich zu einer Schönheit und Freude werden. Auch das sah er heute, dass er, als er sich einmal entschlossen hatte, immer ohne Umkehr fort zu gehen, gerade jene Richtung des Pfades eingeschlagen hatte, welche von seinem Wagen weg führte, und dass er also zu dem Bade zurück einen großen Bogen durch das Gebirge gemacht habe. Er ging eine Strecke auf dem Waldwege hinein, und erinnerte sich jetzt deutlich der Dinge, die er damals schon überall liegen und stehen gesehen hatte. Auf dem Rückwege waren sie noch freundlicher und bekannter als früher. Da er zu der Gabel des Weges gekommen war, ging er über die Steine, gelangte zu der Wand, die er jetzt zur Rechten hatte, und von derselben zu dem Wagen. Er stieg ein und fuhr nach Hause.

Was Herr Tiburius dieses eine Mal getan hatte, das versuchte er nun öfter. Ein ganz besonders schöner Herbst begünstigte ihn ausnehmend; schier immer stand die Sonne wolkenlos an einem milden, freundlichen Himmel. Tiburius ging stets weiter auf seinem Steige fort, er spürte keine Nachteile von diesen größeren Spaziergängen, ja es war sogar, als nützten sie ihm: denn er war, wenn er weit gegangen war, wenn er an der warmen Steinwand gesessen war, wenn er die Dinge um sich herum und an der Fläche des Himmels betrachtet hatte, viel heiterer als sonst, er fühlte sich wohl, hatte Hunger und aß. Endlich brachte er es so weit, dass er, wenn er nicht ganz spät am Vormittage hinausfuhr, bis auf die Glockenwiese, wo er den Berg mit den Schneefeldern und das herausbrodelnde Wasser sah, und von da wieder zurück zu dem Wagen gehen konnte. Er hatte dies dreimal in einer Woche getan.

Als Herr Tiburius die Geschichtsmalerei in Öl aufgegeben hatte, war er auf etwas Kleineres verfallen, nämlich auf das Zeichnen, um sich mit demselben manche angenehme Stunde zu machen, er hatte sich nach seiner Art gleich mehrere sehr vorzügliche Zeichenbücher angeschafft; aber er hatte während seiner Arzneistudien und da er so krank war keinen Strich in diese Bücher gezeichnet. In das Bad hatte er auch die Gerätschaften des Zeichnens mitgebracht, war aber ebenfalls bis jetzt nicht dazu gekommen, auf das weiße Papier den geringsten Gegenstand zu entwerfen. Als er nun so oft seinen Waldsteig, auf dem er so viel gelitten hatte, aufsuchte, kamen ihm die Zeichenbücher und der Gedanke in den Sinn, dass er sie hierher mitnehmen und verschiedene Gegenstände nach der Wirklichkeit versuchen und endlich gar Teile des Steiges selber aufzeichnen könnte. Weil er mit gar niemanden im Bade zusammen kam, so konnte er seinen Gedanken um so leichter ausführen, da er durch keine Gesellschaften und Verbindungen gehindert war. Er fuhr also mit einem Buche hinaus, und saß an der sonnigen Wand und zeichnete. Dies tat er öfter, die Gegenstände, die er nachbildete, gefielen ihm, und endlich fuhr er unaufhörlich hinaus. Er ging nach und nach von den Steinen und Stämmen, die er anfänglich machte, auf ganze Abteilungen über, rückte endlich weiter in den Wald hinein und versuchte die Helldunkel. Besonders gefiel es ihm, wenn die Sonne feurig auf den schwarzen Pfad schien und ihn durch ihr Licht in ein Fahlgrau verwandelte, auf dem die Streifschatten der Bäume wie scharfe schwarze Bänder lagen. So bekam er schier alle Teile des dunkeln Pfades in sein Zeichenbuch. Aber er zeichnete nicht bloß immer, sondern ging auch herum, und einmal machte er den ganzen Weg wieder durch, den er zum ersten Male bei seiner Verirrung gemacht hatte.

Als Herr Tiburius schon lange kein Narr mehr war, wenigstens kein so großer als früher, glaubten doch noch alle Leute, dass er einer sei, indem nämlich einmal durch seinen Arzt sein Zeichenbuch zur Ansicht kam und man darin die Seltsamkeit entdeckte, dass er ganz und gar lauter Helldunkel zeichne. Freilich muss ich hier auch bekennen, dass es im gelindesten Falle doch immer sonderbar war, dass er durchaus nirgends anders hin als zu seinem Waldsteige hinaus fuhr.

Bis hieher hatte Tiburius nie ein menschliches Wesen auf seinem Wege gesehen, aber endlich sah er auch ein solches, und dasselbe ward entscheidend für sein ganzes Leben.

Es lag ein schöner, langer Stein an dem Pfade, er lag schier auf der Hälfte des Weges zwischen der Wand und der Glockenwiese. Auf diesem Steine war Tiburius oft gesessen, weil er an einem sehr schönen, trockenen Platze lag, und weil man von ihm recht viele schlanke Stämme, hereinblickende Lichter und abwechselnde Folgen von sanftem Dunkel sah. Als er eines Nachmittags gegen den Stein ging, um sich daraufzusetzen und zu zeichnen, saß schon jemand darauf. Tiburius hielt es von ferne für ein altes Weib, wie sie immer auf Zeichnungsvorlagen in Wäldern herumsitzen, namentlich, weil er etwas Weißes auf dem Pfade liegen sah, das er für einen Bündel ansah. Er ging gemach zu dem Dinge hinzu. Als er schon beinahe dicht davor stand, erkannte er seinen Irrtum. Es war kein altes Weib, sondern ein junges Mädchen, ihrer Kleidung nach zu urteilen, ein Bauermädchen der Gegend. Das grüne Dach des Waldes, getragen von den unendlich vielen Säulen der Stämme, wölbte sich über sie und goss seine Dämmerung und seine kleinen Streiflichter auf ihre Gestalt herab. Sie hatte ein weißes Tuch um ihr Haupt, ein leichtes Dächelchen über der Stirne bildend, fast wie bei einer Italienerin. Sie hatte ein hochrotes Halstuch um, auf dem Lichterchen, wie Flämmchen, waren. Das Mieder war schwarz, und den Schoß umschloss ein kurzes, faltenreiches, blauwollenes Röckchen, daraus die weißen Strümpfe und die groben, mit Nägeln beschlagenen Bundschuhe hervorsahen. Was Tiburius für einen Bündel angesehen hatte, war ebenfalls ein weißes Tuch, das um ein flaches Körbchen geschlungen war, um es damit tragen zu können. Aber das Tuch konnte das Körbchen nicht überall verdecken, sondern dasselbe sah an manchen Stellen samt seinem Inhalte heraus. Dieser Inhalt bestand in Erdbeeren. Es war jene Gattung kleiner würziger Walderdbeeren, die in dem Gebirge den ganzen Sommer hindurch zu haben sind, wenn man sie nur an gehörigen Stellen zu suchen versteht.

Als Herr Tiburius die Erdbeeren gesehen hatte, erwachte in ihm ein Verlangen, einige davon zu haben, wozu ihn namentlich der Hunger, den er sich immer auf seinen Waldspaziergängen zuzog, antreiben mochte. Er erkannte aus der Ausrüstung, dass das Mädchen eine Erdbeerverkäuferin sei, wie sie gerne in das Bad kamen, und teils an den Ecken und Türen der Häuser, teils in den Wohnungen selber ihre Ware zum Verkaufe ausbieten. Im Angesichte hatte er das Mädchen gar nicht angeschaut. Er stand eine Weile in seinem grauen Rocke vor ihr, dann sagte er endlich: »Wenn du diese Erdbeeren ohnehin zu Markte bringst, so tätest du mir einen Gefallen, wenn du mir auch gleich hier einen ganz kleinen Teil derselben verkauftest, ich werde sie dir gut zahlen, das heißt, wenn du auf den Verkauf hinauf noch einen kleinen Weg mit mir zur Straße hinaus gehst, weil ich hier kein Geld habe.«

Das Mädchen schlug bei dieser Anrede die Augen gegen ihn auf und sah ihn klar und unerschrocken an.

»Ich kann Euch keine Erdbeeren verkaufen«, sagte sie,

»aber wenn Ihr nur einen ganz kleinen Teil derselben wollt, wie Ihr sprecht, so kann ich Euch denselben schenken.«

»Zu schenken darf ich sie nicht annehmen«, antwortete Tiburius.

»Sagt einmal, hättet Ihr sie recht gerne?«, fragte das Mädchen.

»Ja, ich hätte sie recht gerne«, erwiderte Tiburius.

»Nun so wartet nur ein wenig«, sagte das Mädchen.

Nach diesen Worten nestelte sie, vorwärts gebückt, den großen Knoten des Tuches über dem Körbchen auf, hüllte die Zipfel zurück und zeigte auf dem flachen Geflechte eine Fülle gelesener Erdbeeren, die mit größter Sorgfalt und Umsicht gesucht worden sein mussten; denn sie waren alle sehr rot, sehr reif, und schier alle gleich groß. Dann stand sie auf, nahm einen flachen Stein, den sie suchte, gebrauchte ihn als Schüsselchen, legte mehrere große grüne Blätter, die sie pflückte, darauf und füllte auf dieselben ein Häufchen Erdbeeren, so groß, als es darauf gehen mochte.

»Da!«

»Ich kann sie aber nicht nehmen, wenn du sie bloß schenkst«, sagte Tiburius.

»Da Ihr gesagt habt, dass Ihr sie recht gerne hättet, so müsset Ihr sie ja nehmen«, antwortete sie, »ich gebe sie Euch auch mit sehr gutem Willen.«

»Wenn du sie mit sehr gutem Willen gibst, dann nehme ich sie wohl an«, sagte Tiburius, indem er den flachen Stein mit Vorsicht aus ihrer Hand in die seinige nahm. Er aß aber in dem ersten Augenblicke nicht davon.

Sie beugte sich wieder nieder und richtete das Körbchen mit dem weißen Tuche in den vorigen Stand. Als sie sich emporgerichtet hatte, sagte sie: »So setzt Euch auf diesen Stein nieder, und esst Eure Erdbeeren.«

»Der Stein ist ja dein Sitz«, antwortete Tiburius.

»Nein, Ihr müsst Euch darauf setzen, weil Ihr esset, ich werde vor Euch stehen bleiben«, sagte das Mädchen.

Tiburius setzte sich also, um ihren Willen zu tun, nieder und hielt das Steinschüsselchen mit den Erdbeeren vor sich. Er nahm mit seinen Fingern zuerst eine und aß sie, dann die zweite, dann die dritte, und so weiter. Das Mädchen stand vor ihm und sah ihm lächelnd zu. Als er nur mehr wenige hatte, sagte sie: »Nun, sind sie nicht gut?«

»Ja, sie sind vortrefflich«, antwortete er, »du hast die besten und gleichbedeutendsten zusammengesucht. Aber sage mir, warum verkaufst du denn keine Erdbeeren?«

»Weil ich durchaus keine verkaufe«, erwiderte sie, »ich suche sehr schöne und gute, und der Vater und ich essen sie dann. Das ist so: der Vater ist alt und wurde im vorigen Frühlinge krank. Der Badedoktor schaute ihn an und gab ihm dann einige Dinge. Er muss ein närrischer Mann sein, denn nach einer Zeit sagte er, der Vater solle nur viele Erdbeeren essen, er werde schon gesund werden. Was sollen denn Erdbeeren helfen, dachte ich, sie sind ja nur ein Nahrungsmittel, keine Arznei. Weil man es aber doch nicht wissen konnte, ging ich in den Wald und suchte Erdbeeren. Der Vater aß sie gerne, und ich nahm immer einen Teil mehr aus dem Walde mit, dass auch einige für mich blieben; denn ich liebe sie auch. Der Vater ist schon lange gesund, ich weiß nicht, haben es die Erdbeeren getan, oder wäre er es auch ohne sie geworden. Weil sie aber so gut sind, gehe ich noch immer und suche uns einige.«

»In dem Bade sind schon lange keine mehr zu haben, weil bereits Herbst ist«, sagte Tiburius.

»Wenn Ihr viele Erdbeeren wollt«, erwiderte das Mädchen – »wie heißt Ihr denn, Herr?«

»Theodor heiße ich«, antwortete Tiburius.

»Wenn Ihr in dieser Jahreszeit viele Erdbeeren wollt, Herr Theodor,« fuhr das Mädchen fort, »so müsst Ihr in die Urselschläge hinüber gehen; denn da werden sie erst im Spätsommer reif. Jetzt sind sie noch schön genug. Geht einmal hin und pflückt Euch einige. In andern Zeiten sind sie wieder an andern Plätzen gut.«

Tiburius war unterdessen mit allen seinen Erdbeeren fertig geworden, und er legte das Schüsselchen mit den grünen Blättern neben sich auf den Stein.

»Ich habe an diesem Platze nur ein wenig gerastet, und gehe jetzt fort«, sagte das Mädchen.

»Ich gehe mit«, sagte Tiburius.

»Wenn Ihr wollt, so geht«, antwortete das Mädchen.

Sie beugte sich auf das weiße Linnen, das das Körbchen umhüllte und zu ihren Füßen auf dem Wege stand, nieder, fasste die vier Zipfel geschickt in ihre Hand, hob sie auf und ging, das Körbchen an ihrer Seite tragend, fort. Tiburius hob sich von seinem Sitze, streifte die auf den Stein gefallenen Waldnadeln von seinem grauen Rocke und ging mit.

Sie führte ihn auf dem Wege, der zu der Steinwand und zu seinem Wagen ging, hinaus. Als sie aber zu der Gabel kamen, die Herrn Tiburius zum ersten Male verführt hatte, bog sie in den wohlbetretenen Pfad ein und ließ den zu ihrer Rechten liegen, der zu der Wand und zu Tiburius' Pferden hinaus führte. Er ging neben ihr her, der Pfad lenkte in schönen, dicht bestandenen Wald ein und ging in ihm fort. Das Mädchen schritt, von tanzenden Lichtern des Waldes bald besprengt, bald gemieden, in mäßigem Tritte fort, dass Tiburius ohne Beschwerde neben ihr gehen konnte. Als sie eine Strecke zurückgelegt hatten, glaubte Tiburius den großen Stein zu erkennen, zu dem er damals gerannt war, da er nach seinem Wagen und nach seinen Leuten gerufen hatte.

»Ich muss Euch doch um etwas fragen, das ich nicht verstehe«, sagte das Mädchen, da sie so miteinander gingen.

»So frage«, antwortete Tiburius.

»Ihr habt gesagt, dass Ihr mir die Erdbeeren abkaufen wolltet, dass Ihr kein Geld an jener Stelle hättet, wenn ich aber bis auf die Straße hinausginge, wolltet Ihr mir sie dort gut bezahlen. Wie ist nun das zu verstehen? Liegt Euer Geld auf der Straße?«

»Nein, das ist nur so«, antwortete Tiburius, – »aber sage mir auch, wie heißest denn du?«

»Maria heiße ich«, erwiderte das Mädchen.

»Also siehst du, Maria, das ist so: ich gehe nur öfter ganz allein in den Wald herein, um da spazieren zu gehen, mein Diener wartet auf der Straße. Da nun er alles einkauft, was wir bedürfen, und da er auch das bezahlt, was ich kaufe, so trage ich nie ein Geld mit mir, sondern er hat mein Geld und verrechnet es mir zu gesetzten Zeiten.«

»Das ist ja sehr unangenehm und ein großer Umweg«, versetzte das Mädchen, »sein Geld muss man ja selbst bei sich haben, und selbst kaufen und zahlen; dann braucht man keinen andern und keine Rechnung.«

»Das ist wohl wahr«, sagte Tiburius, »und du hast recht, aber es ist auch schon so Sitte geworden.«

»Eine Sitte, die närrisch ist«, antwortete das Mädchen, »würde ich gar nicht mehr befolgen.«

So gingen sie unter verschiedenen Fragen und Antworten fort. Sie gingen eine geraume Weile in dem Walde. Endlich lichtete er sich, die Bäume standen dünner, Wiesen zeigten sich hie und da, und der Pfad lief durch dieselben hin, dem tiefern Gebirge zu. An einer schönen Stelle, wo Laubbäume standen und mehrere sonnenbeglänzte Steine lagen, bog Maria von dem Pfade ab, und auf ein dünnes feines Weglein, das über eine Matte hinauf ging, zeigend, sagte sie: »Hier geht man zu unserem Hause hinauf, wenn Ihr mitkommen wollt, seid Ihr eingeladen.«

»Ich gehe schon mit«, antwortete Tiburius.

Sie schritt also voran, und er folgte. Da sie in Windungen, weil die Matte bedeutend steil war, nicht gar so weit gegangen waren, zeigte sich das Haus. Es stand in einer breiten, bequemen Mulde des Abhanges, der in einem Halbkreise etwas weiter von dem Hause eine Steinwand bildete, die das Haus von allen Seiten, außer der des Mittags, wohin die Fenster gingen, schützte. Darum war es auch möglich, dass viele Obstbäume um das Haus standen und ihre Früchte zeitigen konnten, während doch in der ganzen Gegend, und insbesonders in der Höhe dieser Matte keine günstigen Bedingungen für Obst sind. Tiefer gegen die Wand hin standen auch Bienenstöcke. Der Größe nach gehörte das Haus eher zu den kleineren der Art, wie sie gerne in jenem Teile der Gebirge liegen. Maria ging voran über die Schwelle der offenstehenden Haustür, Tiburius ging hinter ihr. Sie führte ihn an der Küche, in welcher eine Magd scheuerte, vorüber in die Wohnstube, die von dem durch die Fenster hereinfallenden Sonnenlichte hell erleuchtet war. An dem weißen buchenen Tische der Stube saß der Vater Marias, der einzige Bewohner der Stube und des Hauses, da die Mutter des Mädchens schon lange gestorben war. Sie stellte das Erdbeerkörbchen vorerst in einen Winkel der Bank und rückte für Tiburius einen Stuhl zu dem Tische und lud ihn zum Sitzen ein, indem sie dem Vater erzählte, dass sie den Herrn da im Schwarzholze gefunden habe, und dass er mit ihr heraufgegangen sei. Hierauf breitete sie ein weißes Tüchlein auf den Tisch, stellte drei Tellerchen, für den Vater, für Tiburius und sich, darauf, und brachte dann die Erdbeeren, in eine bemalte hölzerne Schüssel geleert, herbei. Die Magd stellte auch Milch hin, mit welcher der Vater von den für ihn gebrachten Früchten aß. Tiburius nahm nur äußerst wenig, und Maria sagte, dass sie sich ihren Anteil für abends aufhebe.

Nachdem Tiburius eine Weile mit dem Manne, der noch gar nicht alt war, sondern an der Schwelle des Greisenalters stand, über verschiedenes geredet hatte, erhob er sich von seinem Stuhle, um fortzugehen. Maria sagte, sie wolle ihn bis an die Straße geleiten, auf welcher er dann nur fortzugehen brauche, um zu seinem Diener zu gelangen.

Das Mädchen führte ihn nun auf einem andern, ebenso feinen Wege über die Matte hinab. Sie bogen gleich unterhalb des Hauses um die Steinwand der Mulde und gingen an deren sanfter Außenseite schräge hinab, gerade der Richtung entgegengesetzt, in der sie gekommen waren. Nach einer kleinen Zeit kamen sie in die Tiefe des Tales, und in demselben eine Weile unter Gebüschen und Bäumen fortgehend, gelangten sie auf die Straße.

»Wenn Ihr nun in dieser Richtung hin fortgeht«, sagte sie, »so müsst Ihr an die Stelle kommen, wo Euer Diener steht, wenn Ihr nämlich auf dem kleinen Pfade an der Andreaswand in das Schwarzholz hineingegangen seid und ihn dort an der Straße stehen gelassen habt.«

»Ja, ich bin dort hineingegangen«, antwortete Tiburius.

»So lebt nun wohl, ich gehe nach Hause zurück. Weil Ihr vielleicht gar nicht einmal in die Urselschläge hinüber finden würdet, so will ich Euch dieselben zeigen, wenn Ihr übermorgen um Zwölf-Uhr-Läuten auf dem Steine auf mich warten wollt, wo Ihr mich heute angetroffen habt. Ihr könnt Euch dann genug Erdbeeren pflücken; denn ich werde Euch auch die Plätze zeigen, wo sie jetzt gerade am meisten sind.«

»Ich danke dir recht schön, Maria«, antwortete Tiburius, »dass du mich beschenkt und nun hieher geführt hast, ich werde gewiss kommen.«

»Nun, so kommt«, erwiderte das Mädchen, indem es sich umwandte und schon unter den Gebüschen wieder davonging.

Tiburius schritt auf der Straße in der bezeichneten Richtung fort. Er ging ziemlich lange, bis er endlich seinen Wagen und seine Leute stehen sah. Diese gaben, als er bei ihnen war, ihre Verwunderung zu erkennen, dass sie ihn heute nicht auf seinem Fußpfade, sondern auf der Straße daher kommen sahen. Er aber sagte keine Ursache, sondern saß in den Wagen und fuhr in das Bad zurück. Auch in dem Badeorte sagte er keinem Menschen etwas von dem Begegnisse, und dass er in dem Gebirgshause auf der Mulde gewesen sei.

Aber am zweiten Tage darauf fuhr er schon vormittags zu seiner gewöhnlichen Stelle hinaus. Er stieg aus, ließ den

Wagen stehen und schlug den Pfad gegen seine bekannte Steinwand ein. Er ging an ihr vorüber, er ging gegen die Buchen, schritt auf den Waldsteig und ging auf ihm fort, bis er zu dem vertragsmäßigen Steine gelangte. Auf denselben setzte er sich nieder und blieb sitzen. Man konnte wohl in diese Entfernung und Wildnis keine Mittagsglocke hören, aber die Zeit, in welcher sie alle auf den Türmen und Türmlein des Landes tönen müssen, kannte Tiburius sehr wohl; denn er hatte die Uhr in der Hand; und als diese Zeit gekommen war, sah er auch schon Maria in der Waldesdämmerung genau so wie vorgestern gekleidet auf sich zu gehen.

»Aber wie weißt du denn, dass es jetzt gerade Mittag ist, da man nicht läuten hört, und da ich keine Uhr bei dir sehe?«, sagte Tiburius, als das Mädchen bei ihm angekommen war und stehen blieb.

»Habt Ihr vorgestern nicht die Uhr mit den langen Schnüren in unserer Stube hängen gesehen?«, antwortete sie, »diese geht sehr gut, und wenn sie auf elf zeigt, gehen wir zum Mittagsessen, dann richte ich mich zum Erdbeersammeln zusammen, und wenn ich auf den Zeiger schaue, ehe ich fortgehe, weiß ich genau, wann ich hier eintreffen werde.«

»Heute bist du ganz zu der versprochenen Zeit gekommen«, sagte er.

»Ihr auch«, antwortete sie, »das ist gut; nun aber kommt, ich werde Euch führen.«

Tiburius stand von dem Steine auf. Er hatte wieder seinen grauen Rock an, und so gingen sie, das Mädchen in der oben beschriebenen Kleidung, er in seinem grauen Rocke, durch den Wald dahin. Sie hatte wieder das flache Körbchen mit dem weißen Tuch darum, aber da es leer war, hing es lose an ihrem Arme. Sie führte Herrn Tiburius eine gute Strecke auf dem Waldpfade fort, den er kannte, der ihm einmal so Angst eingejagt hatte, und der jetzt so schön war. Als sie in das hohe Tannicht gekommen waren, wo die Pflöcke über den Weg liegen, beugte Maria von dem Pfade ab und ging in das Gestein und in die Farrenkräuter hinein. Tiburius hinter ihr her. Sie führte ihn ohne Weg, aber sie führte ihn so, dass sie auf trockenen Steinen gingen und das Nass, welches in dem Moose und auf dem Pfade war, vermieden. Später kamen sie auf trockenen Grund. Zuweilen war es wie ein schwach erkennbarer Weg, worauf sie gingen, zuweilen war es nur das rauschende Gestrippe, die Steine und das Gerölle eines dünn bestandenen Waldes, durch den sie gingen. Nach mehr als einer Stunde Wandelns kamen sie auf einen Abhang, der weithin von Wald entblößt war und durch die unzähligen noch deutlichen Stöcke zeigte, dass die Bäume erst vor wenig Jahren umgeschnitten worden waren. Der Abhang blickte gegen Mittag, war von warmer Herbstsonne beschienen und von Bergen und Felsen so umstanden, dass keine rauhe Luft herein wehen konnte. Es wuchs allerlei Gebüsche und Geblüme auf ihm, und man konnte vielfach das Kraut der Erdbeeren um die Stöcke geschart erblicken.

»Wir wollen nun hier in dem Urselschlage hinab sammeln«, sagte Maria, indem sie über dieses seltsame Baumschlachtfeld hin wies, »und wir werden nach einer Weile sehen, wer mehr hat.«

Nach diesen Worten ging sie schnell von der Seite Tiburius' in den Holzschlag und in das sonnige Gestrippe hinein, und in einiger Zeit konnte er schon sehen, wie sie sich hier und dort bücke und etwas auflese. Das Körbchen musste sie irgendwo hingestellt haben; denn er sah nicht mehr, dass sie es noch am Arme habe.

Er wollte nun also auch Erdbeeren pflücken, allein er sah keine. Wo er stand, war alles grün oder braun oder anders – nur keinen einzigen roten Punkt konnte er erblicken, der eine Erdbeere angedeutet hätte. Er ging also weiter in den Schlag hinein. Jedoch hier sah er wieder nur das grüne Erdbeerkraut, allerlei braune und gelbliche Blätter, herabgefallene Baumrinde und ähnliches; aber keine Erdbeere. Er nahm sich also vor, noch weiter zu gehen und noch genauer zu schauen. Es muss ihm auch gelungen sein; denn nach einer Weile hätte man schon sehen können, wie er sich bückte und wieder bückte. Es war ein seltsamer Anblick, die zwei Wesen in dem gemischten Gestrippe des Holzschlages zu sehen. Das flinke, geschickte Mädchen, welches sich gelenk zwischen den Zweigen bewegte, und den Mann in seinem grauen Rocke, dem man es gleich ansah, dass er aus der Stadt hieher in den Wald gekommen sei.

Nach einiger Zeit sah Maria ihren Begleiter stehen, wie er einige Erdbeeren, die er gepflückt hatte, auf der flachen Hand hielt. Sie ging in Folge dieser Beobachtung zu ihm hin und sagte: »Seht, da habt Ihr Euch kein Körbchen oder anderes Gefäß zum Sammeln der Beeren mit genommen – wartet, ich will Euch helfen.«

Nach diesen Worten zog sie ein Messer aus der Tasche ihres Röckchens, ging ein kleines Hügelchen, auf dem eine junge weißstämmige Birke stand, empor und lösete von dem Stamme mit geschickten Schnitten ein Viereck aus der Rinde, das so weiß, so kräftig und so zart war, wie ein Pergament. Mit dem Vierecke ging sie wieder zu Tiburius, schnitt aus dem Gebüsche, das neben ihm war, einige schlanke Zweige ab, putzte sie glatt aus, tat in die zarte Rinde einige Schnitte, und machte so aus dem Vierecke und aus den Zweigen eine niedliche Tasche, welche nicht nur recht schön die Erdbeeren aufzunehmen fähig war, sondern auch noch den Vorteil hatte, dass sie auf den durchzogenen Zweigen wie auf Füßen stand.

»So«, sagte Maria, »da habt Ihr jetzt ein Körbchen, pflückt fleißig hinein, ich werde indessen auch in dem meinigen ungesäumt nachfüllen, und wenn Ihr fertig seid und etwa ein zweites braucht, so dürft Ihr nur rufen.«

Sie ging von ihm weg wieder auf ihren Platz und förderte ihr Werk – Tiburius auch.

Als sie so viel hatte, wie sie gewöhnlich zu sammeln pflegte, ging sie zu Tiburius und sah, dass er sein winzig kleines Körbchen auch beinahe voll hatte. Sie wandte sich nach einigen Seiten, um zu suchen, damit er doch auch sein Gefäß voll habe. Dann brachte sie ihm die gefundenen auf grünen Blättern und füllte sie ihm in sein Rindentäschchen.

»So«, sagte sie, »nun haben wir beide unsere Geschirre voll, und jetzt gehen wir.«

Sie gingen nun wieder in derselben fast lächerlichen Art zurück, wie sie hereingekommen waren; nämlich durch Gestripp, Farrenkräuter und Steine, ohne Weg, das Mädchen voran und Tiburius in dem grauen Rocke hinter ihr. Sie führte ihn mit derselben Sicherheit wieder auf seinen Waldsteig zurück, mit der sie ihn zu den Urselschlägen hinab geführt hatte. Als sie zu der Stelle kamen, wo die Wege sich trennten, sagte sie: »Ihr könnt jetzt da zu der Andreaswand hinaus gehen, da habt Ihr näher in das Bad, ich gehe wieder links durch den Wald nach Hause. Lasset Euch Eure Erdbeeren wohl schmecken. Ihr könnt auch Zucker dazu nehmen, sogar auch Wein. Wenn Ihr wieder kommt, nehmt ein Messer mit und macht Euch ein viel größeres Körbchen, als das heutige ist. Wollt Ihr mit mir sammeln gehen, so kommt nur wieder übermorgen; ich gehe jeden zweiten Tag, so lange das jetzige schöne Wetter dauert; wenn es einmal regnet, so sind in dieser Jahreszeit alle Erdbeeren verdorben, und ich gehe nicht mehr hinaus. Jetzt lebt recht wohl.«

»Lebe wohl, Maria«, antwortete Tiburius.

Sie ging, ihr Körbchen mit dem weißen Tuche im Waldesdämmer gerade so tragend wie neulich, auf ihrem Wege links, Tiburius ging rechts und fuhr dann, sein Erdbeerkörbchen im Wagen vor sich her haltend, in den Badeort zurück. Da sie ihn so ankommen sahen, und da die Geschichte, wie er mit einer Birkenrindentasche Erdbeeren sammeln gegangen und dann so zurückgefahren sei, sich auch in die nächsten Häuser verbreitet hatte, gab es wieder viel lustiges Gelächter: Tiburius aber wusste nichts davon, er ließ sich gegen Abend von seinem Diener sehr schöne Teller geben und aß die gesammelten Erdbeeren. Er nahm keinen Wein dazu.

Von nun an war er noch zwei Male mit ihr. Das erste Mal machte er sich wirklich mit seinem Messer, das er mitnahm, eine ziemlich große Tasche aus Birkenrinde, die er zur Hälfte mit Erdbeeren voll las: das zweite Mal hielt er doch diese Beschäftigung für zu kindisch, und saß, während Maria ihre Erdbeeren pflückte, mit einem Buche auf einem Stocke und las. Er ging dieses letzte Mal auch wieder mit ihr zu ihrem Vater und saß in seinem ewigen grauen Rocke, den er lieb gewonnen hatte, geraume Zeit mit dem Manne auf der Bank vor dem Hause und redete mit ihm; denn der Tag war sehr schön, und die Herbstsonne legte ihre Strahlen so warm auf die Mittagseite des Hauses, dass sogar die Fliegen um die zwei Männer scherzten und lustig waren, als wäre es mitten im Sommer. Dann ging er allein, weil er jetzt den feinen Pfad über den Hügel hinab schon wusste, auf die Straße und zu seinen Pferden.

Dieser freundliche, warme Tag war wirklich der letzte schöne gewesen, wie es im Gebirge sehr oft, man könnte fast sagen, immer vorkömmt, dass, wenn im Spätherbste eine gar laue und warme Zeit ist, sie gewöhnlich als Vorbote erscheint, dass nun die Stürme und die Regen eintreten werden. Von der schönen duftigen Wand, die Tiburius immer von seinem Fenster aus gesehen hatte, und von der er sich anfangs gleich nach seiner Ankunft gewundert hatte, dass die Steine gar so hoch oben auf ihr hervorstehen, kam jetzt nicht mehr der schöne blaue Duft zu ihm herüber, sondern sie war gar nicht mehr sichtbar, und nur graue, wühlende Nebel drehten sich unaufhörlich von jener Gegend her, als würden sie aus einem unermesslichen Sacke ausgeleert, der aber nie leer werden wolle; aus den Nebeln fuhr ein unablässiger Wind gegen die Häuser des Badeortes, und der Wind brachte einen feinen, prickelnden Regen, der entsetzlich kalt war. Tiburius wartete einen Tag, er wartete zwei, er wartete mehrere – allein da der Badearzt selber sagte, dass jetzt wenig Hoffnung vorhanden sei, dass noch milde und der Heilung zuträgliche Tage kämen, ja, dass diese Zeit eher den Fremden schädlich als nützlich werden könne: ließ er seinen Reisewagen packen und fuhr nach Hause. Ein paar Tage vorher, da er gerade im Aufräumen begriffen war, war der

Holzknecht bei ihm gewesen, der ihm damals in der Nacht den Weg von dem Schwarzholze nach Hause gezeigt hatte, und hatte ihm den anvertrauten Stock gebracht. Er sagte, dass er eher gekommen wäre, wenn er gewusst hätte, dass der Knopf von Gold sei, er habe es erst gestern erfahren. Tiburius antwortete, das mache nichts, und er wolle ihm für seinen Dienst mehr geben, als der Knopf samt dem Stocke wert wäre. Er hatte ihm die Belohnung eingehändigt, und der Knecht war unter sehr vielen Danksagungen fortgegangen.

In der Gegend, in welcher Tiburius' Landhaus stand, waren noch recht schöne, wenn auch meistens sanft umwölkte Tage. Herr Tiburius fuhr zu dem kleinen Doktor hinaus, der in seinem Garten die klappernden Vorrichtungen hatte und seine Pflanzenanlagen immer erweiterte. Der Doktor empfing Herrn Tiburius wie gewöhnlich, er redete mit ihm, und sagte ihm aber nichts, ob er ihn besser oder übler aussehen finde. Herr Tiburius erzählte ihm, dass er in dem Bade gewesen sei und dass es ihm bedeutend gut getan habe. Von dem Leben und Treiben des Bades, und was sich sonst in demselben ereignet haben könnte, erzählte er ihm nichts. Er stand an den Pflanzenbehältnissen, und der Doktor wirtschaftete trotz der vorgerückten Jahreszeit noch immer ohne Rock herum. Ehe der Schnee kam, war Tiburius noch wiederholt bei dem Doktor gewesen.

Im Winter nahm er einmal hohe Stiefel und einen warmen, rauhen Rock und versuchte, im Schnee spazieren zu gehen. Es gelang, und er tat es dann noch mehrere Male.

Als aber die Sonne ihre Strahlen im Frühlinge wieder warm und freundlich herabfallen ließ, und als sich Tiburius aus seinen Büchern, welche von dem Bade handelten, überzeugt hatte, dass jetzt dort auch schon die wärmere Jahreszeit angebrochen sei, rüstete er wieder seinen Reisewagen und fuhr nach dem Bade ab. Da er zu den Leuten gehörte, welche immer gerne bei dem Alten und einmal Gewohnten bleiben, hatte er schon in dem vorigen Herbste, ehe er nach Hause fuhr, die bisher besessene kleine Wohnung für den ganzen künftigen Sommer von seinem alten Wirte gemietet.

Als er dort angekommen war, als man alles ausgepackt hatte, als die seidenen Chinesen vor seinem wohlgeordneten Bette prangten, ging er daran, sich für den heurigen Sommer einzurichten. Er legte sich die schönen Zeichenbücher, die er für dieses Mal mitgebracht hatte, auf das Tischlein, auf das die blaue Wand jetzt recht freundlich hereinschaute, er legte die Päckchen Bleistiften dazu, die er vorgerichtet hatte, und er fügte noch die niedlichen Kästchen bei, in denen die feinen Feilen befestiget waren, an welchen er die Zeichenstifte spitzte. Zuletzt, da alles geschehen war, ließ er auch den Arzt rufen, um mit ihm über sein bevorstehendes Verhalten etwas zu sprechen.

Als alles in Ordnung war, fuhr er zu der Andreaswand hinaus. Sie prangte in vollem Frühlingsschmucke. Die Gestrippe, die Blätter und die Pflanzen aller Art hatten jetzt das herrliche, lachende Grün statt dem Braun und Gelb des vorigen Herbstes, und es leuchtete daraus manches feurige Blau und Rot und Weiß emporgeblühter Blumen heraus. Der Wald hatte das jugendliche, hellgrüne Ansehen, und selbst aus manchem liegenden Strunke, der im vorigen Jahre nur dürres Holz geschienen hatte, standen frisch aufgeschossene beblätterte Triebe empor. Nur Erdbeeren, dachte er, werden wohl noch gar keine in dieser Jahreszeit sein.

Er stand eine Weile und ging herum und schaute. Da er das zweite Mal hinausgekommen war, zeichnete er, und ging dann tief in seinen Waldpfad hinein. Es war auch hier alles anders: der Pfad schien enger, weil überall die Gräser hinzu wuchsen; und die Bäume und Gesträuche hatten lange Ruten und Zweige nach allen Richtungen hervorgeschossen. Selbst die Steine, die er sehr wohl kannte, hatten manches lichte Grün, und auf verschiedenen Stellen, wo nur ein dürftiges Plätzchen zu gewinnen war, stand sogar ein Blümchen empor.

Als auf diese Weise einige Zeit vergangen war, als viele recht schöne Tage über das Gebirge und über das Tal gingen, als er sogar schon einmal durch das ganze Schwarzholz bis hinaus zu dem Anblicke der Schneefelder und von da wieder zurück gewandert war, geschah es eines Tages, da er eben mit seinen Zeichenbüchern und mit dem grauen Rocke auf dem Pfade schlenderte, dass Maria leibhaftig gegen ihn daherging. Ob sie gekleidet war wie im vergangenen Jahre, ob anders, das wusste er nicht, denn er hatte es sich nicht gemerkt – dass er selber ganz und gar der nämliche war, wusste er auch nicht, weil er nie daran dachte.

Als sie ganz nahe gekommen war, blieb er stehen und sah sie an. Sie blieb gleichfalls vor ihm stehen, richtete ihre Augen auf ihn und sagte: »Nun, seid Ihr schon wieder da?«

»Ja«, sagte er, »ich bin schon seit längerer Zeit in dem Bade, ich bin auch schon oft hier herausgekommen, habe dich aber nie gesehen, natürlich, weil noch gar keine Erdbeeren sind.«

»Das tut nichts, ich komme doch öfter heraus«, antwortete Maria, »denn es wachsen verschiedene heilsame und wohlschmeckende Kräuter, die im Frühlinge sehr gut sind.«

Nach diesen Worten richtete sie ihre hellen Augen erst noch recht klar gegen die seinen und sagte: »Warum seid Ihr denn damals falsch gewesen?«

»Ich bin ja gar nicht falsch gewesen, Maria«, antwortete er.

»Ja, Ihr seid falsch gewesen«, sagte sie. »Welchen Namen man von Geburt an hat, der ist von Gott gekommen, und den muss man behalten wie seine Eltern, sie mögen arm oder reich sein. Ihr heißet nicht Theodor, Ihr heißet Tiburius.«

»Nein, nein, Maria«, antwortete er, »ich heiße Theodor, ich heiße wirklich Theodor Kneigt. Die Leute haben mir den Namen Tiburius aufgebracht, er kam mir schon ein paar Male zu Ohren, und ein Freund zu Hause nennt mich unaufhörlich so – wenn du meinen Worten nicht glaubst, so kann ich es dir beweisen – warte, ich habe einige Briefe bei mir, auf welchen die Aufschrift auf meinen Namen gemacht ist – und wenn du dann auch noch zweifelst, so kann ich dir morgen mein Taufzeugnis weisen, in welchem mein Name unwiderleglich steht.«

Bei diesen Worten griff er in die Brusttasche seines grauen Rockes, in der er mehrere Papiere hatte. Maria aber fasste ihn an dem Arme, hielt ihn zurück und sagte: »Lasset das, Ihr braucht es nicht. Weil Ihr es gesagt habt, so glaube ich es schon.«

Er ließ mit einigem Zögern die Papiere in der Tasche, zog die leere Hand heraus, und Maria ließ dann mit der ihrigen seinen Arm los.

Nach einer Weile fragte Herr Tiburius: »Also hast du mir in dem Bade nachgeforscht?«

Maria schwieg ein wenig auf die Frage, dann sagte sie:

»Freilich hab ich Euch nachgeforscht. Die Leute sagen auch noch andere Dinge – sie sagen, dass Ihr ein sonderbarer und närrischer Mensch seid – aber das tut nichts.«

Nach diesen Worten richtete sie sich zum Gehen. Herr Tiburius ging mit ihr. Sie sprachen von dem Frühling, von der schönen Zeit; und wo der Weg die Gabel bildet, trennten sie sich – ihr Pfad ging links in die Waldestiefe hinunter; der seinige rechts gegen die Wand.

Herr Tiburius ging nun auch einmal auf den Muldenhügel hinauf, wo das Häuschen ihres Vaters stand, und nach diesem ersten Besuche kam er öfter, indem er die Pferde und die Leute auf dem gewöhnlichen Platze der Straße auf sich warten ließ. Er saß beim Vater und redete von verschiedenen Dingen mit ihm, wie sie dem Manne eben einfielen – und er redete auch mit Maria, wie sie in dem Hause so herumarbeitete, oder, wenn sie in der Stube waren, zu ihnen an den Tisch trat und zuhorchte – oder, wenn sie auf der Gassenbank saßen, daneben stand, die Hand an das Angesicht hielt und auf die fernen Berge oder auf die Wolken hinausschaute. Der Vater verzärtelte das Mädchen, er ließ sie arbeiten, was sie wollte, ließ sie auch, wenn es ihr gefiel, fortwandern und müßig im Walde herumgehen. Zuweilen begleitete sie den Herrn Tiburius ein Stückchen auf dem Hügel, und machte sich nichts daraus, ihm zu sagen, wann sie wieder in den Wald käme, damit sie dort zusammenträfen.

Herr Tiburius versäumte diese Gelegenheiten nicht, sie gingen miteinander herum, sie pflückte die Kräuter in ihr Körbchen, zeigte ihm manche von ihnen auf ihrem Standorte und nannte ihm die Namen derselben, wie sie nämlich in ihrer ländlichen Sprache gebräuchlich waren.

Endlich zeigte ihr Tiburius seine Zeichenbücher. Er hatte erst spät vermocht, dieses zu tun. Er schlug die Blätter auf und wies ihr, wie er manche Gegenstände des Waldes und der Wand mit feinen, spitzigen Stiften nachbilde. Sie nahm den lebhaftesten Anteil an der Sache und geriet in ein sehr großes Entzücken, dass man mit nichts als ledigen schwarzen Strichen so getreu und lieblich und wahrhaftig, als ob sie da ständen, die Gegenstände des Waldes nachbilden könne. Sie saß von nun an, wenn er zeichnete, bei ihm, schaute sehr genau zu und ließ die Blicke auf die Gegenstände und auf die Linien des Buches hin und her gehen.

Nach einer Zeit redete sie sogar schon darein und sagte oft plötzlich: »Das ist zu kurz – das steht draußen nicht so.«

Er erkannte es jedes Mal als recht, was sie sagte, nahm Federharz, löschte die Striche aus und machte sie, wie sie sein sollten.

Zuweilen begleitete er sie nach solchen Stunden zu ihrem Vater, zuweilen ging sie mit ihm bis an die Steinwand. Von seinem Wagen, und dass seine Diener auf ihn draußen warteten, sagte er ihr nichts.

So verging ein geraumer Teil des Sommers.

Eines Nachmittags, als schon längstens wieder Erdbeeren waren, als er an der Steinwand saß und zeichnete, als sie, das volle Erdbeerkörbchen neben sich gestellt, hinter ihm in den Steinen saß und zuschaute, als eine langstielige, hohe Feuerlilie neben ihnen prangte, sagte er: »Wie kommt es denn, Maria, dass du dich in dem Walde gar nicht fürchtest und dass du von dem Augenblicke an, da wir zum ersten Male zusammengetroffen sind, auch mich gar nicht gefürchtet hast?«

»Den Wald habe ich nicht gefürchtet«, antwortete sie, »weil ich gar nicht weiß, was ich fürchten sollte – ich bin von Kindheit auf da gewesen und kenne alle Wege und Gegenden und weiß nicht, was zu fürchten wäre. Und Euch habe ich nicht gefürchtet, weil Ihr gut seid, und weil Ihr anders seid als die andern.«

»Ja wie sind denn die andern?«, fragte Herr Tiburius.

»Sie sind anders«, antwortete Maria. »Ich bin früher zuweilen in das Bad hinein gegangen, wie es hier schier alle tun, um mancherlei Gegenstände zu verkaufen – aber dann ging ich gar nicht mehr hin, erst wenn die fremden Leute schon alle weg waren; denn sie haben mich immer – und darunter waren Männer, denen es gar nicht ziemte – an den Wangen genommen und gesagt: ›Schönes Mädchen.‹«

Herr Tiburius legte nach diesen Worten seinen Stift in das Zeichenbuch, tat das Buch zu, kehrte sich auf seinem Steine um und schaute sie an. Er erschrak ungemein; denn sie war wirklich außerordentlich schön, wie er in dem Augenblicke bemerkte. Unter dem Tüchlein, das sie immer auf dem Haupte trug, quollen sanft gescheitelt die dunkelbraunen Haare hervor und zeigten in ihren zwei Abteilungen die feine, schöne Stirne noch feiner und schöner, überhaupt war das ganze Angesicht trotz der frischen und gesunden Farbe unsäglich fein und rein, was durch die groben Kleider, die sie gewöhnlich an hatte, noch eher gehoben als gefährdet wurde. Die Augen waren sehr groß, sehr dunkel und glänzend, sie schauten den Menschen, wenn sie aufgeschlagen waren, sehr offen an, und waren, wenn sie sich niederschlugen, von den langen, holden Wimpern demütig bedeckt. Die Lippen waren rot und die Zähne weiß. Ihre Gestalt zeigte selbst jetzt, da sie saß, die dem Antlitze entsprechende Größe und war schlank und sanft gebildet.

Herr Tiburius, da er sie so angesehen hatte, wendete sich wieder um, tat sein Buch wieder auf und zeichnete weiter. Aber er zeichnete nicht mehr gar lange, sondern sagte halb zu Maria zurück gewendet: »Ich höre heute lieber auf.«

Er steckte den Stift in die Hülse, welche an dem Zeichenbuche angebracht war, er tat das Buch zu und schnallte es zusammen, er steckte die Sachen, die herumlagen, zu sich und stand auf. Maria erhob sich ebenfalls aus dem Gesteine, in welchem sie gesessen war, und richtete ihr Körbchen zusammen. Dann gingen sie, er sein Zeichenbuch unter dem Arme, sie ihr volles Körbchen an der Hand tragend, miteinander fort. Sie gingen von der Wand nicht gegen die Straße zu, sondern gegen den Wald, weil sie Tiburius bis an die Stelle begleiten wollte, wo ihr Pfad in dem Dickicht seitwärts lenkte, um gegen den Hügel zu gehen, auf dem das Haus ihres Vaters stand.

Als sie an der Stelle angekommen waren, blieben sie stehen, und Maria sagte: »Lebt recht wohl, und vergesst nicht, übermorgen zeitlich genug zu kommen; denn jetzt stehen die Erdbeeren in den Thurschlägen unten, wohin es viel weiter ist. Ihr könntet ja dann auch wieder einmal zu dem Vater mitgehen, ich richte euch beiden die Erdbeeren zurecht, dass ihr sie esset. Jetzt gute Nacht.«

»Gute Nacht, Maria, ich werde kommen«, antwortete Tiburius und wandte sich gegen seine Wand zurück.

Sie aber vertiefte sich zwischen den Zweigen und Stämmen der Tannen.

Herr Tiburius kam an dem Tage, wie er versprach, sie aber

war schon da und wartete auf ihn. Da sie ihn ansichtig wurde, lachte sie und sagte: »Seht, Ihr seid doch zu spät gekommen, ich bin heute genau nach unserer Uhr fortgegangen und bin früher eingetroffen als Ihr. Jetzt müsst Ihr mit mir in die Thurschläge hinunter gehen, und dann müsst Ihr mit zu dem Vater und müsst von den Erdbeeren essen.«

Tiburius ging mit ihr in die Thurschläge, er blieb dort, solange sie Erdbeeren pflückte, ging dann mit ihr zu ihrem Vater und aß die Erdbeeren, die sie den Männern auf die gewöhnliche Weise herrichtete, während sie die ihrigen auf einem abgesonderten grünen Schüsselchen aß.

Allein Herr Tiburius war von jetzt an viel scheuer und schüchterner als zuvor.

Er erschien jedes Mal, wenn sie sich in dem Walde zusammen bestellten; sie gingen miteinander herum, wie zuvor; aber er war zurückhaltender als sonst, er umging mit Ängstlichkeit das Wörtchen du, dass er es nicht zu oft sagen musste, und manchmal, wenn sie es nicht bemerkte, sah er sie verstohlen von der Seite an und bewunderte einen Zug ihrer Schönheit.

So verging der letzte Teil des Sommers, und es erschien der Herbst, an welchem es gerade ein Jahr war, dass er sie kennengelernt hatte.

Da geschah es eines Abends, dass dem Herrn Tiburius unter den vielen Gedanken, die ihm jetzt seltsam, und ohne dass er oft ihren Ursprung kannte, in dem Haupte herumgingen, auch der kam: ›Wie wäre es, wenn du Maria zu deinem Weibe begehrtest?‹

Als er diesen Gedanken gefasst hatte, wurde er fast aberwitzig vor Ungeduld; denn es war ihm, als müssten alle unverheirateten Männer des Badeortes den heißesten und sehnsüchtigsten Wunsch haben, Maria zu ehlichen. Er war heute nicht bei ihr und ihrem Vater gewesen: wie leicht konnte einer in der Zeit hinausgefahren sein und um sie geworben haben. Er begriff den Leichtsinn nicht, mit welchem er den ganzen Sommer an ihrer Seite gewesen war, ohne diesen Zweck in das Auge gefasst und Mittel zur annähernden Verwirklichung desselben eingeleitet zu haben.

Er ließ daher am andern Tage früh morgens anspannen und fuhr so weit auf der Straße hinaus, als es ohne Aufsehen möglich war, worauf er dann auf dem Fußwege durch das Gestrippe über den Hügel zu dem Häuschen hinauf wanderte. Er hatte die Badeordnung, die er überhaupt schon vernachlässigte, auf die Seite gesetzt.

Da sich Vater und Tochter verwunderten, warum er denn heute so früh komme, konnte er eigentlich keinen Grund angeben. Maria blieb gerade darum, weil er da war, immer in der Stube. Als sie aber einmal doch, um irgendein häusliches Geschäft zu besorgen, hinausging, trug er dem Vater sein Anliegen vor. Da sie wieder hereingekommen war, sagte dieser zu ihr: »Maria, unser Freund da, der uns in diesem Sommer so oft und so nachbarlich besucht hat, begehrt dich zu seinem Weibe – wenn du nämlich selber, wie er sagt, recht gerne einwilligst, sonst nicht.«

Maria aber stand nach diesen Worten wie eine glühende Rose da. Sie war mit Purpur übergossen und konnte nicht ein einziges Wort hervorbringen.

»Nun, nun, es wird schon gut werden«, sagte der Vater, »du darfst jetzt keine Antwort geben, es wird schon alles gut werden.«

Als sie auf diese Worte hinausgegangen war, als Herr Tiburius, dem es beim Herausfahren nicht eingefallen war, dass er Belege über seine Person mitnehmen müsse, zu dem Vater gesagt hatte, er werde ihm alles, was ihn und seine Verhältnisse angehe, bringen, insofern er es hier habe, und um das Fehlende werde er sogleich schreiben, als er sich hierauf bald entfernt hatte und der Vater zu Maria, die auf dem hintern Gartenbänkchen saß, hinausgegangen war, sagte diese zu ihm: »Lieber Vater, ich nehme ihn recht, recht, recht gerne; denn er ist so gut, wie gar kein einziger anderer ist, er ist von einer solchen rechtschaffenen Artigkeit, dass man weit und breit mit ihm in den Wäldern und in der Wildnis herumgehen könnte, auch trägt er nicht die närrischen Gewänder, wie die andern in dem Badeorte, sondern ist so einfach und gerade hin gekleidet, wie wir selber: aber das Einzige fürchte ich, ob es denn wird möglich sein, ich weiß nicht, wer er ist, ob er ein Häuschen oder sonst etwas habe, womit er ein Weib erhalten könne, und als ich in dem Badeorte war und um ihn fragte, vergaß ich gerade, um solche Dinge zu fragen.«

»Sei wohl über diese Sache ruhig«, antwortete der Vater, »er ist ja die ganze Zeit, da er uns besuchte, so eingezogen und redlich gewesen, seine Worte waren verständig und einleuchtend und immer sehr höflich. Er wird daher doch nicht um ein Weib anhalten, wenn er nicht hätte, was sich ziemt. Der Mensch kann mit wenigem zufrieden sein, so wie mit vielem.«

Maria war durch diese Worte überzeugt und beruhigt.

Als am andern Tage Tiburius kam, sagte ihm der Vater gleich beim Eintritte, dass Maria eingewilligt habe. Tiburius war voll Freude darüber, er wusste gar nicht, was er tun und was er nur beginnen solle. Erst in der nächsten Woche, als ihm Maria selber, da sie auf der Gassenbank saßen, sagte, dass sie ihn mit großer, großer Freude zum Manne nehme, legte er heimlich, ehe er fortging, ein Geschenk auf den Tisch, das er schon mehrere Tage mit sich in der Tasche herumgetragen hatte.

Es war ein Halsband mit sechs Reihen der erlesensten Perlen, welche schon durch viele Alter her ein Schmuck der Frauen seines Hauses gewesen waren. Er hatte, da er im Frühlinge kam, das Schmuckkästchen mit sich in das Bad genommen, und es lagen noch mannigfaltige andere Sachen darin, die er nur erst fassen und umändern lassen musste, um sie dann seiner Braut als Zierde geben zu können.

Maria kannte den großen Wert dieser Perlen nicht, aber sie hatte eine weibliche Ahnung, dass sie viel wert sein müssen – das Einzige aber wusste sie mit Gewissheit, dass sie ihr, als sie sie einmal umgetan hatte, unsäglich schön und sanft um den Hals stünden.

Inzwischen waren die Beweise und Belege über alle seine Verhältnisse angekommen, und er legte sie dem Vater vor. Auch hatte er in der Zeit sehr schöne Stoffe in das Häuschen geschickt. Maria hatte daraus Kleider verfertigen lassen, aber alle in der Art und in dem Schnitte, wie sie dieselben bisher getragen hatte. Er hatte ihr nichts vorgeschrieben, sondern hatte seine Freude daran, und da sie angezogen war, fuhr er mit ihr in seinem Wagen, vor dem die schönen Schimmel her tanzten, durch die belebteste Straße des Badeortes.

Alle Leute erstaunten auf das Äußerste; denn man erfuhr nun den Zusammenhang der Dinge, namentlich da Tiburius vor kurzem eine größere, schön eingerichtete Wohnung gemietet hatte. Kein einziger Mensch hatte die leiseste Ahnung davon gehabt; selbst seine Diener hatten immer geglaubt, er fahre bloß, um zu zeichnen, in den Wald hinaus: indessen hat er sich irgendwo dieses schöne Mädchen aufgelesen und bringe sie nun als Braut. In alle Häuser, Zimmer und Kammern verbreitete sich das Gerücht. Nicht ein Mal, sondern mehr als hundert Male wurde das altdeutsche Sprichwort gesagt: »Stille Wässer gründen tief«, und mancher lüsterne, feinkennende, alternde Herr sagte bedeutungsvoll »Der abgefeimte Fuchs wusste schon, wo man sich die schönen Trauben holen solle.«

Tiburius hatte indessen, als die gesetzlichen Bedingungen erfüllt waren, und als die gesetzliche Zeit verflossen war, Maria in seine Wohnung als Gattin eingeführt, und im Spätherbste sahen alle Badegäste, die noch da waren, wie er sie in einen schönen, wohleingerichteten Reisewagen, der vor dem Hause hielt, einhob und mit ihr nach Italien davonfuhr.

Er wollte dort den Winter zubringen, allein er blieb dann drei Jahre auf Reisen durch die verschiedensten Länder, von wo er dann in das Haus zurückkehrte, das ihm unterdessen in Marias schönem Vaterlande gebaut worden war. Das väterliche hatte er verkauft.

Wie ist nun Herr Tiburius anders geworden!

Alle seidenen Chinesen sind dahin, die Elenhäute auf Betten und Lagerstätten sind dahin – er schläft auf bloßem, reinem Stroh mit Linnendecken darüber – alle Fenster stehen offen, ein Luftmeer strömt aus und ein, er geht zu Hause in eben so losen, leinenen Kleidern, wie sein Freund, der kleine Doktor, der ihm den Rat wegen dem Bade gegeben hatte, und er verwaltet sein Besitztum wie ebenfalls der kleine Doktor.

Dieser Doktor, der sich für sein Leben ein Rezept gemacht hatte, hauset nun schon mehrere Jahre in der Nähe von Tiburius, wohin er alle seine Pflanzen und Glashäuser wegen der bessern Luft und anderer gedeihlicherer Verhältnisse übergesiedelt hatte. Da ihm die Sache von Tiburius' Heirat zu Ohren gekommen war, soll er unbeschreiblich lustig gelacht haben. Er achtet und liebt seinen Nachbar ungemein, und obwohl er ihn damals gleich nach kurzer Bekanntschaft Tiburius genannt hatte, so tut er es jetzt nicht mehr, sondern sagt immer: »Mein Freund Theodor.«

Auch seine Gattin, die dem Herrn Tiburius zur Zeit seiner Narrheit besonders gram gewesen war, schätzt und achtet ihn jetzt bedeutend: Maria aber wird von ihr auf das herzlichste und innigste geliebt, und liebt sie wieder.

Mit dem treuen, reinen Verstande, der dem Erdbeermädchen eigen gewesen war, fand sie sich schnell in ihr Verhältnis, dass man sie in ihm geboren erachtete, und mit ihrer naiven, klaren Kraft, dem Erbteile des Waldes, ist ihr Hauswesen blank, lachend und heiter geworden, wie ein Werk aus einem einzigen, schönen und untadelhaften Gusse. Tiburius ist nicht der erste, der sein Weib aus dem Bauernstande genommen hatte, aber nicht alle mochten so gut gefahren sein wie er. Ich habe selbst einen gekannt, dem sein Weib alles auf ihren lieben, schönen, ländlichen Körper verschwendete.

Der Vater Marias, weil es ihm in dem leeren Muldenhäuschen zu langweilig geworden war, lebt bei seinen Kindern, wo er in dem Stübchen die Uhr hat, welche sonst in der Stube seines Wohnhauses gehangen war.

So wäre nun bis hieher die Geschichte von dem Waldsteige aus. – Zuletzt folgt eine Bitte: Herr Theodor Kneigt möge mir verzeihen, dass ich ihn immer schon wieder Tiburius geheißen habe; Theodor ist mir nicht so geläufig und gegenwärtig wie der gute, liebe Tiburius, der mich damals so furchtbar angeschnaubt hatte, als ich sagte: »Aber Tiburius, du bist ja der gründlichste Narr und Grillenreiter, den es je auf der Erde gegeben hat.«

Habe ich nicht recht gehabt?

Nachschrift. In dem Augenblicke, da ich dieses schreibe, geht mir die Nachricht zu, dass der einzige Kummer, das einzige Übel, der einzige Harm, der die Ehe Marias und Tiburius' getrübt hat, gehoben ist – es wurde ihm nämlich sein erstes Kind, ein lustiger, schreiender Knabe, geboren.

Ulrich Bräker

Vergnügen im Hirtenstand

Welche Lust, bei angenehmen Sommertagen über die Hügel fahren – durch Schattenwälder streichen – durchs Gebüsch Einhörnchen jagen und Vogelnester ausnehmen! Alle Mittag lagerten wir uns am Bach; da ruhten meine Gewissen zwei bis drei Stunden aus, wann es heiß war noch mehr. Ich aß mein Mittagsbrot, sog meine Geißchen, badete im spiegelhellen Wasser, und spielte mit den jungen Gitzen. Immer hatt' ich einen Gertel oder eine kleine Axt bei mir und fällte junge Tännchen, Weiden oder Ilmen. Dann kamen meine Geißen haufenweis und kafelten das Laub ab. Wenn ich ihnen Leck, Leck! rief, dann ging's gar im Galopp, und wurd' ich von ihnen wie eingemauert. Alles Laub und Kräuter, die sie fraßen, kostete auch ich; und einige schmeckten mir sehr gut. So lang der Sommer währte, florierten die Erd-, Him-, Heidel- und Brombeeren; deren hatt' ich immer vollauf, und konnte noch der Mutter am Abend mehr als genug nach Haus bringen. Das war ein herrliches Labsal, bis ich mich einst daran bis zum Ekel überfraß. – Und welch Vergnügen machte mir nicht jeder Tag, jeder neue Morgen; wenn jetzt die Sonne die Hügel vergoldete, denen ich mit meiner Herde entgegenstieg; dann jenen haldigen Buchenwald, und endlich die Wiesen und Waldplätze beschien. Tausendmal denk' ich dran; und oft dünkt's mich, die Sonne scheine jetzt nicht mehr so schön. Wann dann alle anliegenden Gebüsche von jubilierenden Vögeln ertönten und dieselben um mich her hüpften – O! Was fühlt' ich da! – Ha, ich weiß es nicht! – Halt süße, süße Lust! Da sang und trillerte ich dann mit, bis ich heiser ward. Ein andermal spürte ich diesen muntern Waldbürgern durch alle Stauden nach, ergötzte mich an ihrem hübschen Gefieder und wünschte, dass sie nur halb so zahm wären wie meine Geißen; beguckte ihre Jungen und ihre Eier und erstaunte über den wundervollen Bau ihrer Nester. Oft fand ich deren in der Erde, im Moos, im Farn, unter alten Stöcken, in den dicksten Dornen, in Felsritzen, in hohlen Tannen oder Buchen; oft hoch im Gipfel – in der Mitte – zuäußerst auf einem Ast. Meist wusst' ich ihrer etliche. Das war mir eine Wonne, und fast mein einziges Sinn und Denken, alle Tage gewiss einmal nach allen zu sehn; wie die Jungen wuchsen, wie das Gefieder zunahm, wie die Alten sie fütterten, u.d.g. Anfangs trug ich einige mit mir nach Haus, oder brachte sie sonst an ein bequemeren Ort. Aber dann waren sie dahin. Nun ließ ich's bleiben, und sie lieber groß werden – Da flogen sie mir aus. – Ebenso viel Freuden brachten mir meist auch meine Geißen. Ich hatte von allen Farben, große und kleine, kurz- und langhaarige, bös- und gutgeartete. Alle Tage rief ich sie zwei bis dreimal zusammen und überzählte sie, ob ich's voll habe? Ich hatte sie gewöhnt, dass sie auf mein Zub, Zub! Leck, Leck! aus allen Büschen hergesprungen kamen. Einige liebten mich sonderbar und gingen den ganzen Tag nie einen Büchsenschuss weit von mir; und wenn ich mich verbarg, fingen sie alle ein Zetergeschrei an. Von meinem Duglöörle (so hieß ich meine Mittagsgeiß) konnt' ich mich nur mit List entfernen. Das war ganz mein Eigen. Wo ich mich setzte oder legte, stellte es sich über mich hin und war gleich parat zum Saugen oder Melken; und doch musst' ich's in der besten Sommerszeit oft noch ganz voll heimführen. Andremal melkt' ich es einem Köhler, bei dem ich manche liebe Stund zubrachte, wenn er Holz schrotete, oder Kohlhaufen brannte.

Welche Vergnügen, dann am Abend, meiner Herde auf meinem Horn zur Heimreise zu blasen! Zuzuschauen, wie sie alle mit runden Bäuchen und vollen Eutern dastanden, und zu hören, wie munter sie sich heimblökten. Wie stolz war ich dann, wenn mich der Vater lobte, dass ich so gut gehütet habe! Nun ging's an ein Melken; bei gutem Wetter unter freiem Himmel. Da wollte jede zuerst über dem Eimer von der drückenden Last ihrer Milch los sein und beleckte dankbar ihren Befreier.

Nicht dass lauter Lust beim Hirtenleben wäre. – Potztausend, nein! Da gibt's Beschwerden genug. Für mich war's lang die empfindlichste, des Morgens so früh mein warmes Bettlein zu verlassen und bloß und barfuß ins kalte Feld zu marschieren, wenn's zumal einen baumstarken Reifen hatte, oder ein dicker Nebel über die Berge herabhing. Wenn dann dieser gar so hoch ging, dass ich ihm mit meiner bergansteigenden Herde das Feld nicht abgewinnen und keine Sonn' erreichen konnte, verwünscht' ich denselben in Ägypten hinein und eilte, was ich eilen konnte, aus dieser Finsternis wieder in ein Tälchen hinab. Erhielt ich hingegen den Sieg und gewann die Sonne und den hellen Himmel über mir, und das große Weltmeer von Nebeln, und hie und da einen hervorragenden Berg, wie eine Insel, unter meine Füße – was das dann für ein Stolz und eine Lust war! Da verließ ich den ganzen Tag die Berge nicht, und mein Aug konnt' sich nie satt schauen, wie die Sonnenstrahlen auf diesem Ozean spielten, und Wogen von Dünsten in den seltsamsten Figuren sich drauf herumtaumelten, bis sie gegen Abend mich wieder zu übersteigen drohten. Dann wünscht' ich mir Jakobs Leiter; aber umsonst, ich musste fort. Ich ward traurig, und alles stimmte in meine Trauer ein. Einsame Vögel flatterten matt und missmütig über mir her, und die großen Herbstfliegen summten mir so melancholisch um die Ohren, dass ich weinen musste. Dann fror ich fast noch mehr als am frühen Morgen und empfand Schmerzen an den Füßen, obgleich diese so hart als Sohlleder waren. Auch hatt' ich die meiste Zeit Wunden oder Beulen an ein paar Gliedern; und wenn eine Blessur heil war, macht' ich mir richtig wieder eine andre; sprang entweder auf einen spitzen Stein auf, verlor einen Nagel oder ein Stück Haut an einem Zehen oder hieb mir mit meinen Instrumenten eins in die Finger. Ans Verbinden war selten zu denken; und doch ging's meist bald vorüber. – Die Geißen hiernächst machten mir, wie schon gesagt, anfangs großen Verdruss, wenn sie mir nicht gehorchen wollten, weil ich ihnen nicht recht zu befehlen verstand. – Ferner prügelte mich der Vater nicht selten, wenn ich nicht hütete, wo er mir befohlen hatte, und nur hinfuhr, wo ich gern sein mochte, und die Geißen dann nicht das rechte Bauchmaß heimbrachten, oder er sonst ein loses Stücklein von mir erfuhr. – Dann hat ein Geißbub überhaupt viel von andern Leuten zu leiden. Wer will aber einen Fasel Geißen immer so in Schranken halten, dass sie nicht etwa einem Nachbar in die Wiesen oder Waid gucken? Wer kann mit so viel lüsternen Tieren zwischen Korn- und Haberbrachen, Räb- und Kabisäckern durchfahren, dass keins kein Maulvoll versuchte? Da ging's dann an ein Fluchen und Lamentieren: Bärnhäuter! Galgenvogel! waren meine gewöhnlichen Ehrentitel. Man sprang mir mit Äxten, Prügeln und Hagstecken – einst gar einer mit einer Sense nach; der schwur, mir ein Bein vom Leib wegzuhauen. Aber ich war leicht genug auf den Füßen; und nie hat mich einer erwischen mögen. So gibt es also freilich dieser und anderer Widerwärtigkeiten genug in dem Hirtenstand. Aber die bösen Tage werden reichlich von den guten ersetzt, wo's dann gewiss keinem König so wohl ist.

Joseph Roth

Erdbeeren

Die Stadt, in der ich geboren wurde, lag im Osten Europas, in einer großen Ebene, die spärlich bewohnt war. Nach Osten hin war sie endlos. Im Westen wurde sie von einer blauen, nur an klaren Sommertagen sichtbaren Hügelkette begrenzt.

Alle meine Landsleute liebten die Natur, nicht um ihrer selbst willen, sondern mancher Früchte wegen, die sie spendete. Im Herbst gingen sie in die Felder, um Kartoffeln zu braten. Im Frühling wanderten sie in die Wälder, um Erdbeeren zu pflücken.

Der Herbst bestand bei uns aus flüssigem Gold und flüssigem Silber, aus Wind, Rabenschwärmen und leichten Frösten. Der Herbst war beinahe ebenso lang wie der Winter. Im August wurden die Blätter gelb, in den ersten Septembertagen lagen sie schon auf dem Boden. Niemand kehrte sie zusammen. Ich habe erst im Westen Europas gesehn, dass man den Herbst zusammenfegt zu ordentlichen Misthaufen. An unsern klaren Herbsttagen wehte kein Wind. Die Sonne war noch sehr warm, schon sehr schräg und sehr gelb. Sie ging in einem roten Westen unter und erwachte jeden Morgen in einem Bett aus Nebel und Silber. Es dauerte lange, ehe der Himmel tiefblau wurde. Dann blieb er so den ganzen kurzen Tag.

Die Felder waren gelb, stachlig, hart und taten den Sohlen weh. Sie rochen stärker als im Frühling, schärfer und etwas unbarmherzig. Die Wälder am Rand blieben tiefgrün – es waren Nadelwälder. Im Herbst hatten sie silberne Kämme auf den Häuptern. Wir brieten Kartoffeln. Es roch nach Feuer, Kohle, verbrannten Schalen, angesengter Erde. Die Sümpfe, an denen die Gegend reich war, trugen eine glänzende leichte Decke aus gläsernem Frost. Sie dufteten feucht wie Fischernetze. An vielen Stellen stieg der Rauch steil und tänzelnd in den Himmel. Aus den fernen und nahen Gehöften kam das Krähen der Hühner, die den Dunst gerochen hatten.

Im November kam der erste Schnee. Er war dünn, glasig und haltbar. Er zerging nicht mehr. Da hörten wir mit dem Kartoffelbraten auf. Wir blieben in unsern Häusern. Wir hatten schlechte Öfen, Fugen in den Türen und Ritzen in den Dielen. Unsere Fensterrahmen waren aus leichtem, feuchtem Fichtenholz gemacht, sie hatten im Sommer ihre Gestalt verändert und schlossen schlecht. Wir verstopften die Fenster mit Watte. Wir legten Zeitungspapier zwischen Türen und Schwellen. Wir hackten Holz für den Winter.

Im März, wenn die Eiszapfen von den Dächern tropften, hörten wir schon den Frühling galoppieren. Schneeglöckchen ließen wir in den Wäldern. Wir warteten bis zum Mai. Erdbeeren gingen wir pflücken.

Die Spechte klopften schon in den Bäumen. Es regnete oft. Die Regen waren weich, aus einer Art samtenen Wassers. Sie dauerten gleichmäßig einen ganzen Tag, zwei Tage, eine Woche. Es wehte ein Wind, die Wolken rührten sich nicht vom Fleck, sie standen, wie Gestirne stehen, unverrückbar am Himmel. Es regnete gründlich und mit Bedacht. Die Wege wurden weich. Der Sumpf drang in die Wälder vor, die Frösche schwammen im Gehölz. Die Räder der Bauernwagen knirschten nicht mehr. Alle Wagen fuhren wie auf Gummi. Die Hufe der Pferde wurden lautlos. Alle Menschen zogen die Stiefel aus, hängten sie über den Rücken und wateten barfuß.

Über Nacht wurde es klar. Eines Morgens hörte der Regen auf. Die Sonne kam, wie heimgekehrt aus einem Urlaub.

Diesen Tag hatten wir erwartet. An diesem Tag mussten die Erdbeeren reif sein.

Wir gingen also die Straße entlang, die aus der Stadt gerade in den Wald führte. Unsere Stadt war sehr regelmäßig und höchst einfach angelegt. In der Mitte kreuzten sich ihre beiden Hauptstraßen. In diesem Mittelpunkt entstand ein kleiner Kreis, auf dem man zweimal in der Woche den Markt abhielt. Die eine Straße führte vom Bahnhof zum Friedhof. Die andere vom Gefängnis in den Wald.

Der Wald lag im Westen. Man ging mit der Sonne. Der Wald hatte am längsten Tag. Stand man an seinem äußersten westlichen Ende, so sah man die Sonne am tiefsten Rand des Horizonts verschwinden und kostete noch den letzten Sonnenstrahl.

Hier wuchsen die schönsten Erdbeeren. Sie verbargen sich nicht bescheiden, wie es sonst ihr Charakter ist. Sie stellten sich den Suchenden in den Weg. Sie zitterten auf dünnen, aber starken Stängeln. Sie waren voll und wuchsen nicht aus Demut so tief am Boden, sondern aus Stolz. Man musste sich bücken, um sie zu erreichen. Nach Äpfeln, Kirschen und Birnen muss man sich strecken und klettern.

An den Erdbeeren klebten kleine Erdklümpchen, die man mit freiem Aug' nicht sah und die man also in den Mund steckte. Es knirschte zwischen den Zähnen, aber der Saft, der aus der Frucht drang, schwemmte die Erde weg, und das weiche Fleisch streichelte den Gaumen.

Alle Menschen sammelten Erdbeeren, obwohl es verboten war. Wenn der Förster kam, nahm er den Frauen die Töpfe weg, streute die schönen roten Erdbeeren aus und zertrat sie.

Was aber konnte er uns machen, die wir Erdbeeren sofort aßen? Er sah uns böse an und pfiff seinem Hund. Er trug ein Schild aus Messing an der Brust. Er glänzte grün, stählern und war eigentlich ein metallener Gegenstand in einer Welt aus Blatt, Holz und Erde.

Niemand fürchtete den Förster. Je mehr Erdbeeren er zertrat, desto mehr wuchsen im Walde.

Marion Gräfin Dönhoff

Im Rhythmus der Jahreszeiten

In meiner Kindheit gab es all das, was heute zum Alltagsleben gehört, noch nicht – weder Radio noch Fernsehen, ganz selten ein Auto. Wenn sich einmal ein Auto auf die Landstraßen Ostpreußens verirrt hatte, scheuten alle Pferde, und man musste froh sein, wenn sie nicht durchgingen. Ich habe es dann erlebt, dass der Bauer vom Wagen sprang, die Jacke auszog und sie dem Pferd über den Kopf hängte, damit es des Teufelswerks nicht ansichtig wurde. Es gab also keinerlei Zerstreuung in des Wortes wirklicher Bedeutung. So waren wir ganz konzentriert auf die Menschen unserer Umgebung, auf die Natur, die Tiere, vor allem unsere Pferde, Hunde und Kaninchen.

Der Rhythmus des Jahres, der immer der gleiche blieb, bestimmte unser Leben, sodass die Bilder der Jahreszeiten sich tief in mein Gedächtnis eingegraben haben: Das Frühjahr, die Erlösung vom langen Winter, kündigt sich an, wenn das Wasser in den Seen und Flüssen blauer wird und das Schilf leuchtend gelb; wenn große Stürme die alten Bäume schütteln, dass die Erde bebt und einem ganz bang ums Herz wird; wenn die Krähen sich wieder sammeln auf dem Acker, der langsam fleckig wird, weil die Feuchtigkeit allmählich abtrocknet. Dann kommen bald die Kiebitze und später die Stare und Störche. Es riecht im Wald nach Frühling, und wenn die Morgensonne durch das erste Grün der Buchen fällt und hier und da ein paar Lichtreflexe auf das feierliche Dunkel der hohen Fichten setzt, dann weiß man, dass die lange Zeit des Winters vorüber ist und auch das Warten auf den neuen Herzschlag der Natur.

Es dauert ja nur wenige Tage in Ostpreußen, bis die endlos lange Starre des Winters sich in strahlende Frühlingspracht verwandelt. Dann brauchen die Kinder doppelt so lang für den Schulweg zum nächsten Dorf, weil es so faszinierend für sie ist, das Wasser aus den tiefen Wagenrinnen der grundlosen Landwege zu riesigen Pfützen zusammenzuleiten. Die Bauern reparieren ihre Maschinen, die rostig geworden sind, und in den Dörfern stehen sie am Abend in den Vorgärten und schauen versonnen auf die frisch geharkten Beete und die ersten Knospen der Sträucher.

Wenig später findet man dann im Park die ersten Schalen der bläulichen Stareneier und hört das unersättliche Gepiepse der ausgeschlüpften Jungen. An den Grabenrändern blühen die gelben Sumpfdotterblumen, und in den Wiesen steht das bläuliche Rosa des Wiesenschaumkrauts zwischen dem hohen Gras, das sich unter der Sense leicht neigt und dann, schön geordnet, in langen Reihen – im Schwatt – zu Boden sinkt.

Die Tage vergehen wie im Fluge, und die Nächte sind kurz. Kaum hat sich der helle Himmel im Westen verdunkelt, dann geht schon im Osten die Sonne auf und spiegelt sich wider im morgendlichen Tau. Und wer wollte sie missen in seiner Erinnerung, die Zeit der großen Ernte, wenn der Wind in kleinen Wellen über die großen Roggenfelder läuft und die grau-grünlich silbernen Halme und Ähren im

Rhythmus bewegt. Nur ein paar heiße Julitage: die Ähren stehen gelb und stramm, dicht wie eine Bürste, von der die eintönig ratternden Maschinen eine Bahn nach der anderen in ununterbrochener Rundfahrt abrasieren. Auf den Höfen ertönt dann das melancholische Surren der Dreschmaschinen, und zwischen den Ställen hängt der Geruch der schwitzenden Pferde, man hört das laute Knallen der Peitschen, mit dem sie immer wieder unerbittlich angetrieben, viererlang aufs Feld gejagt werden, um eine neue Ladung heranzuschaffen.

Erst wenn es Stoppelfelder gibt, Kilometer von Stoppelfeldern, über die man galoppieren kann, dann beginnt die große Zeit des Jahres. Dann muss man einen Trakehner haben, und im Herbst muss es ein Schwarzbrauner sein. Niemand hat die wirklichen Höhepunkte des Lebens je erlebt, der das nicht kennt, dieses Hochgefühl vollkommener Freiheit und Schwerelosigkeit im Sattel. Die Welt liegt einem zu Füßen, und sie ist schön und jung wie am ersten Tag, mit tausend Farben angetan und von unendlichen Gerüchen erfüllt. Man hört nur das regelmäßige Schnauben und den Hufschlag des Pferdes, das leise Geräusch des Lederzeugs und spürt dann und wann eine kühle Luftströmung, die der Schatten einer alten Eiche am Wegrand verursacht.

Knallrot stehen die Beeren der Ebereschen gegen den lichtblauen Herbsthimmel. Die Birken werden von Tag zu Tag leuchtender in ihrem Goldgelb, und die kurzgefressenen Wiesen sehen aus wie ein alter, fleckig gewordener Samt. Das ist die Zeit, wenn die Elche im Bruch noch heimlicher werden und der große Vogelzug beginnt. In riesigen Scharen ziehen sie dann gen Süden. Die Störche und Stare und das kleine Volk sind längst fort, wenn sich die königlichen Vögel aufmachen: die Schwäne, Kraniche und Wildgänse, die wie Perlen zu einer Schnur gereiht über den rötlichen Abendhimmel ziehen.

Es ist, als nähmen sie alles Leben und alle Freuden mit, denn jetzt beginnen schwermütige, regenreiche, dunkle Wochen. Die Wege werden immer grundloser, mühsam wühlen sich die Gespanne durch den aufgeweichten Rübenacker, und in den Alleen treibt der Wind die Blätter in Wirbeln zusammen. Wenn erst der November begonnen hat, dann muss man oft schon um drei Uhr die Lampen anzünden und ein Feuer im Kamin machen, um die klammen Füße und Hände zu wärmen. Erst die Weihnachtsvorbereitungen reißen die Menschen wieder vorübergehend aus ihrer dumpfen Teilnahmslosigkeit. Jeden Tag haben die Dorfkinder neue Ausstattungswünsche für das Krippenspiel im Gemeindehaus, zahllose Stollen und Pfeffernüsse werden für die Weihnachtsbescherung des Dorfes gebacken, hier und da taucht am Abend der traditionelle »Schimmelreiter« auf, und zwischen das eintönige Getöse seines Brummbasses mischt sich das Gekreisch der Mädchen, die durch Bär, Storch und Schimmelreiter in Schrecken versetzt werden.

Dann beginnt die Zeit der Bücher. Mit fünfzehn Jahren habe ich alles verschlungen, was in den Bücherschränken stand. Thomas Mann, Knut Hamsun, Stefan Zweig, Franz Werfel, Leonhard Frank, Hans Fallada und natürlich Hugo von Hofmannsthal und Rainer Maria Rilke und viele Bände Dostojewskij.

Aber kein Autor, auch kein Lyriker, kann poetischer sein als jene herbstlichen Morgen, an denen man noch im Dunkeln zum Pirschen aufbricht. Wenn die Sonne aufgeht und in ihren ersten Strahlen der Tau auf den Wiesen wie Diamanten funkelt, wenn der ferne See durch die Bäume schimmert, dann fühlt man sich dem Wesentlichen zum Greifen nah. Nicht nur die Augen, die solch unbefleckte Herrlichkeit schauen, nicht nur das Gehör, das die lautlose Stille aufnimmt – in solchen Momenten ist es, als sei der ganze Mensch durchlässig für das Wunder der Schöpfung.

Unnachahmlich so ein Morgen: Niemand weit und breit, die ersten Hummeln wachen auf, dann und wann springt ein Reh ab, fliegt ein Vogel auf; aber das Gewehr ist nur ein Vorwand: nur ja kein Schuss jetzt, der die heilige Stille stören könnte. Alle Wahrnehmungen verdichten sich zur Inspiration, plötzlich versteht man alles, das Leben, das Sein, die Welt. Und es gibt nur noch ein Gefühl: tiefe Dankbarkeit dafür, dass dies meine Heimat ist.

Ebenso erfüllt waren für mich die Tage bei manchem unserer weiten Ritte, wenn meine Cousine Sissi Lehndorff und ich, die Bügel kurzgeschnallt, im Rennsitz unsere Pferde laufen ließen, was sie konnten. Man hört den Hufschlag auf den sandigen Wegen und spürt den Wind im Haar. Ganz dem Moment hingegeben, ist man erfüllt von unendlichem Glücksgefühl; ein wenig mischt sich Sehnsucht hinein: Dort hinter dem blauen Horizont, dort würde das Leben beginnen.

Ivan Turgenev

Wald und Steppe

Die Jagd mit Flinte und Hund ist an sich schön, *für sich*, wie man in alten Zeiten zu sagen pflegte; aber nehmen wir an, Sie seien nicht zum Jäger geboren: dennoch lieben Sie die Natur; Sie können folglich nicht umhin, unsereinen zu beneiden... Hören Sie.

Wissen Sie, zum Beispiel, welch ein Genuss es ist, im Frühling vor Tau und Tag hinauszufahren? Sie treten auf die Freitreppe. Am dunkelgrauen Himmel blinzeln hie und da noch Sterne; ein feuchter Windhauch weht Ihnen dann und wann in leichten Wellen entgegen; zu hören ist das verhaltene, undeutliche Flüstern der Nacht; leise rauschen die Bäume, von Schatten übergossen. Man legt einen Teppich in die Telega, stellt den Kasten mit dem Samovar zu Füßen. Die Beipferde schütteln sich, schnauben und treten geckenhaft vom einen Bein aufs andre; ein Pärchen eben erst erwachter weißer Gänse watschelt schweigend, langsam über die Straße. Hinter dem Flechtzaun, im Garten, schnarcht friedlich der Nachtwächter; jeder Laut scheint in der erstarrten Luft zu stehen, er steht und vergeht nicht. Da sind Sie eingestiegen, die Pferde ziehen an, laut fängt das Telega an zu rattern... Sie fahren – fahren vorbei an der Kirche, den Berg hinab nach rechts, über das Wehr... Der Teich beginnt kaum merklich zu dampfen. Ihnen ist ein wenig kühl, Sie bergen das Gesicht im Mantelkragen; Sie sind schläfrig. Die Pferde stampfen schmatzend durch die Pfützen; der Kutscher pfeift von Zeit zu Zeit. Doch da sind Sie schon vier Verst weit gefahren … Der Rand des Himmels rötet sich; in den Birken erwachen, ungeschickt mit den Flügeln flatternd, die Dohlen; die Spatzen tschilpen um die dunklen Heuschober herum. Die Luft wird heller, die Straße besser sichtbar, der Himmel klarer, die Wolken weißer, die Felder grüner. In den Hütten brennen rot die Kienspäne, hinter den Toren hört man verschlafene Stimmen. Und unterdessen entbrennt das Morgenrot; schon verbreiten sich am Himmel goldene Streifen, in den Schluchten ballen sich Dämpfe; hell singen die Lerchen, der erste morgendliche Wind weht – und still taucht schwimmend die Sonne auf. Ein Schwall von Licht ergießt sich; Ihr Herz erschauert wie ein erwachter Vogel. Alles ist frisch, heiter und froh! Weit ist ringsum die Sicht. Dort hinter dem Wald liegt ein Dorf; dort weiter weg ein zweites mit einer weißen Kirche, dort auf dem Berg das Birkenwäldchen; dahinter der Sumpf, zu dem Sie fahren … Schneller, stolze Rosse, schneller! vorwärts im gestreckten Trab! … Drei Verst sind es noch, nicht mehr. Rasch erhebt sich die Sonne, der Himmel ist klar … Es wird herrliches Wetter. Eine Herde aus dem Dorf kommt Ihnen entgegen. Nun haben Sie den Gipfel des Berges erklommen … Welch eine Aussicht! Der Fluss windet sich über zehn Verst weit dahin, matt durch den Nebel blauend; dahinter die grünen Schwemmwiesen; hinter den Wiesen sanft abfallende Hügel; in der Ferne tummeln sich rufend Kiebitze über dem Sumpf; durch den feuchten Glanz, der sich in die

Luft ergießt, tritt klar die Ferne hervor... anders als im Sommer. Wie frei atmet die Brust, wie unbeschwert bewegen sich die Glieder, wie gestärkt ist der ganze Mensch, erfasst vom frischen Atem des Frühlings! ...

Oder ein Sommermorgen, im Juli! Wer, wenn nicht der Jäger, wüsste, was für eine Freude es ist, im Morgengrauen durch das Gebüsch zu streifen? Als grünes Band zieht sich die Spur Ihrer Füße durch das betaute, weiß schimmernde Gras. Sie biegen einen nassen Busch auseinander – und Ihnen schlägt der dort gestaute warme Geruch der Nacht entgegen; die Luft ist ganz durchtränkt von der frischen Bitterkeit des Wermuts, vom Honig des Buchweizens und des »Dotterkrauts«; in der Ferne steht der Eichenwald und glitzert und glüht in der Sonne; noch ist es frisch, doch schon spürt man die nahende Hitze. Den Kopf schwindelt es vom schmachtenden Überfluss der Düfte. Das Gebüsch nimmt kein Ende... Hier und da blinkt in der Ferne gelb der reifende Roggen, in schmalen Streifen rötet sich der Buchweizen. Da knarrt eine Telega, im Schritt folgt ihr ein Bauer, er stellt das Pferd in den Schatten... Sie haben ihn gegrüßt, sind weitergegangen – das Zischen der Sense erklingt in Ihrem Rücken. Die Sonne steigt höher und höher. Das Gras trocknet rasch. Eine Stunde vergeht, eine zweite... Der Himmel dunkelt an den Rändern; stechend schwül drückt die reglose Luft.

– Wo kann ich hier etwas trinken, Freund? – fragen Sie den Schnitter.

– Na dort, in der Schlucht ist ein Born.

Durch dichtes Haselgebüsch, um das sich wie Ketten das

Gras schlingt, steigen Sie hinab auf den Grund der Schlucht. Es stimmt: tief unten, am Fuß des Abhangs, verbirgt sich eine Quelle; ein Eichbusch streckt gierig seine gelappten Zweige über das Wasser; große silbrige Blasen erheben sich schaukelnd vom Grund, der bedeckt ist mit feinem samtenen Moos. Sie werfen sich auf die Erde, Sie haben sich sattgetrunken, sind aber plötzlich zu träge, sich zu bewegen. Sie liegen im Schatten, atmen die duftende Feuchtigkeit; Ihnen ist wohl, und die Büsche gegenüber glühen und vergilben gleichsam in der Sonne. Aber was ist das? Plötzlich fährt ein Windstoß durch die Zweige; die Luft ringsum erbebt: ist das nicht ein Donnern? Sie steigen aus der Schlucht... was ist das für ein bleierner Streifen am Horizont? Wird die Schwüle drückender? Zieht da eine Gewitterwolke auf?... Da zuckt ein schwacher Blitz ... Aber ja, das ist ein Gewitter! Ringsum scheint noch hell die Sonne: noch könnte man jagen. Doch die Gewitterwolke wächst: ihr vorderer Rand streckt sich aus wie ein Ärmel, türmt sich zu einem Gewölbe. Das Gras, die Büsche, alles ist plötzlich gedunkelt... Schnell! dort ist anscheinend ein Heuschuppen ... Schnell! ... Sie haben ihn erreicht, sind eingetreten ... Ist das ein Regen, sind das Blitze? Hier und da tropft Wasser durch das Strohdach ins duftende Heu ... Doch schon spielt wieder die Sonne. Das Gewitter ist vorübergezogen; Sie treten ins Freie. Mein Gott, wie heiter glitzert alles ringsum, wie frisch und feucht ist die Luft, wie riecht es nach Walderdbeeren und Pilzen! ...

Doch da bricht der Abend an. Das Abendrot lodert wie eine Feuersbrunst und hat den halben Himmel erfasst. Die Sonne geht unter. Die Luft ist aus der Nähe irgendwie besonders durchsichtig, wie Glas; in der Ferne senkt sich leichter Dunst herab, der warm wirkt; mit dem Tau fällt ein roter Glanz auf die Wiesen, die eben noch von Strömen flüssigen Goldes übergossen waren; die Bäume, Büsche und Heuschober werfen lange Schatten … Die Sonne ist untergegangen; ein Stern hat sich entzündet und zittert im Feuermeer des Sonnenunterganges … Jetzt verblasst es; der Himmel wird dunkelblau; die Schatten verschwinden einer nach dem anderen, Dunst ergießt sich in die Luft. Es ist Zeit, nach Hause zu gehen, in die Bauernhütte, in der Sie übernachten. Die Flinte geschultert, gehen Sie schnell, ungeachtet der Müdigkeit … Und unterdessen bricht die Nacht herein; weiter als auf zwanzig Schritt ist nichts mehr zu sehen; das Weiß der Hunde ist im Dunkel kaum mehr zu erkennen. Dort über den Büschen hellt der Rand des Himmels auf … Was ist das? eine Feuersbrunst? … Nein, es ist der aufgehende Mond. Und dort unten, rechts, blinken schon die Lichter des Dorfs … Da ist schließlich auch Ihre Hütte. Durchs Fenster sehen Sie den weißgedeckten Tisch, die brennende Kerze, das Abendbrot …

Oder man lässt die Renndroschke anspannen und fährt in den Wald aufs Haselhuhn. Es macht Freude, sich auf dem schmalen Pfad vorzuarbeiten, zwischen zwei Wänden hohen Roggens. Die Ähren streifen Ihr Gesicht, Kornblumen winden sich um die Füße, Wachteln schnarren ringsumher, das Pferd geht trägen Trab. Da ist schon der Wald. Schatten und Stille. Die stattlichen Espen wispern hoch zu Ihren Häupten; die langen, hängenden Zweige der Birken bewegen sich kaum; eine mächtige Eiche steht wie ein Kämpfer neben einer schönen Linde. Sie fahren über einen grünen, von

Schatten gemusterten Weg; große gelbe Fliegen hängen reglos in der goldenen Luft und schwirren plötzlich davon; Mücken winden sich zu einer Säule, die hell ist im Schatten, dunkel in der Sonne; friedlich singen die Vögel. Das goldene Stimmchen der Grasmücke erklingt in unschuldiger, schwatzhafter Freude: es passt zum Duft der Maiglöckchen. Weiter, weiter, tiefer in den Wald …

Der Wald wird zur Wildnis … Unbeschreibliche Stille befällt die Seele; und auch ringsum ist es schläfrig und still. Doch horch! da kommt Wind auf, die Wipfel beginnen zu rauschen, wie fallende Wellen. Durch das vorjährige braune Laub wächst hie und da hohes Gras; vereinzelt stehen Pilze mit ihren kleinen Hüten. Plötzlich springt ein Schneehase auf, der Hund jagt ihm mit schallendem Gebell hinterdrein …

Und wie schön ist derselbe Wald erst im Spätherbst, wenn die Schnepfen geflogen kommen! Sie halten sich nicht im tiefen Dickicht auf: sie muss man am Waldrand suchen. Es geht kein Wind, und es scheint auch keine Sonne, weder Licht noch Schatten, weder Bewegung noch Geräusch; in die weiche Luft ist Herbstgeruch ausgegossen, ähnlich dem Geruch von Wein; feiner Nebel steht über den gelben Feldern in der Ferne. Durch die kahlen Zweige der Bäume schimmert weiß der reglose Himmel; hie und da hängen an den Linden noch die letzten goldenen Blätter. Die feuchte Erde unter den Füßen gibt nach; lange trockene Halme glänzen im verblichenen Gras. Ruhig hebt und senkt sich die Brust, aber eine seltsame Unruhe befällt die Seele. So geht man entlang des Waldrands, sieht nach seinem Hund, und währenddessen kommen einem geliebte Bilder, geliebte Gesichter, tote wie noch lebende, in den Sinn, unverhofft erwachen längst entschlafene Eindrücke; die Vorstellungskraft schwingt sich auf und treibt wie ein Vogel dahin, und alles bewegt sich und steht klar und deutlich vor Augen. Bald erbebt das Herz und pocht heftig, stürzt leidenschaftlich voran, bald versinkt es unwiderbringlich in Erinnerungen. Das ganze Leben entrollt sich leicht und rasch wie ein Band; die ganze Vergangenheit, alle Gefühle, Kräfte, seine ganze Seele steht dem Menschen zu Gebote. Und nichts ringsumher, das ihn stören würde – weder Sonne noch Wind, noch Geräusch ...

Oder ein klarer, etwas kalter, morgens frostiger Herbsttag, wenn sich die Birke, wie der Baum im Märchen, ganz in Gold, vom blassblauen Himmel abhebt, wenn die tiefstehende Sonne nicht mehr wärmt, aber heller strahlt als im Sommer, wenn das ganze Espenwäldchen durch und durch glitzert, so als wäre ihm heiter und leicht, kahl zu stehen, wenn der Reif erst weiß auf dem Grund der Täler schimmert und ein frischer Wind leise die abgefallenen, eingerollten Blätter erfasst und vor sich hertreibt – wenn dunkelblaue Wellen freudig über den Fluss dahineilen, die verstreuten Enten und Gänse gleichmäßig auf und ab schaukelnd; in der Ferne rattert, von Korbweiden halb verdeckt, eine Mühle, und bunt in der hellen Luft flatternd, kreisen schnell die Tauben über ihr ...

Schön sind auch neblige Sommertage, obgleich der Jäger sie nicht liebt. An solchen Tagen kann man nicht schießen: der Vogel, der vor Ihren Füßen aufflattert, verschwindet sofort im milchig-weißen Dunst des reglosen Nebels. Doch wie still, wie unaussprechlich still ist alles ringsum! Alles ist erwacht, und alles schweigt. Sie gehen an einem Baum vorüber – er rührt sich nicht: er liebkost sich selbst. Durch den feinen Dunst, der gleichmäßig in die Luft ausgegossen ist, erscheint vor Ihnen ein langer schwarzer Streifen. Sie halten ihn für einen nahen Wald; Sie nähern sich – der Wald verwandelt sich in eine hohe Wand Rainfarn am Wegesrand. Über Ihnen, ringsum – überall ist Nebel ... Doch jetzt erhebt sich ein leichter Wind – ein Fetzen des blassblauen Himmels tritt getrübt durch den verfliegenden, gleichsam verrauchenden Dunst, ein goldgelber Strahl reißt sich los, ergießt sich in einem langen Strom, prallt auf die Felder, stemmt sich gegen den Wald – und wieder zieht sich alles zu. Lange währt dieser Kampf; doch wie unsagbar prächtig und klar wird der Tag, wenn schließlich das Licht triumphiert und sich die letzten Wellen des erwärmten Nebels bald senken und wie Tischtücher ausbreiten, bald sich heben und in der tiefen, zärtlich strahlenden Höhe verschwinden ...

Ein andermal fahren Sie über abgeerntete Felder, in die Steppe hinaus. Zehn Verst weit haben sich die Felder vorgearbeitet – da schließlich ist die Große Straße. Vorbei an nicht enden wollenden Fuhrwerken, vorbei an Herbergen mit dem zischenden Samovar unter dem Vordach, dem weit geöffneten Tor und dem Brunnen, von einem Dorf zum andern, über unabsehbare Felder hin, an grünen Hanffeldern entlang, fahren Sie lange, lange. Elstern hüpfen von Salweide zu Salweide; Weiber mit langen Heugabeln in den Händen streifen durchs Feld; ein Reisender im abgetragenen

Nanking-Kaftan, das Felleisen auf den Schultern, schleicht müden Schrittes dahin; eine schwerbeladene Gutsbesitzerskutsche, bespannt mit sechs wohlgewachsenen und abgehetzten Pferden, schwimmt Ihnen entgegen. Aus dem Fenster lugt der Zipfel eines Kissens, und auf dem hinteren Wagentritt, auf einem Bastsack, sitzt, zur Seite gewandt, der Lakai im Mantel, bis an die Brauen mit Morast bespritzt. Da kommt das Kreisstädtchen mit seinen schiefen, erbärmlichen Holzhäuschen, seinen endlosen Zäunen, unbewohnten, aus Stein gebauten Kaufmannshäusern, der alten Brücke über die tiefe Schlucht ... Weiter, weiter! ... Da beginnen die Steppen. Man schaut vom Berg herab – welch Aussicht! ... Runde, niedrige Hügel, beackert und von oben her eingesät, laufen in langen Wellen auseinander; mit Büschen bewachsene Schluchten winden sich zwischen ihnen; wie längliche Inseln dazwischengestreut sind kleine Wälder; von Dorf zu Dorf verlaufen schmale Pfade; Kirchen schimmern weiß. Zwischen Weidengebüsch blinkt ein Flüsschen, von vier Wehren gestaut; weit in der Ferne stehen, wie Gänse, die Trappen; ein altes Herrenhaus schmiegt sich mit seinen Dienstgebäuden, seinem Obstgarten und der Tenne um einen kleinen Teich. Aber weiter, weiter fahren Sie. Die Hügel werden niedriger und niedriger, Bäume sind fast keine mehr zu sehen. Da ist sie endlich – die grenzenlose, unabsehbare Steppe!

Und an einem Wintertag durch die hohen Schneewächten den Hasen nachgehen, die scharfe Frostluft atmen, unwillkürlich blinzeln vom Glitzern des blendenden feinen Geflimmers des weichen Schnees, sich freuen am Grün des

Himmels über dem rötlichen Wald! … Und die ersten Vorfrühlingstage, wenn ringsum alles glänzt und strahlt und es durch den schweren Dunst des geschmolzenen Schnees schon nach erwärmter Erde riecht, wenn auf den abgetauten Stellen, im schrägen Sonnenstrahl, zutraulich die Lerchen singen und sich mit heiterem Rauschen und Gebrüll, aus einer Schlucht in die andre, Bäche von Schmelzwasser ballen …

Doch es ist Zeit zu enden. Im Übrigen, ich sprach vom Frühling: im Frühling ist gut Abschied nehmen, im Frühling zieht es den Glücklichen in die Ferne … Leser, leben Sie wohl; ich wünsche Ihnen alles Gute.

Leo Tolstoi

Die Beeren

Es waren heiße, windstille Junitage. Das Laub im Walde war saftig, dicht und grün, nur hie und da fielen gelbe Blätter von Birken und Linden. Die Hagebuttensträucher waren besät mit duftigen Blüten, auf den Waldwiesen stand dichter honigsüßer Klee, dunkel schimmernd wogte dicht der Roggen, mit schon halbvollen Ähren. Unten am Fluss schrie der Wachtelkönig, im Hafer und Roggen knarrten und schlugen die Wachteln, in den Wäldern ließ sich die Nachtigall nur vereinzelt kurz hören und verstummte wieder. Es herrschte trockene, glühende Hitze. Auf den Wegen lag unbeweglich fingerhoher, trockener Staub und erhob sich als dichte Wolke, mal nach rechts, mal nach links ziehend, wenn hin und wieder ein leises Lüftchen aufkam.

Die Bauern machen ihre Bauarbeiten fertig und fahren Mist. Das Vieh leidet Hunger auf dem verdorrten Brachfeld in Erwartung der Grumternte. Kühe und Kälber brüllen mit hochgekrümmten Schwänzen und entlaufen den Hirten von der Raufe. Kinder hüten Pferde auf Straßen und Abhängen. Weiber schleppen aus dem Walde Säcke voll Gras heran, große und kleine Mädchen kriechen um die Wette im abgeholzten Walde im Gebüsch herum und suchen Beeren, um sie an die Sommergäste zu verkaufen.

Die Fremden, die in buntverzierten Sommerhäuschen mit

krauser Architektur wohnen, spazieren entweder in leichten, sauberen, teuren Kleidern auf den mit Sand bestreuten Pfaden oder sitzen im Schatten der Bäume oder in Lauben an gestrichenen Tischen, stöhnen über die Hitze und trinken Tee oder kühlende Getränke.

Vor der prächtigen von Nikolaj Semionowitsch bewohnten Datsche mit Turm, Veranda, Balkons, Galerien – alles ist so schön frisch, neu und sauber! – steht eine als Troika bespannte Kalesche, die für fünfzehn Rubel »hin und her«, wie der Kutscher sagte, einen Herrn aus Petersburg gebracht hat.

Dieser Herr war ein bekannter liberaler Politiker, der stets an allen Komitees, Kommissionen und Eingaben beteiligt war und ebenso an all den immer höchst schlau zurechtgemachten, angeblich getreu-untertänigen, in Wahrheit aber äußerst liberalen Adressen. Er ist aus der Stadt gekommen (aus der er sich, als enorm beschäftigter Mensch, nur einen einzigen Tag entfernen kann), um seinen Freund und Jugendgespielen, der beinah sein Gesinnungsgenosse ist, zu besuchen.

Ihre Meinungen gehen nur ganz wenig auseinander hinsichtlich der praktischen Anwendung des konstitutionellen Prinzips. Der Petersburger Herr – sehr europäisch gesinnt, sogar ein ganz klein wenig zum Sozialismus neigend – bezieht aus den von ihm bekleideten Ämtern ein sehr hohes Gehalt. Nikolaj Semionowitsch dagegen ist eine echt russische Natur, streng rechtgläubig mit einem Anhauch von Slawophilie; er besitzt viele tausend Desiatinen Land.

Sie hatten im Garten gespeist – fünf Gänge; vor Hitze aber hatten sie fast nichts gegessen, sodass alle Mühen des mit vierzig Rubel monatlich besoldeten Kochs und seiner Gehilfen, die sich alle zu Ehren des Gastes ganz besonders angestrengt hatten, eigentlich vergeblich gewesen waren. Die Herrschaften hatten nur die eisgekühlte Botwinja mit frischem Weißlachs gegessen und verschiedenerlei schöngeformtes, mit Zuckerstückchen und Biskuits verziertes Eis genommen.

An der Mittagstafel hatten teilgenommen der Gast, ein liberaler Arzt, der Hauslehrer der Kinder – ein Student und wilder Sozialrevolutionär, den Nikolaj Semionowitsch aber im Zügel zu halten wusste – Marie, Nikolaj Semionowitschs Gattin, und drei Kinder, von denen das kleinste erst zur Nachspeise erschien.

Bei Tisch herrschte eine etwas gespannte Stimmung, weil Marie, eine ohnehin sehr nervöse Dame, sich sorgte wegen einer Magenverstimmung ihres Goga – so wurde, weil bei feinen Leuten die Kinder Beinamen haben müssen, der jüngste Junge, Nikolaj, genannt – und weil sofort bei Beginn des politischen Gesprächs zwischen den Besuchern und Nikolaj Semionowitsch der aufgeregte Student zeigen wollte, dass er sich vor niemand scheute, seine Meinung offen auszusprechen, und sich in das Gespräch einmischte, sodass der Gast verstummte und Nikolaj Semionowitsch den Revolutionär beruhigen musste.

Man hatte um sieben Uhr gespeist. Nach Tisch saßen die Gäste auf der Veranda, tranken zur Abkühlung kaltes Narsanwasser mit Eis und Weißwein, und plauderten.

Meinungsverschiedenheiten kamen vor allem zutage bei der Frage, wie die Wahlen sein sollten: zwei- oder einstufig – und es hatte gerade ein heftiger Streit angefangen, als zum

Tee in das durch Fliegennetze geschützte Speisezimmer gerufen wurde. Beim Tee führte man ein ganz allgemeines Gespräch, dem Marie aber nur wenig Interesse entgegenbrachte, weil die Gedanken an Gogas Magenverstimmung sie völlig in Anspruch nahmen. Man sprach von Malerei, und Marie suchte zu beweisen, dass in der Malerei der Dekadenten *un je n' sais quoi* sei, das man nicht in Abrede stellen könne. Sie dachte in diesem Augenblick überhaupt nicht an die Malerei der Dekadenten, aber sie redete eben das, was sie schon viele Male geredet hatte. Den Gast interessierte das alles schon gar nicht; aber er hatte doch häufig gehört, was man gegen die Dekadenten so redete, und was er davon jetzt vorbrachte, klang so ernstgemeint, dass niemand auf den Gedanken gekommen wäre, dass ihm die Malerei der Dekadenten ebenso gleichgültig sei wie die der Nichtdekadenten. Nikolaj Semionowitsch sah seiner Frau an, dass sie über etwas verstimmt war und dass es vielleicht heute noch Unannehmlichkeiten geben würde, außerdem langweilten ihn ihre Redereien sehr, die er schon hundertmal gehört zu haben meinte.

Die kostbaren Bronzelampen und die Laterne draußen wurden angezündet. Die Kinder wurden schlafen gelegt, nachdem Goga noch verschiedenen medizinischen Kunstgriffen unterworfen worden war.

Die Besucher, Nikolaj Semionowitsch und der Doktor begaben sich auf die Veranda. Der Diener brachte Kerzen mit Lichtschirmen und noch mehr Narsan, und so gegen zwölf Uhr nachts kam erst ein richtiges, angeregtes Gespräch in Gang über die Maßregeln, welche die Regierung in dem gegenwärtigen für Russland so wichtigen Augenblick ergreifen müsse. Die Herren rauchten und redeten unaufhörlich.

Draußen vor dem Tor klangen die Schellen der Pferde, die nicht gefüttert worden waren, und der alte Kutscher saß in der Kalesche und gähnte oder schnarchte. Er war jetzt schon zwanzig Jahre auf einer Stelle und schickte seinen gesamten Lohn, mit Ausnahme von drei oder fünf Rubeln, die er zu vertrinken pflegte, nach Hause an seinen Bruder. Als bei einzelnen Datschen die Hähne zu krähen anfingen, besonders laut und hell einer auf dem Hof der Nachbardatsche, bekam der Kutscher plötzlich die Sorge, man könnte ihn vielleicht vergessen haben. Er kletterte also aus der Kalesche und ging ins Haus. Er sah nun, dass sein Fahrgast ruhig dasaß, etwas aß und dazwischen immerzu redete. Er wurde ängstlich und ging den Diener suchen. Der Diener saß in seinem Livreejackett im Vorzimmer und schlief. Der Kutscher machte ihn wach. Der Diener, ein ehemaliger Leibeigener, der von seinem Lohn (die Stelle war gut: fünfzehn Rubel Lohn und manchmal bis zu hundert Rubel Trinkgeld von Gästen) seine große Familie ernährte, fünf Mädels und zwei Jungen, sprang auf, strich den Rock glatt, schüttelte sich und ging dann zum Herrn, um ihm zu melden, der Kutscher werde ungeduldig und möchte gern nach Hause fahren.

Als der Diener eintrat, war der Streit gerade auf seinem Höhepunkt angelangt. Der Doktor war auch dazugetreten und nahm teil.

»Ich kann nicht zugeben, dass das russische Volk«, sagte der Gast, »ganz andere Wege der Entwicklung gehen muss! Vor allen Dingen brauchen wir Freiheit, politische Freiheit, jene Freiheit … wie soll ich Ihnen das näher erläutern … also wie ja alle wissen, die größte Freiheit … unter Wahrung der größten Rechte der anderen …«

Der Gast empfand, dass er sich verhaspelt hatte und Unsinn redete, aber im Eifer des Gesprächs war er sich nicht mehr ganz klar darüber, was er eigentlich hätte sagen müssen.

»So ist es«, antwortete Nikolaj Semionowitsch, ohne auf den Gast zu hören, und lediglich darauf bedacht, seine eigenen Gedanken auszusprechen, die ihm selbst sehr gefielen. »Das ist schon so, aber es ist auf einem anderen Wege zu erreichen, nicht durch Stimmenmehrheit, sondern durch allgemeine Zustimmung. Sehen Sie sich nur die Entscheidungen der Bauerngemeinde, unseres ›Mir‹, an!«

»Ach, immer dieser ›Mir‹!«

»Man kann nicht leugnen«, sagte der Doktor, »dass die slawischen Völker ihre ganz besonderen Anschauungen haben. Nehmen Sie zum Beispiel das Vetorecht in Polen. Ich will ja nicht gerade behaupten, das wäre besser …«

»Erlauben Sie, lassen Sie mich meinen Gedanken zu Ende führen«, begann Nikolaj Semionowitsch. »Das russische Volk hat seine ganz besonderen Eigenschaften. Diese Eigenschaften …«

Gerade da erschien mit verschlafenem Gesicht Iwan in seiner Livree und unterbrach ihn:

»Der Kutscher ist ungeduldig …«

»Sagen Sie ihm« (der Petersburger Herr nannte seine Diener stets »Sie« und war stolz darauf), »dass ich bald fahre und für das Warten bezahlen werde!«

»Zu Befehl!«

Der Diener ging. Und Nikolaj Semionowitsch konnte nun seinen Gedanken zu Ende führen. Aber sowohl der Besucher wie der Doktor hatten das alles schon zwanzigmal gehört (oder es kam ihnen wenigstens so vor), und beide, besonders der Gast, versuchten ihn durch Beispiele aus der Geschichte zu widerlegen. Der Gast wusste in der Geschichte sehr gut Bescheid.

Der Doktor war auf der Seite des Gastes, bewunderte seine Bildung und hatte sich sehr über die Gelegenheit gefreut, ihn kennenzulernen.

Das Gespräch zog sich so in die Länge, dass es hinter dem Walde, auf der andern Seite der Landstraße, bereits hell wurde und die Nachtigallen schon erwachten. Aber die Herren rauchten und redeten, redeten und rauchten immer noch.

Vielleicht hätte das Gespräch auch noch länger gedauert, aber jetzt trat das Stubenmädchen in die Tür.

Dieses Stubenmädchen war eine Waise, die, um leben zu können, in Stellung hatte gehen müssen. Zuerst war sie in einer Kaufmannsfamilie, wo der Geschäftsgehilfe sie verführte. Sie bekam ein Kind. Ihr Kind starb und sie nahm eine neue Stellung an, bei einem Beamten, wo sie der Sohn, ein Gymnasiast, nicht in Ruhe ließ. Dann wurde sie zweites Hausmädchen bei Nikolaj Semionowitsch und fand, sie habe es sehr glücklich getroffen, denn hier stellten ihr die Herren nicht mit ihrer Geilheit nach, und sie erhielt pünktlich ihren Lohn. Sie kam jetzt, um zu melden, die gnädige Frau ließen den Herrn Doktor und Nikolaj Semionowitsch bitten.

»Nu«, dachte Nikolaj Semionowitsch, »gewiss ist da schon wieder was mit Goga los.«

»Was gibt's denn?«, fragte er.

»Nikolaj Nikolajewitsch sind nicht ganz wohl«, sagte das Mädchen. (»Nikolaj Nikolajewitsch sind …«, damit war Goga gemeint, der sich überfressen hatte und an Durchfall litt.)

»Es ist aber wirklich Zeit für mich«, sagte der Besucher. »Sehen Sie nur, wie hell es schon ist, wie lange wir gesessen haben!«, sagte er lächelnd, als lobte er sich und die andern dafür, dass sie alle so lange und so viel geredet hatten. Dann verabschiedete er sich.

Iwan musste auf seinen müden Beinen lange herumrennen, bevor er Hut und Schirm des Gastes fand, die dieser selbst an den ausgefallensten Stellen hatte liegen lassen. Iwan hoffte auf ein Trinkgeld, aber der Gast, der sonst immer freigebig war und dem es auf den Rubel nicht angekommen wäre, war noch so eifrig bei dem Gespräch, dass er das Trinkgeld ganz vergaß und erst unterwegs daran dachte, dass er dem Diener nichts gegeben hatte. »Nu, jetzt ist nichts mehr zu machen!«

Der Kutscher kletterte auf den Bock, nahm die Leine, setzte sich seitwärts hin und fuhr los. Die Schellen klangen; der Petersburger Herr ließ sich von den weichen Federn wiegen, fuhr dahin und dachte an die Beschränktheit und Voreingenommenheit seines Freundes.

Genau dasselbe dachte Nikolaj Semionowitsch, der nicht sofort zu seiner Frau ging. ›Schrecklich ist diese Petersburger Enge des Blickes! Die Leute können sich doch nie davon losmachen!‹, dachte er.

Er überhastete sich nicht, zu seiner Frau zu kommen, weil er von der Unterhaltung nichts Angenehmes erwartete.

Es handelte sich nämlich um Beeren. Bauernjungen hatten gestern Beeren angeboten. Nikolaj Semionowitsch hatte ihnen, ohne lange zu handeln, zwei Teller voll nicht ganz reifer Beeren abgekauft. Dann waren die Kinder gelaufen gekommen, hatten sie ihm abgebettelt und sie gleich vom Teller aufgegessen. Marie war noch nicht sichtbar gewesen; als sie dann aber erschien und erfuhr, Goga hätte Beeren bekommen, war sie furchtbar böse geworden, weil er so schon einen verdorbenen Magen hatte. Sie machte ihrem Manne Vorwürfe. Er verteidigte sich. So kam es zu einem sehr unerfreulichen Gespräch, fast zu einem Zank. Gegen Abend hatte Goga sehr schlechten Stuhlgang. Nikolaj Semionowitsch hatte gedacht, damit würde die Sache zu Ende sein. Nun war aber der Doktor geholt worden, das hieß also, die Sache hatte eine böse Wendung genommen.

Als er bei seiner Frau eintrat, stand sie in einem bunten, seidenen Morgenrock, der ihr sonst sehr gefiel, an den sie aber jetzt nicht dachte, neben dem Doktor über den Nachttopf gebeugt da und leuchtete ihm mit einer tropfenden Kerze.

Der Doktor schaute durch seinen Kneifer aufmerksam hinein und rührte mit einem Stäbchen in dem übelriechenden Inhalt herum.

»Ja, ja«, sagte er bedeutsam. »Das kommt alles von den verdammten Beeren.«

»Wieso denn ausgerechnet von den Beeren?«, fragte Nikolaj Semionowitsch schüchtern.

»Wieso von den Beeren … Du hast ihn doch damit gefüttert! Und jetzt kann ich die Nächte nicht schlafen und das arme Kind muss sterben.«

»Na, der Junge wird ja nicht gleich sterben«, sagte der

Doktor lächelnd. »Eine kleine Dosis Wismut, und ein bisschen Vorsicht! Wir wollen es ihm gleich eingeben.«

»Er ist eingeschlafen«, sagte sie.

»Nu, dann wollen wir ihn lieber nicht stören. Ich komme morgen mit heran.«

»Ach ja, bitte sehr …«

Der Doktor ging. Nikolaj Semionowitsch blieb allein und konnte seine Frau lange nicht beruhigen. Als er endlich einschlief, war es schon ganz hell.

Im Nachbardorf kamen gerade um diese Zeit die Bauern und die Kinder von der Nachtweide zurück. Einige kamen auf ihrem einzigen Pferde geritten, andere hatten noch Pferde an der Leine, und hinterher liefen die Ein- und Zweijährigen.

Taraska Resunow, ein zwölfjähriger Junge, in Pelzjacke und Mütze, saß barfuß auf einer scheckigen Stute und hatte einen Wallach an der Leine; ein Füllen, ebenso scheckig wie die Mutter, lief nebenher. Er überholte alle andern und sprengte bergan zum Dorfe hinauf. Ein schwarzer Hund rannte lustig vor den Pferden her und sah sich immer wieder nach ihnen um. Der scheckige wohlgenährte Einjährige schlug hinten mit seinen weißen, unten schwarzen Beinen bald nach dieser, bald nach jener Seite aus. Beim Hause angelangt, band Taraska die Pferde am Tor fest und trat in den Flur.

»Heda, ihr, schlaft ihr immer noch?«, schrie er seine Schwestern und den Bruder an, die im Flur schliefen.

Die Mutter, die neben ihnen schlief, war schon aufgestanden, um die Kuh zu melken.

Olguschka sprang auf und strich mit beiden Händen ihre ganz zerzausten, hellblonden Haare glatt. Fedka hingegen, der auch hier schlief, blieb noch liegen, die Nase tief im Pelz, und rieb sich nur mit seiner rauen Ferse das unter dem Kaftan hervorguckende schlanke Kinderbein.

Die Kinder hatten gestern beschlossen, heute in die Beeren zu gehen, und Taraska hatte versprochen, seine Schwestern und den Jungen zu wecken, wenn er von der Nachtweide zurückkäme.

So tat er also auch. Auf der Nachtweide hatte er unter einem Busch gesessen und war vor Müdigkeit beinahe umgefallen. Jetzt aber war er wieder ganz munter und beschloss, sich gar nicht erst schlafen zu legen, sondern mit den Mädels in die Beeren zu gehen. Die Mutter gab ihm einen Topf Milch. Ein Stück Brot hatte er sich selbst schon abgeschnitten. Er setzte sich an den Tisch auf die hohe Bank und fing an zu essen.

Als er dann, nur in Hemd und Hose, mit raschen Schritten die Straße entlang ging, wobei seine bloßen Füße deutliche Spuren im Staub hinterließen, in dem bereits einige ebensolche Spuren nackter Füße – teils größere, teils kleinere – mit deutlich abgezeichneten Zehen zu sehen waren, da schimmerten die Mädchen schon weit in der Ferne als rote und weiße Fleckchen auf dem dunklen Grün des Waldes. (Sie hatten sich schon am Abend ein Töpfchen und einen Krug hingestellt, hatten nicht erst gefrühstückt, auch kein Brot mitgenommen, sich nur zweimal in der vorderen Ecke verneigt und waren auf die Straße hinausgelaufen.) Taraska holte sie hinter dem großen Walde ein, als sie eben von der Landstraße abgebogen waren.

Auf dem Grase, im Buschwerk, sogar auf den unteren Ästen der Bäume lag Tau. Die nackten Füßchen der Mädchen waren sofort nass. Erst waren sie kalt, dann aber glühend heiß, als sie bald durch das weiche Gras, bald über die Unebenheiten des trockenen Bodens trippelten. Die vielen Beeren wuchsen da, wo der Wald geschlagen war. Die Mädels gingen zuerst nach der vorjährigen Lichtung. Junges Unterholz fing hier erst an zu wachsen, und zwischen dem saftigen jungen Buschwerk kamen immer wieder Stellen mit niedrigem Grase, in dem die rötlich-weißen, hier und da auch schon dunkelroten Beeren reiften und sich versteckten.

Die Mädels bückten sich tief und pflückten mit ihren von der Sonne verbrannten kleinen Händchen eine Beere nach der anderen. Sie taten die schlechten in den Mund, die guten in den Krug.

»Olguschka, komm hierher! Hier sind mächtig viel.«

»Nu, Schwindel! A-u!«, riefen sie sich einander zu, als sie durchs Gebüsch weitergingen, ohne sich allzu sehr voneinander zu entfernen.

Taraska ging weiter fort, über die Schlucht hinaus, wo der Wald schon ein Jahr früher geschlagen war und wo das junge Unterholz, namentlich Haselgesträuch und Ahorn, schon mehr als mannshoch war. Das Gras war hier saftiger und dichter, und wo Stellen mit Erdbeeren vorkamen, da waren die Beeren unter dem Schutze des Grases saftiger und größer.

»Gruschka!«

»Was?«

»Wenn nun aber ein Wolf kommt ...«

»Was soll der Wolf? Warum willst du mir Angst machen? Ich fürchte mich überhaupt nicht!«, sagte Gruschka und steckte dann aus Versehen, weil sie doch an den Wolf denken musste, eine Beere nach der anderen, und zwar gerade die allerbesten, nicht in den Krug, sondern in den Mund.

»Der Taraska ist bis über die Schlucht gegangen. Taraska! A-u!«

»Ja-o!«, antwortete Taraska von drüben her. »Kommt hierher!«

»Da müssen wir hin, da sind viel mehr ...«

Und die Mädchen kletterten in die Schlucht hinab, sich an den Büschen festhaltend, und aus dem Grunde klommen sie durch Seitenschluchten wieder nach oben. Drüben in der Sonnenglut kamen sie gleich auf eine Wiese mit kurzem Gras, die ganz übersät war mit Beeren. Beide schwiegen und arbeiteten unermüdlich mit Händen und Lippen.

Plötzlich raschelte etwas und inmitten der Stille krachte es, wie sie sich einbildeten, ganz fürchterlich im Gras und im Gebüsch.

Gruschka fiel vor Schreck lang hin und verschüttete die Hälfte der schon in ihren Krug gesammelten Beeren. »Mamuschka!«, kreischte sie auf und fing an zu weinen.

»Ein Hase! Da ist ein Hase! Taraska! Ein Hase! Da ist er!«, schrie Olguschka und deutete auf den graubraunen Rücken mit Ohren, der durch das Buschwerk huschte. »Was heulst du denn?«, wandte sich Olguschka an Gruschka, als der Hase verschwunden war.

»Ich dachte, es ist ein Wolf!«, antwortete Gruschka und brach in ein fast glockenhelles Kichern aus.

»Dummes Ding!«

»Ich hab' ja solchen Schreck gekriegt!«, sagte Gruschka, musste aber plötzlich nach ihrem Entsetzen und ihren verzweifelten Tränen laut loslachen.

Sie sammelten die Beeren ein und gingen weiter. Die Sonne war jetzt schon ganz aufgegangen; mit hellen, grellen Flecken und Schatten zeichnete sie Muster auf das Grün und funkelte in den Tautropfen, von denen die Mädchen jetzt schon bis zum Gürtel nass waren.

Die Mädchen waren schon beinah am Ende des Waldes angelangt und gingen immer noch weiter und weiter in der Hoffnung, dass, je weiter, desto mehr Beeren sein würden. An verschiedenen Stellen war jetzt das laute »A-u!« von Mädchen und Frauen zu hören, die später aufgebrochen waren und auch Beeren sammelten. Um die Frühstückszeit waren Töpfchen und Krug schon halb voll. Da trafen die Mädchen Tante Akulina, die auch nach Beeren gegangen war. Hinter Tante Akulina wackelte auf dicken, krummen Beinchen ein kleiner dickbäuchiger Engel her, im bloßen Hemde und ohne Mütze.

»Er ist mitgerannt«, sagte Akulina zu den Mädchen und nahm den Jungen auf die Arme. »Bei wem hätte ich ihn auch lassen sollen ...«

»Wir haben eben einen strammen Hasen aufgescheucht! Wie das geknackt hat – unheimlich war's!«

»Sieh mal an«, sagte Akulina und ließ den Jungen wieder aus den Armen herab.

Als sie so geredet hatten, trennten sich die Mädchen wieder von Akulina und arbeiteten weiter.

»Weißt du, wir wollen uns jetzt aber ein bisschen hinsetzen«, sagte Olguschka und ließ sich im dichten Schatten eines Nussbaumes nieder. »Ich bin schon ganz müde. Äch, jetzt haben wir kein Brot bei uns. Ich habe Hunger!«

»Ich auch«, sagte Gruschka.

»Was schreit denn die Tante Akulina da immerzu? Hörst du? A-u! Tante Akulina!«

»Olguschka-a!«, antwortete Akulina.

»Was ist?«

»Ist mein Junge nicht bei euch?«, schrie Akulina aus einer Seitenschlucht.

»Nein.«

Aber jetzt raschelte es im Gebüsch, und von der Seitenschlucht her erschien Tante Akulina in eigener Person, den Rock bis über die Knie gerafft, mit ihrem Körbchen am Arm.

»Habt ihr meinen Jungen nicht gesehen?«

»Nein.«

»So ein Unglück. Mischka-a!«

»Mischka-a!«

Niemand antwortete.

»Och, so eine böse Sache! Er wird sich noch verlaufen.«

Olguschka sprang auf und ging mit Gruschka nach der einen Seite, um zu suchen, Tante Akulina nach der andern. Unaufhörlich riefen sie mit lauter Stimme nach Mischka – aber es kam keine Antwort.

»Ich bin schon ganz müde«, sagte Gruschka und blieb zurück. Aber Olguschka rief unermüdlich »A-u!«, ging mal nach rechts, mal nach links und sah sich nach allen Seiten um.

Akulinas verzweifelte Stimme tönte weithin bis nach dem großen Walde. Olguschka wollte schon aufhören zu suchen und nach Hause gehen, als sie in einem saftigen Busch bei einem Lindenstumpf mit Jungholz das hartnäckige, zornige, verzweifelte Piepsen eines Vogels hörte, der wohl Junge hatte und sich über etwas aufregte. Der Vogel fürchtete sich offenbar vor etwas und war wütend. Olguschka sah sich nach dem Busch um, der von dichtem, hohem Gras mit weißen Blumen umgeben war, und sah unmittelbar darunter ein blaues Häufchen, das ganz und gar nicht wie Gras aussah. Sie blieb stehen und schaute näher hin. Das war Mischka. Vor ihm fürchtete sich und über ihn ärgerte sich der Vogel.

Mischka lag auf seinem dicken Bauch, die Ärmchen unter den Kopf geschoben, die runden, krummen Beinchen ausgestreckt und schlummerte süß.

Olguschka rief die Mutter herbei, weckte den Kleinen und schenkte ihm Beeren.

Und noch lange nachher erzählte Olga allen, die sie traf und zu Hause der Mutter und dem Vater und den Nachbarn, wie sie Akulinas Kleinen gesucht und schließlich gefunden hatte.

Die Sonne stand schon hoch über dem Walde und versengte mit ihren heißen Strahlen die Erde und alles, was auf ihr war.

»Olguschka, komm mit baden!«, wurde Olga von den andern Mädchen aufgefordert, mit denen sie zusammengetroffen war. Und in einer großen Schar zogen sie alle singend zum Flusse. Die Mädchen plantschten, kreischten, schwatzten – und bemerkten bei alledem nicht, wie eine schwarze, tiefschwebende Wolke von Westen her heranzog, wie die Sonne bald verschwand, bald wieder zum Vorschein kam, wie es stärker nach Blumen und Birkenlaub duftete, und wie es anfing leise zu donnern. Die Mädchen waren noch nicht fertig angezogen, da fing es schon an zu regnen, und sie wurden nass bis aufs letzte Fädchen.

In ihren vor Nässe am Körper klebenden und dunkel gewordenen Hemden rannten sie nach Hause. Sie aßen etwas, dann brachten sie dem Vater, der auf dem Felde pflügte, Kartoffeln als Mittagessen. Als sie wieder daheim waren und zu Mittag gegessen hatten, waren ihre Hemden schon wieder trocken. Sie lasen ihre Erdbeeren aus, taten sie in eine Tasse und brachten sie nach der Datsche von Nikolaj Semionowitsch, wo man meist gut zahlte. Aber diesmal wies man sie ab.

Marie saß unter einem Schirm in einem großen Sessel und kam um vor Hitze. Als sie die kleinen Mädchen mit den Beeren sah, wehrte sie mit dem Fächer ab.

»Wir brauchen nichts, wir brauchen nichts …«

Aber Walja, ihr Ältester, ein Junge von zwölf Jahren, der sich hier von den Anstrengungen des humanistischen Gymnasiums erholte und mit den Nachbarskindern Krocket spielte, sah die Beeren, lief zu Olguschka hin und fragte: »Wie viel sollen sie kosten?«

Sie sagte: »Dreißig Kopeken.«

»Das ist zu viel«, sagte er. Er sagte nur deshalb »zu viel«, weil die Großen auch immer so sagten. »Warte einen Augenblick, aber geh da hinter die Ecke«, sagte er und lief zur Kinderfrau.

Olguschka und Gruschka freuten sich inzwischen an der Spiegelkugel, in der kleine Häuser, Wälder, Gärten zu sehen waren. Und diese Kugel und vieles andere kam ihnen gar nicht weiter wunderbar vor, weil sie immer das Allerwunderbarste von dem geheimnisvollen und für sie ganz unverständlichen Leben der Herrschaften erwarteten.

Walja lief also zur Niania und bat sie um dreißig Kopeken. Die Niania meinte, zwanzig seien auch genug und holte ihm aus ihrer Truhe das Geld. Er machte dann einen weiten Bogen um den Vater herum, der nach der letzten schweren Nacht eben erst aufgestanden war und jetzt rauchte und seine Zeitung las. Walja gab dem Mädchen seinen Zwanziger, schüttete sich die Beeren auf einen Teller und machte sich sofort darüber her.

Wieder zu Hause angelangt, machte Olguschka mit den Zähnen den Knoten ihres Tuches auf, in das sie den Zwanziger eingebunden hatte, und gab das Geld der Mutter. Die verwahrte es und suchte dann ihre Wäsche zusammen, um an den Fluss zu gehen.

Taraska, der seit dem Morgen mit dem Vater die Kartoffeln durchgepflügt hatte, schlief um die Zeit im Schatten eines dichten, dunklen Eichenbaumes. Der Vater saß daneben und beobachtete das gekoppelte, ausgespannte Pferd, das gerade am Rande eines fremden Ackers weidete und jeden Augenblick in den Hafer oder in fremde Wiesen gehen konnte.

In der Familie von Nikolaj Semionowitsch war heute wieder alles genau so wie immer. Alles ging ausgezeichnet. Das Frühstück von drei Gängen war fertig, die Fliegen hatten sich schon längst darüber hergemacht, aber niemand erschien zu Tisch, denn niemand verspürte Lust zum Essen.

Nikolaj Semionowitsch war sehr befriedigt über die Richtigkeit seiner Ansichten, die durch das bewiesen wurden, was er heute in den Zeitungen las. Marie war beruhigt, weil Goga einen guten Stuhlgang gehabt hatte. Der Doktor war darüber erfreut, dass die von ihm verordneten Mittel geholfen hatten. Und Walja freute sich darüber, dass er einen ganzen Teller Erdbeeren gegessen hatte.

Anton Čechov

Die Stachelbeeren

Bereits seit dem frühen Morgen bedeckten Regenwolken den Himmel; es war still, nicht warm und eintönig, wie immer an grauen, trüben Tagen, wenn die Wolken schon lange über dem Land hängen und man auf den Regen wartet, der nicht kommt. Der Tierarzt Ivan Ivanyč und der Gymnasiallehrer Burkin waren schon müde vom Gehen, und die Ebene schien ihnen endlos. In der Ferne konnte man gerade noch die Windmühlen des Dorfes Mironosickoe erkennen, rechts zog sich eine Hügelkette hin, die weit hinter dem Dorf verschwand, und beide wussten, dass dort das Flussufer war; da gab es Wiesen, grüne Weiden und Gutshöfe, und stand man auf einem dieser Hügel, so erblickte man eine ebenso endlose Ebene, Telegrafenmasten und die Eisenbahn, die von ferne einer kriechenden Raupe glich; und an klaren Tagen sah man von dort aus sogar die Stadt. Jetzt, bei dem stillen Wetter, da die ganze Natur einen sanftmütigen und verträumten Eindruck machte, erfüllte Ivan Ivanyč und Burkin eine tiefe Liebe zu dieser Gegend, und beide dachten daran, wie groß und wie wunderschön doch dieses Land sei.

»Das letzte Mal, als wir in der Scheune des Dorfältesten Prokofij saßen, wollten Sie eine Geschichte erzählen«, sagte Burkin.

»Ja, ich wollte Ihnen damals etwas von meinem Bruder erzählen.«

Ivan Ivanyč seufzte tief und zündete sein Pfeifchen an, um danach mit der Geschichte zu beginnen, aber gerade in diesem Augenblick fing es zu regnen an. Nach fünf Minuten goss es bereits in Strömen, und es war kaum abzusehen, wann dieser Regen wieder aufhören würde. Ivan Ivanyč und Burkin blieben stehen und überlegten; die Hunde, die schon ganz nass waren, standen mit eingezogenem Schwanz da und schauten sie ergeben an.

»Wir müssen uns irgendwo unterstellen«, sagte Burkin, »gehen wir zu Alëchin. Das ist nicht weit von hier.«

»Gut, gehen wir.«

Sie bogen vom Weg ab und gingen über ein abgemähtes Feld, erst geradeaus, dann nach rechts, bis sie auf die Landstraße kamen. Bald tauchten Pappeln auf, ein Garten und rote Scheunendächer; der Fluss schimmerte, und vor ihren Blicken breitete sich der Wehrteich mit einer Mühle und mit einem Badehaus. Das war Sofjino, wo Alëchin wohnte.

Die Mühle arbeitete, sie übertönte das Geräusch des Regens; das Wehr zitterte. Dort standen neben den Bauernwagen mit gesenkten Köpfen nasse Pferde, und Leute, die sich Säcke umgehängt hatten, liefen hin und her. Es war feucht, schmutzig und ungemütlich, und der Fluss sah kalt und unfreundlich aus. Ivan Ivanyč und Burkin verspürten ein Unbehagen und fühlten die Nässe und Unsauberkeit bereits am ganzen Körper, ihre Schuhe waren schwer von dem Schlamm, und als sie das Wehr überquert hatten und zu den herrschaftlichen Speichern hinaufstiegen, schwiegen sie, als seien sie böse miteinander.

In einem der Speicher ratterte eine Worfelmaschine; die Tür stand offen, und Staub drang heraus. Auf der Schwelle stand Alëchin, ein Mann von etwa vierzig Jahren, er war groß, beleibt und glich mit seinem langen Haar eher einem Professor und Künstler als einem Gutsbesitzer. Er trug ein weißes, lange nicht mehr gewaschenes Hemd mit einem Strick als Gürtel, statt der Beinkleider hatte er Unterhosen an, und an seinen Stiefeln klebten Schmutz und Stroh. Nase und Augen waren schwarz von Staub. Er erkannte Ivan Ivanyč und Burkin und freute sich offensichtlich sehr.

»Bitte gehen Sie ins Haus, meine Herren«, sagte er lächelnd. »Ich komme sofort nach.«

Das Haus war groß und zweistöckig. Alëchin bewohnte im Erdgeschoss zwei Zimmer mit gewölbter Decke und kleinen Fenstern, wo einst die Verwalter gewohnt hatten; die Einrichtung war einfach, und es roch nach Roggenbrot, billigem Wodka und Pferdegeschirr. Oben in den Paradezimmern hielt er sich selten auf, nur wenn Gäste kamen.

Im Haus wurden Ivan Ivanyč und Burkin von dem Stubenmädchen begrüßt, einer jungen Frau, die so schön war, dass sie beide gleichzeitig stehen blieben und einander ansahen.

»Sie können sich nicht vorstellen, wie ich mich freue, Sie zu sehen, meine Herren«, sagte Alëchin, der hinter ihnen die Diele betreten hatte. »Das habe ich nicht erwartet! Pelageja«, fuhr er, zu dem Stubenmädchen gewandt, fort, »geben Sie den Gästen etwas zum Umziehen. Zuerst muss ich mich aber waschen, mir kommt es so vor, als hätte ich mich seit dem Frühling nicht mehr gewaschen. Kommen Sie doch mit ins Badehaus, meine Herren, inzwischen wird hier alles vorbereitet.«

Die schöne Pelageja, die so zart und dem Aussehen nach sehr sanft war, brachte Badetücher und Seife, und Alëchin ging mit seinen Gästen zum Badehaus.

»Ja, schon lange habe ich mich nicht mehr richtig gewaschen«, sagte er beim Auskleiden. »Wie Sie sehen, habe ich ein schönes Badehaus, mein Vater hat es noch gebaut, doch zum Waschen komme ich nie.«

Er setzte sich auf eine Stufe und seifte seine langen Haare und den Hals ein, und das Wasser zu seinen Füßen färbte sich braun.

»Ja, das glaube ich gern …«, meinte Ivan Ivanyč bedeutsam und schaute Alëchins Kopf an.

»Schon lange habe ich mich nicht mehr richtig gewaschen«, wiederholte Alëchin verlegen und seifte sich noch einmal ein, wobei das Wasser dunkelblau wurde wie Tinte.

Ivan Ivanyč ging hinaus, stürzte sich geräuschvoll ins Wasser und schwamm durch den Regen, weit mit den Armen ausholend, und Wellen gingen von ihm aus, auf denen sich weiße Seerosen schaukelten. Er schwamm bis zur Mitte des Flusses und tauchte, kam eine Minute darauf an anderer Stelle wieder hoch und schwamm weiter, und immerzu tauchte er, bemüht, auf den Grund zu gelangen. »Ach, mein Gott«, wiederholte er genießerisch. »Ach, mein Gott …« Er schwamm bis zur Mühle, unterhielt sich dort mit den Bauern und kehrte dann um; in der Mitte des Flusses legte er sich auf den Rücken und bot sein Gesicht dem Regen dar. Burkin und Alëchin waren angekleidet und wollten schon gehen, er aber schwamm und tauchte immer noch.

»Ach, mein Gott …«, sagte er, »Herr, erbarme dich.«

»Nun ist es aber genug!«, rief Burkin ihm zu.

Sie kehrten ins Haus zurück. Doch erst als oben in dem großen Salon die Lampe angezündet wurde und Burkin und Ivan Ivanyč, mit seidenen Schlafröcken angetan, in warmen Pantoffeln in den Lehnstühlen saßen und Alëchin, gewaschen und frisiert, in einem neuen Rock durch den Salon schritt und sichtlich die Wärme, die Sauberkeit, die trockene Kleidung und das leichte Schuhwerk genoss und als die schöne Pelageja, die lautlos über den Teppich glitt und weich lächelte, auf einem Tablett Tee mit Varenje reichte – erst da begann Ivan Ivanyč mit seiner Erzählung, und es schien, als hörten ihm nicht nur Burkin und Alëchin zu, sondern auch die alten und jungen Damen und die Männer in Uniformen, die friedlich und streng aus ihren goldenen Rahmen blickten.

»Wir sind zwei Brüder«, begann er, »ich, Ivan Ivanyč, und Nikolaj Ivanyč, der zwei Jahre jünger ist als ich. Ich studierte und wurde Tierarzt, während Nikolaj schon mit neunzehn Jahren im Steueramt saß. Unser Vater Čimša-Gimalajskij war Kantonist, aber nachdem er sich den Offiziersrang erdient hatte, hinterließ er uns den erblichen Adel und ein kleines Gut. Nach seinem Tod wurde uns das Gut der vielen Schulden halber wegprozessiert, aber, wie dem auch sei, unsere Kindheit verlebten wir auf dem Lande in völliger Freiheit. Wie die Bauernkinder verbrachten wir Tag und Nacht auf dem Feld und im Wald, wir hüteten die Pferde, schälten Bast, fingen Fische und dergleichen mehr… Sie wissen ja, wer auch nur einmal im Leben einen Kaulbarsch gefangen oder im Herbst die davonfliegenden Drosseln beobachtet hat, wenn sie an klaren kalten Tagen in Schwärmen über das Dorf ziehen, der taugt nicht mehr zum Städter, und bis zu seinem Tod wird es ihn in die Freiheit ziehen.

Mein Bruder verzehrte sich in seinem Steueramt vor Sehnsucht. Die Jahre vergingen, aber er saß immer noch auf derselben Stelle, füllte immer noch die gleichen Papiere aus und dachte immer noch nur an das Eine – wie er aufs Land kommen könnte. Diese Sehnsucht verwandelte sich nach und nach in einen bestimmten Wunsch, in den Traum, sich einen kleinen Gutshof zu kaufen, irgendwo am Ufer eines Flusses oder Sees.

Er war ein gutmütiger, sanfter Mensch, ich mochte ihn gern, aber diesen Wunsch, sich für das ganze Leben auf einem eigenen Landgut zu vergraben, konnte ich nie nachfühlen. Man sagt zwar, der Mensch brauche nur drei Aršin Erde. Aber drei Aršin Erde braucht doch der Leichnam, nicht der Mensch. Und man sagt jetzt auch, es sei gut, dass unsere Intelligenz den Drang nach Landbesitz verspüre, dass es sie auf die Gutshöfe ziehe. Aber diese Gutshöfe sind doch dasselbe wie die drei Aršin Erde. Die Stadt zu verlassen, dem Kampf, dem Getümmel des Lebens zu entfliehen und sich auf einem Gut zu verstecken – das ist kein Leben, das ist Egoismus, das ist Trägheit, ein Mönchtum besonderer Art, aber ein Mönchtum ohne Heldenmut. Der Mensch braucht nicht drei Aršin Erde, kein Landgut, sondern den ganzen Erdball, die ganze Natur, wo er alle Eigenschaften und Besonderheiten seines freien Geistes ungehindert entfalten kann.

Mein Bruder Nikolaj, der in seinem Steueramt saß, träumte davon, wie er seine eigene Kohlsuppe essen würde, deren schmackhafter Duft über den ganzen Hof zöge; er würde draußen auf dem grünen Rasen essen, in der Sonne schlafen, stundenlang vorm Tor auf dem Bänkchen sitzen und in Wald und Feld hinausschauen. Broschüren über Landwirtschaft und allerlei Kalenderhinweise bereiteten ihm große Freude, sie waren seine geistige Lieblingsnahrung; er las gern Zeitungen, doch las er nur die Anzeigen, dass soundso viel Desjatinen Ackerland mit Wiesen, mit einem Gutshof, mit Fluss, Obstgarten, Mühle und Abflussteichen zum Verkauf stünden. Er malte sich in seiner Fantasie Gartenwege aus, Blumen, Früchte, Starkästen, Teiche voller Karauschen und lauter solche Sachen, wissen Sie. Diese Fantasiebilder waren ganz unterschiedlich, entsprechend den Anzeigen, die ihm ins Auge fielen, aber Gott weiß warum, in jedem von ihnen kamen unbedingt Stachelbeeren vor. Er konnte sich kein Landgut, keinen idyllischen Winkel ohne Stachelbeeren vorstellen.

›Das Landleben hat seine Bequemlichkeiten‹, sagte er immer. ›Du sitzt auf dem Balkon, trinkst Tee, auf dem Teich schwimmen deine Enten, es duftet so schön, und… und es wachsen die Stachelbeeren.‹

Er entwarf immer wieder Pläne für sein Gut, aber jedes Mal kam es auf ein und dasselbe heraus: a) das Herrenhaus, b) das Gesindehaus, c) der Gemüsegarten, d) die Stachelbeeren. Er lebte äußerst bescheiden: er aß sich nie satt, er trank sich nie satt, er kleidete sich Gott weiß wie, geradezu wie ein Bettler, und trug alles Ersparte auf die Bank. Er war schrecklich knauserig. Es tat mir weh, wenn ich ihn so sah; zu den Feiertagen gab und schickte ich ihm immer mal etwas, er aber legte auch das zurück. Wenn ein Mensch erst einmal von einer Idee besessen ist, kann man nichts machen.

Die Jahre vergingen, er wurde in ein anderes Gouvernement versetzt, er hatte die Vierzig schon überschritten, aber immer noch las er die Anzeigen in den Zeitungen und sparte.

Dann hörte ich, er habe geheiratet. Alles mit dem gleichen Ziel – um sich ein Landgut mit Stachelbeersträuchern zu kaufen, heiratete er eine alte, hässliche Witwe, ohne jedes Gefühl für sie, nur weil sie ein bisschen Geld besaß. Er lebte auch mit ihr überaus sparsam, ließ sie hungern und trug ihr Geld unter seinem Namen auf die Bank. Früher war sie mit einem Postmeister verheiratet und bei ihm an Piroggen und Fruchtlikör gewöhnt gewesen, bei ihrem zweiten Mann aber bekam sie nicht einmal genug Schwarzbrot; solch ein Leben ließ sie langsam dahinsiechen, und nach drei Jahren befahl sie Gott ihre Seele. Natürlich dachte mein Bruder nicht einen Augenblick daran, dass er an ihrem Tod schuld sei. Das Geld macht wie der Wodka aus einem Menschen einen Narren. In unserer Stadt starb ein Kaufmann. Vor seinem Tod ließ er sich einen Teller Honig bringen und aß sein ganzes Geld und seine Papiere zusammen mit dem Honig auf, denn niemand sollte es bekommen. Auf einem Bahnhof musste ich einmal Viehherden begutachten, da geriet ein Pferdehändler unter die Lokomotive, und ihm wurde ein Bein abgefahren. Wir brachten ihn in den Wartesaal, das Blut floss, eine schreckliche Geschichte, er aber bat, man möge sein Bein suchen, und war ganz unruhig – in dem Stiefel des abgefahrenen Beines steckten zwanzig Rubel, die durften nicht verlorengehen.«

»Das ist schon aus einer anderen Oper«, warf Burkin ein.

»Nach dem Tod seiner Frau«, fuhr Ivan Ivanyč nach kurzem Nachdenken fort, »begann sich mein Bruder nach einem Gut umzusehen. Natürlich, man kann fünf Jahre lang suchen und macht schließlich doch einen Fehler und kauft sich gar nicht das, wovon man geträumt hat. Mein Bruder Nikolaj kaufte über einen Vermittler unter Übernahme der Hypotheken hundertzwölf Desjatinen Land mit einem Herrenhaus, einem Gesindehaus und einem Park, aber es gab weder einen Obstgarten noch Stachelbeeren, noch Teiche mit Entchen; ein Fluss war da, aber das Wasser war schwarz wie Kaffee, weil auf der einen Seite des Gutes eine Ziegelei stand, auf der anderen eine Knochenbrennerei. Aber meinen Nikolaj Ivanyč kümmerte das wenig, er bestellte sich zwanzig Stachelbeersträucher, pflanzte sie ein und ließ sich als Gutsbesitzer nieder.

Im vergangenen Jahr habe ich ihn besucht. Ich dachte, du wirst mal hinfahren und dir ansehen, wie er so lebt. In seinen Briefen nannte mein Bruder sein Gut ›Gimalajskijs Einöde‹; am Nachmittag traf ich also in ›Gimalajskijs Einöde‹ ein. Es war heiß. Überall Gräben, Gatter, Zäune, in Reihen gepflanzte Fichten, man wusste nicht, wie man in den Hof fahren und wo man das Pferd lassen sollte. Ich ging zum Haus, und mir entgegen kam ein fuchsroter feister Hund, der aussah wie ein Schwein. Er wollte bellen, war aber zu faul. Aus der Küche kam die Köchin, sie war barfuß und dick und sah ebenfalls aus wie ein Schwein, sie sagte, der Herr halte gerade Mittagsruhe. Ich ging zu meinem Bruder hinein, er saß im Bett, die Knie mit einer Decke zugedeckt; er war alt geworden, dick, gleichsam aufgeschwemmt; seine Wangen, seine Nase und seine Lippen hatte es nach vorn gezogen, und es schien, als wolle er jeden Augenblick in die Bettdecke grunzen.

Wir umarmten uns und weinten vor Freude und vor Kummer, dass wir einmal jung gewesen, jetzt aber alt und grau waren und ans Sterben denken mussten. Er zog sich an und führte mich herum, um mir sein Gut zu zeigen.

›Na, wie lebst du hier?‹, fragte ich ihn.

›Es geht so, Gott sei Dank, ich lebe gut.‹

Das war nicht mehr der schüchterne, arme Beamte von früher, sondern ein richtiger Gutsbesitzer, ein Herr. Er hatte sich hier schon ganz eingelebt und fand Geschmack an diesem Leben; er aß viel, badete in der Sauna, er war dick geworden, prozessierte mit der Gemeinde und mit beiden Fabriken, und es kränkte ihn sehr, wenn ihn die Bauern nicht mit ›Euer Hochwohlgeboren‹ anredeten. Auch für sein Seelenheil sorgte er würdevoll, nach Herrenart, und gute Taten vollbrachte er nicht schlicht und einfach, sondern würdevoll. Doch was für gute Taten waren das? Er kurierte die Bauern von allen möglichen Krankheiten mit Soda und Rizinus, und an seinem Namenstag ließ er im Dorf einen Dankgottesdienst abhalten, danach spendierte er einen halben Eimer Wodka, weil er meinte, das sei notwendig. Ach, diese schrecklichen halben Eimer! Heute schleppt ein dicker Gutsbesitzer seine Bauern wegen eines Flurschadens vor die Obrigkeit, und morgen, am Feiertag, spendiert er ihnen einen halben Eimer, und sie singen und schreien ›hurra‹, und die Betrunkenen verneigen sich vor ihm bis zur Erde. Die Wandlung des Lebens zum Besseren, die Sattheit und der Müßiggang entwickeln im russischen Menschen den unverschämtesten Dünkel. Nikolaj Ivanyč, der sich einst in seinem Steueramt sogar davor gefürchtet hatte, eigene Anschauungen zu haben, gab jetzt nur noch Wahrheiten von sich, und zwar im Ton eines Ministers: ›Bildung ist notwendig, für das Volk jedoch noch verfrüht‹, ›Die Prügelstrafe ist im Allgemeinen schädlich, aber in manchen Fällen nützlich und unentbehrlich!‹

›Ich kenne das Volk und verstehe mit ihm umzugehen‹, sagte er. ›Das Volk liebt mich. Ich brauche nur den kleinen Finger zu rühren, und das Volk tut für mich alles, was ich will.‹

Und das, verstehen Sie, sagte er mit einem weisen, wohlwollenden Lächeln. An die zwanzigmal wiederholte er: ›Wir Adligen‹, ›Ich als Adliger‹; offenbar dachte er gar nicht mehr daran, dass unser Großvater Bauer und unser Vater Soldat gewesen war. Selbst unser Name Čimša-Gimalajskij, der in Wirklichkeit unmöglich ist, erschien ihm nun klangvoll, vornehm und sehr elegant.

Doch es handelt sich jetzt nicht um ihn, sondern um mich selbst. Ich will Ihnen erzählen, welche Wandlung in diesen wenigen Stunden, da ich auf seinem Gut weilte, in mir vorging. Am Abend, als wir Tee tranken, stellte die Köchin einen Teller voller Stachelbeeren auf den Tisch. Das waren keine gekauften, sondern seine eigenen Stachelbeeren, die ersten, seitdem die Sträucher gepflanzt worden waren. Nikolaj Ivanyč lachte und blickte die Stachelbeeren ein Weilchen schweigend an, mit Tränen in den Augen – er konnte vor Rührung nicht sprechen; dann aber steckte er sich eine Beere in den Mund, schaute mich triumphierend an wie ein Kind, das endlich sein geliebtes Spielzeug bekommen hat, und sagte:

›Wie schmackhaft!‹

Er aß gierig und wiederholte immer wieder: ›Ach, wie schmackhaft! Probier mal!‹

Die Beeren waren hart und sauer, aber wie Puškin sagt,

›teurer als die bittere Wahrheit ist uns der erhabene Wahn‹. Ich sah einen glücklichen Menschen vor mir, dessen sehnlichster Wunschtraum ganz offensichtlich in Erfüllung gegangen war, der sein Ziel im Leben erreicht, der das bekommen hatte, was er haben wollte, der wirklich mit seinem Schicksal und mit sich selber zufrieden war. Meinen Gedanken über das menschliche Glück hatte sich immer etwas Wehmütiges beigesellt, nun aber, beim Anblick dieses glücklichen Menschen, übermannte mich ein bedrückendes Gefühl, das an Verzweiflung grenzte. Besonders bedrückend war es in der Nacht. Man hatte mir ein Bett im Zimmer neben dem Schlafgemach meines Bruders hergerichtet, und ich konnte hören, dass er nicht schlief und immer wieder aufstand, zu dem Teller mit den Stachelbeeren ging und sich eine Beere nahm. Ich überlegte mir, wie viele zufriedene, glückliche Menschen es eigentlich gibt. Was für eine überwältigende Macht ist das! Sehen Sie sich dieses Leben an: Unverfrorenheit und Müßiggang der Starken, Unwissenheit und Tierähnlichkeit der Schwachen, ringsum unglaubliche Armut, Enge, Entartung, Trunkenheit, Heuchelei, Lügen … Dabei herrscht in allen Häusern und auf den Straßen Ruhe und Frieden; unter fünfzigtausend Menschen, die in der Stadt leben, ist kein einziger, der aufschreien oder laut protestieren würde. Wir sehen die Menschen, die auf den Markt gehen und Lebensmittel einkaufen, die am Tag essen, nachts schlafen, die Unsinn reden, heiraten, alt werden und seelenruhig ihre Verstorbenen auf den Friedhof schleppen; aber wir sehen und hören nicht diejenigen, die leiden, und das Schreckliche im Leben spielt sich irgendwo hinter den Kulissen ab. Alles ist still und friedlich, und es protestiert nur die stumme Statistik: soundso viele haben den Verstand verloren, soundso viele Eimer Schnaps wurden ausgetrunken, soundso viele Kinder sind an Unterernährung zugrunde gegangen ... Und eine solche Ordnung ist offenbar notwendig; offenbar fühlt sich der Glückliche nur deshalb wohl, weil die Unglücklichen ihre Last schweigend tragen, und ohne dieses Schweigen wäre das Glück unmöglich. Das ist eine allgemeine Hypnose. An der Tür eines jeden zufriedenen, glücklichen Menschen müsste jemand mit einem Hämmerchen stehen und ständig mit seinem Klopfen daran erinnern, dass es Unglückliche gibt, dass das Leben, so glücklich es auch sein mag, ihm früher oder später seine Krallen zeigen wird und dass auch ihn das Unglück treffen wird – Krankheit, Armut, Verluste –, und dann wird ihn niemand sehen und hören, so wie er jetzt die anderen nicht hört oder sieht. Doch den Menschen mit dem Hämmerchen gibt es nicht, der Glückliche lebt zu seinem Vergnügen, und die kleinen Sorgen des Lebens bewegen ihn nur leicht wie der Wind die Espe – und alles ist zum Besten bestellt.

In jener Nacht wurde mir klar, dass auch ich zufrieden und glücklich war«, fuhr Ivan Ivanyč fort und stand auf. »Auch ich belehrte beim Essen und auf der Jagd die anderen, wie man leben, glauben und das Volk leiten müsse. Auch ich sagte, Wissen, Licht und Bildung seien notwendig, aber für die einfachen Menschen genüge einstweilen Lesen und Schreiben. Die Freiheit sei ein hohes Gut, sagte ich, ohne sie gehe es ebenso wenig wie ohne Luft, aber man müsse abwarten. Ja, so sprach ich, jetzt aber frage ich: Warum wollen wir warten?« Ivan Ivanyč sah Burkin böse an. »Warum sollen wir warten, frage ich Sie? Aus welchen Überlegungen heraus? Man sagt mir, es geht nicht alles auf einmal, jede Idee werde allmählich und zu ihrer Zeit verwirklicht. Aber wer sagt das? Wo sind die Beweise, dass das richtig ist? Man bezieht sich auf die natürliche Ordnung der Dinge, auf die Gesetzmäßigkeit der Erscheinungen, aber liegt denn Ordnung und Gesetzmäßigkeit darin, dass ich, ein lebendiger, denkender Mensch, am Graben stehe und warte, bis er von selber zuwächst, oder bis er verschlammt, während ich vielleicht hinüberspringen oder eine Brücke darüber schlagen könnte? Und noch einmal: Warum sollen wir warten? Warten, wenn man keine Kraft zum Leben hat und dabei doch leben muss und will!

Ich fuhr damals von meinem Bruder am frühen Morgen ab, und seitdem wurde es mir unerträglich, in der Stadt zu leben. Mich bedrücken die Stille und der Frieden, ich habe Angst, in die Fenster zu schauen, denn es gibt für mich jetzt keinen schrecklicheren Anblick als eine glückliche Familie, die um den Tisch herum sitzt und Tee trinkt. Ich bin schon alt und tauge nicht mehr für den Kampf, ich bin sogar unfähig zu hassen. Ich gräme mich nur in meinem Herzen, ich bin gereizt und ärgerlich, nachts glüht mir der Kopf von dem Ansturm der Gedanken, und ich kann nicht schlafen … Ach, wenn ich doch noch jung wäre!«

Ivan Ivanyč schritt erregt aus einer Ecke in die andere und wiederholte:

»Wenn ich doch noch jung wäre!«

Plötzlich trat er zu Alëchin und drückte ihm bald die eine, bald die andere Hand.

»Pavel Konstantinyč«, sagte er mit flehender Stimme, »geben Sie sich nicht der Ruhe hin, lassen Sie sich nicht einlullen! Solange Sie jung, stark und rüstig sind, dürfen Sie nicht müde werden, Gutes zu tun! Es gibt kein Glück, und es soll auch keines geben, und wenn das Leben Sinn und Zweck hat, so liegt dieser Sinn und Zweck nicht in unserem Glück, sondern in etwas Vernünftigerem, Größerem. Tun Sie Gutes!«

Das alles sagte Ivan Ivanyč mit einem hilflosen, flehenden Lächeln, als bitte er für sich selbst.

Dann saßen sie alle drei in ihren Lehnstühlen, an verschiedenen Ecken des Salons, und schwiegen. Ivan Ivanyčs Geschichte befriedigte weder Burkin noch Alëchin. Während die Generale und die Damen, die in der Dämmerung lebendig zu sein schienen, aus ihren goldenen Rahmen auf sie herabblickten, war es nicht sehr unterhaltsam, sich die Geschichte von dem armen Beamten anzuhören, der Stachelbeeren aß. Man wollte lieber etwas von eleganten Menschen, von Frauen hören. Allein die Tatsache, dass sie im Salon saßen, wo alles – der Kronleuchter in seinem Überzug, die Lehnstühle und die Teppiche – davon sprach, dass diese selben Menschen, die jetzt aus den Rahmen blickten, einstmals hier umhergegangen waren, gegessen und Tee getrunken hatten, wie auch die Tatsache, dass jetzt die schöne Pelageja nur lautlos hin und her lief – das war besser als alle Geschichten.

Alëchin sehnte sich sehr nach Schlaf, er war wegen der Wirtschaft früh aufgestanden, in der dritten Morgenstunde, und jetzt fielen ihm die Augen zu, aber er fürchtete, seine Gäste könnten in seiner Abwesenheit etwas Interessantes erzählen, und deshalb ging er nicht. Ob es klug und richtig war, was Ivan Ivanyč soeben gesagt hatte, konnte er nicht beurteilen; die Gäste sprachen nicht von Grütze, Heu oder Teer, sondern von etwas, was zu seinem Leben nicht in unmittelbarer Beziehung stand, und er freute sich und wollte, dass sie weitersprachen …

»Es ist aber Zeit zum Schlafen«, sagte Burkin und erhob sich. »Gestatten Sie, dass ich Ihnen eine gute Nacht wünsche.«

Alëchin verabschiedete sich und ging hinunter in sein Zimmer, während die Gäste oben blieben. Man hatte den beiden für die Nacht ein großes Zimmer zugewiesen, in dem zwei alte Holzbetten mit Schnitzereien standen; in einer Ecke des Zimmers hing ein Kruzifix aus Elfenbein. Die breiten kühlen Betten, die die schöne Pelageja hergerichtet hatte, dufteten angenehm nach frischer Wäsche.

Ivan Ivanyč zog sich schweigend aus und legte sich nieder.

»Herr, vergib uns Sündern!«, sagte er und zog sich die Decke über den Kopf.

Von seinem Pfeifchen, das auf dem Tisch lag, roch es stark nach Tabakasche. Und Burkin konnte lange nicht einschlafen und begreifen, woher dieser schwere Geruch kam.

Der Regen trommelte die ganze Nacht hindurch gegen die Fensterscheiben.

Božena Němcová

Großmutter

Im Sommer stand Großmutter um vier, im Winter um fünf Uhr auf. Ihr Erstes war, sich zu bekreuzigen und das kleine Kruzifix an dem Rosenkranz mit Perlen aus Nussbaumholz zu küssen, den sie immer bei sich trug und der in der Nacht unter ihrem Kopfkissen lag. Dann stand sie in Gottes Namen auf, und nachdem sie sich angekleidet hatte, besprengte sie sich mit Weihwasser, griff nach dem Spinnrad und spann, während sie leise ein frommes Morgenlied vor sich hin sang. Sie, die arme Alte, hatte nicht mehr viel Schlaf, aber sie wusste, wie gut er war, und gönnte ihn den andern. So nach einer Stunde, nachdem sie aufgestanden war, war das gleichmäßige Klappern ihrer Pantoffeln zu hören. Eine Tür knarrte, dann eine andere, Großmutter trat auf die Haustürschwelle. Im selben Augenblick begannen im Stall die Gänse zu schnattern; die Schweine grunzten, die Kuh muhte, die Hühner schlugen mit den Flügeln, die herbeigelaufenen Katzen umschmeichelten sie. Die Hunde sprangen aus der Hütte, streckten sich und waren mit einem Sprung bei der Großmutter; wenn sie sie nicht abgewehrt hätte, hätten sie sie umgerannt und ihr die Strohschüssel mit dem Futter fürs Geflügel aus den Händen gestoßen. Alle die Tiere liebten Großmutter, und sie liebte sie. Gott bewahre den, den sie ein Tier quälen sah, und wenn es nur ein Wurm war! »Was dem Menschen schadet oder nützt und getötet werden muss, tötet es in Gottes Namen, aber quält es nicht«, sagte sie. Die Kinder durften nicht zuschauen, auch wenn nur ein Huhn geschlachtet wurde, auch nicht, um es zu bemitleiden; denn dann konnte es nicht sterben.

Einmal aber erzürnte sich Großmutter über die beiden Hunde Sultan und Tyrl; das war aber auch zum Zornigwerden! Sie hatten sich in den Stall gegraben und rissen in einer Nacht zehn junge, hübsche gelbe Enten, die allerliebst waren. Der Großmutter sanken vor Schrecken die Arme herab, als sie am Morgen den Stall öffnete und die Gans mit den drei übriggebliebenen Entenküchlein kläglich schnatternd herauswatschelte, als ob sie ihre ermordeten Jungen beklagte, die sie statt deren unbeständigen, immer herumflanierenden Mutter ausgebrütet hatte. Großmutter vermutete zuerst einen Marder, aber an den Spuren erkannte sie, dass es die Hunde getan hatten. Sie, die treuen Wächter? Großmutter traute ihren Augen nicht. Trotzdem kamen sie und schmeichelten, als sei nichts geschehen. Das erzürnte Großmutter erst recht. »Aus meinen Augen, ihr Bösewichter! Was haben euch die Entlein getan? Habt ihr vielleicht Hunger? Nein. Aus purem Übermut habt ihr das gemacht. Weg! Ich will euch nicht mehr sehen.« Die Hunde zogen den Schwanz ein und verkrochen sich in die Hütte. Die Mutter vergaß, dass es noch früh am Morgen war, ging ins Schlafzimmer und klagte der Tochter ihren Kummer.

Herr Proschek dachte nichts anderes, als dass Diebe die Kammer leergestohlen oder Barunka tot sei, als er die Großmutter verweint und bleich ins Zimmer treten sah. Als er aber erfahren hatte, was vorgefallen, musste er über Großmutter lachen. Was waren ihm schon ein paar junge Enten! Er hatte die Eier nicht ins Nest gelegt, hatte sie nicht aus den Eiern schlüpfen sehen, nicht gesehen, wie liebreizend sie waren, wenn sie schwimmend die Köpfchen ins Wasser tauchten und mit den Füßen über dem Wasser strampelten. Herrn Jan ging es nur um den Braten. Aber die Untat erforderte Recht und Strafe. Mit dem Ochsenziemer gab er den Hunden einen Denkzettel. Als Großmutter draußen den Lärm hörte, hielt sie sich die Ohren zu, aber sie dachte: »Was nützt es? Es muss sein, damit sie sich's merken.« Als die Hunde weder nach einer Stunde noch nach zwei Stunden aus der Hütte krochen, musste sie doch nachschauen, ob die Prügel ihnen nicht zu arg zugesetzt hatten. »Hin ist hin – es sind doch nur stumme Kreaturen!«, sagte sie und schaute in die Hütte. Die Hunde begannen zu winseln, sahen sie traurig an und krochen auf dem Bauch vor ihre Füße. »Jetzt tut es euch leid, nicht wahr? Ja, so ergeht es Übeltätern! Merkt's euch!« Sie merkten es sich. Sooft Gänse oder Enten über den Hof watschelten, schauten sie lieber zur Seite oder trotteten davon. So gewannen sie wieder Großmutters ganze Zuneigung.

Nachdem Großmutter das Geflügel versorgt hatte, weckte sie, wenn sie nicht schon wach waren, die Dienstmägde; nach sechs trat sie an Barunkas Bett, berührte leise ihre Stirn, weil so die Seele am ehesten aufwacht, und flüsterte: »Steh auf, Mädchen, steh auf, es ist Zeit!« Sie half ihr beim Ankleiden, dann ging sie und schaute nach, ob das kleine Volk schon wach sei; wenn sich das eine oder andere Kind faul im Bett herumwälzte, schlug sie ihm freundlich auf den Rücken und ermahnte es: »Auf! Auf! Der Hahn ist schon neunmal um den Misthaufen gelaufen, und du schläfst noch. Schäm dich!« Sie half den Kindern beim Waschen, aber mit dem Anziehen hatte sie ihre Mühe. Sie kam mit den Knöpfchen, Häkchen und Mäschchen an den Blüschen und Kleidchen nicht zurecht, sie drehte rückwärts, was nach vorn gehörte. Waren die Kinder angezogen, kniete sie mit ihnen vor dem Bild des die Kleinen segnenden Jesus Christus nieder, betete ein Vaterunser, dann gingen sie zum Frühstück.

Gab es im Haushalt keine wichtige Arbeit, saß Großmutter im Winter am Spinnrad, im Sommer mit der Spindel im Hof unter der Linde oder im Garten, oder sie machte mit den Kindern einen Spaziergang. Dabei suchte sie Kräuter, die sie zu Hause trocknete und aufbewahrte. Am liebsten sammelten sie die noch taufrischen Kräuter in der Zeit vor dem Tag des heiligen Johannes des Täufers, weil sie dann die größte Heilkraft hatten. War jemand krank, hatte Großmutter stets einige Kräuter bereit, Bitterklee für die Verdauung, Odermennig gegen Halsschmerzen und viele andere. Einen Arzt hatte sie ihr Lebtag nicht gebraucht.

Außerdem brachte ein Weiblein aus dem Riesengebirge Heilkräuter ins Haus, die Großmutter sehr schätzte und von denen sie stets eine Menge kaufte. Das Kräuterweiblein kam in jedem Herbst zur selben Zeit, und dann war es auf der Alten Bleiche zu Gast, wo es übernachtete und gut bewirtet wurde. Jedes Mal bekamen die Kinder von dem Weiblein eine Tüte Nieswurzpulver, die Hausfrau erhielt verschiedene duftende Kräuter und Moos, und den Kindern erzählte das Weiblein den ganzen Abend lang von Rübezahl, was für ein Schalk er sei und was alles er im Gebirge vollführe. Sie beschrieb den Kindern den Schrecken, wenn

Rübezahl zu seiner Prinzessin Kathrinchen zieht, irgendwohin ins Adlergebirge, wo sie wohnt. Aber die Prinzessin duldet ihn nicht lange bei sich und jagt ihn nach einiger Zeit wieder fort, und dann weint Rübezahl so bitterlich, dass alle Bäche in den Bergen überfließen. Aber wenn sie ihn zu sich ruft, eilt er so rasch und voller Freude zu ihr, dass er alles, was ihm in den Weg kommt, niederstürzt, zertrümmert und mit sich fortreißt. Die Wälder bricht er nieder, von den Kämmen fegt er die Steine herab und reißt die Dächer von den Häusern. Auf seinem Weg ist dann alles verwüstet wie am Jüngsten Tag.

Das Weiblein brachte in jedem Jahr die gleichen Kräuter und Märchen, aber den Kindern waren sie stets neu, und sie freuten sich schon auf sein Kommen. Wenn sich auf den Wiesen die Herbstzeitlosen zeigten, sagten sie: »Nun müsste das Weiblein aus dem Gebirge kommen«, und wenn es sich um einige Tage verspätete, sagte Großmutter: »Was ist nur mit dem Kräuterweib? Der Herrgott ließ es doch nicht krank werden? Es wird doch nicht gar gestorben sein?« Man sprach von ihm, bis es endlich mit dem Rückenkorb im Hof auftauchte.

Von Zeit zu Zeit machte Großmutter mit den Kindern längere Spaziergänge, ins Forsthaus oder in die Mühle, oder sie gingen in den Wald, wo die Vögel wunderbar sangen, unter den Bäumen Bettchen aus weichen Moospolstern waren und viele duftende Maiglöckchen wuchsen, Himmelschlüssel, Leberblümchen, Hahnenfuß, Seidelbast und die schöne Goldwurz. Die brachte ihnen die bleiche Viktorka, als sie sah, dass Großmutter und die Kinder Blumen pflückten und sie zu Sträußen banden. Viktorka war immer blass, ihre Augen glühten wie Kohlen, die schwarzen Haare waren stets verrauft, sie war nie gut angezogen und sprach nie. Am Rande des Waldes stand eine große Eiche, dort stand Viktorka stundenlang und starrte zum Wehr. In der Dämmerung ging sie hinunter, setzte sich auf einen vermoosten Baumstrunk, schaute ins Wasser und sang lang, lang in die Nacht hinein. »Großmutter«, fragten die Kinder, »warum hat Viktoria nie ein schönes Kleid an, nicht einmal am Sonntag? Und warum spricht sie nie?«

»Sie ist eben verrückt.«

»Was ist das, verrückt?«, fragten die Kinder.

»Nun, wenn ein Mensch keinen gesunden Verstand hat.«

»Und was macht sie, wenn sie keinen gesunden Verstand hat?«

»Nun, sie spricht mit keinem Menschen, geht zerlumpt umher und nistet im Sommer wie im Winter in einer Höhle des Waldes.«

»In der Nacht auch?«, fragte Wilhelm.

»Wahrscheinlich auch; ihr hört doch, dass sie bis in die Nacht hinein am Wehr singt, dann geht sie in ihre Höhle schlafen.«

»Fürchtet sie sich nicht vor Irrlichtern oder dem Wassermann?«, fragten die Kinder erstaunt.

»Es gibt doch gar keinen Wassermann«, sagte Barunka.

»Vater hat es gesagt.«

Im Sommer bettelte Viktorka manchmal vor den Häusern, im Winter aber kam sie wie eine Krähe, klopfte an die Tür oder ans Fenster und streckte nur die Hand aus; hatte sie ein Stück Brot oder sonst etwas bekommen, verschwand sie schweigend. Wenn die Kinder im hartgefrorenen Schnee die blutigen Spuren ihrer Füße sahen, liefen sie ihr nach und riefen: »Viktorka, komm herein, Mutter gibt dir warme Pantoffeln, du kannst bei uns bleiben!« Aber Viktorka lief, ohne sich umzudrehen, gegen den Wald.

An schönen Sommerabenden, wenn der Himmel klar und prächtig war und die Sterne strahlten, saß die Großmutter gern mit den Kindern unter der Linde. Solange Adelchen klein war, nahm sie es auf den Schoß, Barunka und die Knaben standen an die Knie der Großmutter geschmiegt. Das konnte nicht anders sein; denn sie mussten ihr ins Gesicht schauen, wenn sie zu erzählen begann, kein Wort sollte ihnen entgehen.

Großmutter erzählte ihnen von den strahlenden Engeln, die dort oben wohnen und den Menschen die Lichter anzünden; von den Schutzengeln, welche die Kinder auf allen Lebenswegen behüten, sich freuen, wenn sie brav, und weinen, wenn sie ungehorsam sind. Die Kinder schauten zum sternenklaren Himmel empor, wo tausend, abertausend Lichter funkelten, die blassen kleinen und die großen, die in den herrlichsten Farben glänzten. »Welches von den Sternchen mag wohl meines sein?«, fragte eines Abends Jan.

»Das weiß Gott allein. Meinst du, es könnte unter den Millionen Sternen herauszufinden sein?«, antwortete Großmutter.

»Wem mögen wohl die herrlichen Sterne gehören, die so glänzen?«, fragte Barunka.

»Jenen Menschen, die Gott besonders liebt, den Auserwählten, die viel Gutes getan und Gott nie betrübt haben«, sagte Großmutter.

»Aber Großmutter«, fragte Barunka weiter, als vom Wehr

die wehklagenden Töne eines zusammenhanglosen Liedes heraufklangen. »Hat Viktorka auch ihren Stern?«

»Auch sie hat einen Stern, aber der ist verdunkelt. Jetzt kommt, damit ich euch ins Bett bringe, es ist Zeit zum Schlafengehen«, sagte sie, wenn es dunkel geworden war. Sie betete mit ihnen »Engel Gottes, Hüter mein, lass mich dir empfohlen sein«, besprengte sie mit Weihwasser und bettete sie ins Nestchen. Die Kleinen schliefen sogleich ein, aber Barunka rief oft die Großmutter noch einmal an ihr Bett und bat: »Setzt Euch zu mir, Großmutter, ich kann nicht einschlafen.« Und Großmutter nahm die Hand des Kindes in ihre Hand und begann mit dem Mädchen zu beten, und sie beteten, bis ihm die Augen zufielen.

Großmutter ging um zehn schlafen, das war ihre Stunde, sie spürte es in den Augen. Bis zu dieser Zeit hatte sie das, was sie sich am Morgen vorgenommen, getan. Bevor sie zu Bett ging, schaute sie nach, ob alle Türen abgeschlossen seien, rief die Katzen und sperrte sie auf den Dachboden, damit sie sich nicht ins Zimmer zu den Kindern schlichen, sich auf deren Brust legten oder sie gar erstickten, löschte im Ofen jedes Fünkchen, indem sie Wasser darauf goss, und legte auf den Tisch Zunder und Kienspan. Drohte ein Gewitter, hielt sie die Lichtmesskerze bereit, in ein weißes Linnentuch hüllte sie einen Laib Brot, legte ihn auf den Tisch und sagte zu den Dienstmägden: »Merkt euch! Das Erste, wonach der Mensch greifen soll, wenn Feuer ausbricht, ist das Brot; das bewahrt vor Kopflosigkeit.«

»Aber Großmutter, es schlägt doch nicht ein«, sagten die Mägde. Damit kamen sie bei Großmutter schlecht an!

»Nur der Herrgott ist allmächtig – was wisst schon

ihr? Man darf es an Vorsicht nie fehlen lassen, merkt euch das.«

War dann alles in Ordnung, kniete Großmutter vor dem Kruzifix nieder, betete, besprengte sich und auch Barunka noch einmal mit Weihwasser, legte den Rosenkranz unters Kissen und schlief im Herrn ein.

Wenn ein an das laute Leben der großen Städte gewohnter Mensch in das Tal gekommen wäre, zu dem einsamen Haus, in welchem die Familie Proschek lebte, hätte er gedacht: Wie können die Leute hier das ganze Jahr leben? Ich möchte hier nicht bleiben, außer in der Zeit der Rosenblüte. Mein Gott, was haben sie hier schon für Freuden! – Dennoch gab es dort sowohl im Winter als auch im Sommer sehr viele Freuden. Unter dem niedrigen Dach wohnten Zufriedenheit und Liebe, welche nur selten von außen getrübt wurden, so durch die Abreise Herrn Proscheks nach Wien oder durch Krankheit.

Es war kein großes, aber ein freundliches Haus. Um die nach Westen blickenden Fenster rankte ein Weinstock, vor dem Fenster war ein kleiner Garten mit Rosen, Veilchen und Reseden, mit Salat, Petersilie und anderem Gemüse. An der Nordostseite lag der Obstgarten, und hinter ihm reichte die Wiese bis zur Mühle. Ganz nah dem Hause stand ein großer alter Birnbaum, der seine Äste über das Schindeldach mit den vielen Schwalbennestern breitete. In der Mitte des Hofes stand eine Linde, unter ihr eine kleine Bank. Auf der südwestlichen Seite war das kleinere Wirtschaftsgebäude, dahinter zogen sich Gestrüpp und Sträucher bis zum Wehr. Um das Haus liefen zwei Wege; der Fahrweg führte längs des Flusses und dann hinauf zum Riesenburger Herrenhof und weiter auf den Rotenberg oder hinunter zur Mühle und immer längs des Flusses in das nächste, eine kleine Stunde entfernte Städtchen Böhmisch Skalitz. Der Fluss ist die wilde Aupa, welche im Riesengebirge entspringt, über steile Hänge und Felsgrate stürzt, durch enge Täler in die Ebene gelangt, von wo sie ohne Aufenthalt zur Elbe eilt, ständig zwischen grünen Ufern, auf der Seite unter hohen, mit Mischwald bewachsenen Hängen.

Vor dem Haus, dicht am Garten vorbei, führte längs des Mühlbachs ein Fußweg, den der Müller vom Wehr bis zur Mühle angelegt hatte. Vom Haus führte eine kleine Brücke zum Hang mit dem Backofen und Darrhaus. Im Herbst, wenn im Darrhaus die Hürden mit Pflaumen, Apfelschnitzen und Birnen gefüllt waren, liefen Jan und Wilhelm oft übers Brückchen, aber sie passten auf, dass Großmutter sie nicht sehe. Doch was nützte es? Wenn Großmutter ins Darrhaus kam, sah sie auf den ersten Blick, wie viele Pflaumen fehlten, und sie wusste auch, wer sie weggeholt hatte. »Jan, Wilhelm, kommt her!«, rief sie, sobald sie vom Darrhaus herunterkam. »Mir kommt vor, ihr habt mir Pflaumen ins Darrhaus gebracht.« – »Aber nein, Großmutter«, leugneten sie und wurden über und über rot. »Lügt nicht!«, zürnte Großmutter, »wisst ihr nicht, dass der liebe Gott euch hört?« Die Buben schwiegen, Großmutter wusste schon alles. Die Kinder wunderten sich, wieso Großmutter sogleich wusste, wenn sie etwas angestellt hatten, und wie es sein konnte, dass sie es ihnen von der Nase ablas. Daher getrauten sie sich nicht, etwas vor ihr zu verheimlichen.

War es im Sommer heiß, zog Großmutter die Kinder bis

aufs Hemd aus und führte sie zum Baden in den Bach; das Wasser durfte ihnen aber nur bis an die Knie reichen, anders hätte Großmutter Angst gehabt, die Kinder könnten ertrinken. Oder sie saß mit ihnen auf der Bank, die aus dem Wasser ragte und zum Schweifen der Wäsche diente, und sie erlaubte ihnen, die Füße zu kühlen und mit den Fischen zu spielen, die pfeilschnell hin und her flitzten. Über dem Wasser wölbten sich schattige Erlen. Die Kinder brachen gern Zweige ab, warfen sie ins Wasser und sahen ihnen nach, wie sie weiter und immer weiter fortgetragen wurden.

»Ihr müsst den Zweig hübsch in die Mitte werfen; wenn er am Ufer bleibt, fängt jedes Gras und jede Wurzel ihn auf, und es würde lange dauern, bis er ans Ziel käme«, belehrte sie die Großmutter.

»Aber dann, Großmutter, wenn er bis zum Wehr kommt, wird er auch weiterschwimmen?«, fragte Wilhelm.

»Doch!«, behauptete Jan. »Erinnerst du dich nicht, als ich unlängst einen Zweig vor der Schleuse ins Wasser warf? Er drehte und drehte sich, plötzlich war er ganz unten, glitt durch die Fluder aufs Rad, und noch bevor ich über den Steg gelaufen, war er wieder im Bach und schwamm weiter in den Fluss.«

»Und wohin schwimmt er dann?«, fragte die kleine Adele.

»Von der Mühle schwimmt er zur Zlitscher Brücke, von der Brücke unter den Hängen und durch den Strudel übers Wehr, um den Färberberg herum zum Brauhaus; unter den Felsen treibt er über die großen Steine zur Schule, wohin ihr im nächsten Jahr gehen werdet. Von der Schule schwimmt er übers Wehr zur großen Brücke in den Wiesen und weiter nach Zvol, und von Zvol bis Jaroměř und in die Elbe.«

»Und wohin schwimmt er dann weiter, Großmutter«, wollte das Mädchen wissen.

»In der Elbe immer weiter, bis er ins Meer kommt.«

»Oh, ins Meer! Wo und wie ist das Meer?«

»Weit und breit ist es, hundertmal ferner als bis in die Stadt«, antwortete die Großmutter.

»Und was geschieht dort mit meinem Zweiglein?«, fragte das Mädchen traurig.

»Die Wellen werden es schaukeln und schließlich ans Ufer werfen. Am Ufer gehen viele Menschen spazieren, und irgendein Junge hebt das Zweiglein auf und denkt: Woher magst du wohl hierhergekommen sein, Zweiglein? Wer hat dich ins Wasser geworfen? Gewiss saß dort irgendwo weit von hier ein Mädchen am Ufer, und das brach dich ab und warf dich ins Wasser. Und der Bub trägt das Zweiglein nach Hause und setzt es in den Acker ein; aus dem Zweiglein wird ein hübsches Bäumchen, Vögel werden in seinen Ästen singen, und das Bäumchen wird sich freuen.«

Das Mädchen atmete tief auf, ließ, in Gedanken verloren, ihr heraufgerolltes Röckchen ins Wasser gleiten, und Großmutter musste es auswinden. Eben ging der Herr Förster vorbei und nannte Adelchen eine kleine Wassernixe. Adelchen schüttelte das blonde Köpfchen und sagte: »Aber nein, ich bin keine Wassernixe.«

Wenn der Herr Förster vorüberkam, sagte Großmutter immer: »Besucht uns, Herr Gevatter, sie sind alle daheim«, und die Buben fassten ihn bei der Hand und führten ihn ins Haus. Manchmal wehrte sich der Herr Förster und entschuldigte sich, er müsse nachsehen, ob die jungen Fasane nicht eben aus den Eiern schlüpfen, oder er müsse in den

Wald oder habe sonst etwas vor, aber da bemerkte ihn Herr Proschek oder seine Frau, und er musste, ob er wollte oder nicht, ins Haus kommen.

Herr Proschek hatte stets einen guten Tropfen für einen lieben Gast im Haus, und ein solcher war der Herr Förster. Großmutter brachte sogleich Brot und Salz und was gerade da war, und der Herr Förster vergaß gern seine jungen Fasane. Aber dann besann er sich, verwünschte seine Nachlässigkeit, warf die Flinte über die Schulter und brach auf. Im Hof draußen vermisste er seinen Hund. »Hektor!«, rief er, aber der Hund war weg. »Welcher Teufel treibt ihn wieder herum?«, schimpfte der Herr Förster, und die Knaben liefen seinen Hund suchen – er streunte gewiss wieder mit Sultan und Tyrl irgendwo herum. Die Knaben liefen, und der Herr Förster setzte sich inzwischen auf die Bank unter der Linde. Als er dann schon unterwegs war, hielt er an, drehte sich um und rief der Großmutter zu: »Lasst Euch oben sehen, meine Alte hat für Euch Setzeier von unseren Tirolern beiseite gelegt.« Der Herr Förster kannte die Schwächen der Hausfrauen! – Großmutter sagte sogleich zu: »Grüßt zu Hause und richtet aus, dass wir bald kommen.« So gingen die guten Freunde jedes Mal auseinander.

Der Herr Förster kam, wenn auch nicht jeden, so doch bestimmt jeden zweiten Tag an der Alten Bleiche vorüber; das ganze Jahr über war es so, und im nächsten Jahr wird es nicht anders sein.

Meir Shalev

Meine russische Großmutter

Als meine Mutter nach Nahalal zurückkehrte, schickte mein Vater ihr Briefe, die sie auch beantwortete. Sie hatte damals so einige Verehrer unter den Söhnen des Emeks, allesamt große und starke Dorfburschen mit blonden Haaren und blauen Augen – »oder umgekehrt«, pflegte mein Vater mit Siegerjovialität anzumerken –, aber es flatterten jetzt immer mehr Briefe zwischen Jerusalem und Nahalal hin und her, und im Schreiben konnte es keiner ihrer Verehrer im Emek Israel mit ihm aufnehmen.

Wie gesagt, war mein Vater damals Lehrer, und zu Beginn der Sommerferien schrieb er ihr, er wolle Verwandte in En Charod, in Ginossar und in Kfar Jecheskel besuchen, und fragte, ob er auch zu ihr nach Nahalal kommen dürfe. Als er eintraf – ganz versengt von der Sonne, seine Haut war gerötet und schälte sich –, erfuhr sie, dass er große Teile des Weges zu Fuß zurückgelegt hatte, um gebräunt und gekräftigt vor ihre Familie zu treten und nicht als der bebrillte, weißhäutige Städter und *Tilligent,* der er schmachvollerweise war.

Trotz seiner Bemühungen um einen guten ersten Eindruck erschien mein Vater zu einem denkbar ungünstigen Zeitpunkt, was von seiner mangelnden Vertrautheit mit den Lebensgewohnheiten der Familie zeugte, in die er einheiraten wollte: Er kam an einem Freitagmorgen, zur Zeit des Großreinemachens! Dieses Unwissen verursachte einen weiteren Fehltritt: Er ging nicht ums Haus herum, sondern klopfte an die Vordertür und trat ein, noch ehe Großmutter Tonia rufen konnte: »Außen rum! Die andere Tür!«

Als er auftauchte, standen meine Mutter und Batscheva zwischen Waschküche und Plattform und schüttelten Bettüberwürfe aus. Großmutter Tonia, die befürchtete, er könnte die beiden von der Arbeit abhalten, erklärte ihm mit grimmiger Miene, er solle sich etwas abseits hinsetzen, und befahl ihren Töchtern, mit dem Ausschütteln, Klopfen und Putzen fortzufahren.

Der Gast wollte sich nützlich machen, und Großvater Aaron schickte ihn hinters Hühnerhaus, zum Gurken-Aussäen. Dort beging er seinen dritten Fehler. Großvater Aaron hatte ihm gesagt, zwischen einer Gurke und der nächsten solle er dreißig Zentimeter Abstand lassen, und so ging er denn, ausgestattet mit Lineal, Pflöcken und einer Schnur, aufs Feld. Nach einer noch spöttischeren Version nahm er auch eine Wasserwaage und einen Winkelmesser mit, und die ganz Spitzfindigen behaupten, auch Zirkel und Sextant, weil er alles richtig abmessen und säen wollte. Die Abstände waren tatsächlich höchst präzise, und die Reihe verlief schnurgerade, aber in zwei Stunden hatte mein Vater nur zehn Gurken gesät.

Dieser Vorgang hatte zur Folge, dass sein Nachname Shalev, der sich mit ruhig oder gelassen übersetzen ließe, fortan sein Spitzname wurde, den man zu allem Übel noch abfällig auf der ersten statt auf der zweiten Silbe betonte – und wie in Nahalal üblich ist die Sache bis heute nicht vergessen. Noch viele Jahre später, als sich mein Vater längst einen Namen auf Gebieten erworben hatte, die nicht weniger wichtig sind als die Gemüseaussaat, erinnerte man ihn bei jeder Gelegenheit daran.

Und was den Besuch selbst betraf, so dachten anfangs alle, meine Mutter habe ihn eingeladen, weil er ein Dichter war und sie sich sehr für Literatur interessierte. Aber nach dem Abendessen gingen die beiden »in den Feldern spazieren«, und schnell wurde klar, dass Shalev sie zielstrebig umwarb und sie absolut nichts dagegen hatte. Es dauerte nicht lange, bis sie das Dorf verließ und ihm nach Jerusalem folgte – weit weg von Hof und Moschaw –, doch auch bei der Hochzeit meiner Eltern spielte Großmutter Tonias Reinlichkeitswahn eine wichtige Rolle. Die Sache war so: Als die beiden beschlossen zu heiraten, kam Großmutter Zippora, die Mutter meines Vaters, nach Nahalal, um mit Großmutter Tonia alles Erforderliche zu besprechen. Haus und Hof im Dorf waren natürlich der passendste Ort für das Fest. Aber es war Winter, und Großmutter Tonia verlangte, die Hochzeit in den Sommer zu verschieben, und lieferte auch einen Grund dafür: »Die Gäste würden mir Schlamm ins Haus bringen!«

Shalev war nicht einverstanden, einerseits wegen des Aufschubs und andererseits, weil er den Charakter seiner künftigen Schwiegermutter mittlerweile durchschaut hatte und den Verdacht hegte, sie würde die Hochzeit im Sommer erneut aufschieben wollen, diesmal, weil die Gäste ihr Staub ins Haus bringen würden. In Reinlichkeitsfragen war Großmutter Zippora deutlich toleranter und entspannter. Deshalb fand die Hochzeit in Jerusalem statt, und die Gäste aus dem Emek brachten *ihr* den Schlamm ins Haus. Nach der Trauung mietete das junge Paar ein Zimmer in der Wohnung von Professor Roth in der Abarbanel-Straße, und so wurde meine Mutter, zumindest von Amts wegen, Jerusalemerin. Aber den Stolz der Nahalaler legte sie nie ganz ab, einen Stolz, der nicht selten an Überheblichkeit grenzte, und da sie sich nach wie vor als Moschaw-Tochter fühlte, fiel sie an ihrem neuen Wohnort aus dem Rahmen, behielt etwas Eigenwilliges und Anderes an sich. Das blieb ihr ganzes Leben lang so, auch als sie schon viel länger in der Stadt lebte als auf dem Dorf, und etwas davon hat sie auch an mich weitergegeben – sei es zum Guten oder zum Schlechten.

Sie tat das mit den Geschichten, die sie erzählte, mit den Bemerkungen, die sie machte, mit den Stellen, an denen sie errötete, und mit dem Spott, den sie austeilte. Mir ist besonders mein erster Schultag in Erinnerung, als Erstklässler in der Schule der Jerusalemer Siedlung Kirjat Mosche, wo wir damals wohnten. Naturgemäß war dies ein sehr aufregender Tag. Sie half mir, den Ranzen zu packen, überprüfte, dass ich ordentlich gewaschen und angezogen war, und schnürte mir sorgfältig die Schuhe, denn sooft ich es selbst versuchte, fädelte ich die Senkel in die falschen Löcher und verhedderte sie zu schier unlösbaren Knoten.

Ich saß auf einem Stuhl in der Küche, sie kniete vor mir, band mir die Schnürsenkel zu einer doppelten Schleife, die wie zwei hübsche, symmetrische Schmetterlinge aussah, und dann, zufrieden mit meiner Gesamterscheinung, nahm sie meine Hände in ihre Hände und sagte mir »zwei wichtige Dinge«: Erstens sollte ich in der Schule keinesfalls die Schuhe ausziehen und barfuß herumlaufen, wie sie und ich es sonst gewohnt waren, denn »diese Städter« sähen das nicht gern. Und zweitens – sie stand auf, blickte mich von oben an, und ihre Stimme bekam einen gewichtigen Unterton: »Sicher werden sie dort jeden Schüler fragen, wer er ist und woher er kommt, und was sagst du ihnen dann?«

»Dass ich von hier bin, aus der Siedlung Kirjat Mosche, Block 4.«

»Nein! Du sagst ihnen: Ich bin ein Bauernsohn aus Nahalal!«

Von meinem dreizehnten Lebensjahr an verbrachte ich die Pessach-, Laubhüttenfest- und Sommerferien in Nahalal, um auf dem Hof zu arbeiten und meinen Onkeln bei allen ihren Aufgaben zu helfen. Das blieb so bis zu meiner Einberufung zum Wehrdienst.

Als Jugendlicher war ich fleißiger als in meiner Kindheit. Ich drückte mich nicht mehr vor der Arbeit und bot auch nicht mehr an, denen, die wirklich arbeiteten, Geschichten zu erzählen, zumal Menachems und Jairs Geschichten interessanter waren als meine. Sie brachten mir alle Tätigkeiten auf dem Hof bei. Ich lernte melken, manuell wie maschinell, junge Kälber füttern, den Kuhstall ausmisten, Feldfrüchte ernten und verladen sowie das Sperma von Truthähnen gewinnen und die Truthennen damit besamen – zwei widerliche Aufgaben, deren Details ich den Lesern ersparen möchte. Ich sammelte die gelegten Eier ein und säuberte sie gemeinsam mit den Tanten, und ich lernte die begehrteste aller Fertigkeiten – Traktorfahren und die Handhabung der damit verbundenen Maschinen und Geräte, ja auch das, was aus einem einfachen Bauernsohn einen hochgeachteten Menschen macht: Rückwärtsfahren mit Anhänger, und noch schwieriger – rückwärts mit einem Anhänger am Zugpendel.

Ich begann mit einfachen Verrichtungen: Futterkrippen reinigen und Bewässerungsleitungen verlegen. Danach lernte ich, Whity anzuschirren, und jeden Morgen, wenn die Onkel sich ans Melken machten, wurden wir beide losgeschickt, um Futterrüben für die Kühe zu holen. Futterrüben, die mit der Zuckerrübe verwandt sind, haben eine sehr kräftige Wurzel und schmecken Kühen besonders.

Wir verließen den Hof, fuhren vorbei an dem Weinberg, der ein paar Jahre danach aufgegeben, und an dem Zitrushain, der noch später abgeholzt werden sollte. Es war früh am Morgen, die Luft war noch kühl und frisch, Tau hing an den Blättern der Grapefruitbäume. Tropfen, die herabfielen, wurden vom Erdboden sofort aufgesogen, und wo sie auf ein dürres Blatt trafen, war ein überraschend lautes Rascheln, fast schon ein Knallen zu hören.

Die Erde erwärmte sich im Schritttempo des Pferdes. Die Sonne rollte die Dunstschleier von den Feldern. Ein Schwarm Distelfinken, allesamt Frühaufsteher, wirbelte jäh in einer buntbewegten Wolke durcheinander. Heute sehe ich diese Vögel kaum noch. Sie werden gefangen, sterben aus und verschwinden, ebenso wie die großen Starenschwärme, die damals in breiten Schlangenlinien die Sonne verdunkelten, und die Singdrossel, die ich früher täglich sah und hörte, wenn sie Schnecken auf dem Gehweg aufknackte, und der Heckensänger, dessen rostroter Schwanz mir im Eukalyptuswald von Nahalal zublinkte – und die jetzt auch schon nicht mehr ist, von der Erde vertilgt, aber nicht aus der Erinnerung.

Das Rübenfeld lag am »Grundstückshang« – so nennt man in Nahalal das Feldstück einer jeden Familie – bei den verlassenen englischen Flugabwehrposten, die einst den nahen Militärflugplatz bewachten. Der nachsichtige und gutmütige Whity war alt geworden. Den Tag von Pninas und Menachems Hochzeit, als ich ihn im Kuhstall mit Eiern bewarf, hatte er vermutlich längst vergessen und wenn nicht vergessen – vergeben. Er trottete gemächlich dahin, spürte, dass die Hand, die die Zügel führte, nicht so resolut und erfahren war wie die von Menachem oder Jair, nutzte es aber nicht aus. Er kannte die Arbeitsteilung zwischen uns. Am Anfang war es leicht für mich und ihn: Es ging gemütlich, mit leerem Wagen, zum Feld hinunter. Dort begann der harte Teil für mich – das Ausreißen und Aufladen der schweren Rüben. Dann kam der harte Teil für ihn – das Ziehen des vollen Wagens zurück zum Hof, und danach war ich wieder dran und musste die Rüben im Rindergehege abladen.

Zu dieser Zeit kauften Menachem und Jair ihren ersten Traktor: einen kleinen Ferguson, den ich fahren und einsetzen lernte. Der Ferguson war unkomplizierter, flinker und stärker als Whity und hatte auch nicht die Angewohnheit, nachts abzuhauen, um sich Traktorinnen zu suchen. Nach und nach wurde der alte Gaul arbeitslos – was ihn keineswegs bekümmerte – und zu guter Letzt beschlossen meine Onkel, ihn in den Ruhestand zu schicken. Seine letzten zwei Jahre verlebte er bei den Kühen, nahe ihrem Futtertrog, und lag ihnen mit seinen Geschichten aus der britischen Mandatszeit in den Ohren.

Damals rückte ich Großmutter Tonia etwas ferner. Ich war kein Kind mehr und verbrachte meine Zeit lieber mit Jungen und Mädchen meines Alters als mit ihr. Aber ich entdeckte eine neue gute Eigenschaft an ihr, die uns zu Verschworenen machte. Es stellte sich nämlich heraus, dass sie in Dingen zwischen Mann und Frau liberaler und offener war als der Rest der Familie.

Später erzählte mir meine Mutter, dass sie immer schon so gewesen war, dass sie und ihre Schwester Batscheva die einzigen Mädchen im ganzen Dorf waren, die von ihrer Mutter aufgeklärt wurden und etwas über die Monatsregel und all die übrigen Dinge erfuhren, die in jener Generation sonst gar nicht angesprochen wurden und ihre Freundinnen daher völlig überrumpelten. Ich selbst entdeckte, dass man zu Großmutter Tonia mit einer Freundin kommen und ein Zimmer und ein »Lager« erhalten konnte, problemlos, ohne Naserümpfen, ohne Fragen und Verhöre. Sie sagte vor dem Schlafengehen sogar lächelnd »viel Spaß« statt »gute Nacht«.

Ja mehr noch, als ich wieder einmal ihre Gastfreundschaft in Anspruch nahm, warf Großmutter Tonia einen Blick auf meine Freundin, nahm mich unter einem Vorwand beiseite und sagte mir in ruhigem, aber kritischem Ton: »Das ist dieselbe, mit der du letztes Mal da warst.«

»Sie ist meine Freundin, Großmutter«, sagte ich. »Gefällt sie dir nicht?«

»Was heißt hier gefallen?«, erwiderte sie. »Ich möchte, dass du mich jedes Mal mit einer neuen Freundin besuchst.«

Und auf meine verblüffte Miene hin fügte sie hinzu: »Du bist ein junger Bursche. Ein junger Bursche sollte die Mädels wechseln wie die Socken.«

Wer sich fragt, ob ich mir hier keine übertriebene künstlerische Freiheit herausgenommen habe, dem sei versichert, dass das Zitat echt ist. So hat sie es gesagt.

»Dann hast du sie wohl deshalb in deine vorzügliche Dusche im Kuhstall geschickt«, erwiderte ich, »damit sie künftig nicht mehr mitkommen will.«

Großmutter Tonia ignorierte das und sagte: »Du bekommst hier immer ein Zimmer mit einem Lager, da braucht ihr nicht auf den Feldern rumzukugeln.«

Auch von Großvater Aaron, dem ich schon vorher nicht so nahe wie ihr gestanden hatte, entfernte ich mich damals. Er war alt geworden und in sich gekehrt, beschäftigte sich mit der Herausgabe irgendeines Gedenkbands. Nachmittags schlief er gern unter einem Baum oder las ein Buch oder eine alte Zeitung, und gelegentlich raffte er sich zu selbsterfundenen Arbeiten auf: Er sammelte Drahtenden und Bindfäden ein, schüttelte alte Futtersäcke aus und faltete sie zusammen, stapelte Bretter. Einige der hebräischen Wörter für diese Dinge betonte er, nach jiddisch-aschkenasischer Weise, auf der ersten statt auf der zweiten Silbe, wie den *Máschke,* den Schnaps, den ihm die Chassidim aus Kfar Chabad brachten, und den Nachnamen meines Vaters, den er Shálev statt Shalév aussprach. Diese Verrichtungen boten ihm nicht nur eine nützliche Beschäftigung, sondern entsprachen auch der Grundhaltung des Moschaws: nichts wird weggeworfen. Jedes Ding hat seinen Daseinszweck und seine Verwendung. Man kann es recyceln, verfüttern, zum Düngen benutzen und für tausend weitere Zwecke verwenden.

Das galt besonders für Drahtenden. Wie alle Moschawniks sammelte Großvater Aaron sie auf dem Hof vom Boden auf und steckte sie in die Tasche, aus einem einfachen Grund: So ein Stückchen konnte, behüte, in den Futtertrog gelangen und von einer Kuh verschluckt werden. Aber abgesehen davon ist so ein Drahtende der beste Freund des Bauern. Man kann damit das Pferdegeschirr flicken, die Hühnerstalltür verschließen, den Zaun ausbessern, einen verstopften Sprinkler wieder flottmachen. Auch die Geschichtenerzähler der Familie wussten wahre Wunderdinge davon zu berichten: Onkel Arik, der Mann von Tante Batscheva, hatte seinen Traktor mit einem Drahtende generalüberholt, und Ah, unsere kluge Eselin, hatte mit einem Drahtstückchen das Schloss des Kuhstalls geknackt, war in den Hof getrabt, hatte mit den Ohren gewackelt, hier, genau so, und war losgeflogen, um den russischen Zaren in Moskau zu besuchen. Als Ah zur Welt kam, gab es keinen Zaren mehr? Macht nichts.

Henry David Thoreau

Walden

Zu einer gewissen Periode unseres Lebens gewöhnen wir uns daran, jedes Fleckchen Erde im Hinblick darauf anzusehen, ob es nicht eventuell ein guter Platz für unser Haus wäre. So habe ich die Gegend nach jeder Richtung im Umkreis von zwölf Meilen von meinem Wohnplatz aus besichtigt. Im Geiste kaufte ich alle Farmen auf, eine um die andere, denn jede war zu haben, und ich kannte ihren Preis. Ich ging mit jedem Farmer das Gut ab, versuchte seine wilden Äpfel, besprach mich über Ackerbau mit ihm, nahm seine Farm zum verlangten Preis, zu jedem Preis, und ließ die Hypothek im Geiste übertragen. Ich setzte selbst einen höhern Preis an – nahm alles an, nur keinen Vertrag, nahm sein Wort für einen Vertrag, denn ich plauderte immer gern, kultivierte das Gut und sicherlich ihn dazu in gewissem Maß, und wenn ich das Vergnügen lang genug genossen hatte, so zog ich mich zurück und überließ ihm das Übrige. Diese Experimente waren schuld daran, dass ich von meinen Freunden als eine Art Realitätenmakler angesehen wurde. Wo ich gerade saß, da wollte ich mich dauernd niederlassen, und die Landschaft erstreckte ihre Radien dementsprechend von mir aus ins Weite. Was ist ein Haus anderes als ein *sedes,* ein Sitz? – Um so besser, wenn es ein Landsitz ist. Ich entdeckte manchen Platz für ein Haus, der voraussichtlich nicht zu bald im Preise steigen würde, weil ihn mancher wohl für zu weit vom Dorfe entfernt finden würde; meiner Ansicht nach war aber das Dorf zu weit von ihm entfernt. »Gut, hier könnte ich leben«, sagte ich; und da lebte ich eine Stunde lang ein Sommer- und ein Winterleben, stellte mir vor, wie ich die Jahre vorüberziehen lassen, mich durch den Winter schlagen und den Frühling einziehen sehen könnte. Die zukünftigen Bewohner dieser Gegend dürfen überzeugt sein, dass, wohin sie auch ihre Häuser stellen mögen, ihnen dabei schon einer zuvorgekommen ist. Ein Nachmittag genügte, das Land in Obstgarten, Gehölz und Weideland abzuteilen und darüber zu entscheiden, welche schönen Eichen oder Fichten verschont werden und vor dem Hause stehen bleiben sollten und von welcher Stelle aus jeder vom Blitz getroffene Baum sich am besten ausnahm; dann ließ ich alles wieder liegen, vielleicht brachliegen, denn der Mensch ist umso reicher, je mehr Dinge er liegenlassen kann.

Meine Einbildung führte mich so weit, dass ich schon das Vorkaufsrecht bei mehreren Farmen hatte – das Vorkaufsrecht war alles, was ich wollte –, aber niemals verbrannte ich mir die Finger an wirklichem Besitz. Am nächsten geriet ich noch daran, als ich Hollowell kaufte. Ich hatte schon meine Saat auszulesen angefangen und Material zur Herstellung eines Schubkarrens gesammelt, womit ich sie davonfahren wollte. Aber ehe der Besitzer mir den Vertrag aushändigte, besann sich seine Frau – jedermann hat eine solche Frau – eines andern und wollte das Gut behalten; also bot er mir zehn Dollar, damit ich ihn freigäbe. Nun hatte ich aber, um die Wahrheit zu gestehn, nur zehn Cent in der ganzen Welt zu eigen, und es überstieg meine Rechenkunst, zu sagen, ob ich der Mann war, der zehn Cent oder eine Farm oder zehn Dollar oder alles zusammen hatte. Wie dem auch sei, ich ließ ihm seine zehn Dollar und die Farm, denn ich war weit genug gegangen; oder vielmehr: Um großmütig zu sein, verkaufte ich ihm die Farm um denselben Preis, für den ich sie von ihm gekauft hatte, schenkte ihm, da er kein reicher Mann war, zehn Dollar, und hatte noch immer meine zehn Cent übrig, nebst Saatgut und dem Material zu einem Schubkarren. Ich fand so, dass ich ein reicher Mann gewesen war, ohne dass meine Armut dadurch Einbuße erlitten hätte. Die Landschaft aber behielt ich und habe seither alljährlich das, was sie hervorbrachte, ohne Schubkarren davongetragen. Denn:

Ich bin König, so weit als das Auge mir reicht,
Mein Recht kann mir keiner bestreiten. (William Cowper)

Ich sah oft einen Dichter sich von der Farm entfernen, nachdem er deren wertvollsten Teil genossen hatte, während der mürrische Besitzer glaubte, dass er sich nur ein paar wilde Äpfel angeeignet habe. Der Besitzer weiß es viele Jahre lang überhaupt nicht, dass der Dichter sein Besitztum in Reime setzte, es so mit dem denkbar schönsten unsichtbaren Gitter umzog und einhegte, die Kühe molk, den Rahm abschöpfte und mitnahm und ihm nichts übrigließ als die Magermilch.

Was mir die Hollowell-Farm so anziehend machte, waren: ihre vollkommene Abgelegenheit, denn sie lag zwei und eine halbe Meile vom Dorf und eine halbe Meile vom nächsten Nachbargute entfernt und war von der Landstraße durch ein breites Feld getrennt; die dichte Nähe des Flusses, der, wie der Besitzer sagte, sie im Frühling durch seine Nebel vor Frösten bewahrte, was mir übrigens einerlei war; die graue Farbe und der ruinöse Zustand des Hauses und Stalles und die zerfallenen Umfassungsmauern, die einen Zeitraum zwischen mich und den letzten Bewohner einschoben; die hohlen und flechtenbedeckten Apfelbäume, die von Kaninchen angenagt waren und mir zeigten, welcher Art meine Nachbarn sein würden; vor allem aber die Erinnerung an meine ersten Fahrten den Fluss hinauf, wo das Haus hinter einer dichten Gruppe roter Ahornbäume versteckt lag, hinter denen ich den Hund bellen hörte. Ich beeilte mich mit dem Kauf, damit der Eigentümer nicht mehr imstande sei, einige Felsen herauszunehmen, den hohlen Apfelbaum umzuhauen und einige junge Birken auszugraben, die auf der Weide emporgewachsen waren, kurz, ehe er irgendwelche Verbesserungen vornehmen konnte. Um aller dieser Vorteile teilhaftig zu werden, betrieb ich den Kauf. Ich war bereit, wie Atlas die Welt auf meine Schultern zu nehmen – was er eigentlich für eine Belohnung dafür bekam, habe ich nie erfahren können – und alle die Dinge zu tun, wofür ich keinen andern Grund, keine andere Entschuldigung hatte, als dass ich dafür bezahlen und dann ungestört in ihrem Besitz bleiben durfte; denn ich wusste die ganze Zeit über, dass ich die reichste Ernte von der Gattung, die ich mir wünschte, erzielen würde, wenn ich es nur fertigbringen konnte, alles seinen Gang gehen zu lassen. Aber die Sache ging schließlich aus, wie ich erzählte.

Als ich anfing, meinen Wohnsitz im Walde aufzuschlagen, das heißt, nicht nur den Tag, sondern auch die Nacht dort zu verbringen, was zufällig auf den Unabhängigkeitstag, den 4. Juli des Jahres 1845 traf, war mein Haus noch nicht für den Winter fertig, sondern bot nur einstweilen gegen Regen Schutz, war ohne Bewurf, ohne Kamin und hatte Wände aus rauhen wetterfleckigen Brettern mit klaffenden Ritzen, die dafür sorgten, dass es in der Nacht kühl blieb. Die geraden, weißen, behauenen Pfosten und neugehobelten Tür- und Fensterrahmen gaben ihm ein sauberes, luftiges Aussehen, besonders morgens, wenn das Holz mit Tau gesättigt war, so dass ich denken musste, am Mittag würden würzige Harztropfen hervorquellen. In meiner Phantasie behielt es den ganzen Tag mehr oder weniger diesen morgenfrischen Charakter. Es erinnerte mich an ein Haus auf einem Berg, das ich im vorigen Jahr besucht hatte. Das war eine luftige Hütte, ohne Bewurf, die würdig gewesen wäre, einem wandernden Gotte Obdach zu bieten; eine Göttin dürfte darin ihre Gewänder nachschleppen lassen. Die Winde, die über mein Haus hinzogen, waren solche, wie sie über Bergesgipfel brausen; sie tragen gebrochene Klänge, nur die himmlischen Bestandteile irdischer Musik, zu mir herüber. Der Morgenwind weht immerfort, das Gedicht der Schöpfung klingt ununterbrochen weiter, aber nur wenige Ohren vermögen es zu hören. Überall außerhalb der Erde ist der Olymp.

Das einzige Haus, das ich je vorher besessen hatte, war, wenn ich mein Boot nicht mit einrechne, ein Zelt, das ich gelegentlich benützte, wenn ich im Sommer Ausflüge machte, und das noch zusammengerollt auf meinem Speicher liegt. Aber das Boot ist, nachdem es von Hand zu Hand gegangen war, auf dem Strom der Zeit von dannen getrieben worden. Mit dem soliden Obdach über mir hatte ich nun einige Fortschritte in der Kunst der Niederlassung auf dieser Welt gemacht. Der so leicht gefügte Holzbau war wie eine Art Kristallbildung für mich und wirkte zurück auf den Erbauer. Es erinnerte mich an die Skizze eines Bildes. Ich brauchte nicht auszugehen, um frische Luft zu schöpfen, denn die Atmosphäre drinnen hatte von ihrer Frische nichts eingebüßt. Ich saß weniger innerhalb der Türen als hinter der Türe, selbst im regnerischsten Wetter. Die *Harivansa* sagt: »Eine Wohnung ohne Vögel ist wie Fleisch ohne Gewürz.« So war meine Wohnung nicht, denn ich war plötzlich den Vögeln ein Nachbar geworden, nicht indem ich sie einsperrte, sondern indem ich meinen Käfig in ihre Nähe versetzte. Ich war nicht nur einigen von jenen näher gerückt, die gewöhnlich unsre Gärten aufsuchen, sondern auch den scheueren und kräftigeren Sängern des Waldes, die nie oder selten dem Dorfbewohner ein Ständchen bringen: der Walddrossel, der Scharlach-Tanagra, der Nachtschwalbe, dem Feldsperling, dem Wendehals und vielen andern.

Am Ufer eines kleinen Teiches hatte ich mich angesiedelt, ungefähr anderthalb Meilen südlich von Concord, an einem etwas höher als dieses Dorf gelegenen Punkte, in dem großen, zwischen jenem Stadtgebiete und Lincoln sich ausbreitenden Walde, ungefähr zwei Meilen südlich von unserm einzigen rühmlich bekannten Felde, dem Schlachtfelde von Concord.

Mein Haus lag aber so tief, dass das eine halbe Meile entfernte jenseitige Ufer, das wie alles Übrige bewaldet war, meinen Horizont begrenzte. In der ersten Woche machte mir der Teich immer den Eindruck eines hoch oben auf einem Bergabhang gelegenen Sees, dessen Grund sich noch weit oberhalb des Spiegels anderer Seen befand. Wenn aber dann die Sonne emporstieg und er seine nebelwallenden Nachtgewänder abwarf, wurde hier und dort seine leicht gekräuselte oder klar spiegelnde Oberfläche sichtbar, während die Nebel sich nach allen Seiten in den Wald zurückzogen wie von einer nächtlichen Zusammenkunft heimkehrende Gespenster. Selbst der Tau schien hier wie an Bergabhängen länger an den Bäumen zu haften.

Dieser kleine See erwies sich als liebenswürdigster Nachbar in den Pausen zwischen leichten Regenschauern im August, wenn bei vollkommen unbewegter Luft und ebensolchem Wasser, aber bedecktem Himmel schon der Nachmittag friedlich heitere Abendstimmung aushauchte und die Walddrosseln ringsum sangen, dass es von Ufer zu Ufer hallte. Ein solcher See ist nie glatter als um diese Zeit; da die klare Luftschicht über ihm seicht und von Wolken verdunkelt ist, so wird das Wasser, das voll von Lichtern und Reflexen ist, selbst zu einem niedrigeren Himmel, der umso bedeutender wirkt. Von der Spitze eines Hügels aus, wo kürzlich Holz geschlagen worden war, hatte ich einen schönen Ausblick nach Süden zu, über den Teich, durch eine weite Einbuchtung der Hügel, die dort das Ufer umsäumen. Ihre sanft gegeneinandergeneigten Hänge erweckten den Gedanken, dass ein Fluss in jener Richtung durch das Waldtal fließen müsse; aber ein Fluss war nicht da. Ich sah über die nahen grünen Hügel nach etwas weiteren, höheren, mit bläulichem Schimmer den Horizont abgrenzenden Bergen. Stellte ich mich aber auf die Zehenspitzen, so konnte ich gerade noch einige Spitzen der fernen Bergketten im Nordwesten erblicken, tiefblaue, in den Himmel tauchende Zacken. In anderer Richtung aber konnte ich selbst von diesem Punkte aus nicht über die mich rings umgebenden Wälder hinaussehen. Es ist gut, wenn man Wasser in der Nachbarschaft hat, das der Erde Schwungkraft und Bewegung verleiht. Selbst der kleinste Quell bietet den Vorteil, dass man beim Hineinschauen sieht, dass die Erde kein Kontinent, sondern eine Insel ist. Dieser Vorteil ist so wichtig wie ein anderer: dass er die Butter frisch erhält. Wenn ich von diesem Gipfel aus über den Teich nach den Wiesen von Sudbury hinüberblickte, welche zur Zeit der Flut in ihrem übersiedenden Kesseltale durch die Strahlenbrechung in die Höhe gerückt erschienen wie eine Münze in einer Schüssel, so erschien mir die ganze Erde über dem Teich wie eine dünne Kruste Landes, die von dieser kleinen zwischengeschobenen Wasserfläche zur Insel gemacht und umspült wurde.

Ich zog in den Wald, weil ich den Wunsch hatte, mit Überlegung zu leben, dem eigentlichen, wirklichen Leben näherzutreten, zu sehen, ob ich nicht lernen konnte, was es zu lehren hatte, damit ich nicht, wenn es zum Sterben ginge, einsehen müsste, dass ich nicht gelebt hatte. Ich wollte nicht das leben, was nicht Leben war; das Leben ist so kostbar. Auch wollte ich keine Entsagung üben, außer es wurde unumgänglich notwendig. Ich wollte tief leben, alles Mark des Lebens aussaugen, so hart und spartanisch leben, dass alles, was nicht Leben war, in die Flucht geschlagen wurde. Ich wollte einen breiten Schwaden dicht am Boden mähen, das Leben in die Enge treiben und auf seine einfachste Formel reduzieren; und wenn es sich gemein erwiese, dann wollte ich seiner ganzen unverfälschten Niedrigkeit auf den Grund kommen und sie der Welt verkünden. War es aber erhaben, so wollte ich dies durch eigene Erfahrung erkennen und imstande sein, bei meinem nächsten Ausflug Rechenschaft darüber abzulegen. Denn die meisten Menschen scheinen mir in einer sonderbaren Ungewissheit darüber zu leben, ob es vom Teufel oder von Gott ist, und so haben sie einigermaßen übereilt geschlossen, dass der Hauptzweck des Menschen hier auf Erden sei: »Gott in Ewigkeit zu loben und zu preisen.«

Noch immer leben wir niedrig wie Ameisen, obgleich die Sage erzählt, wir seien schon vor langer Zeit in Menschen verwandelt worden. Wie Pygmäen kämpfen wir mit Kranichen; Irrtum häuft sich auf Irrtum und Flickwerk auf Flickwerk, und unsere besten Kräfte verwenden wir zu überflüssigen, vermeidbaren Jämmerlichkeiten. Unser Leben zersplittert sich in Kleinigkeiten. Ein Ehrenmann hat kaum nötig, mehr als seine zehn Finger abzuzählen; in außergewöhnlichen Fällen kann er ja seine zehn Zehen – und den Rest in Bausch und Bogen – hinzunehmen. Einfachheit, Einfachheit, Einfachheit! Lass deine Geschäfte zwei oder drei sein, sage ich dir, und nicht hundert oder tausend; statt eine Million zu zählen, zähle ein halbes Dutzend und führe Buch auf deinem Daumennagel! Über dieser brandenden See des zivilisierten Lebens gibt es so viele Wolken und Stürme, hier drohen so viele Klippen und tausend andere Dinge, denen Rechnung getragen werden muss, dass der Mensch, wenn er nicht Schiffbruch leiden, versinken und nie den Hafen erreichen will, schnell seinen Überschlag zu machen imstande sein muss. Und der, dem es gelingt, muss wirklich ein großer Rechenmeister sein. Vereinfache, vereinfache! Statt drei Mahlzeiten nimm, wenn es nötig ist, nur eine ein, statt hundert Gerichten iss fünf und reduziere das übrige im Verhältnis. Unser Leben ist wie Deutschland aus kleinen Staaten mit ewig wechselnden Grenzen zusammengesetzt, so dass selbst ein Deutscher nicht zu sagen vermag, welches gerade jetzt seine Grenzen sind. Und unsere Nation selbst mit all ihren sogenannten inneren Fortschritten, die übrigens alle äußerlich und oberflächlich sind, ist gerade solch ein schwerfälliges, veraltetes, mit allem Hausrat vollgepfropftes Institut, voller Schlingen und Fußangeln, ruiniert durch Luxus und leichtsinnige Ausgaben, durch Mangel an Berechnung und an einem würdigen Ziel, wie Millionen von Familien im Land. Die einzige Hilfe aber für die beiden ist äußerste Sparsamkeit, strenge und mehr als spartanische Einfachheit der Lebensführung und Erhöhung der Bestrebungen. Es wird zu schnell gelebt. Man glaubt, es sei zweifellos notwendig, dass die Nation Handel treibe, Eis exportiere, dass man durch den Telegraphen sprechen und dreißig Meilen in der Stunde fahren könne, ob man es nun tut oder nicht. Ob wir aber wie Paviane oder wie Menschen leben sollen, ist nicht ganz so sicher. Wenn wir aber, anstatt Schwellen herbeizuschaffen und Schienen zu schmieden und Tag und Nacht an die Arbeit zu wenden, an unserm Leben herumhämmern, um dieses zu verbessern, wer wird dann Eisenbahnen bauen? Und wenn keine Eisenbahnen gebaut werden, wie wollen wir zur rechten Zeit in den Himmel kommen? Bleiben wir aber zu Hause und kehren wir vor unserer eigenen Tür, wer braucht dann Eisenbahnen? Wir fahren nicht auf der Eisenbahn, sondern sie fährt auf uns.

Warum sollen wir in solcher Eile, solcher Lebensverschwendung leben? Wir sind entschlossen zu verhungern, ehe wir hungrig sind. Die Leute sagen, ein Stich zur rechten Zeit erspare neun, und machen deshalb heute tausend Stiche, um morgen die neun zu sparen. Was die Arbeit betrifft, so haben wir keine von irgendwelcher Bedeutung. Wir leiden am Veitstanz und können unmöglich unsere Köpfe stillhalten. Wenn ich nur ein paarmal an den Glockensträngen der Pfarrkirche zöge, als ob es brennte, das heißt: Wenn ich das Sturmzeichen geben würde, so gäbe es kaum einen Mann auf seiner Farm in der Umgebung von Concord, der trotz seiner vielen dringenden Geschäfte, die heute Morgen seine Entschuldigung bildeten, auch keinen Jungen, fast möchte ich sagen: keine Frau, die nicht alles stehen- und liegenließen, um diesem Zeichen zu folgen. Sie täten es vielleicht weniger, um das Besitztum den Flammen zu entreißen, als – um die Wahrheit zu gestehen – um es brennen zu sehen, da es denn doch brennen muss, und wir, das sei kundgetan, das Feuer nicht legten. Aber man kann auch beim Löschen zusehen und sich dabei beteiligen, wenn das ebenso leicht getan werden kann, selbst im Fall es die Pfarrkirche selber wäre. Hat einer nur ein halbstündiges Mittagsschläfchen gehalten, so richtet er, wenn er wach wird, den Kopf auf und fragt: »Was gibt's Neues?« Als ob die übrige Menschheit mittlerweile Wache gestanden wäre! Manche lassen sich, zweifellos aus keinem andern Grund, alle halbe Stunde wecken, und dann erzählen sie zum Dank dafür ihre Träume. Nach dem Nachtschlaf sind die Neuigkeiten so unumgänglich notwendig wie das Frühstück. »Ich bitte dich, erzähle mir irgendwas Neues, das irgendjemandem irgendwo auf dieser Erde passiert ist!« Und er liest bei seinem Kaffee und mürben Brötchen, dass heute früh einem Mann auf dem Wachito-Fluss mit dem Daumen ein Auge herausgedrückt wurde; dabei kommt ihm aber kein Gedanke daran, dass er selbst in der dunklen, unergründlichen Mammuthöhle dieser Welt lebt und selbst nur rudimentäre Augen besitzt.

Lasst uns unsern Tag mit so viel Überlegung verleben wie die Natur und uns nicht von jeder Nussschale, jedem Moskitoflügel, der auf unsern Pfad fällt, davon abbringen. Lasst uns früh aufstehen und fasten oder die Fasten brechen und frühstücken, ruhig und ohne Hast; lasst Besuch kommen, lasst Besuch gehen, die Glocken läuten und die Kinder schreien – wir wollen uns unseres Tages freuen. Warum sollten wir nachgeben und im Sturme untergehen? Lasst uns nicht kentern und in die Stromschnelle, den Wirbel hinuntergerissen werden, der die mittägliche Untiefe so gefährlich macht und ›Mittagessen‹ genannt wird. Entrinne dieser Gefahr, und du bist gerettet, denn der übrige Weg geht bergab. Mit angespannten Sehnen und morgendlicher Kraft segle vorbei und blicke, an den Mast gebunden wie Odysseus, nach der entgegengesetzten Richtung. Wenn die Dampfpfeife geht, lass sie pfeifen, bis sie heiser wird. Wenn die Glocken läuten, was sollten wir da laufen? Wir wollen darüber nachdenken, was das für eine Art von Musik ist. Wir wollen uns niedersetzen und arbeiten und durch den Schlamm und Kot der Meinungen, der Vorurteile, der Tradition, der Täuschung und des Scheines, der Anschwemmung, welche die Erdkugel bedeckt, durch Paris und London, durch New York, Boston und Concord, durch Kirche und Staat, durch Poesie, Philosophie und Religion hindurch unsere Füße wetzen und reiben, bis wir auf harten Boden und Felsen an einen Ort gelangen, den wir Wirklichkeit nennen und von dem wir sagen können: »Das ist, das ist kein Irrtum.« Und jetzt fange dein Werk an, nachdem du unter Schlamm, Eis und Feuer einen Stützpunkt gefunden hast, einen Platz, auf dem du eine Mauer oder einen Staat errichten oder in dem du einen Laternenpfahl oder vielleicht einen Pegel einrammen kannst, kein Nilometer, sondern ein Realometer, damit die künftigen Geschlechter sehen können, wie hoch der Schlamm des Betruges und Scheines von Zeit zu Zeit angeschwemmt wurde. Wenn du eine Tatsache von Auge zu Auge in Augenschein nimmst, so siehst du die Sonne an ihren beiden Oberflächen wie auf einem Schwerte schimmern, fühlst, wie seine süße Schärfe dir durch Herz und Mark dringt, und wirst auf diese Weise glücklich deine irdische Laufbahn zu Ende führen. Sei es Leben oder Tod, wir schmachten nur nach Wahrheit. Wenn wir wirklich sterben, so lasst uns das Röcheln in unserer Kehle hören, die Kälte in unseren Gliedern spüren; wenn wir aber leben, so lasst uns an unserem Werke arbeiten.

Die Zeit ist nur ein Fluss, in dem ich fischen will. Ich trinke daraus, aber während ich trinke, sehe ich seinen sandigen Grund und entdecke, wie seicht er ist. Seine schwache Strömung verläuft, aber die Ewigkeit bleibt. Ich möchte in tieferen Zügen trinken, im Himmel fischen, dessen Grund voll Kieselsterne liegt. Ich kann nicht einen zählen. Ich kenne nicht den ersten Buchstaben des Alphabetes. Das habe ich immer bedauert, dass ich nicht so klug bin wie der Tag, der mich geboren. Der Geist ist ein Spaltkeil; er sucht und bahnt sich seinen Weg in das Geheimnis der Dinge. Ich will mit meinen Händen nicht geschäftiger sein, als notwendig ist. Mein Kopf ist mir Hand und Fuß. Mein Instinkt sagt mir, dass mein Kopf ein Organ zum Bohren ist, wie es bei manchen Tieren Schnauze und Vorderpfoten sind, und mit ihm möchte ich meinen Weg durch diese Hügel bohren und graben. Die reichste Ader muss irgendwo hier in der Gegend sein, das sagen mir Wünschelrute und leicht aufsteigende Dünste; und hier will ich anfangen, Bergbau zu treiben.

Tomi Ungerer

Jahre in Kanada

Yvonne und ich verließen 1971 New York City, Hals über Kopf. Wir hatten das Stadtleben plötzlich satt: Auf einem *highway* dahinjagend war unserem Leben der Treibstoff ausgegangen; wir hatten uns hier festgefahren, und so schlugen wir zu Fuß den erstbesten Seitenweg ein und erwarteten nicht einmal das Unerwartete.

Sechs Monate bevor wir New York verließen, hatten wir in Neuschottland Urlaub gemacht. Wir hatten ein baufälliges Haus gefunden und es gekauft, um dort später einmal unsere Ferien zu verbringen. Es stand auf einer Halbinsel. Zwei Sandstrände verbanden es mit dem bewaldeten Festland. Ein Teich lag gefangen zwischen den Stränden. Vor der Spitze der Halbinsel befand sich eine Insel, die man nur bei Ebbe erreichen konnte. Die nächste Stadt war drei Kilometer entfernt. Um zu unserem Grundstück zu gelangen, musste man auf Ebbe warten und dann auf der harten Oberfläche von feinem weißem Sand über den Strand fahren.

Erst drei Jahre später ließen wir einen Weg durch den Wald bauen.

Als wir hinzogen, war unser Haus bereits zum Teil wieder instandgesetzt. Es gab Elektrizität, fließendes Wasser, aus dem Brunnen gepumpt, und eine Toilette, die sich in eine Senkgrube entleerte.

Wir kamen mit zwei Birmakatzen, Piper und Heidsieck, an, und kurz darauf kauften wir unseren Neufundländer Sacha. Wir richteten uns im oberen Stockwerk auf einer Matratze zwischen zwei Holzstößen ein. Unsere Möbel und verschiedenen Habseligkeiten blieben noch lange Zeit in einer Lagerhalle.

Wir hatten keine Vorstellung von dem, was uns erwartete. Wir hatten nicht vor, ein Heim zu gründen, eine Farm zu betreiben oder so etwas. Die Rückkehr zu Mutter Erde war damals noch nicht so sehr in Mode. Wir waren mehr wie Flüchtlinge, ohne zu wissen warum oder wovor.

Es war nach unserem ersten Besuch beim Fleischer, als wir beschlossen, einen Teil unseres Fleischbedarfs selbst heranzuzüchten. Ich hatte ein Huhn gekauft und bat ihn einfach, es zu zerlegen… Zu meinem Entsetzen sägte er das Tier mit seiner Bandsäge in Scheiben (das Huhn lebte nicht mehr) und gab es mir wie einen Stapel Bücher zurück; der Anblick erinnerte mich an meine Ausgabe von Gibbons *Aufstieg und Fall des Römischen Reiches*… Ein halbes Kalb wurde von einem ähnlichen Schicksal ereilt. Dieses Erlebnis veranlasste uns, Metzger zu werden.

Unser Haus war von gutem Weideland umgeben, also begannen wir mit ein paar Schafen. Unser erstes Schaf hieß Tippy, weil die Spitze eines Ohres schwarz war. Wir hatten es gern, wir schlachteten es, wir aßen es und hatten es sogar noch lieber, nachdem wir es uns in bekömmlicher Form einverleibt hatten.

Den Schafen sollten noch viele andere Tiere folgen: Hühner, Enten, Gänse, Kaninchen, Ziegen, Kühe, Schweine,

Pferde. Wir versuchten es sogar mit wilden Truthähnen und Fasanen, die im Land der Füchse und Wildkatzen aber alle die Freiheit wählten. Um unsere Gäste unterzubringen, bauten wir einen Stall und reparierten außerdem noch einen alten.

So bauten wir, ohne es zu merken, eine Farm auf, aber wir wurden nie richtige Farmer. Ich bin Künstler und verdiene meinen Lebensunterhalt mit Büchern und Zeichnungen und nicht mit den Erzeugnissen unseres kleinen Betriebes. Für uns war es eine Möglichkeit, neue Erfahrungen zu sammeln, die Neugier auf etwas, was wir nie zuvor getan hatten. Außerdem schien der einzige Weg, die Vergangenheit zu exorzieren, darin zu liegen, eine neue zu beginnen.

Das Gebiet um unsere Farm wird Rockhead genannt. Die meisten unserer Nachbar-Freunde sind Rockheader, und die meisten Rockheader sind Fischer. Einzelgänger, die in ihrem eigenen kleinen Boot hinausfahren. Man wird nicht viele Rockheader finden, die auf Trawlern arbeiten.

»Wir hier sind freie Menschen! Als junger Mann begann ich, für die Fischfabriken zu arbeiten, und sie wollten unsern Lohn nicht um drei Cent erhöhen, also hörte ich auf, das war im April, die Luft war so frisch und klar, und ich besorgte mir ein paar Netze und ruderte in meinem Boot hinaus und bin seit dem Tag nie etwas anderes gewesen als Fischer…«

Das ist Keene Archers Geschichte, ein Freund, der strandaufwärts wohnt. Früher gehörte ihm das Land, auf dem wir leben. Er wohnte in unserem Haus, wenn ich wegmusste. Ein mutiger Mann, nicht leicht zu erschüttern… Er bewahrt seinen kühlen Kopf hinter dunklen Brillengläsern, und wenn er spricht, bewegen sich seine schmalen Lippen kaum, die Worte scheinen ihren Weg hinaus durch seine Nasengänge zu finden.

Mitten im Winter flog während unserer Abwesenheit unsere gesamte Gänseschar aus irgendeiner Laune heraus davon und ließ sich auf einer Felsbank ungefähr zweieinhalb Kilometer vom Ufer entfernt nieder. Also füllte Keene einen Eimer mit Maiskörnern, stieg damit in unser Boot und begann, auf die Kolonie der Ausreißer zuzurudern. Das Boot hatte ein Loch, was Keene nicht wusste, weil es zugefroren war. Auf halbem Weg schlug das Boot leck, da das Eis durch die Berührung mit dem Salzwasser schmolz.

»Ich habe drei- oder viermal gerudert, dann etwas Wasser geschöpft und dann wieder gerudert … *see?*«

Niemals wäre es ihm in den Sinn gekommen umzukehren; er machte einfach weiter, bis er die Felsbank erreichte. Er zeigte den Gänsen die Maiskörner, und sie folgten ihm in einer feierlichen Prozession, während er die Strecke mit Rudern und Wasserschöpfen zurücklegte …

Keene züchtete früher Schafe. Er brachte uns bei, wie man schert, schlachtet und das Fleisch verarbeitet. Er war es, den ich anrief, als zum ersten Mal eines unserer Schafe Schwierigkeiten beim Lammen hatte. Ein Mutterschaf hatte einfach keine Kraft mehr, ihr Lamm in dieses Gelobte Land zu bringen. Sie lag keuchend auf dem Boden, ihre Mandelaugen schwarz in Erwartung des Todes, und so riefen wir ihn an.

»Jetzt läufst du hinunter zum Stall, wäschst dir gründlich

die Hände, dann greifst du vorsichtig hinein, bis du die Hufe der Vorderbeine fühlst; die packst du und ziehst das Lamm langsam heraus …«

Das waren die einzigen Anweisungen, die wir bekamen, und sie genügten glücklicherweise, wobei Yvonne die Taschenlampe hielt. Beinahe eine religiöse Erfahrung, diese Erregung, dazu beizutragen, dass ein Leben seinen Anfang nehmen konnte. Es war wie das Entkorken eines seltenen Jahrhundertweines …

Kaum draußen, zapfte das Lamm, auf seinen steifen Beinen schwankend, mit dem Schwanz wackelnd, fünf Minuten später schon die natürlichen Quellen seiner Mutter an.

Unauffällige, hier immer verfrühte Ankunft des Herbstes. Ein Himmel von verwaschenem Blau, gebleicht, abgewetzt, bereits feinstrukturiert durch die kalten Luftströmungen. Die Jahreszeit nimmt andächtig den Schleier, ganz hoch oben. Dicht am Erdboden, sich den Formen anschmiegend, beschwört ein leichter Wind Erinnerungen herauf.

Wechsel der Jahreszeiten, Anti-Klimas und Antiklimax.

Der Sommer schmilzt in seiner eigenen selbstzufriedenen Wärme dahin, um den Weg für den Herbst freizugeben. Anscheinend ein freundschaftliches Abkommen, das Ergebnis friedfertigen Verschleißes.

Eine Zeitlang vermischen sich die beiden Jahreszeiten sogar miteinander, bis der Sommer endlich in den Ruhestand hinüberfließt und es dem neuen Management überlässt, die Liquidation abzuwickeln.

Der Herbst zieht Bilanz, macht Inventur für den Sommer, der bankrottgegangen ist.

Die Ankunft des Winters ist ein Angriff. Er klopft nicht an die Tür, er schlägt sie ein. Der Winter hat etwas Martialisches an sich. Von allen Jahreszeiten ist er es, gegen den man sich am meisten verteidigen muss. Der Winter gibt den Kampf nicht so leicht auf, er setzt sich mit Gegenangriffen zur Wehr und lässt Widerstandsnester zurück.

Der Frühling arbeitet heimtückisch, im Untergrund, Fünfte Kolonne; Saft strömt hinter der Front, um die Knospen zu versorgen, die ganz plötzlich in Blätter und Blüten explodieren. Und dann, welch ein Schauspiel! Nichts ist so arrogant wie ein schüchterner Mensch, der seine Schüchternheit überwunden hat. Die Sinne, die sich bis jetzt verborgen hatten, kommen an die Oberfläche: sie sprudeln, pochen, schwellen an. Die ersten Frühlingstage brutzeln in der Bratpfanne des Sommers.

Der Sommer hält alles für selbstverständlich …

Der Frühling ist schön für Geburten und Hochzeiten, und man sollte im Herbst sterben, mit dem Winter als Ausweichtermin.

… Manche Tage sind spröde und öde, es sind Tage für kleine Arbeiten nebenbei; *snacks* ersetzen Mahlzeiten, Sinfonien sind unerträglich und sogar Kurzgeschichten zum Lesen zu lang. Man bummelt, brummelt, man lässt sich das Haar schneiden, reinigt alte Farbpinsel, sortiert rostige Nägel aus den Schrauben aus, kittet zerbrochenes Geschirr, tritt nach dem Hund. Tage wie diese hängen zwischen Tick und Tack. Die Minuten dauern alle exakt gleich lang, und die Uhr führt genau Buch über jede anmaßende Sekunde.

Entwirren von Schnüren und Aussortieren von Plunder von der Schutthalde.

Die vorherrschenden meteorologischen Verhältnisse werden vom Golfstrom bestimmt, der sein lauwarmes Wasser mit kälterem aus dem Norden vermengt. Ein Ort mit raschen, unerwarteten Wetterumschwüngen und dichtem Nebel, der besonders im Sommer die Ufer wochenlang einhüllt.

Man kann im Wind stehen, der von Osten weht, aber wenn man nach oben schaut, sieht man Scharen von Wolken von Westen herübertreiben. Der Wind kann in kürzester Zeit eine Kehrtwendung machen und einen blitzschnell in den Rücken treffen. Ich habe hier in der Gegend niemals einen Wetterhahn gesehen. Er würde es nicht aushalten, oder seine Lager würden ihre Kugeln verlieren. Einige, die es versucht haben, endeten im Irrenhaus.

Das Wetter hier ist eine »Sie«.

»Sie wird heute sonnig und trocken.«

Die *Women's Lib* mag das bestreiten, aber so ist es nun mal. Und warum nicht: unbeständig, heikel, stürmisch und enervierend, zuerst heiß, dann wieder eisig; schließlich mild und liebevoll...

Das Leben hier wird durch Stürme unterteilt. Sie erwischen einen, wenn man sie nicht erwartet, und es scheint immer so, als sei der letzte der schlimmste gewesen. Wir hatten gerade einen, zwei Tage nach der Eröffnung der Hummersaison. Eine Katastrophe. Wie verlorene Seelen an den schwarzen Gewässern des Styx wandern düstere Fischer am Ufer entlang und sammeln jede zerstörte Falle auf, die die Brandung gnädig hergibt. Ein Fischer braucht einen halben Arbeitstag, um eine Hummerfalle zu bauen; dann werden sie markiert, um sie nicht zu verwechseln. So ist das nun mal:

die Saison hat gerade erst begonnen, und schon ist sie vorbei, über Nacht. Keene verlor 250 Fallen, das entspricht 125 Arbeitstagen, nicht mitgerechnet die Bojen und das Tau.

Kein Wunder, dass die Mentalität der Fischer fatalistisch ist. Wir selbst verloren die Hälfte unserer Dünen am südlichen Strand. Der Wind hat sich gelegt. Große, drei Meter hohe Wellen rollen heran und glätten sich in geordneten Reihen, um wie schäumende Kamikaze herabzustürzen und die Küstenlinie abzutragen.

Ich stehe am Strand und zähle die Verheerungen. Alle Zäune zur Insel sind verschwunden. Ironie des Schicksals: eine Welle spült zu meinen Füßen ein Schild an, das ich angebracht hatte: »Betreten verboten. Jagen verboten.«

Der Abfluss des Teiches wird von Steinhaufen blockiert, und der Teich ist nahe daran, überzufließen und den schmalen Landstreifen fortzuspülen, auf dem unsere Zufahrt verläuft.

Rief meinen Freund Bill an, er besitzt einen Wagenpark von Lastwagen und Bulldozern. Ich werde bei ihm meinen Traktor gegen genug Felsblöcke eintauschen, um die nördliche Küste zu verstärken, sonst enden wir noch auf einer Insel …

Entlang der Küste Mengen von toten Krabbentauchern, einem Meeresvogel, der sich von Plankton ernährt; wenn die Stürme zu unbarmherzig sind und zu lange dauern, kann er nicht fressen und verhungert.

Steine, vom Sturm angespült, müssen von der Zufahrt weggeräumt werden. Wenn ich mich unter den dahinjagenden Wolken bücke, fühle ich, wie sie über meinen Rücken rollen – die Wolken, nicht die Steine. Ein mit Eisflocken gepfefferter Nordwind hackt in mein Gesicht; tränenverschwommene Augen.

Die Jagdsaison hat begonnen ... Sie ist eins der größten Ereignisse im Jahr für den männlichen Teil der Bevölkerung. Eltern lassen ihre Söhne sogar die Schule schwänzen, damit sie auf die Enten- oder Rotwildjagd gehen können. Es liegt eine elektrisierende Stimmung von Herumstreunerei in der Luft.

Ganze Männerbanden gehen mit reichen Vorräten an Rum und Munition in ein Camp, das sie in den Wäldern haben. Ein Camp ist gewöhnlich eine Hütte oder ein Schuppen mit einem Ofen und ein paar Matratzen.

Yvonne und ich merkten so richtig, wie gefährlich es sein kann, während der Jagdzeit in den Wald zu gehen, besonders vor Weihnachten, wenn große Nachfrage nach Wild besteht. Wir waren auf der Suche nach einem schönen Weihnachtsbaum auf einem bewaldeten Grundstück vierzig Kilometer von unserer Farm entfernt, das uns früher gehörte. Dort befanden wir uns also, als Gewehrschüsse die Stille um uns herum zerrissen. Es war das erste Mal in meinem Leben, dass ich mich »gejagt« fühlte, und ich habe immer noch Albträume deswegen. Durch das Dickicht niedriger Fichten brachen sie dann hervor, die Mündungen der Armeegewehre auf uns gerichtet, ihre Augen so rot wie ihre Jacken, torkelnd, total betrunken, sich noch nicht im Klaren darüber, ob wir Wild waren oder nicht.

Ich verstehe jetzt, warum es ratsam ist, in dieser Jahreszeit helle Farben zu tragen.

Unser erstes Weihnachten hier war ein richtiger Zirkus. Der neue Teil des Hauses war überdacht und bis auf die Dachschindeln fertig. Ich hatte unsere Habseligkeiten schon hierhergeschafft, einschließlich 280 Kartonschachteln mit Büchern. Genau zu Beginn unseres Weihnachtsessens brach ein plötzlicher Regensturm von Süden über uns herein und peitschte Wassermassen gegen das Haus. Der Wind ließ den Regen durch die engsten Ritzen spritzen, sogar durch Nagellöcher. Ich kann ohne zu schwindeln sagen, dass die Südwand uns anspuckte. Also fingen wir an, mit Holzstücken, Streichhölzern und Toilettenpapier das Haus abzudichten, ohne Erfolg. Darauf gingen wir wieder ins Erdgeschoss und brachten die Schachteln auf und unter Plastikbahnen in Sicherheit. Als wir zurückkamen und mit dem Weihnachtsessen, einem *filet mignon,* beginnen wollten, war die Platte leer. Am Tisch saß Sacha, unser Neufundländer, sein sperrangelweit offenes Maul durch den Braten zugepfropft, der wie eine übergroße Zigarre herausragte. Sacha hatte einfach versucht, ihn in einem Stück hinunterzuschlingen. Wir zogen ihn heraus, gaben Sacha den verdorbenen Teil und aßen den Rest.

Sacha liebt es, hinter Bällen herzulaufen. Sein Lieblingsball ist ein großer runder Ball aus Metall, der zu groß für seine Schnauze ist, sodass er ihn nie richtig festhalten kann.

Das Eis auf dem Teich schmilzt. Eins unserer kleinen Spiele ist es, den Ball über das dünne Eis des Teiches zu werfen, und der große Sacha rennt hinterher, bis dass das Eis um ihn herum anfängt zu krachen, ein sehr spezielles, drohendes Geräusch, das genau zur Situation und zu Sachas hysterischem Gebell passt: das verzweifelte Zögern des Hundes, der zwischen seinem geliebten Ball und der Sicherheit auf *terra firma* schwankt. Es sieht urkomisch aus, wenn die Eisdecke schließlich bricht und Sacha einen Narrentanz von Scholle zu Scholle aufführt.

Eiskaltes Wasser macht ihm nichts aus. Seine Rasse ist für diese Art Strapazen geschaffen, aus denen er unbeschadet hervorgeht, mit lustig klirrenden Eiszapfen an seinem Fell.

Dann schneite es wieder; bemerkte, dass Gänse Schnee fressen, mag sein, dass sie deshalb so weiß bleiben; Gänse sind so weiß, dass es scheint, als sickere Waschmittel aus ihrem Innern. Ich würde sie die Nonnen der Bauernhöfe nennen, wenn sie während des Geschlechtsverkehrs nicht so laut wären.

Im Winter hacken wir ein Loch in den zugefrorenen Teich; Gänse ziehen es vor, sich im Wasser zu paaren. Diese Wasserfläche wird zu einem Loch der Leidenschaft, wenn die Gänse sich entschließen, ihre Orgien zu feiern.

Sie leben in Scharen und haben ein ausgeprägtes Gemeinschaftsleben. Wenn eine Gans und ihr Ganter sich paaren, bildet das ganze Establishment einen Kreis um das Paar, um zuzuschauen, sie anzufeuern, sie anzuschreien; der Lärm ist unbeschreiblich.

»Schneller!«

»Gib's ihr!«

»Nicht aufhören!« usw....

Das Ganze endet gewöhnlich mit begeistertem Applaus. (Sie applaudieren, indem sie mit den Flügeln schlagen.)

Die Gänse betrachten dieses Wasserloch als *ihr* Eigentum und bekommen lautstarke Wutanfälle, wenn die Pferde *ihr* Wasser trinken. Nur die Enten sind schnell und schlau genug, um sie zum Narren zu halten: zu den Fütterungszeiten kriechen die Enten sogar zwischen den Beinen der Gänse hindurch und fressen die Körner unter ihren Schnäbeln weg.

Gänse sind richtige Zankteufel. Sie haben das Zischen von den Schlangen gelernt. Dennoch scheinen sie miteinander auszukommen. Über ihre Sozialstruktur ist viel geschrieben worden – Disziplin, Harmonie der hierarchischen Rangordnung. Man kann das gut beobachten, wenn die ganze Schar einen Ausflug auf dem Teich macht. Ganter an der Außenseite, nach Störenfrieden Ausschau haltend, dann die Mütter, die den Gänse-Kindergarten umgeben. Auf festem Boden haben sie immer einen diensthabenden männlichen Wachposten.

Gänse sind Vegetarier und Abstinenzler. Sie haben strenge Moralvorschriften und sind stolz auf ihre Reinlichkeit. Sie missbrauchen nicht den Namen Gottes.

Die Gänse sind übrigens den Täufern aus dem Ort beigetreten und alle durch Untertauchen getauft worden, genau wie Unterseeboote. Ich sage das ironisch, weil die Täufer, ganz in Weiß gekleidet, tatsächlich ihre Tauch-Riten am Ende unseres Strandes vollziehen, und aus der Entfernung sehen sie aus wie eine Schar Gänse. Ich weiß nicht, ob Taufen in Salzwasser genauso gültig ist wie in Süßwasser…

Für mich sind Gänse eine Augenweide.

Besonders im Schnee, eine Studie konkurrierender Weißtöne.

Sie legen orangefarbenes Make-up auf ihre Schnäbel.

Ein Politbüro trifft alle wichtigen Entscheidungen. Sie alle haben soziale Sicherheit. Nicht wirklich alle. Wenn ich sage »alle«, dann meine ich die weißen Gänse. Die wenigen grauen werden ausgestoßen und genießen keinen der Vorteile der Gemeinschaft.

Zum Beispiel: Wenn nachts die Temperatur unter null sinkt, drängen sich die weißen Gänse aneinander, um sich warmzuhalten, aber den grauen ist es nicht erlaubt, an diesem Zentralheizungssystem teilzuhaben. Wenn eine Gans erfriert, ist es immer eine graue.

Es ist eindrucksvoll, eine Schar wohlgenährter Gänse abheben, und ein wenig komisch, sie landen zu sehen, vor allem auf dem zugefrorenen Teich. Ihre langen Hälse sind vorgestreckt wie bei einer Concorde; ich kann mir den Piloten im Cockpit hinter dem Schnabel vorstellen, die Passagiere mit Sicherheitsgurten im Innern der Gans. Es ist ein unvorstellbares Schauspiel, ein Geschwader dieser Vögel auf der dünnen Spiegelfläche neuen Eises mit einem Platsch! umgeben von Eissplittern, bruchlanden zu sehen. Später, wenn das Eis festgefroren ist, landen sie und rutschen auf ihren gut gepolsterten Hinterteilen außer Kontrolle.

Ich kenne kein anderes Tier, das so stechend blaue Augen hat wie eine Gans. Ihr ganzes Misstrauen konzentriert sich in diesen Glasperlenaugen.

Wenn man ihre Köpfe im Profil vor einem ebenso blauen Himmel sieht, hat man den Eindruck, durch ihre Köpfe hindurchzusehen …

Manchmal beschließen Gänse, nebeneinander zu nisten. Ihre Ganter halten sich ganz in der Nähe bereit. Sollte eine

Gans weggehen, um sich ein wenig zu waschen, kann man beobachten, wie die Nachbargans deren Eier unter ihre eigenen Flügel schiebt, um sie warmzuhalten, und sie dann wieder zurücklegt, wenn die eigentliche Besitzerin zurückkommt. Das klappt nicht immer so gut, gelegentlich kann es ein Durcheinander geben, das endlose Rechtsstreitigkeiten nach sich zieht.

Gänse sind pünktlich. Wenn man morgens zu spät mit der Fütterung dran sein sollte, kommen sie den ganzen Weg zum Haus gelaufen und schlagen Krach.

Erster Mai. Der Frühling hat bereits einen Brückenkopf in dieser Gegend erstellt und Kompanien von prüden Engelsaugen zusammen mit unschuldig dreinblickenden Blauen Binsenlilien in Marsch gesetzt. Auf einigen Steinen sind *British Soldiers* postiert worden; die Becherflechte verdankt ihren kriegerischen englischen Namen ihrer aufrechten Haltung und ihren knallroten Fruchtkörpern. Mich erinnert sie mehr an kleine reitende Strolche.

Veilchen mit trügerischer Bescheidenheit ebnen den Weg für die grelleren Schwertlilien. Aufgerichtete Narzissen nicken wie altmodische Telefonapparate mit ihren Sprechmuscheln.

Die Birken haben sich entschlossen, ihre lange Winterunterwäsche auch den Rest des Jahres über zu tragen. Ältere Bäume versuchen in einem Anfall von Frühlingsputz, Moos und die Bärte von Louisianamoos abzukratzen. Louisianamoos zeigt das Alter der Bäume an und verleiht ihnen traurige Weisheit.

Löwenzahn knöpft den Rasen am Boden fest. Er plant

schon eine Übernahme der Regen- und Fallschirmindustrie, völlig ungeachtet der neuen Antitrustgesetze.

Farne drehen sich wie Lockenwickler aus dem Winterschlaf. Im Wald erscheinen, fürs Leben verbunden, Nordische Linnäen. Anemonen, Wintergrün und dergleichen suchen Zuflucht in der Anonymität, und ich werde ihre Intimsphäre nicht länger stören … ungeachtet der Tatsache, dass Blumen, wie Frauen, gerne bemerkt und umschmeichelt werden.

Die Birken hatten recht, an ihrer weißen Flanellunterwäsche festzuhalten. Ein plötzlicher Schneesturm überraschte uns, jähzornige Winde fegten über die Gegend hinweg; die See schäumte wie eine Wäscherei, und der Wind schliff die Kanten der Brecher ab. Bei einer Gans, die ihr Nest an einer sehr ungeschützten Stelle gebaut hatte, schlüpften an diesem Morgen die Jungen. Jetzt werden sie fortgeblasen; die Gänschen rollen wie kleine Wollknäuel über den Boden. Yvonne und ich rennen hinter ihnen her und können zwei retten. Wir bringen sie zurück nach Hause und setzen sie für den Augenblick in unsere Wanne. Die beiden wurden Yvonnes Lieblingsgänse. Eins konnte einfach nicht laufen lernen, seine Beinchen bestanden darauf, getrennte Wege zu gehen. Also banden wir die beiden Beine mit einem dünnen Gummiband aneinander … Und wie das klappte! Von der elastischen Bewegung vorwärtsgetrieben, konnte es fast nicht mehr stehenbleiben. Das Gänschen begriff, warum es ging, und konnte bald auf den künstlichen Muskel verzichten.

Der Schnee wurde von Regen abgelöst. Es regnete in Strömen, in Klingen, die die Landschaft in Scheiben schnitten.

Nach dem Sturm die Ruhe... Der Bach gurgelt spöttisch. Das Wasser klart rechtzeitig auf, sodass wir noch zusehen können, wie eine goldene Sonne dick und fett wie eine Dublone durch den Schlitz in unserem Sparschwein-Hügel hinter dem Teich versinkt.

Sommer.

Halme von hohem Strandgras duellieren sich im Wind.

Grashüpfer hüpfen. Was für ein Leben, nie zu wissen, wo man landen wird!

Heitere, gut genährte Kumuluswolken betten den blau glasierten Himmel gemütlich auf Kissen.

Tage, an denen man alles einfach in sich aufnimmt.

Um uns herum belegen Seemöwen die felsige Küste mit Bombenteppichen. Sie essen gerne Schalentiere, können sie aber nicht öffnen; also nehmen sie eine Muschel in den Schnabel, fliegen hoch und lassen sie auf die Felsen fallen, wo sie zerspringt.

Unser Haus ist zwischen mehreren ökologischen Zonen eingeklemmt: Meer, Strand, Wiesen, Teich, Sumpf, Moor und Wälder.

Um das Haus wächst Schierling in riesigen Büscheln, genug, um ganze Symposien von Philosophen auszumerzen. Ganz in der Nähe gedeiht sein bescheidener Verwandter, der Gemeine Kümmel *(carum carvi),* mit dem Yvonnes Brot bestreut wird.

Unsere Katze Heidsieck hat seit einiger Zeit Schmerzen gehabt. Wir fahren zu einem Tierarzt. Das Urteil ist endgültig: Knochenkrebs. Die Katze muss eingeschläfert werden.

Ein Freund, Träger so vieler Erinnerungen, hat uns verlassen. Es entsteht ein gähnendes Loch im Gefüge unseres Lebens.

Heidsieck war eine Birmakatze. Ich hatte ihn zusammen mit Piper, seinem jüngeren Halbbruder, in New York gekauft, für Yvonne, als wir uns trafen. Er war eine sehr stolze, klassenbewusste Katze, die sich nie zu so niedrigen Aufgaben wie Jagen herabließ. Er hatte die edle Präsenz einer Pharaonenmumie und sah aus, als wäre er soeben einer Hieroglyphe entstiegen. Wir hätten zu seinem Gedenken eine Pyramide bauen sollen. Er liebte Zuneigung, und bei der kleinsten Zärtlichkeit schmolz er dahin wie ein Stück Butter.

Er lehnte es ab zu fressen, außer man ließ ihn vollkommen allein, obwohl wir ihn einmal zum Narren hielten: Ich hatte ein ziemlich großes Stück Plastikröhre geholt, in deren Mitte wir eine besonders köstliche Mahlzeit von Hackfleisch als Köder legten. Wir setzten Heidsieck an das eine Ende der Röhre, und er kroch hinein, um in Ruhe seine Mahlzeit zu genießen. Ohne sein Wissen steckten wir Piper am anderen Ende hinein. Plötzlich bebte und rollte die Röhre krampfartig und hallte von einem gekreischten Duett wider. Die Katzen, die einen Buckel machten, um zu kämpfen, konnten nicht einfach rückwärts aus der Röhre herauskommen, und schließlich mussten wir sie an den Schwänzen herausziehen. Für einmal war der stolze Heidsieck angeschlagen, zerzaust und äußerst liebebedürftig.

Er ging niemals auf Jagd nach Ratten, Mäusen oder Vögeln. Eine Ausnahme machte er nur bei jungen Kaninchen. Er konnte einfach dem Spaß nicht widerstehen, diese spielzeugartigen Hüpfer zu fangen.

Piper andererseits ist ein unbekümmerter Spitzbube. Abweisend gegenüber jeder Form von Zuneigung. Er ist das Vorbild für die Hauptfigur in meinem Kinderbuch *Kein Kuss für Mutter*.

Er ist ein unbarmherziger Jäger: Tag und Nacht unterwegs. Schlechtes Wetter kann ihn nicht aufhalten. Er ist die einzige Katze, die ich je gesehen habe, die keine Abneigung gegen Wasser hat. Ornithologisch gesehen, ist er verheerend. Es ist für uns schwer, ihn im Haus zu halten. Er bestraft uns, indem er auf unsere Teppiche uriniert. Es gab eine Zeit, in der er jeden Morgen aus dem Haus ging und kurz darauf mit einer Seeschwalbe zurückkam. Um ihm diese schlechte Gewohnheit abzugewöhnen, griffen wir auf einen altmodischen Trick zurück, der darin besteht, dass man einen toten Vogel um den Hals der Katze bindet. Eine Seeschwalbe ist ein ziemlich großer Vogel. Piper trug sie einen ganzen Tag herum; es schien ihn nicht sehr zu stören, und am folgenden Tag ließen wir ihn wieder hinaus; er schleifte immer noch sein letztes Opfer hinter sich her.

Eine halbe Stunde später war er wieder zurück, ein neues Opfer im Maul, das alte immer noch um seinen Hals gebunden. Er sah aus wie Josephine Baker in den Folies Bergères, mit sich auflösendem Federschmuck.

Wie es Piper gelingt, diese Vögel zu fangen, ist mir ein Rätsel. Sie sind aggressiv, bösartig und stürzen sich wie Stukas auf den Kopf jedes Eindringlings, wie mein Sohn Lukas mit einer großen Narbe am Kopf bezeugen kann. Hier leben die Seeschwalben in einer Kolonie auf der »Kartoffelinsel« – warum sie so genannt wird, kann ich nicht sagen, es gibt keinen Fleck bebaubaren Bodens auf diesem Steinhaufen. Wenn eine Seeschwalbe um eine andere wirbt, schenkt sie dem zukünftigen Partner zuerst einen Fisch: das Schwalben-Äquivalent des Blumenstraußes.

Jeden Abend schließen wir den Stall ab. Wir nehmen Piper mit und lassen ihn dort, damit er sich die Ratten vornimmt. Eines Abends schlichen wir uns leise in den Stall. Wir hatten es genau geplant, ich würde die Katze in eine Box fallen lassen, und Yvonne würde im selben Augenblick das Licht anknipsen. Es klappte tadellos, die Vorstellung, deren Zeuge wir wurden, gab ein Zauberer:

Piper fing drei Ratten auf einen Streich. Eine mit je einer Pfote, die dritte mit den Zähnen.

Jetzt, da Heidsieck tot ist, hat Piper über Nacht seinen Charakter verändert. Er ist liebevoll und liebenswürdig geworden, bleibt zu Hause und geht nicht mehr auf die Jagd.

Frühstück: die Tülle der Kaffeekanne erinnert mich an Heidsiecks Schwanz …

Vom Küchenfenster aus kann man in drei verschiedene Richtungen sehen. Das Haus hat viele Fenster, alle in kleine Scheiben unterteilt, so als teilten sie die Landschaft in viele Ansichtskarten. Ein Boot draußen auf dem Meer oder am Himmel die Wolken bewegen sich von einer Postkarte in die andere.

Für uns ersetzen die Fenster auch das Fernsehen. Sie versorgen uns mit einer großen Auswahl von Programmen, in denen Tiere – geborene Unterhalter – alle Rollen spielen, gesponsert von Äsop, La Fontaine und Buffon. Ich bin kein Naturforscher, nur einfach ein Zuschauer, der Alltägliches über die Natur sammelt.

Ralph Waldo Emerson

Natur

Ein Mensch, der in die Einsamkeit gehen will, muss sich von seiner Wohnstube ebenso weit entfernen wie von der Gesellschaft. Ich bin nicht allein, während ich lese und schreibe, obschon niemand bei mir ist. Aber wenn ein Mensch allein sein will, lass ihn zu den Sternen aufblicken. Die Strahlen, die aus jenen himmlischen Welten kommen, werden ihn absondern von allem, was er berührt. Man möchte denken, die Atmosphäre wäre deshalb durchsichtig gemacht worden, damit dem Menschen in den himmlischen Körpern die immerwährende Gegenwart des Erhabenen gegeben sei. Aus den Straßen der Städte gesehen, wie großartig sind sie! Wenn die Sterne in tausend Jahren nur in einer einzigen Nacht erschienen, wie würden die Menschen glauben und bezeugen und durch viele Generationen die Erinnerung an die Gottesstadt bewahren, die sie erblicken durften! Aber diese Boten der Schönheit erscheinen jede Nacht und erleuchten das Universum mit ihrem mahnenden Lächeln.

Die Sterne erwecken ein bestimmtes Ehrfurchtsgefühl, weil sie, obwohl immer gegenwärtig, dennoch niemals erreichbar sind; aber alle natürlichen Dinge machen einen verwandten Eindruck, wenn der Geist ihren Einflüssen gegenüber offen ist. Die Natur tritt niemals unbedeutend in Erscheinung. Weder entreißt der weiseste Mensch ihr Geheimnis, noch verliert er seine Neugier dadurch, dass er ihre ganze Vollkommenheit erkennt. Die Natur wurde einem weisen Geiste noch niemals zum Spielzeug. Die Blumen, die Tiere, die Berge spiegelten die Wahrheit seiner besten Stunde wider, geradeso, wie sie ihn in der Unbefangenheit seiner Kindheitstage erfreuten.

Wenn wir in dieser Weise von der Natur sprechen, haben wir eine bestimmte, aber höchst dichterische Bedeutung im Sinn. Wir meinen die Ganzheit des Eindrucks, den mannigfaltige natürliche Objekte machen. Dies ist es auch, was das Scheit des Holzfällers vom Baum des Dichters unterscheidet. Die reizvolle Landschaft, die ich heute Morgen sah, besteht unzweifelhaft aus etwa zwanzig oder dreißig Farmen. Miller besitzt dieses Feld, Locke jenes und Manning die Waldung dahinter. Aber keinem von ihnen gehört die Landschaft. Es gibt ein Besitzgut am Horizont, das niemand anderem gehört als demjenigen, dessen Auge alle einzelnen Teile zu einem Ganzen zusammenfassen kann, das heißt: dem Dichter. Dies ist der beste Teil an den Gütern dieser Männer, doch haben sie mit all ihren Besitzurkunden darauf keinen Rechtsanspruch.

Um die Wahrheit zu sagen, wenige Erwachsene können die Natur sehen. Die meisten sehen die Sonne nicht. Zumindest ist ihr Sehen sehr oberflächlich. Die Sonne bescheint nur das Auge des Mannes, aber in das Auge und das Herz des Kindes scheint sie hinein. Derjenige ist ein Naturliebhaber, dessen innere und äußere Sinne noch wahrhaft übereinstimmen; wer sich den Geist der Kindheit noch bis hinein in die Jahre des Mannesalters erhalten hat. Sein Verkehr mit dem Himmel und der Erde wird ein Teil seiner täglichen Nahrung. In der Natur durchströmt den Menschen wunderliches Wohlbehagen trotz all seiner Sorgen. Die Natur spricht – er ist mein Geschöpf, und trotz all des bedrängenden Kummers soll er mit mir glücklich sein. Nicht die Sonne oder der Sommer allein, sondern jede Stunde und jede Jahreszeit zollen ihren Tribut an Wonne, denn jede Stunde und jeder Wechsel entspricht einer unterschiedlichen Gemütsverfassung und rechtfertigt sie vom windstillen Mittag bis zur finsteren Mitternacht. Die Natur bietet eine Ausstattung, die zu einem Lustspiel ebenso gut passt wie zu einem Trauerspiel. Bei gutem Befinden wird die Luft zu einem Labsal unglaublicher Wunderkraft. Wenn ich über eine kahle Gemeindewiese schreite, durch Schneepfützen stapfe, in der Dämmerung unter bedecktem Himmel wandere, ohne den Gedanken irgendeines besonderen Glücksfalles zu hegen, erfreue ich mich vollkommener Erheiterung. Fast wage ich nicht zu denken, wie glücklich ich bin. Auch streift in den Wäldern der Mensch seine Jahre ab wie eine Schlange ihre Haut, und ist, in welchem Jahre seines Lebens er auch stehen mag, doch immer ein Kind. In den Wäldern ist immerwährende Jugend. In diesen Pflanzungen Gottes herrscht Würde und Heiligkeit, eine immerwährende Festlichkeit wird bereitet, und kein Gast vermag zu erkennen, wie er in tausend Jahren ihrer überdrüssig werden sollte. In den Wäldern kehren wir zur Vernunft und zum Glauben zurück. Dort fühle ich, dass mich im Leben nichts treffen kann – keine Schande, kein Unheil (solange mir die Augen erhalten bleiben), was nicht die Natur heilen kann. Wenn ich auf dem kahlen Erdboden stehe – meinen Kopf in die heitere Luft getaucht und in den unendlichen Raum erhoben –, schwindet alle eitle Selbstgefälligkeit dahin. Ich werde zu einem durchsichtigen Augapfel; ich bin nichts; ich sehe alles; die Ströme des universellen Wesens durchwogen mich; ich bin ein Teil oder Splitter Gottes. Der Name des engsten Freundes klingt dann fremdartig und wie zufällig: Brüder oder Bekannte, Herr oder Diener, alles erscheint wie eine bedeutungslose Kleinigkeit und wirkt wie eine Störung. Ich liebe die unendliche und unsterbliche Schönheit. In der Wildnis finde ich etwas Wertvolleres und Verwandteres als auf den Straßen und in den Dörfern. In der ruhigen Landschaft, und besonders in der weit entfernten Linie am Horizont, erblickt der Mensch etwas, das so schön ist wie seine eigene Natur.

Nachweis

Ulrich Bräker (1735, Scheftenau – 1798, Wattwil)
Vergnügen im Hirtenstand. Auszug aus: Ulrich Bräker, *Der arme Mann im Tockenburg.* Diogenes Verlag, Zürich 1993

Anton Čechov (1860, Taganrog – 1904, Badenweiler)
Das neue Landhaus und *Die Stachelbeeren.* Aus dem Russischen von Gerhard Dick, Hertha von Schulz und Michael Pfeiffer. Aus: Anton Čechov, *Die Dame mit dem Hündchen.* (Vorliegende Übersetzung erschien 1967 bei Rütten & Loening, Berlin: Rütten & Loening ist eine Marke der Aufbau Verlag GmbH). © 1967 by Aufbau Verlag, Berlin

Andrea De Carlo (* 1952, Mailand)
Wenn der Wind dreht. Aus dem Italienischen von Monika Lustig. Auszug aus: Andrea De Carlo, *Wenn der Wind dreht.* Copyright © 2007 by Diogenes Verlag, Zürich

Marion Gräfin Dönhoff (1909, Friedrichstein – 2002, ebenda)
Im Rhythmus der Jahreszeiten. Aus: Marion Gräfin Dönhoff, *Kindheit in Ostpreußen.* Copyright © 1988 by Wolf Jobst Siedler Verlag, München, in der Verlagsgruppe Random House GmbH

Ralph Waldo Emerson (1803, Boston, Massachusetts – 1882, Concord, Massachusetts)
Natur. Aus dem Amerikanischen von Harald Kiczka. Aus: Ralph Waldo Emerson, *Natur.* Copyright © 1982 by Diogenes Verlag, Zürich

Judith Hermann (* 1970, Berlin)
Sommerhaus, später. Aus: Judith Hermann, *Sommerhaus, später.* Copyright © 1998 by S. Fischer Verlag, Frankfurt am Main

Nancy Mitford (1904, London – 1973, Versailles bei Paris)
Porträt eines französischen Landhauses. Aus dem Englischen

von Reinhard Kaiser. Aus: Nancy Mitford, *Noblesse Oblige*. Copyright © 1995 by Eichborn Verlag, Frankfurt am Main

Božena Němcová (1820, Wien – 1862, Prag)
Großmutter. Aus dem Tschechischen von Josef Mühlberger. Aus: Božena Němcová, *Großmutter*. Winkler Verlag, München, 1969

Joseph Roth (1894, Brody – 1939, Paris)
Erdbeeren. Auszug aus: Joseph Roth, *Erdbeeren*, abgedruckt in: Joseph Roth, *Leben und Werk*. Herausgegeben von Daniel Keel und Daniel Kampa, Diogenes Verlag, Zürich 2010

Bernhard Schlink (* 1944, Bielefeld)
Das Haus im Wald. Aus: Bernhard Schlink, *Sommerlügen*. Copyright © 2010 by Diogenes Verlag, Zürich

Meir Shalev (1948, Nahalal)
Meine russische Großmutter (Titel vom Herausgeber). Aus dem Hebräischen von Ruth Achlama. Auszug aus: Meir Shalev, *Meine russische Großmutter und ihr amerikanischer Staubsauger*. Copyright © 2011 by Diogenes Verlag, Zürich

Lisa St. Aubin de Terán (* 1953, London)
Ein Haus in Italien. Aus dem Englischen von Ebba D. Drolshagen. Auszug aus: Lisa St. Aubin de Terán, *Ein Haus in Italien*. Copyright © 1995 by Insel Verlag, Frankfurt am Main und Leipzig

Adalbert Stifter (1805, Oberplan – 1868, Linz)
Der Waldsteig. Aus: Adalbert Stifter, *Gesammelte Werke in sechs Bänden. Vierter Band: Der Nachsommer*. Insel Verlag, Wiesbaden 1959

Henry David Thoreau (1817, Concord, Massachusetts – 1862, ebenda)
Walden. Aus dem Amerikanischen von Emma Emmerich und Tatjana Fischer. Auszug aus: H. D. Thoreau, *Walden*. Copyright © 1979, 2004 by Diogenes Verlag, Zürich

Leo Tolstoi (1828, Jasnaja Poljana – 1910, Astapowo)
Die Beeren. Aus dem Russischen von Erich Boehme. Aus:

Leo Tolstoi, *Herr und Knecht*. Copyright © 1985 by Diogenes Verlag, Zürich

Ivan Turgenev (1818, Orjol – 1883, Bougival bei Paris)
Wald und Steppe. Aus dem Russischen von Peter Urban. Aus: Ivan Turgenev, *Aufzeichnungen eines Jägers*. Copyright © 2004 by Manesse Verlag, in der Verlagsgruppe Random House GmbH

Tomi Ungerer (* 1931, Straßburg)
Jahre in Kanada (Titel vom Herausgeber). Aus dem Amerikanischen von Hans-Joachim Hartstein und Christa Hotz. Auszug aus: Tomi Ungerer, *Heute hier, morgen fort*. Copyright © 1983 by Diogenes Verlag, Zürich

Spannende und entspannende Geschichten im Diogenes Verlag

Zum Lesen auf Reisen, am Strand,
auf dem Balkon, im Bett oder sonstwo …

Wo lesen wir unsere Bücher? Wo –? Im Fahren. Denn in dieser Position, sitzend-bewegt, will der Mensch sich verzaubern lassen … Die Bücher, die der Mensch nicht im Fahren liest, liest er im Bett … Im Bett soll man nur leichte und unterhaltende Lektüre zu sich nehmen sowie spannende und beruhigende, ferner ganz schwere, wissenschaftliche und frivole sowie mittelschwere und jede sonstige, andere Arten aber nicht … Manche Menschen lesen Bücher in einem Boot oder auf ihrem eigenen Bauch, auf einer grünen Wiese. Besonders um diese Jahreszeit … Manche Menschen lesen die Bücher am Strand, davon kommen die Bücher in die Hoffnung. Nach etwa ein bis zwei Wochen schwellen sie ganz dick an – nun werden sie wohl ein Broschürchen gebären, denkt man – aber es ist nichts damit, es ist nur der Sand, mit dem sie sich vollgesogen haben. Das raschelt so schön, wenn man umblättert …

Merke: Es gibt nur sehr wenige Situationen jedes menschlichen Lebens, in denen man keine Bücher lesen kann, könnte, sollte … *Kurt Tucholsky*

Hinterhältige Geschichten im Diogenes Verlag

Früher war noch mehr Strand
Hinterhältige Reisegeschichten
Auch als Diogenes Hörbuch erschienen, gelesen von Jochen Striebeck, Anna König, Martin Suter, Doris Dörrie und Cordula Trantow

Nicht schon wieder Stau!
Hinterhältige Reisegeschichten
Auch als Diogenes Hörbuch erschienen, gelesen von Anna König und Tommi Piper

Nicht schon wieder Ostern!
Hinterhältige Ostergeschichten
Auch als Diogenes Hörbuch erschienen, gelesen von Tommi Piper

Früher war mehr Herz
Hinterhältige Liebesgeschichten
Auch als Diogenes Hörbuch erschienen, gelesen von Claus Biederstaedt, Ursula Illert und Hannelore Hoger

Früher war mehr…
Hinterhältige erotische Geschichten
Auch als Diogenes Hörbuch erschienen, gelesen von Jochen Striebeck, Anna König und Tommi Piper

Früher waren mehr Tore
Hinterhältige Fußballgeschichten sowie zwei Dialoge und zwei Gedichte

Früher war mehr Bescherung
Hinterhältige Weihnachtsgeschichten

Früher war mehr Lametta
Hinterhältige Weihnachtsgeschichten
Auch als Diogenes Hörbuch erschienen, gelesen von Uta Hallant, Anna König und Martin Suter

Früher war noch mehr Lametta
Hinterhältige Weihnachtsgeschichten
Auch als Diogenes Hörbuch erschienen, gelesen von Anna König, Martin Suter, Hans Korte und Cordula Trantow

Früher war noch viel mehr Lametta
Hinterhältige Weihnachtsgeschichten
Auch als Diogenes Hörbuch erschienen, gelesen von Jochen Striebeck und Anna König

Nicht schon wieder Wellen!
Hinterhältige Geschichten vom Meer
Auch als Diogenes Hörbuch erschienen, gelesen von Sabine Kastius und Jochen Striebeck

Nicht schon wieder Weihnachten!
Hinterhältige Weihnachtsgeschichten

Nicht schon wieder Essen!
Hinterhältige kulinarische Geschichten

Außerdem erschienen:

Früher war mehr Strand
Hinterhältige Reisegeschichten
Diogenes Hörbuch, 1 CD, gelesen von Cordula Trantow, Doris Dörrie, Martin Suter, Hans Korte, Urs Widmer und Christian Ulmen

Kurz und bündig

Die schnellsten Geschichten der Welt

Eingefangen von Daniel Kampa

»Kürze ist die Schwester des Talents«, behauptete Anton Čechov und lieferte gleich selbst den Beweis. Er schrieb neben weltberühmten Kurzgeschichten auch Kürzestgeschichten, die weniger als fünf Zeilen umfassen. *Kurz und bündig* versammelt die schnellsten Geschichten der Welt, kleine Geschichten von großen Autoren wie Anton Čechov, F. Scott Fitzgerald, W. Somerset Maugham, Franz Kafka, Kurt Tucholsky, Friedrich Dürrenmatt, Loriot, John Irving, Ingrid Noll, Doris Dörrie, Jakob Arjouni und vielen anderen. Spannende, berührende, groteske, optimistische Geschichten ›in a nutshell‹, entweder nur einige Zeilen lang oder maximal in fünf Minuten zu lesen. Zum Abschalten zwischendurch, zum Lesen während einer kurzen Busfahrt, während des dreiminütigen Zähneputzens oder beim Warten auf das Fünfminutenei. So schnell haben Sie noch nie so tolle Geschichten gelesen!

Ein Buch für alle, die eigentlich keine Zeit zum Lesen haben, oder für alle, die noch nie ein Buch fertiggelesen haben, weil es einfach zu lang oder zu langweilig war. Das Buch mit garantiertem Erfolgserlebnis, denn wann haben Sie, Hand aufs Herz, zum letzten Mal ein Buch in weniger als einer Stunde fertiggelesen?

»Leser von Kurz- und Kürzest-Geschichten sind ganz besondere Leser. Sie verfügen selbst über Witz und Humor, und sie können diese unendlich wertvollen Gaben ebenso brillant in Szene setzen wie die Autoren, deren Texte sie ja weniger im herkömmlichen Sinne lesen als sich auf der Zunge zergehen lassen.«
Hannes-Josef Ortheil / Die Welt, Berlin